피프티 피플

피프티 피플

초판 1쇄 발행 • 2016년 11월 21일
개정판 1쇄 발행 • 2021년 8월 20일
개정판 6쇄 발행 • 2022년 4월 25일

지은이 / 정세랑
펴낸이 / 강일우
책임편집 / 박지영
조판 / 박아경
펴낸곳 / (주)창비
등록 / 1986년 8월 5일 제85호
주소 / 10881 경기도 파주시 회동길 184
전화 / 031-955-3333
팩시밀리 / 영업 031-955-3399 · 편집 031-955-3400
홈페이지 / www.changbi.com
전자우편 / lit@changbi.com

ⓒ 정세랑 2016, 2021

ISBN 978-89-364-3454-0 03810

피프티 피플

정세랑
장편소설

창비
Changbi Publishers

차례

새로 쓴 작가의 말

작가의 말

송수정

    담당 교수 뒤에 의자도 없이 서 있던 젊은 의사가 위를 올려다보며 고개의 각도를 조금씩 계속 바꾸었다. 수정은 알아채버렸다. 눈물을 흘리지 않으려고 하는 행동이라는 걸. 작은 컵을 빙글빙글 돌려봤자 컵이 커지는 건 아니에요, 수정은 속으로만 생각했다. 몇년 전에는 수정도 자주 저렇게 고개를 돌리곤 했다. 눈물기관들을 잘 알지 못하지만 수정이 깨우친 요령은 물이 천천히 내려가는 배수구를 떠올리는 것이었다.

    "9월에 딸이 결혼을 해서 그때까지 외출을 할 수 있어야 하는데요."

    엄마는 흥정과 선언의 중간쯤 되는 투로 애매하게 말했다.

    "⋯⋯결혼식을 되도록 당기시는 편이 좋겠습니다."

    불편한 기색을 숨기지 못한 교수의 대답이 돌아왔다. 그러자 뒤에 서 있던 젊은 의사가 울기 시작한 거다. 어린 티가 가시지 않은 얼굴이었다. 나도 안 우는데 왜 그쪽이 울어요, 수정은 쳐다보지 않으려고 애썼다. 엄마가 처음 암에 걸린 걸 알았을 때는 수정도 많이 울었지만, 암이 거듭 재발하자 엄마도 수정도 울기보다는 시간을 효율적으로 쓰는 데 집중했다. 전문가가 아니라도 엄마의 CT 사진에서 암세포들을 짚어낼 수 있을 것 같았다. 누가 보더라도 분명했다. 처음에는 유방암이었지만 림프관을 따라 번지더니 이제는 뇌를 향해 불쾌한 행진 중이었다. 교수가 설명하려고 입을 떼기 전부터 이상한 평정심이 모녀 사이를 감돌았다.

"당겨야겠네요, 그럼."

가슴 안쪽에서 뭔가 빠르게 낙하하는 듯한 느낌이 들었지만 그래도 눈물은 나지 않았다. 엄마와 수정에겐 해야 할 일이 많으므로. 엄마는 병원을 나서자마자 식장에 전화해 더 이른 날짜를 알아보라고 수정을 독촉했다. 수정과 통화하던 상담사가 곤란해하자 엄마가 전화를 빼앗아들고 어정쩡한 시간대라도 좋으니 예약을 해달라고 억지를 부렸다.

"내가 암이 번져서요, 곧 죽어요."

누구를 또 울리려고 그래, 그만해. 수정은 살짝 두통이 왔다. 원래도 결혼은 하려 했지만 엄마가 주도권을 잡자 모든 것이 걷잡을 수 없어졌다. 아무도 엄마에게 브레이크를 걸 수 없었다.

"한복은 좀 좋은 걸로 하기로 하죠. 그리고 제가 핑크색 입을 거예요."

원래도 여자 쪽이 붉은 계열을 입는 건데, 엄마가 마치 '먼저 찜' 하듯이 말해버려서 수정은 예비 시어머니 보기가 민망했다. 성격이 무른 편인 남자친구와 남자친구의 어머니는 엄마에게 휘둘릴 대로 휘둘렸다. 언젠가 텔레비전에서 남극의 쇄빙선에 대한 다큐멘터리를 보다가 문득 엄마를 떠올린 적도 있다. 가차 없는, 직선적인, 돌진하는 성격. 어렸을 때는 수정도 마구 휘둘렸으나 나이가 들고서는 하나 있는 딸인 자신만이 엄마를 제어할 수 있다는 걸 깨닫고 세상과 엄마 사이의 완충 역할을 해왔다. 아빠도 오빠도 그 완충 역할에는 별로 쓸모가 없는 편이었다. 엄마가 암에 걸리고 나서는 수정도 좀 힘이 달리긴 했다. 종교가 없는 엄마는 데드라인이 가까워질수록 점점 더 옛날이야기에 나오는 모든 걸 뚫는 창처럼 주저함을 보이지 않았다.

수정은 엄마가 마지막 에너지로 돌리는 컨베이어벨트에 올라타서 결혼식 준비의 단계 단계를 거쳤다. 엄마 때문에 웨딩플래너의 기미가 짙어진 것 같았다. 엄마는 한국에 있는 모든 웨딩드레스를 다 확인하려는 것 같았고, 사진 스튜디오에 따라와서도 '곧 죽어요' 호소를 하여 최대 촬영 컷 수를 얻어냈으며, 식장을 장식할 꽃에만 한재산을 탕진하려는지 플로리스트에게 가장 화려한 디자인을 요구했다.

"오빠 결혼식은 완전 소박하게 해놓고, 새언니 보기 안 부끄러워?"

수정은 참다가 한마디 하고 말았다.

"아니, 그때는……"

그때는 내가 죽을 줄 몰랐지, 하는 엄마의 얼굴을 보자 또 지고 말았다. 청첩장을 600장이나 보내겠다고 했을 때는 그중에 50장만이라도 자기 몫이었으면 하고 반쯤 포기한 상태였다. 다행히 청첩장에 곧 죽는다는 이야기는 적지 않았다. 그건 엄마의 동창생들이 나팔수처럼 전파할 셈인 듯했다.

긍정적인 면도 있었다. 수정은 결혼식 아침에도 전혀 떨리지 않았다. 그건 남자친구도 마찬가지인 듯 보였다.

"우리가 주인공이 아니니까."

"그치?"

"그치."

수정은 메이크업 아티스트에게 자기보다도 엄마에게

더 신경 써달라고 조용히 부탁했다. 평소에는 연예인만 담당하는 원장님인데 엄마가 그 아침에 나오게 했다. 그 섭외의 과정을 수정은 알고 싶지 않았다.

예식장은 그 부근에서 가장 좋은 곳이었다. 신부 대기실에서 식장 입구가 보였다. 그야말로 성장(盛裝)한 엄마의 친구들이 엄마만큼이나 결연한 얼굴로 문을 밀고 들어왔다. 너를 위해 예쁜 옷을 입었어, 그런 느낌인 걸까. 볼륨을 넣은 머리와 알 굵은 보석들과 광택 어린 공단들이 식장 입구를 가득 채웠다. 수정이 아는 얼굴도 많았지만 전혀 모르는 얼굴도 많았다. 엄마는 그 가운데 서서 수정에게는 들리지 않는 말로 인사를 하고 있었다. 결혼식을 가장한 장례식이었다. 근사한 장례식이었다.

누군가 한복 칭찬을 한 모양이었다. 엄마가 고전무용을 하듯이 한쪽 손을 멋들어지게 들고 그 자리에서 장난스럽게 한바퀴 돌았다.

사락사락.

아마도 그런 소리가 났을 것이다. 그때 자기도 모르게 수정은 울컥하고 울었다. 나중에 이날을 기억할 때 엄마가 도는 저 모습이 기억날 거란 걸 수정보다 수정의 눈물기관이 먼저 깨달은 것 같았다. 아, 어떡해. 장갑으로 얼른 눈가를 훔쳤다.

　하지만 나쁘지 않잖아, 수정은 생각했다. 엄마의 강인함
도, 엄마가 맨날 부리던 억지도, 이상하게 저 사락사락함
으로 기억날 것만 같으니까.

이기윤

그 남자는 56번을 찔린 채 실려 왔다. 실려 오자마자 심장이 멈췄으므로 기윤은 남자의 몸 위로 올라가 심폐소생술을 시작했다. 피가 너무 많이 나서 오히려 피 같지 않았다. 남자의 상처 부위에서 새어나온 밥알을 보았을 때에야 실감이 났다. 반쯤 소화된 밥알이었다.

"열자. 심장마사지 가자."

세번째로 환자의 심장이 멎었을 때, 외상외과 펠로 선생님이 지시했다. 도무지 살아날 것 같지 않았지만 두 사람은 흉곽을 열고 심장을 직접 마사지했다. 펠로 선생님을 두고 사람들은 '심장마사지 애호가'라고 뒤에서 놀리곤 했지만 응급실이 피바다가 되도록 포기하지 않는다는 점에선 존경할 만한 선배였다. 끝의 끝까지. 언젠가 마른 입술로 그렇게 말하는 걸 들었다. 그 말은 기윤의 입술에도 옮겨 붙었다.

"어떻게 하면 사람이 사람을 56번 찌를까요?"

파랗게 질린 인턴이 물었다. 기윤은 응급의학과 레지던트 1년차였다. 인턴보다 고작 1년 더 했을 뿐이라 기윤도 이렇게 많이 찔린 사람을 본 건 처음이었다. 한쪽에선 경찰들이 기다리고 있었다. 바닥의 피 때문에 기윤의 신발이 살짝 미끄러졌다.

"일반인이었을까요?"

"모르지."

"문신 같은 건 없던데."

인턴은 모르고 있다. 기윤에게도 작지 않은 크기의 타투가 두어개 있다는 것을. 팔에는 동그라미로 정맥주사 위치를 표시한 장난스러운 타투가 있고, 옆구리엔 어릴 때 좋아하던 도마뱀 캐릭터가 있다. 요즘은 타투 정도로 일반인과 조직폭력배를 구별하기는 어렵다. 이제 와서 그 남자에 대해 알 수 있는 것은 저녁밥을 먹었다는 것. 그 밥알이 위속에서 다 녹기 전에 찔렸다는 것. 기윤은 가운을 갈아입고 손을 씻으며 다시 한번 반쯤 녹은 밥알의 감촉을 떠올렸다. 잊을 것이다. 다음 주쯤 되면 말이다.

러시가 지나자 무딘 갈증 같은 것이 찾아왔다. 몸 안의 것에 중독된 삶이 몸 바깥의 것에 중독된 삶보다는 나은 걸까, 기윤은 가끔 궁금해했다. 언제나 아드레날린이 삶의 전반을 지배해왔다. 서너살에 높은 계단에서 뛰어내릴 때부터, 일곱살에 말도 안 되는 경사에서 눈썰매를 탈 때부터 그랬다. 더한 자극과 위태로운 위기를 원했다. 몇번의 깁스와 군데군데의 흉터도 기윤을 멈추지 못했다. 알코올중독자라면, 마약중독자라면 차라리 사람들이 더 이해해주었을지도 모른다. 다치고 다치면서 주변 사람들을 속상하게 했다. 철이 덜 들어서 그렇단 소리를 들었지만 기윤은 자기 문제가 무엇인지 분명하게 알고 있었다. 아드레날린이었다. 변함없이.

기윤이 대학 때 들어간 스노보드 팀 이름은 '아드레날린 정키'였다. 그보다 더 어울리는 이름은 없을 듯했다. 만약 3학년 때 스노보드 사고로 십자인대가 끊어지지 않았다면, 계속 익스트림 스포츠로 그 욕망을 충족했을지도 모른다. 겨울엔 스노보드, 다른 계절엔 트릭 자전거를 탔다. 무릎에 죽은 사람의 인대를 이식받기 전에는 말이다. 그런데 이식수술을 위해 입원했을 때 병원이, 수술이 멋져보였다. 이거야말로 익스트림한데, 하고 마취약에서 깨어나며 웃었다. 생명공학을 전공해 다른 사람들보다 의학전문대학원 진학이 쉬워서 다행이었다. 인턴을 마치고 외과와 응급의학과 사이에서 고민했으나 아드레날린이 더 많이 나오는 쪽은 응급의학과였다. 오래 고민하지 않았다.

이상하게 몰리는 주인지, 수십번 찔린 남자가 실려 온
게 월요일이었는데 목요일엔 목이 깊이 베인 여자가 실려
왔다. 여자라기보다는 여자애였다. 온갖 끔찍한 사건을 마
주하는 응급실인데도 응급구조사가 손을 떼자마자 모두
몸서리쳤다. 기윤은 희망 없이 심폐소생술을 시도했다. 이
미 출혈이 너무 많았다. 끝의 끝까지. 사망한 게 분명한 환
자의 갈비뼈가 부러질 때까지 해보았지만 무리였다. 이번
에는 심장마사지까지 가지 못했다.

"……톱니?"

기윤은 너덜너덜한 상처를 마지막으로 내려다보았다.

"아니, 케이크 칼이래요."

아직 곁에 서 있던 응급구조사가 설명해주었다.

"어떻게 플라스틱 칼로 목을……"

"그거 말고 쇠로 된 빵 칼 있어."

눈이 붉어진 인턴이 멍청한 말을 해서 기윤은 한숨을 쉬
었다. 다른 인턴은 구석 쓰레기통으로 가서 조용히 토했
다. 기윤은 못 미더운 그들에게 응급실을 맡기고 당직실로
향했다. 갈아입을 수 있는 건 갈아입었지만 신발은 세탁업
체에 맡겨야 할 상태였다. 깔창이 땀으로 젖었는지 피로
젖었는지 철벅거렸다. 괜히 메시 소재의 운동화 따위를 샀
다는 후회가 들었다.

한숨 돌리고 나니, 상대적으로 상태가 덜 위급한 환자들이 대기하는 옐로존에서 반복적으로 고개를 흔들고 있는 환자가 보였다.

"저 도리도리 춤추는 아저씨는 취객인가?"

"아뇨, 귀에 뭐가 들어간 것 같대요."

그새 울음을 그친 인턴이 대답했다. 기윤은 이경을 들고 환자에게 다가갔다. 오래 기다린 환자는 지친 얼굴이었다. 이경으로 그 환자의 귀를 들여다본 순간, 기윤은 숨을 삼켰다.

벌.

살아 있는 벌이 있었다. 살아 있는 벌과 눈이 마주쳤다.

귀에서 작은 벌레를 꺼내본 적은 있었지만 그런 크기의 벌은 처음이었다. 기윤은 놀란 것을 환자에게 들키지 않으려고 노력하며 차분하게 인턴에게 리도카인 마취약을 가져오게 했다.

"잠깐 불편하실 수 있어요."

살아 있는 벌을 죽이기 미안했지만, 방법이 없었다. 기윤은 벌이 마취약에 익사하기를 잠시 기다렸다가 꺼냈다. 남자가 두시간이나 대기했다고 해서 미안해졌다. 귓속에 살아 있는 벌을 넣고 두시간이나 기다리다니 보기 드물게 점잖은 사람이네, 기윤은 위로의 표시로 벌을 조그만 통에 담아 건넸다. 아무리 복기해봐도 그보다 일찍 처치해드릴 여유 따위 분명 없었지만 그래도 고생하셨습니다, 속으로 인사하면서.

"허."

환자는 벌에 쏘인 귓속이 아플 텐데도 신기해하며 웃었다. 그렇게 큰 녀석이 들어간 줄은 본인도 몰랐던 듯했다. 통을 살짝 흔들어보며 허탈해했다. 인턴들도 벌을 구경했다.

그다음은 사소했다. 아픈 아기들이 와서 해열제를 맞았고, 관계 중 바나나를 이용하다가 꺼내지 못한 부부가 왔고, 오토바이 사고가 많았고, 자전거 사고도 한두건 있었고, 거기에 지긋지긋한 취객들이 왔다.

몇시간쯤은 잔잔함이 계속되리란 예감이 들었다. 심폐소생술을 하고 나면 찾아오는 참기 어려운 허기를 해결하며 기윤은 자신의 안쪽에 설치된 급경사의 레일을 점검했다. 참담함의 한가운데에서도 오르락내리락 달리는 기괴한 롤러코스터를.

다음 당직에는 살릴 수 있는 사람들이 더 많이 오면 좋겠다고 생각했다. 파고가 내려가도 지속되는 것들이 간절했다.

권혜정

"권 선생, 폴댄스 한번 배워보지 그래요?"

정형외과 교수가 말했을 때, 혜정은 자기 귀를 의심했다. 환자들한테 무례한 말을 들은 적은 많았는데, 이번엔 이쪽인가 싶었던 것이다. 혜정이 아는 폴댄스는 미국 영화 속 스트립 클럽의 댄서들이 거꾸로 매달려 옷을 하나씩 벗으면서 추는 춤이었다.

"허리 안 좋다며?"

"막 심각한 건 아닌데요."

"병원 근처에 폴댄스 학원이 생겼는데, 내가 지난달부터 배우고 있거든. 아주 도움이 많이 될 것 같아. 코어 근육 단련하는 데는 그만한 게 없을 거예요."

이제 다른 의미로 조금 놀라웠다. 50대 남성인 정형외과 교수가 폴댄스를 배우고 있었다니 혜정은 머릿속으로 그림을 그려보려 했지만 쉽지 않았다. 하긴 작년에는 필라

테스를 배운다고 했었다. 새로운 운동을 이것저것 해보는 게 취미인 모양이었다. 폴댄스라…… 기원이 꺼림칙하기는 한데, 그렇게 치면 필라테스도 죄수들이 하던 운동이라니 거기서 거긴가? 아니, 역시 조금 다르지 않나? 명쾌하지 않은 지점들이 있었으나 어린 시절 철봉을 꽤 좋아했으므로 관심이 생겼다. 오프 날 저녁에 상담을 받아보니 시설도 괜찮고 재밌어 보였다. 다행히 혜정이 신청한 타임은 정형외과 교수와는 다른 타임이었다.

처음에는 살이 엉망으로 쓸리고 근력이 부족해서 수업이 반만 지나도 힘들었다. 폴에 눌린 곳이 멍들고 바닥에 떨어져서도 멍이 들었다. 혜정은 할인율 때문에 한꺼번에 긴 기간 등록한 것을 후회했지만 그래도 그만두지는 않았다. 끈기가 있는 편이었다. 중력과 좀 싸워보고 싶었다.

피터팬 자세가 되니까 곧 슈퍼맨 자세를 할 수 있게 되었다. 슈퍼맨 자세는 끊임없이 변형되었다. 플랭크 자세도 여러종류 할 수 있게 되었다. 새로 배울 동작은 끝이 없었다. 새의 이름, 갑각류의 이름, 낯선 나라의 이름을 가진 동작들이었다. 제일 재밌는 건 역시 스핀이었다. 엔젤 스핀, 파이어맨 스핀, 페어리 스핀을 할 때 신이 났다. 동작과 동작 사이의 연결이 점점 부드러워지기 시작했다. 곧 혜정이 주변에 폴댄스를 권하는 쪽이 되었다.

그런 혜정이었기에 스물아홉살의 마지막 날, 친구들과 야경이 한눈에 내려다보이는 루프톱 클럽에 갔을 때 그곳에 설치된 폴을 보고 그냥 넘어가지 못했던 것이다. 12월 31일은 누구나 조금 부주의해지는 날이었고, 샴페인은 생각보다 쉽게 취하는 술이었다. 폴은 내내 비어 있었다. 비어 있는 폴을 보니 갑자기 매우 타고 싶어졌다. '나 저거 잘해! 친구들에게 보여줘야지!' 하는 단순한 마음으로 신이 나서 바 위로 기어올라갔다. 아무도 제지하지 않았다. 차이니스 스플릿, 프라운, 알레그라, 헬리콥터, 타이타닉, 로켓 맨, 재규어 동작을 하고는 파워 스핀을 한번 돌고 내려왔다. 음악은 폴을 타기 딱 좋았다. 심지어 DJ가 일부러 맞춰주었다. 중간쯤 이르렀을 때는 사람들이 몰려들었고 마지막에는 조명을 한껏 받았지만 별로 신경 쓰이지 않았다. 친구들이 박수를 쳤다. 사람들도 환호했다. 서른을 그렇게 맞고 싶었다. 즐거운 장난이었다. 그날은 웃다가 목이 쉬었을 정도였다.

미처 몰랐던 사실은 많은 사람들이 혜정의 폴댄스를 촬영했다는 것이었다. 요즘 스마트폰 카메라는 어두운 곳에서도 성능이 좋아 혜정의 얼굴이 제대로 나왔다. 게다가 노출도 조금 있었다. 평소에 입던 운동복이 아니어서 단추가 풀려 속옷이 보이는 걸 신경 쓰지 못했다. 처음에 혜정은 그 동영상들의 존재를 몰랐지만 환자들이 종종 혜정을 알아보기 시작했다. 소문이 퍼져나갔다. 환자들로부터 병원 사람들에게. 병원 사람들로부터 환자들에게. 안 그래도 우리 직업은 왜곡된 시선 앞에 자주 놓이는데 왜 그랬어, 하고 동료로부터 책망을 들었다. 이상하게 바라보는 쪽이 나쁜 거 아냐? 왜 당하는 쪽이 조심해야 해? 속으로만 생각하고 대꾸하지 못했다.

징계 같은 건 아니었다. 다급한 직무 이동이 있었을 뿐이다. 혜정은 정형외과에서 갑작스럽게 신생아 중환자실로 소속이 바뀌었다. 신생아들은, 아픈 신생아들은 혜정을 알아보지 못할 것이었으므로. 신생아 중환자실의 아기들은 혜정이 도무지 받아들일 수 없는 비율로 매일매일 죽어가서 눈물이 많아졌다. 한번도 겪어보지 못한 우울감 때문에 폴댄스 스튜디오에도 한동안 나가지 못했다. 폴댄스를 처음 권했던 정형외과 선생님과 복도에서 마주쳤는데 혜정이 먼저 눈을 피해버렸다.

태어난 지 고작 나흘 된 아기가 죽은 날이었다. 산모도 깨어나지 못하고 있다는 소문이 돌았다. 인턴 하나가 복도에서 울고 있었다. 병원 여기저기 비치된 휴지는 거칠하고 먼지 날리는 것밖에 없었다. 혜정은 주머니에서 부드러운 휴지를 몇장 뽑아서 인턴에게 내밀었다. 몸집이 조그마해서 가운이 남아도는 인턴이었다. 코를 풀더니 혜정을 올려다보았다.

"아."

인턴이 혜정을 알아보았다. 이 꼬맹이마저 그 동영상을 챙겨보았나. 등줄기가 차가워졌다.

"저도 그거 배우고 싶어요."

"네?"

"평생 팔씨름을 이겨본 적이 없어요. 그 운동 배우면 팔씨름도⋯⋯"

어려 보이는 인턴의 얼굴에 떠오른 표정이 꾸며낸 것인지는 몰라도 정말로 순수한 감탄 같아 보여서 혜정은 맥이 풀렸다.

"응급실 선생님 한분도 익스트림 스포츠 마니아던데. 병원에는 센 운동 좋아하시는 분들이 많네요."

아, 이번엔 혜정이 작게 소리를 냈다. 이 인턴은 익스트림 스포츠라고 생각했구나. 사실 그게 더 본질에 가까운 게 아닌가 싶었다. 혜정마저 잊고 있었지만 말이다. 다시 스튜디오에 등록해야겠다고 마음먹었다. 몸이 근질근질했다.

"팔씨름 한번 해보실래요?"

"샘, 딱 봐도 한주먹 거린데?"

인턴이 아직 눈물이 맺혀 있는 눈으로 웃었다. 두 사람은 새벽의 벤치에서 팔씨름을 했다. 인턴이 일부러 져줬는지 몰라도 혜정이 이겼다.

조양선

양선이 산 칼이 아니었다. 아마 전에 살던 학생들이 두고 간 것 같았다. 싱크대 안쪽 칼꽂이에 꽂혀 있었는데, 곰팡이 때문에 양선은 그 칸을 비워두고 쓰지 않았다. 남이 두고 간 칼을 쓰기도 조금 뭣해서 그냥 그대로 두었다. 용도를 알 수 없기도 했다. 25센티미터쯤으로 보통 칼보다 길었는데 폭은 좁고 톱니가 있었다.

"빵 칼 아닐까? 우리 가게에도 그런 칼 있어. 조금 더 길지만."

베이글 가게에서 아르바이트를 시작한 승희가 말했을 때는 아, 그렇구나, 했지만 금방 잊었다. 승희는 그즈음 하루 한끼가 베이글이어서 집에서는 빵을 먹지 않았고, 둘이서 살기 시작한 이후엔 케이크를 사 먹을 일도 없었다. 언젠가부터 생일상을 챙기지 않았던 것이다. 사실 양선이 평소에 쓰는 칼은 무딘 과도 하나였다. 그걸로 요리도 하고 과일도 깎고 그랬다. 모녀의 부엌살림은 단출했다.

승희를 승희 나이에 가졌다. 열여덟살에. 성식은 집에 자주 드나들던 오빠 친구였는데 목소리가 크고 활달했다. 얼떨결에 아이가 생겼지만 나쁘지 않을 거라고 생각했다. 저렇게 서글서글하고 잘 웃는 사람이면 뭘 해도 할 거라고, 그저 남들보다 조금 일찍 가정을 꾸린 거라고 말이다. 이 집안 저 집안의 돈을 끌어다 차린 이삿짐센터는 금세 자리를 잡았고 몇년간은 일이 많았다. 양선은 사모님 행세를 하지 않고 꼼꼼하게 청소를 하며 따라다녔다. 문제는 성식이 돈을 만지면서부터였다. 씀씀이가 헤퍼졌고, 도박판에도 들락날락했으며, 여자들이 생겼다. 흔한 이야기란 걸 깨닫기에도 양선은 너무 어렸고 속수무책이었다. 성식은 가끔 어디서 만났는지 모를 젊은 여자의 이사를 양선 몰래 공짜로 해주거나 그 집에 액자를 달아주어야 한다며 밤중에 집을 나섰다. 그런 식이었으니 사업은 금세 기울어 승희를 초등학교에 보낼 즈음 이삿짐센터를 접어야 했다. 성식은 다른 몇가지 일들을 전전했고 양선도 부지런히 일을 다녔지만 결국 빚 때문에 승희 중학교 때 서류상 이혼을 했다. 한동안은 한집에 살았지만 서류상의 이혼이 진짜 이혼이 되는 데에는 오랜 시간이 걸리지 않았다.

승희는 지긋지긋해하는 것 같았다. 아빠를, 엄마를, 그 아빠 엄마에게서 난 자신을, 이사할 때마다 좁아지고 더러워지는 집을, 멀어지는 학교를, 줄어드는 용돈을, 서로 험한 말을 던지는 친구들을. 양선도 지긋지긋하기는 마찬가지였다. 스트레스 때문에 젊은 나이에 류머티즘성관절염이 왔다. 이제는 다른 이삿짐센터에 다니는데, 몸이 힘들어서 매일은 못하고 하루걸러 하루씩 일을 맡았다. 서른다섯인 양선은 거울 속의 자신을 마흔다섯으로, 마음속의 자신을 쉰다섯으로 착각하곤 했다. 둘이 살기 시작한 이후 모녀는 각자의 지긋지긋함을 폭발시키지 않는 방법을 힘들게 배웠다. 작년이 최악이었고 올해는 그래도 낫다고 여기던 참이었다.

음식 배달이 온 줄 알고 문을 연 승희를 붙잡아 밀며 어떤 남자가 집 안으로 들어왔을 때, 양선은 놀라서 자리에서 일어났다. 승희가 짧게, 불편한 얼굴로 돌아봤을 때에야 그 남자와 사귀었던 걸 눈치챘다. 남자는 20대 초반처럼 옷을 입고 있었지만 더 자세히 보니 양선과 비슷한 또래였다. 승희에게 잠깐 화가 났다가 금방 수그러들었다. 지긋지긋해서 그랬으려니 싶었다. 양선도 그 나이에 실수를 했으니까. 양선은 딸의 경직된 뒷모습을 차가운 포기의 심정으로 바라보았다. 멍청하게도, 나를 닮아 멍청하게도.

남자는 어정쩡하게 물러서 있는 양선을 본체만체하고

승희에게 고함을 질러댔다. 이혼하고 올 테니 제발 헤어지지 말아달라고 매달리듯 윽박질렀다. 유부남이었다니. 이런 남자들은 뚜껑 열린 맨홀처럼 인생에 잠복하여 어린 여자들을 삼킨다. 어리고 똑똑지 못한 여자들을 삼킨다. 물론 어릴 때 똑똑할 수 있는 사람은 몇 없다. 양선은 슬슬 끼어들 요량으로 두 사람에게 가까이 갔다. 남자가 큰소리를 내든 말든 승희는 이미 마음을 굳힌 듯했고 제법 단호하게 거절하는 말들을 했다. 그래, 네가 나보다는 나아야지. 나보다는. 양선은 마음이 조금 풀렸다.

"이제 됐으니 가요, 남의 집에 이렇게……"

그때였다. 남자가 어깨로 양선을 밀치고 싱크대 아래 장을 열었다. 칼자루가 보였다. 거기 있었는지도 잊었던 칼이. 양선은 승희를 붙잡고 문 쪽을 향했지만 남자가 뒤에서 승희의 다른 쪽 팔을 잡았다. 엄마, 하고 승희가 매달렸는데도 남자는 승희를 억지로 반바퀴 돌렸다. 힘이 없는 승희가 핑글 남자의 품 안으로 들어갔고 남자는 그 칼로 승희의 목을 그었다. 너무나도 빨리, 너무나도 깊이.

양선은 남자가 피투성이가 되어 집을 빠져나가는 모습을 보지 못했다. 그럴 수 없었다. 부엌의 손 닦는 수건으로 승희의 목을 누르고 있느라 아무것도 할 수 없었다. 수건은 별 도움이 되지 못한 채 젖어버렸고 양선의 다급한 손가락은 어쩐지 자꾸만 승희의 목을 파고드는 것 같았다. 아이의 얼굴이 하얘지고 있었다. 양선은 비명을 지른 기억이 없는데 이웃집 사람이 대신 신고해주었다.

어쩌면, 하고 양선은 생각했다. 대로로 나가 모퉁이만 돌면 대학병원이었다. 새벽까지 시끄러운 사이렌 소리 때문에 집값이 싼 걸 모르고 얻은 집이었다. 병원이 그렇게 가까우니까 어떻게 될지도 몰라, 어쩌면. 어떻게든 승희를 살릴 수 있을지도 몰라. 500미터만 가면 병원인데. 거기까지만 어떻게라도 갈 수 있다면.

승희가 언제까지 살아 있었는지 이제 와서는 알 수 없다. 양선의 눈에만 살아 있는 것처럼 보였는지도 모른다. 양선은 승희의 피로 젖은 채 응급실에 서 있었다. 서 있었는데, 언젠가부터는 앉아 있었다. 사람들이 말을 걸었지만 양선은 오래 아무 말도 할 수 없었다.

그 칼을 버렸어야 했어, 처음에 버렸어야 했어, 양선이 입을 열었을 때 다른 사람들은 듣고 있지 않았다.

김성진

지난해에는 응급실에 있었다. 주로 주취 폭력자들을 대했다. 이들은 술에 취해 싸우다 다치거나, 넘어져서 다치거나, 하여튼 엉망이 된 상태로 끊임없이 몰려들어서는 의사와 간호사들을 밀치고 주먹을 휘둘렀다. 팔이 부러져 온 환자가 부러지지 않은 다른 팔로 응급실 의사의 광대뼈를 함몰시킨 덕분에 성진의 회사에서는 인력을 증원할 수 있었다. 성진은 이 병원에서만 보안요원으로 2년째 일하고 있었다. 급여는 최저 시급보다 약간 더 주는 수준이었다. 일하는 시간보다 대기하는 시간이 많으니 당연한 거라고 회사 쪽에서는 주입식으로 이야기했다. 아무리 생각해봐도 얼마 안 되는 돈을 받고 하기에는 일이 험했다. 말이 좋아 보안요원이지 외주 용역이었다. 병원 사람들이 다치면 곤란하니까 대신 맞아주는 것이 주된 업무였다.

영어를 잘 모르지만, 가장 아름다운 단어를 꼽으라면

'로테이션'이 아닐까 싶었다. 스트레스가 심한 일을 한 사람에게 너무 오래 맡기면 퇴사자가 늘 수밖에 없기에 회사 안에서는 로테이션이 잦았다. 더이상은 도저히 견딜 수 없겠다는 위기감이 들 무렵이면 때맞추어 로테이션이 행해졌다. 아예 이 병원 말고 다른 곳으로 배정받았으면 했지만 직전 로테이션으로 층만 바뀌었다. 맡은 층에는 소화기내과와 정신건강의학과 폐쇄병동이 있었는데, 소화기내과는 평화롭기 그지없었다. 폐쇄병동은 아무 표시도 없는 철문 안쪽이었다. 비품실인가 싶게 눈에 띄지 않아도 문을 열면 입원실 여럿과 당직실과 사무실이 비밀 도시처럼 숨어 있었던 것이다. 병동 입구에 아무 표시도 없는 것은 같은 층을 쓰는 다른 환자들이 느낄지도 모를 불안감 때문인 듯했다.

폐쇄병동도 사실 그렇게 상황이 나쁜 곳은 아니었다. 더 심각한 환자들은 대학병원보다는 장기 입원에 적합한 병원에 가기 때문에 스쳐가는 환자들이 대부분이었다. 우울증 환자, 청소년 환자, 잠깐 맡겨진 치매 환자들이 다수였다. 소화기내과만큼은 아니어도 그쪽은 그쪽대로 나름의 평화를 유지하고 있어서 성진에게는 좀처럼 콜이 오지 않았다. 성진은 한 계절을 대기했다.

소화기내과와 폐쇄병동 사이를 오락가락하며 빗자국이

많이 남아 있는 창밖을 내다보는 것이 주된 일과였다. 창밖으로는 썩 근사하지는 않은 시가지가 내려다보였다. 이 도시가 자라나는 방향에는 아무 계획이 없다는 걸 누가 봐도 깨달을 정도로 아름다움을 찾을 수 없는 풍경이었다. 성진은 자주 눈앞의 황폐한 풍경을 지우고 지난 여행지의 이미지를 조각조각 떠올렸다. 그중에서도 지속적으로 떠올리는 곳은 역시 암스테르담이었다.

작년에 휴가를 받은 일주일 동안 유럽에 갔었다. 태어나서 처음 가는 유럽이었다. 남들은 대학 시절 다녀온다는데 성진은 20대의 끝 무렵 겨우 유럽 땅을 밟아보았다. 네덜란드항공의 표를 6개월 전 최저가에 사서, 길거리 음식만 먹으며 캡슐 숙소를 옮겨 다녔다. 일주일은 유럽을 가기에는 너무 짧은 기간이었다. 런던, 파리, 암스테르담을 갔는데 암스테르담이 가장 좋았다. 성진은 동성애자인데, 특별히 여행 중에 누군가를 만날 생각은 없었지만 동성애자를 위한 데이팅 앱을 재미 삼아 켠 채 돌아다녔다. 영국에서는 드문드문 노년에 가까운 중년의 남자들이 말을 걸었고 프랑스에서는 별 반응이 없었지만 네덜란드에서는 폭발적으로 알림창이 떴다. 성진은 생각했다. 성적 취향만큼 이런저런 복합적인 차별 의식을 뾰족하게 드러내는 게 또 있을까. 아시아 남자도 똑같이 욕망하고 사랑할 준비가 된 곳은 네덜란드뿐인 것이다. 얼마나 좋은 사람들이란 말인가. 언젠가 암스테르담에 가서…… 그렇게 상상할 때에도 집을 그리기는 어려웠다. 집 대신 보트 하우스 정도는 가능했다. 너무 클 필요도 없이 조그만 배에 지붕만 있으면 될 것이다. 평소에는 운하에서 지내다가 여름에 다리가 열리면 바다로 나가는 그런 삶을 살고 싶었다. 여행기간이 짧기도 했고 소심해지기도 해서 누구의 데이트 신청에도 대답하지 못했지만 다음에 가면 연인이 생길지도 모른다. 성진의 마음은 먼 곳, 먼 날로 나아갔다. 마침 내다보이는 풍경 저 끝에는 몇년 전 무리해서 만들었으나 하루 종일 배가 다니지 않는 운하의 끝머리가 보였다. 운하와 운하 위의 보트와 아직 얼굴을 모르는 연인은 성진의 머릿속에서 매일 디테일을 더해갔다. 그러다 콜이 오면 그 디테일들은 한순간에 날아갔고 말이다.

어마어마한 환자 하나가 폐쇄병동에 입원함으로써 성진의 평화는 깨졌다. 봄에서 여름, 유리가 뜨거워지고 창에 붙었던 꽃 먼지가 다시 비에 씻겨가는 한 계절 동안 지속되던 휴식의 시간이 하루아침에 끝나버렸다. 스물 남짓, 마른 몸의 환자였다. 어디서 그런 힘이 솟아나는지 몰라도 화려한 몸부림 때문에 입원시키는 데에만 성진을 포함해 네명의 보안요원이 호출되었다. 병동에는 몸부림치는 환자를 제어하기 위해 '기사님'으로 불리는 두명의 계약직 보호기사가 있었지만 손이 더 필요했다. 그 환자는 몸부림을 치다가 성진의 어깨를 물기도 했는데, 다행히 옷 위였다. 응급실에 있을 때 별꼴을 다 본 성진으로서도 성인 남성에게 물린 건 새로웠다. 결국 환자는 첫날부터 침대에 묶이고 말았다. 흔한 오해와는 달리 폐쇄병동에서도 격리나 결박은 흔한 일이 아니라고, 수간호사가 지친 얼굴로 변명하듯 말했다.

"이제 자주 뵙겠네요."

그날부터 성진은 거의 매일, 하루에도 몇번씩 호출을 받게 되었다. 나중에는 아예 사무실 안쪽에 의자 하나를 배정해주었다. 그곳에 앉아 있으니 들리는 이야기가 많았다.

"반사회성 인격장애래요, 강한정 환자."

"그래? 여기 오래 있겠다."

"엄마랑 누나를 몇년이나 때렸다던데⋯⋯"

"그날 같이 온 아버지 쪽은 꽤 괜찮아 보이더만."

성진은 조용히 스마트폰으로 반사회성 인격장애를 검색해보았다. 길고 괴로운 내용이 이어졌다.

그 환자, 강한정은 약 기운이 가실 때마다 거의 동물처럼 울부짖어서 다른 환자들까지 불안하게 만들었다. 우울증으로 입원한 환자가 한정의 고함에 놀라 먹고 있던 식사를 쏟았다. 마른반찬이 가벼운 소리를 내며 바닥으로 멀리 흩뿌려졌다. 조현병 환자는 환각이 심해져 그 위를 자박자박 밟으며 병실을 헤맸다. 한 치매 할머니는 격리되어 묶여 있는 청년이 자기 남편이라 주장하며 간호사들을 붙잡았다. 분위기란 이토록 순식간에 바뀌는 것이었다.

그 시기가 끝난 것은 한정이 새벽에 묶인 채로 침대에 대변을 보고 나서였다. 그것이 그로서도 충격이었는지 흉포한 게 살짝 덜해졌다. 덜해졌다 해도 두시간에 한번씩 벽을 걷어차고 입에 담지 못할 욕설을 퍼붓고 몇건의 기물 파손을 하는 정도였지만 말이다. 다들 그 정도에는 눈도 깜짝하지 않을 만큼 익숙했다. 성진과 기사님들도 호흡이 좋아져서 제압시간이 점점 더 짧아져갔다.

난동을 부려봐야 자신만 손해라는 걸 깨닫자 한정은 전략을 바꾸었다. 얌전히 있다가 처량한 얼굴로 전화를 쓰게 해달라고 했다. 처음엔 모친에게 전화를 걸었는데 전화기 너머의 떨리는 목소리만으로도 아들과 함께 치료를 받아야 할 것 같았다. 두 사람 다 발악하는 것으로 통화는 끝이 났다. 모친 쪽이 돌파구가 아니라 생각했는지 누나에게 전화를 걸기 시작했지만 누나 쪽은 세번에 한번, 네번에 한번, 다섯번에 한번…… 점점 전화받는 빈도를 줄여갔다. 현명하군, 성진은 속으로 생각했다. 마지막 선택지는 부친이었는데 그게 또 볼만했다.

"아버지 비리에 대해 내가 언론에 제보하면 어떻게 될 것 같아? 꺼내주지 않으면 다 말해버릴 거야. 당장 꺼내 줘!"

그걸로 한정의 전화 찬스는 끝이 났다. 고분고분한 척하려는 노력도 함께 끝이 나서 탁구를 하다가 두살 어린 여자 환자의 머리채를 잡았다. 여자 환자가 비명을 질렀다. 빨리 떼어낸다고 떼어냈는데도 머리카락 한움큼이 뜯긴 건 어쩔 수 없었다. 성진은 자기도 모르게 한숨을 쉬었다. 탁구 테이블이 저 멀리 밀려 있었다. 공을 따라 눈을 움직이는 것만으로도 환자들의 안정에 도움이 된다고 탁구가 장려되었는데, 그 사건 이후 더이상 공 튀는 소리가 들리지 않았다. 판이 깨진 것이다.

전문가들도 성진도 한정의 다음 수를 예상하지 못했다. 그 일은 기사님 한분이 점심을 먹으러 가고, 성진이 잠시 화장실에 간 사이에 일어났다. 폐쇄병동 입구는 당연히 이중문이고, 그 이중문은 강화유리로 막힌 사무실에서 제어할 수 있었다. 원래대로라면 일어날 사고가 아니었는데, 노후 에어컨 교체 공사 중 장비를 나르는 틈에 문이 열린 채 방치되었다. 한정은 그 기회를 놓치지 않았다. 하필 가장 연배가 있고 완력이 약한 기사님 한분만 남아 있었다.

기사님이 눈치챘을 때는 이미 한정이 사무실 문을 밀치고 들어간 다음이었다.

그리고 간호 카트 위에는 가위가 있었다.

날카로운 가위도 무거운 가위도 아니었다. 반창고를 끊고 라벨링 테이프를 자를 때 쓰는 뭉툭하고 가벼운 문구용 가위였다. 그렇다 해도 가위는 가위였다. 성진이 화장실에서 돌아왔을 무렵엔 인턴이 바닥에 내동댕이쳐져 있고, 간호사는 어떻게든 비상벨이 있는 쪽 책상으로 가려고 눈치를 보는 중이었다.

"문 열어. 안 열면 그을 거야. 그어버릴 거야."

조그만 가위는 다른 사람에게 위협이 되지 않을 거라 판단했는지 자기 목에 비스듬히 갖다댄 채로 요구해 왔다. 환자복에 슬리퍼 차림으로 어디까지 도망갈 수 있을 거라 생각하는 건진 몰라도 긋는다면 긋고도 남았다. 다행히 한정은 가벽 너머에 있는 탕비실과 직원용 출입문을 알아차리지 못한 상태였다. 성진이 화장실에 다녀온 바로 그 문이었다. 성진은 탕비실에 늘 비치되어 있는 과도, 한정이 든 가위보다 훨씬 날카로운 과도가 여전히 서랍에 있는지 조용히 확인했다. 최악은 면한 셈이었다. 가벽 너머 아주 살짝 고개를 내밀었는데 거의 울먹이고 있는 인턴과 눈이 마주쳤다. 인턴이 눈으로 '어떻게 좀 해주세요' 호소하기에 가볍게 고개를 끄덕였다.

달려나가기 직전, 성진은 생각했다. 나는 이런 걸 하기엔 돈을 너무 조금 받아.

재빨리 한정의 손목을 잡았다. 힘을 꽉 주자 가위는 떨궈졌지만 예의 이빨로 덤벼왔다. 때리고 싶었다. 정말이지 때리고 싶었다. 뉘 집 자식인지 몰라도 때리고 싶었다. 하지만 성진은 가벼운 발놀림으로 뒤돌아가 목을 감았다. 그 사이 움직인 기사님이 비상벨을 눌러 다른 보안요원들을 호출했다. 간호사와 인턴이 한정의 다리를 눌러주었다.

가족들과 마지막으로 만났을 때가 떠올랐다. 한정의 목을 감고 있을 때 어째선지 그때가 떠오른 것이다. 모두 성진이 비정상이라고 말했다. 정신병원에 가야 한다고 말했다. 지금 이 순간을 가족들에게 보여줄 수 있다면, 설명할 수 있다면, 전할 수 있다면 했다. 성진이 얼마나 제정신인지를 말이다. 이토록 분명한데.

성진의 다음 로테이션은 한정의 퇴원보다 빨랐다.

최애선

언제나 걱정했던 건 첫째 며느리였다. 시집온 지 몇달 되지 않아 안사돈이 세상을 버려서 마음이 쓰였다. 의외로 잠잠한 얼굴로 버텨내는 게 기특하기 이를 데 없었다. 애선은 재작년에 여든넷이 된 어머니를 잃고도 한동안 헤어나오질 못했는데 서른둘밖에 안된 첫째 며느리는 애선보다 잘 이겨냈다. 애선이 뭐라고 위로라도 할라치면 가만히 웃으며 괜찮다고 했다. 그 아이는 정말로 괜찮은 것도 같았다.

둘째 며느리를 걱정해본 적은 없었다. 둘째 아이는 원체 밝았다. 얼굴이 작고 키가 큰 첫째 며느리에 비해, 키가 작고 어깨는 좁은데 머리만 동그랗게 커서 인형 같았다. 인형같이 긴 파마머리를 하고 키에 비해 너무 길다 싶은 층층이 치마를 입고 다녔다. 첫째 며느리가 도토리처럼 여문 얼굴이라면 둘째 며느리는 얼굴이…… 열려 있었다. 단단한 구석이 없이 눈이 저 깊이까지 활짝 들여다보이는 느낌이 강했다. 대학에서 글쓰기를 가르치고 가끔 시를 쓴다는데, 애선은 며느리가 시인이라고 말하는 게 어째선지 좀 쑥스러워서 대학 강사라고만 말하고 다녔다.

"어머님 김치는 수채화 맛이 나요."

그런 엉뚱한 이야기를 들을 때면 그런가, 얘가 시인이 맞나 싶을 때도 있었다. 성격이 밝고 어디든 룰루랄라 잘 돌아다녔으므로 나쁜 일이라곤 하나도 일어나지 않을 거라 마음을 놨었나보다.

"엄마, 윤나가……"

둘째 아들이 사고 소식을 전했을 때에는 잠깐 주저앉았던 기억이 난다. 윤나가 싱크홀에 빠졌대요, 했을 때 어찌나 깜짝 놀랐던지. 내 털실인형 같은 며느리가 뉴스에나 나오는 구멍에 빠졌다니.

폭이 2미터, 깊이가 4미터였다고 했다. 오른쪽 팔과 발목이 부러졌다. 여기저기 타박상과 찰과상도 입었다. 걱정도 걱정이지만 화가 나서 견딜 수 없었다. 애선은 친구들 사이에서 별명이 보살이었는데, 평생 겪어본 적 없는 뜨거운 화가 끓어올라서 스스로도 놀랐다. 지자체에도 전화를 걸고, 상수도관을 터뜨린 걸로 의심되는 공사업체에도 전화를 걸어 화를 냈다. 대부분 전화도 잘 받아주지 않을뿐더러 하는 말을 자세히 들어보면 사과는 피하고 남 탓만 해댔다. 대상을 찾지 못한 화는 붉은 짐승처럼 병원 복도를 어슬렁거리다 한참이 지나서야 희미해졌다. 얼마든지 더 나쁠 수도 있었다는 생각이 들자 마음을 식힐 수 있었다. 죽을 수도 있었고 깨어나지 않을 수도 있었던 것이다. 그 아이가 인형처럼 나폴 떨어졌기에 망정이지 머리부터 떨어졌다면 어쩔 뻔했나. 사돈댁은 귀촌한 지 오래되어서 간병을 하러 올 형편이 아니었다. 애선은 거의 매일 며느리의 병실에 드나들었다. 간병인을 따로 두었지만 그래도 가족 얼굴을 봐야 하지 않나 싶었다.

처음에는 아파서 그런 줄 알았다. 팔다리가 한꺼번에 부러졌으니 아프지 않을 턱이 있나. 그런데 시간이 지나도 며느리의 표정이 예전 같지가 않았다. 설명할 방법이 없지만, 열려 있던 무언가가 닫혀버린 느낌이었다. 눈이, 안쪽이 어두워졌다.

"애야, 그런 일도 일어난다. 이제 힘을 내야지."

그러자 며느리는 애선을 쳐다보며 너무 크고 꺼끌꺼끌한 사탕을 먹었을 때처럼 입안에서 힘겹게 말을 굴렸다.

"이사를 가는 건 무리겠지요?"

"이사라니?"

"또 발밑이 훅 꺼지면……"

"다들 사는데 뭘, 설마 또 꺼지겠니. 게다가 너는 운이 좋았지. 그만하면 다행이구나, 하고 자리 털어야지."

어느 말에 대한 건지 몰라도 며느리가 고개를 흔들었다. 예민한 애였구나, 티를 내지 않았을 뿐 보기보다 훨씬 예민한 애였구나. 애선은 속이 상했다. 그래서 며느리 대신 아들을 타박했다.

"너는 왜 애를 불러가지고. 너 만나러 가다가 다친 거잖아. 그까짓 점심 좀 혼자 먹지."

병원에서 방사선사로 일하는 둘째 아들은 애선이 굳이 쏘아붙이지 않아도 자책하고 있을 게 뻔했다. 애선도 상처 주는 소리를 뱉는 순간 후회했지만 그래도 며느리보단 아들이 편했다. 싱크홀로 며느리와 함께 굴러떨어진 도시락 통은 어떻게 되었을까. 다시 메워진 땅 밑에 함께 묻혔나, 누군가 주워서 버렸나.

한달에 한번 점심모임을 하는 친구들과 점집에 갔다. 원래는 신점을 보다가 신기가 조금 빠져서 사주랑 같이 보는 무당인데 사실 뭘 잘 맞히지는 못했다. 점괘는 매번 빗나갔지만 성격이 시원시원하고 이야기를 잘 들어줘서 자주 가다보니 그쪽도 친구 같았다. 아들들은 그 무당을 '주치무당'이라고 부르며 놀리곤 했다. 놀리거나 말거나였다. 애선은 자기 순서가 왔을 때 며느리 이야기를 했다. 그 아이가 다시 기운을 찾으려면 어떡해야 하느냐고.

"오방색이 다 들어가게 조그만 주머니를 만들어. 부적 한장 써줄 테니까 적두랑 같이 넣어서 머리맡에 둬요."

점심모임 친구들과 헤어져 집에 온 애선은 자투리 천으로 팥주머니를 만들었다. 조그만 팥주머니에 오방색을 다 넣기가 쉽지 않았다. 완성하고 나니 꽤 예쁜 공 모양이 되었다. 잘 접어 넣은 부적은 뭐 그리 효과가 있겠나 싶었지만 아무것도 안 하는 것보단 맘이 편했다.

팥주머니를 며느리 머리맡에 두러 갔더니 자고 있었다. 깨우지 말아야지, 하고 주머니만 살짝 베개 옆에 두었다.

"이건 뭐예요? 뭐가 들었어요?"

얕게 잠들었던 건지 곧 깨어나서 물어왔다.

"팥."

대답하자 윤나가 오랜만에 웃었다.

"결혼 전에 혼자 살 때요, 생일날 엄마한테 전화가 왔어요. 뭐가 되었든 팥으로 된 음식을 먹으라고요. 그래야 잡귀가 안 붙는다고 신신당부를 하시는 거예요. 근데 그날 일이 늦게 끝나서 사 먹을 수 있는 게 없었어요. 그래서 제가 뭘 먹었는지 아세요?"

"뭘 먹었니?"

"비비빅요."

이번엔 애선이 웃었다.

"사다 줄까, 비비빅?"

"네, 먹고 싶어요."

애선은 엘리베이터를 타고 매점으로 내려가면서 내내 발가락을 꼼지락거렸다. 엘리베이터가 유압식이라 너무 느렸다. 병원 매점에는 그 아이스바가 없어서 근처 슈퍼 몇군데를 돌아야 했지만 상관없었다. 마침내 비비빅을 찾아 사 들고 올 때 애선은 참지 못하고 봉지를 휘휘 흔들었다. 오십견도 잠시 양보해주었다. 보는 사람이 없었더라면 신이 나 까치걸음이라도 했을 것이다.

아가야, 웃으렴. 겁내지 말고. 팔매질을 하렴. 운동회 날 박을 터뜨리려 애를 쓰는 아이들처럼. 싸우렴. 다치지 말고. 구멍에 빠지지 말고.

애선은 한때 자기가 얼마나 딸을 가지고 싶어했는지를 떠올렸다. 두 며느리를 생각하자 딸과 그리 다르지 않게 느껴졌다. 자식이 넷이구나, 넷. 보살이 아니라 아수라가 되어서라도 지키고 싶은 자식이 넷. 그러나 그 아이들을 지킬 건 팥밖에 없고. 팥 정도밖에 없고.

임대열

"들었어? 이비인후과 고막 브레이커 고소당했다던데."

"진짜야, 그게?"

"봄에 인턴 고막을 하나 또 터뜨렸대. 그런데 이번에 맞은 애는 참지 않았다더라."

"자기 과 애들도 아니고 인턴을? 이럴 줄 알았어. 때리면 그냥 맞던 시대가 지난 지가 언젠데. 고막 브레이커도 오래 버텼지."

"그런 미친개들 병원에서 좀 물러나면 괜찮아질 거야."

"인턴 중에 누구래?"

"걔래, 울보."

"아…… 이름이 뭐더라, 소……"

"응, 걔, 소씨."

모두가 임대열에 대해 수군거리고 있었다. 임대열은 병원이 인턴 편을 들었다는 걸 도무지 믿을 수가 없었다. 이 병원을 위해 가장 열심히 일한 사람이 누군데? 다소 엄하게 가르치긴 했다. 그건 인정한다. 하지만 긴장을 해야 애들이 일을 제대로 배우지, 물렁하게 가르치면 사람 잡는다. 여기는 대학병원이지 탁아소가 아니잖나. 대열은 최근의 상황들이 너무나 부당하게 느껴졌다. 애초에 '고막 브레이커'라는 별명도 오해에서 비롯되었다. 매해 레지던트들의 고막을 터뜨렸다고 소문이 잘못 났는데 지금껏 이 병원에 근무하면서 네명밖에 터뜨리지 않았다. 실수를 계속하는 연놈들이었다. 정신 좀 번쩍 들라고 때린 것뿐이었고, 실제로도 맞고 나선 제법 일을 잘했다. 레지던트만 때렸어야 했는데…… 인턴을 건드린 게 실수였다. 그 꼬맹이가 고소를 하다니. 병원의 중재로 결국 고소는 취하되었지만 임대열의 억울함은 쉽게 가시지 않았다. 입맛이 썼다. 염증의 맛이 났다.

안 됩니다, 하고 그 웃기는 인턴이 말했던 게 밤마다 생각났다. 한대 때리고 두대째를 때리려는데 눈을 똑바로 뜨고 안 된다고 했다. 말도 안 되게 조그만 녀석이었다. 어린애처럼 눈이 댕그랬는데 눈물이 고여 있었다. 분해서 푸르르푸르르했느냐면 그것도 아니었다. 소 같은 눈으로 안 된다고만 했다. 소현재. 소씨는 대체 어디 소씨인가. 기가 막혀서 세대를 치고 네대를 친 건 과했지만 그쪽이 자초한 일이다. 어디다 대고 된다 안 된다 한단 말인가. 며칠 후 녀석이 고소를 했다. 그후로 이 모멸을 당해야 했다. 대열이 복도를 지나가면 따라붙던 존경의 눈빛들이 멸시로 바뀌었다. 그까짓 따귀 때문에. 대열이 젊었을 때에는 주먹으로 때렸다. 그렇게 맞고도 감사해했다. 가르침이구나, 하고 받아들여야지 뺨 몇대를 못 견디는 요즘 애들을 믿을 수가 없다. 스무해 만에 세상이 이렇게 변했다. 가짜다. 요즘 의사들은 순 가짜다.

분원 중 하나를 골라 가든가 그만두라고 했다. 그게 병원의 결정이었다. 우리도 어쩔 수 없어서,라며 말을 전한 이는 변명했지만 어쩐지 모두 시원해하는 얼굴이었다. 이 일만 없었더라면 승승장구했을 대열을 제쳐서 기뻐 죽겠는 모양이었다. 분원이라니. 말이 좋아 분원이지 섬에 하나, 산간에 하나 있는 다 쓰러져가는 병원들이다. 병원이라 불러주기도 아까운 수준인데 이 몸더러 거길 가라니. 임대열은 머리끝까지 화가 나서 아무나 때리고 싶었다. 때려버리고 그만두고 싶었다. 까짓것, 개원하면 되지.

이비인후과는 개원하면 돈을 쏠쏠히 벌 수 있는 과였다. 그럼에도 지금까지 대학병원에 남았던 건 조직생활이 잘 맞았기 때문이었다. 조직은 대열을 원했고 대열은 조직을 떠받쳤다. 게다가 개원을 하면 간호사들을 관리하기가 얼마나 귀찮겠는가. 생각만 해도 싫었다. 간호사들은 오로지 젊고 헤헤거리는 의사들만 좋아하고 대열에겐 부루통했다. 싸가지 없고 못생긴 것들이 어른 대우를 할 줄 몰랐다. 그런 것들을 직접 관리해야 하는 불편은 상상만으로도 견딜 수 없었다.

물론 개원할 돈도 모자랐다. 버는 족족 미국에 있는 애들과 애 엄마가 다 가져갔다. 처음에는 첫째만 유학을 보냈는데 둘째가 가면서 애 엄마까지 애들을 따라가버렸다. 교육을 위해서라고는 하지만 이쪽에 어찌나 소홀한지 가끔 이혼해버릴까도 생각했었다. 병원 앞에 있는 방 세개짜리 아파트에 혼자 남겨졌는데 결국 방 하나에서만 생활했다. 나머지 방들은 어떻게 해야 할지도 몰랐다. 가끔 방학 때 애들이 들어오기는 하는데 애 엄마가 어떻게 구워삶았는지 제 아버지를 보는 눈이 차갑기가 이를 데 없다. 한대씩 올려붙일까 하다가 포기했다. 자식에게 줄 열정과 애정까지도 병원에 가져다 바쳤는데 이런 토사구팽의 처지가 되다니 허망할 뿐이었다. 빨리 나가면 원하는 바를 다 들어주는 것 같아서 일부러 더 버텼다.

"고막 브레이커, 아주 기가 죽었다며?"

"아니야, 그렇지도 않아. 지 버릇 개 못 준다고 외국인 교환학생한테 손을 올리다가 움찔했다니까. 진짜 그 자리에서 봤어야 해. 거기 있던 모두가 움찔했어."

"언제 나간대, 대체?"

"그러게 말야. 끝까지 더티하게."

병원 식당에서 대열이 있는 줄 모르고 욕들을 해댔다. 대열은 식판을 던지고 싶었다. 뒤돌아서 고함을 지르고 싶었다. 잠시 어금니를 씹으니 분노보단 서러움이 솟구쳤다. 그래, 내가 가마. 가버리마. 예전에는 일이 없어도 자정까지 병원에 꼭 남아 있었는데, 초저녁에 집에 돌아왔다. 횡단보도 두개만 건너면 집이었다.

집이 텅 빈 채로도 더러워질 수 있다는 게 대열은 신기했다. 어딘가 대열의 진가를 알아줄 새 직장을 찾은 다음 이사를 가자. 그리고 미국의 식구들을 불러들이자. 오지 않겠다면 귀를 잡아끌고서라도 오게 해야지. 내가 내 자식 고막은 못 터뜨릴까봐? 대열은 결심했다. 정신이 없던 몇주간 쌓인 재활용 쓰레기를 들고 1층으로 내려갔다.

아파트에는 여름 한철 물이 흐르는 조악한 계곡과 시뻘건 정자가 있었다. 그 정자에 아는 얼굴들이 앉아 있었다. 건방지기 짝이 없어서 유명한 응급의학과 레지던트와 서울에 나가서 호텔 나이트 막대기에 매달려 유명해진 간호사였다. 끼리끼리 노는구면, 아주. 그들도 대열을 본 게 틀림없었다. 어두운 조명 아래에서도 잠깐 고민하는 표정이

스치는 걸 알 수 있었다. 그런데 결국 인사를 안 하기로 마음먹은 모양이었다. 이것들이?

대열은 재활용 쓰레기를 양쪽에서 풀썩이며 그들을 향해 다가갔다. 갈 때 가더라도 마지막 일갈은 하고 가야지 싶었다. 대열이 다가서자 남자 쪽이 한숨을 푹 쉬었다.

"사람을 봤으면 인사를 해야지."

"안녕하세요?"

여자 쪽이 얼른 성의 없이 인사를 했다. 자세히 보니 남자는 팔 안쪽에 문신도 있었다. 세상에, 의사가 되어가지고!

"요즘 의료인들은 예의도 없고 품격도 없나?"

정의로운 자세를 하기엔 양손에 든 쓰레기가 방해가 되었다. 버리고 올 것을. 너무 흥분해버렸다. 레지던트는 말 한마디 하지 않고 버티더니 이마 근처가 울룩불룩해졌다. 이 녀석도 다혈질임이 분명하다. 그러더니 픽 웃었다.

"서애임."

임대열은 '선생님'을 그토록 양아치처럼 발음하는 건 처음 들어봤다. 적지 않은 충격을 받고 말았다.

"서애임, 가세요. 끝났어요."

레지던트가 다시 한번 말하자 이번에는 간호사 쪽이 웃음을 흘렸다. 연놈들이 쌍으로 돌았나. 뭔가 한마디 더 해야 했다. 지지 말아야 했다. 그런데 말문이 막혀버렸다.

"끝났다고요."

임대열은 거기, 마지막 남은 전사 종족의 후예처럼 서서 양손에 들고 있던 봉투를 바닥에 힘껏 내던졌다. 유리가 깨지고 페트병과 깡통이 굴러갔다. 비닐이 바람에 날렸다. 산책을 하던 가족들이 대열 쪽을 바라보았다. 봐라, 봐. 이게 긍지 있는 의사의 마지막 퇴장 모습이다. 쓰레기들이 추는 군무를 배경으로 대열은 돌아보지 않고 걸어갔다. 폭파 장면을 배면에 깔고 걷는 액션영화의 주인공 같았다.

"쓰레기……"

간호사가 뭐라고 말했지만 듣지 못했다.

고막 브레이커는 다음 날 사직서를 냈다. 남은 사람들은 모두 귓바퀴를 만지며 안도했다.

장유라

헌영의 차갑던 코.

혈관이 모자라는지 이상하게 여름에도 코가 차가웠다.
크거나 뾰족하거나 높은 코가 아니었는데도 말이다. 그런
것과는 상관없는 듯했다.

"자기는 코가 먼저 죽었네, 죽어버렸네."

농담을 했었다. 그러면 헌영은 코를 만지며 그치, 너무
차지, 어릴 때부터 그랬어, 하며 웃었다. 그 코. 그 차갑던
코는 종종 침대에서 유라의 배 위로 미끄러졌다. 좋은 애
무 도구였다. 쓸모없지 않았다. 아직도 유라는 잠결에 헌
영의 코를 느끼곤 했다. 이제 안아줄 사람은 없어, 가파른
욕구를 충족시켜줄 사람은 없어, 깨달으며 잠이 깰 때는
그 모든 일들이 전생 같았다.

불과 지난해 말의 일이다. 빗길에 미끄러진 25톤 화물차
가 중앙선을 넘어와 헌영을 덮친 것은. 비가 오는 날에는

300건 안팎의 교통사고가 일어나고 사고를 당한 사람 중 10명 안팎이 사망한다. 매번 비가 올 때마다…… 유라는 이제 비가 오면, 비를 비로 볼 수 없게 되었다. 물보다 독한 것으로 보였다. 끔찍한 것으로 보였다. 빗속으로 들어서지 못하고 속으로 암산을 했다. 달마다 2천명에 가까운 사람들이 빗길 교통사고를 당한다면 그중 몇명이 헌영처럼 될까. 나쁜 확률 문제였다고는 도저히 받아들일 수 없다. 유라가 받아들이지 못한다고 해서 바뀌는 건 없지만.

헌영은 죽지 않았다. 머리를 크게 다쳤을 뿐이었다. 다시는 깨어날 수 없을 만큼, 눈을 뜬다 해도 그저 눈꺼풀의 오작동일 만큼. 몇번의 위기가 있었지만 숨이 멎지는 않았다. 스스로 숨은 쉰다. 함몰되지 않은 쪽에서 보면 그저 잠든 것 같은 얼굴이다. 음식은 비위관으로 내려보낸다. 음식이래봐야 그저 하얀 액체일 뿐이라 어째선지 그것이 속상하다. 빨간 국물을 좋아하던 사람이었는데, 이럴 줄 알았으면 맵고 짜게 먹어도 그냥 둘 걸 그랬다. 헌영은 깨어나지 못한 채로 계속 말라갔다. 마르니까 연애하던 시절의 모습에 가까워졌다. 한쪽에서 보면 말이다.

얼마 전에 대학병원에서 요양원으로 옮겼다. 할아버지들 사이에 누운 헌영이 너무나 젊고 잘생겨 보여서 마음속 어딘가에서 깨지는 소리가 났다. 더 깨질 게 남아 있었나,

마치 사금파리로 가득 찬 봉제인형 같은 상태로 서서 유라
는 헌영의 얼굴을 가제 수건으로 덮어버리고 싶다는 이상
한 충동을 느꼈다. 이제 와서 잘생겨 보이는 건 낭비잖아,
원망하고 싶었다. 소리 지르고 싶었다. 오히려 젊있을 때
는 약간 자신감 없어 보이는 타입이었는데 40대에 들어서
안정을 찾자 헌영은 잡지 속 남자들처럼 보였다. 괜찮은
얼굴로 늙어갈 것같이, 근사한 할아버지가 될 수 있을 것
같이…… 이제 와서는 아무 쓸데 없는 이야기. 가제 수건
을 세게 쥐었다.

  헌영의 머리맡에 일곱살 난 정빈이 자기 사진을 붙여놓
았다. 작년 휴가 때 찍은 사진이었다. 정빈은 계곡에서 돌
고래 튜브를 타고 웃고 있었다. 좁게 고인 물구덩이에 비
해 돌고래는 너무 크고 정빈은 너무 작아서 우스꽝스러워
보였다. 아이가 헌영에게 아빠 일어나, 아빠 얼른 나아, 아
빠 눈 좀 떠, 아빠 보고 싶어, 아빠, 하고 계속 말을 거는 게
마음에 들지 않았다. 정빈은 정말로 아빠가 돌아올 거라고
믿고 있다기보다는 자기가 그렇게 말했을 때 다른 어른들
이 애틋해하고 관심을 가져준다는 걸 알고 그러는 듯했다.
이런 상황에서조차 애정을 갈구하는 아이들 특유의 자기
중심성이 어쩐지 징그럽게 느껴졌다. 헌영을 조금 더 닮았
더라면 좋았을 테지만 정빈은 유라를 더 닮았다.

그러나 아이의 탓이 아니다. 유라는 길을 걷다가 유난히 불행을 모르는 듯한, 웃음기를 띤 깨끗한 얼굴들을 발견하면 갑자기 화가 났다. 불행을 모르는 얼굴들을 공격하고 싶은 기분이 되곤 했다. 왜 당신들은 불행을 모르느냐고 묻고 싶었다. 어리고 젊고 아직 나쁜 일을 겪지 않은 얼굴들이 생각보다 흔하지 않다는 건 비틀린 위로였다.

다시 취직을 해야 한다는 건 분명했다. 취직을 하고 이사를 해야 했다. 이제 와선 불연속적인 기억으로 남아 있는 충격의 순간들을 보내고, 조금 정신을 차려 보험증서를 모두 꺼내 꼼꼼하게 읽고 났을 때부터 결론이 나왔다. 보험을 들 때만 해도 어찌나 낙관적이었는지, 믿을 수 없을 정도다. 보험을 들긴 했어도 아무 일 없을 줄 알았던 것이다. 건강검진을 하고 내시경을 받고 여기저기 수리하며 늙은 다음, 적은 금액이나마 연금을 받으며 죽을 때까지 살 줄 알았다. 빠듯해도 함께 이마를 맞댈 요령이었다.

사실 바로 일을 시작하지는 않아도 되었다. 언젠가는 시작해야 했지만 바로는 아니었다. 그저 집에 있는 게, 집에서 위로 전화를 받고 친척들이 만들어 온 음식을 먹는 게 지겨웠다. 유라는 전 직장 동료들 중 소식통에게 연락해 참담한 상황을, 약간 과장해서 이야기했다. 그리고 2주쯤 간격을 두고 인사에 영향을 미칠 수 있는 사람들을 골라 다시 전화를 걸어 일자리를 부탁했다. 최악의 상황이 오면 사람들은 생각보다 강인해진다. 불행을 팔아 일자리를 얻는 것쯤은 마음에 미약한 실금도 긋지 않았다. 정빈을 엄마에게 맡겼다. 환갑을 훌쩍 넘긴데다 멀리 사는 엄마에게 못할 짓이었지만 불효를 저지르는 것도 별로 두렵지 않았다. 누구도 비난 못할 핑계가 있었으니까.

원래 있던 자리로 돌아갈 수는 없다는 걸 알고 있었다. 누가 어떤 끈을 당겨 찾은 자리인지 몰라도 유라는 원래 다니던 회사의 자회사, 서울에서 두번째로 큰 지점에 상담원 자리를 얻었다. 예전 연봉의 반나마 한 돈을 받게 되었지만 상관없었다. 그 이상 기대하지도 않았다. 서울은 멀었지만 10시까지 출근해서 11시에 업무를 시작해 8시 반에 일을 마무리하고 9시에 퇴근하는 스케줄이라 교통체증 시간을 피할 수 있었다. 유라가 하는 업무는 주로 주방 리모델링 상담이었다. 몇년 새 모델들이 다양해져서 거의 맞춤이나 다름없었다. 고급 라인은 수입 제품을 쓰고 중급부터는 직접 생산했다. 유라는 레인지 후드의 종류를, 타일의 색깔을, 대리석의 등급을, 빌트인 전자제품의 기능을, 서랍과 선반과 휠과 손잡이와 모든 세부사항을 재빠르게 익혀갔다. 고객이 재온 수치로 계산하고, 실측 기사를 파견해 확인했다. 비싼 제품을 강권하지 않아서 오히려 계약

성사율이 높았다. 부엌을 바꾸고 싶어하는, 나쁜 일이 일어나지 않을 거라 믿는 사람들을 매일매일 만나는 건 일종의 면역처럼 작용했다. 화가 덜 났다. 그것이 인간의 습성인 것이다. 확률을 생각하지 않고 살아가는 것. 다만 유라가 일하는 곳에는 창문이 없었으므로 일을 마치고 나갈 때 비가 오고 있으면 습격을 당한 기분이 들었다.

이사 준비도 해야 했으므로 헌영이 다시 쓰지 않을 물건들을 중고로 팔았다. 등산용품을 팔았고, 스노보드를 팔았다. 스노보드라니 정말 용감했구나, 새삼 놀라면서. 목이 부러지고 허리가 부러질 수도 있었는데 말이다. 헌영이 발이 아프다고 거의 신지 않은 정장 구두를 팔았다. 모자와 목도리를 팔았다. 책과 음반과 작은 수집품들을 팔았다. 작년에 계곡에서 원래 것이 찢어지는 바람에 새로 산, 한 번도 못 입은 수영복을 팔았다. 입던 옷을 파는 건 특히 힘들었다. 옷을 빨고 말리고 개는 것도 힘들었으며 중고 카페에 설명 글을 쓰는 것도 힘들었다. 불행에 대해 쓸 필요는 없었으므로 살이 너무 빠져서 못 입게 되었다고 썼다. 거짓말은 아니었다. 가격은 언제나 같은 제품의 가장 낮은 가격보다 더 낮게 책정했다. 버릴 수는 없었다. 헌영의 물건들이 조각조각 나고 불타고 땅에 묻히는 것만은 견딜 수 없었다.

"엄마, 우리 가난해?"

정빈이 물어왔다. 아이 눈에 띄지 않게 물건을 천천히 정리한다고 했는데 아니었던 모양이다.

"아니, 안 가난해."

"그런데 왜 이사 가야 해? 왜 아빠 물건 없애?"

"엄마가 이제 일하잖아. 지금은 회사가 너무 멀어. 그리고 할머니 집에도 가까이 살아야 할머니가 덜 힘들지. 서울 집은 여기보다 훨씬 비싸니까 짐을 줄이는 거야. 조그만 집으로 이사 갈 거지만 우리 가난한 거 아니야, 걱정 마."

"나 아빠 거 아무거나 하나만 주면 안 돼?"

그렇게 말하는 정빈이 이미 울먹이고 있어 유라도 숨이 막혔다.

"내가 커서 아빠 거 쓰면 안 돼? 안 없애면 안 돼? 아빠가 일어나면 속상할 수도 있고……"

유라는 정빈을 끌어안았다. 헌영을 별로 닮지 않았지만 아이의 체취만은 헌영과 비슷했다. 네가 클 때까지 내가 이렇게 살 수는 없어, 미안해, 아이가 이해하지 못할 말들은 하지 않았다. 하지만 화장대 서랍에서 헌영의 시계를 꺼냈다.

"이거 줄게."

정빈의 손목에서 헌영의 시계가 헛돌았다. 헌영의 손목

에 딱 맞게 줄인 메탈 체인이었다.

"안 잃어버릴 자신 있어? 나중에 클 때까지?"

"응. 근데 차가워."

"기다리면 안 차가워질 거야."

그날 이후로 정빈은 자주 그 시계를 쥐고 있었다. 시계가 손 온도와 비슷해지면 다시 보물 서랍에 넣었다. 거실 장의 서랍 하나가 정빈의 보물 서랍이었다. 정말로 좋아하는 물건만 그 서랍에 넣는다는 걸 유라는 알고 있었다. 어쩌면 정말로 잃어버리지 않을지도 모른다. 아주 나중까지. 이삿짐을 쌀 때 잘 챙겨줘야겠다고 생각했다.

쉬는 날 집을 보러 다니다가 환승하려고 시청역에 갔을 때, 유라는 헌영과 자주 덕수궁에 갔던 것을 기억해냈다. 어쩐지 가보고 싶어졌다. 점심때니 샌드위치를 사서 벤치에서 먹으면 될 것 같아 역 위로 올라갔다. 시청 광장에서는 시위가 한창이었다. '화물 연대'라고 쓰인 곳에서 유라는 발걸음을 늦추었다. 저기 있을까, 그 사람도. 빗물에 미끄러진 그 사람도. 유라는 그 사람의 얼굴을 알지 못했다. 그쪽도 사고 후 바로 입원해 직접 대면할 일은 결국 없었다. 누가 팸플릿을 건넸다. 거기에는 업주의 강압에 의한 과적 실태에 대해, 과적일 때 핸들 컨트롤이 얼마나 어려워지고 제동거리가 늘어나는지에 대해 적혀 있었다. 다단계 하청의 고리를 끊지 않는 한 화물차량 운행은 위험할 수밖에 없다는 설명이었다. 유라의 눈이 소제목에 멈추었다. 우리는 더이상 도로 위의 폭탄이 되기 싫다,고 진한 글씨가 말했다.

제동거리. 유라는 샌드위치집으로 걸으며 제동거리에 대해 생각했다. 과적으로 늘어나고 빗물로 늘어난 제동거리. 만약에 그 제동거리가 조금만 짧았더라면, 운전자가 핸들을 조정할 수 있었더라면, 그랬더라면.

"5번 샌드위치 하나요."

"음료는요?"

"콜라요. 아니, 열개 주세요."

"콜라를요?"

"샌드위치랑 콜라 세트를요."

두 손에 샌드위치 봉투를 들고 유라는 다시 광장으로 향했다. 아까 팸플릿을 나눠주던 사람은 계속 거기 있었다. 사람들이 팸플릿을 받지 않아 별로 줄어들지 않은 것 같았다. 유라가 샌드위치 봉투를 건네자 당황해했다. 일단 건네받은 다음 어떤 설명을 바라는 얼굴이었지만 유라에겐 설명할 여력이 없었다. 봉투만 넘겨주고 길을 건너서 덕수궁으로 갔다.

벤치에 앉아서야 자신의 몫은 남기지 않았다는 걸 깨달았다. 허기가 심한가 심하지 않은가 느껴보려 했지만 몸속에 허기와 비슷한 것이 너무 많아 헷갈렸다. 요즘은 늘 그렇다. 자판기에서 가장 되직한 쌀 음료를 골라 뽑았다. 그걸 마시며 바닥에 떨어진 나뭇잎들이 작은 회오리를 만들며 춤추는 걸 구경했다. 헌영은 도로변 위로 미끄러지는 작은 회오리바람들을 좋아했었다. 저것 봐, 하고 유라가 못 보면 꼭 알려주곤 했다.

유라가 다시 지하철을 타고 집에 가까운 역에 도착했을 때 비가 내리기 시작했다. 오늘도 300여대의 차들이 미끄러질 것이었다.

이환의

환의는 야근수당이 필요했다. 야근수당 때문에 CT실에 지원했다. 그 전에는 MRI실에 있었다. MRI를 찍는 데는 30여분, 비용도 싸지 않기 때문에 하루에 찍는 환자 수는 견딜 만한 정도였다. 부위와 질환에 따라 찍는 방법도 여러가지라 공부를 많이 해야 했는데 그것도 꽤 자극이 되는 편이었다. 고참들은 영상의학과의 젊은 의사들보다도 보는 눈이 정확해서 의사가 놓치면 넌지시 알려주기까지 했다. 그럴 때의 고참들은 멋있었다. 아니, 항상 멋있었다. 부주의하게 가위를 가슴 포켓에 꽂고 MRI실에 들어가려는 인턴을 턱 잡아내는 그 여유 있는 모습이란.

"가위도 볼펜도 안 돼. 볼펜심이나 스프링같이 조그만 것도 빨려 들어가기만 하면 저 비싼 기계를 망가뜨린단 말야."

고참들의 강력한 비호를 받는 방사선사 생활은 나쁘지

않았다. 병원 통틀어 방사선사는 100명 안팎, 병원 노조의 핵심 세력이었다. 다른 병원에서는 간호사들이 노조의 중추라는데 이 병원은 유난히 근로조건이 나빠서 간호사들의 이직이 잦았다. 아쉬운 일이다. 10년쯤 된 노조는 사실상 등산모임이나 다름없었지만 가끔 병원이 이상한 짓을 벌일 때 따끔하게 목소리를 냈다. 그럴 때마다 젊은 의사들은 부러운 속내를 비치기도 했다. 의사들이 계약서나마 쓰게 된 것은 얼마 되지 않은 일이다.

CT실은 MRI실보다는 훨씬 힘들었다. 한번 찍는 데 3분이 걸렸다. 비용 부담도 적은 편이라 환자가 끝없이 들어왔다. 제 발로 걸어들어오는 환자라면 3분 사이클도 못할 것 없지만 대개는 누워 있는데다 상태가 좋지 않아서 기계에 실수를 할 때가 잦았다. 환자들을 들어올리고 분비물을 세심히 닦았다. 혼자 촬영이 불가능한 환자를 부축하고 움직임 없이 잡아주기 위해 납복을 입고 곁에 서는 일이 두 사람의 무게를 감당하는 발레리노와 비슷하지 않느냐고 윤나가 말한 적이 있었는데, 환의는 웃고 말았다. 그런 식으로는 생각해본 적이 없었다. 납복을 입고 춤 같은 건 추지 않아, 대답하며 엉뚱한 생각을 하는 윤나를 신기해했었다. 납복이 가려주지 않는 부위에 대해서는 생각하지 않기로 오래전에 마음먹었다. 일과가 끝나면 다리가 후들거리게 힘들었다. 잘못 찍으면 다시 찍으면 된다는 것 정도가 CT실의 위안이었다.

병원 사람들은 요즘 환의에게 친절했다. 환의의 아내 윤나가 골절 때문에 입원해 있다는 걸 다들 알고 있어서다. 환의가 걱정하는 것은 골절보다는 윤나의 공황장애였다. 벌써 두번이나 발작이 있었는데, 한번은 환의도 함께 있을 때였다. 숨을 못 쉬고 사지에 힘도 못 주고 거의 기절하는 것처럼 보였다. 윤나가 가장 무서웠겠지만 환의도 무서웠다. 뼈보다 붙이기 힘든 무언가가 망가진 게 아닌가 의심스러웠다. 팔 깁스는 풀었고 발목도 다음 주면 풀 테니, 퇴원이 가까워지고 있었다. 사실 더 일찍 퇴원할 수도 있었는데 윤나를 도무지 혼자 둘 수 있을 것 같지 않아 미룬 것이었다. 윤나는 퇴원을 해도 한동안 일을 할 수 없을 터였다. 그런 상태로는 띄엄띄엄 떨어져 있는 대학들을 돌아다닐 수 없고 그렇게 둘 생각도 없다. 그렇다고 두 사람이 매달 갚아야 할 돈이 기다려주는 것은 아니니, 환의는 야근수당이 필요했다.

언젠가 방송에 환의와 윤나가 연애 시절 자주 가던 가게가 나온 적이 있다. 아기자기한 비스트로였다. 그런 가게를 비스트로라고 부른다는 걸 윤나가 말해줘서 알았다. 샥슈카가 가장 맛있었다. 지중해에 한번도 가보지 못했지만 샥슈카를 지중해 사람들처럼 매주 먹었었다.

"저기 우리 테이블이었는데."

항상 앉던 자리에 다른 사람들이 앉아 있는 걸 보고 윤나가 어쩐지 조금 슬퍼하며 말했다. 환의는 그저 그 가게가 텔레비전에 나오는 게 반가웠는데 윤나는 슬퍼했다. 윤나의 그런 면이 어렵다고 속으로 생각했던 기억이 난다. 잘 웃는 사람, 친절한 사람, 다정한 사람이었지만 결코 쉬운 사람은 아니었다.

"자주 가야 우리 테이블이지. 다음에 서울 가면 저기 갈까?"

"으응, 아니."

윤나는 환의가 잘 모르는 자기만의 기분에 빠질 때 늘 그런 식으로 대답했다. '응'을 조금 길게 말한 다음 '아니'로 끝냈다.

"왜? 주인이 아직 우리 기억할걸?"

"그냥. 그냥, 그 시기는 끝났어. 끝났지만 지금이 좋아."

윤나는 그렇게 말하며 머리를 기대어 왔다. 윤나의 길고 느슨한 파마머리가 간지럽게 몸을 덮었다. 그 시기,라고 끊어 말하니 정말 옛날처럼 느껴졌다. 그래 봐야 몇년 전인데. 그때 두 사람은 무슨 이야기를 했던가. 환의는 무슨 이야기를 했던가.

"오늘 재밌는 이야기를 들었어. 엑스레이가 처음 발견되었을 때 사람들이 지나치게 흥분했었나봐. 글쎄, 신혼부부 혼수로 엑스레이 부케 장식 같은 걸 했대. 튜브 관에 들어 있는 꽃이 엑스레이 때문에 특이하게 빛나는 장식품이었어. 예쁜 것과는 별개로 방사선이 나오는 튜브니까 몸에는 무척 안 좋았을 텐데, 그걸 침대 머리맡에 두고 자다니…… 하여간 흥분했던 거야. 새롭고 재밌어서 견딜 수 없었던 거야. 구두약 상표에도 주방기구 이름에도 무조건 '엑스레이'라고 써 붙였어. 사실 엑스레이랑은 아무 상관 없었는데도. 아주 단순한 물건들도 엑스레이를 찍어봤다는 인증서를 붙여 팔았대."

그런 이야기들을 했던 것 같다. 재미있는 이야기를 들으면 매일 윤나에게 전했다. 가끔 그런 이야기들이 윤나의 시에 슬쩍 들어갈 때도 있었다. 솔직히 환의는 시를 거의 이해하지 못했다. 읽어보려고 애썼지만 환의에게 시는 단어의 배열 정도였다. 어떤 구절은 환의에게도 좋아 보였지만 윤나와 윤나의 친구들이 이해하는 방식으로는 영원히 이해하지 못할 것이었다. 그래도 자신이 해준 이야기가, 윤나가 윤나식으로 해석한 자신의 생활이 시가 되었을 때는 썩 나쁘지 않았다.

그리고 결혼을 했고, 두 사람은 거실에 결혼사진 대신

장난스러운 엑스레이 사진을 걸었다. 병원에서 그런 걸 찍으면 안 되지만 선배가 몰래 찍어준 것이었다. 나란히 앉은 한쌍의 다정한 해골. 좀더 작은 해골 쪽이 화관을 쓰고 부케를 들고 있다. 꽃과 뼈가 멋지게 겹쳐졌다. 놀러 오는 사람마다 그 액자를 보면 웃음을 터뜨렸다.

환의는 액자 아래 소파에 누웠다. 씻어야 했지만 몸을 일으킬 엄두가 안 났다. 소파 옆 협탁에는 윤나의 시집이 있었다. 거기 몇권 뒀다가 손님들에게 주곤 했다. 첫 시집. 윤나는 다음 시집은 기약이 없다고 말했다. 환의는 아무데나 펼쳐서 읽어보았다. 여전히 이해하기는 어려웠다. 무슨 내용인지도 어렴풋했다.

이토록 이해하기 어려운 사람과 결혼했다는 사실이, 지금껏 두려웠던 적 없었는데 두려워졌다. 특수한 촬영기기가 나와서 윤나의 복잡한 안쪽을 찍어볼 수 있다면, 환의는 그 기계를 다룰 수 있도록 잘 배울 것이다. 윤나의 다치고 망가진 부분을 짚어 보일 수 있는 기계가 나온다면…… 그런 생각을 하다가 소파에서 잠들고 말았다. 머리맡에 나쁜 꽃이 필 것 같은 얕은 잠을 잤다.

새벽에 일어나니 윤나에게 문자가 와 있었다.

—퇴원하면 그 가게에 가고 싶어. 우리 자리에서 우리 메뉴 먹고 싶어.

반사적으로 문자를 확인하고 다시 잠들었다. 자기도 모르게 손가락을 움직였다. 윤나의 머리카락을 만지기 위해. 윤나가 지금은 옆에 없다는 걸 잊은 손가락이 제멋대로 움직였다.

액자 모서리가 손에 닿았다.

유채원

그 수술실에 주니어 스태프는 채원뿐이었다. 병원의 설립자인 회장의 큰누이가 응급수술을 받게 되자 소문은 삽시간에 퍼졌고, 병원 어딘가에 남아 있다고는 들었지만 실물은 본 적 없는 원로 교수들이 수술실로 몰려들었다. 한 시대를 풍미한 의사들이었지만 현장에서 물러난 지 좀 된 이들도 있었기에 채원으로서는 고개를 갸웃할 수밖에 없었다.

"나는 이제 손을 떠니까 자네가 집도해. 자네가 이제 나보다 나아. 나는 어시스트할게."

과장님이 말했을 때, 이게 진심인지 VIP가 죽었을 때 책임을 회피하려는 속셈인지 알 수 없었다. 채원은 수술실이 너무 북적거린다고 생각하며 수술대 위의 환자를 바라보았다. 84세. 두살 어린 남동생이 공부를 마칠 때까지 뒷바라지한 다음, 나중엔 병원 근처의 부동산을 좌지우지하는 큰손이 되었다고 들었다. 늪지대에 갈대밭이었던 걸 도시로 키웠대서 어마어마한 여장부를 생각했는데 생각보다 조그만 할머니였다. 오전에 대장용종절제술을 받았는데 오후에 통증을 호소하고 혈변을 보았다. 응급실에서 찍은 CT에는 복강 내에 공기가 보였다. 내시경을 하다가 천공을 만든 게 틀림없었다. 내시경을 했던 내과 교수가 파랗게 질려서 수술실 구석에 서 있었다. 사람은 생각보다 쉽게 파랗게 되지, 거의 스머프 안색이군, 채원은 생각했다. 채원의 눈과 손이 조그만 노인의 배 속을 더듬으며 천공을 찾기 시작했다.

채원은 병원 부속 의학전문대학원을 수석으로 입학해서 수석으로 졸업했다. 학부는 수의학과를 나왔다. 2년 정도 동물병원을 했지만 금방 질려버렸다.

"누나는 왜 여기 다시 왔어요? 동물병원 돈 잘 벌지 않아요?"

"응, 근데 사람 수술이 더 재밌을 것 같았어."

"으익, 그게 뭐야."

사람들이 웃었지만 채원은 진심이었다. 사람들은 어째서 진심을 말할수록 웃는 걸까. 대학원이다보니 스무살들도 아니고 동기들은 채원을 질투하거나 견제하기보다는 재밌어했다. 특별히 재밌는 사람이 아닌데 재밌어하니 재밌는 사람인 척하기로 했다. 내부 장기의 모양을 동물들과 비교해서 알려주면 신기해했다. 인간이 다른 동물과 그리 다르지 않은데 작은 은빛 칼을 들고 스스로의 몸을 누비는 데까지 다다랐다는 것에 대하여.

실습이 시작되자 채원은 '좀 특이한 사람'에서 '아주 뛰어난 사람'으로 인정받기 시작했다. 채원은 흔히 쓰이는 수처(suture)부터 잘 안 쓰는 수처까지 인간 재봉틀처럼 촘촘하고 가지런히 해내고, 기도 삽관도 도뇨관 삽관도 테이크아웃 커피에 빨대를 꽂듯이 부드럽게 성공했으며, 채혈도 드레싱도 흠잡을 데 없었다. 교수님이 시켜서 척추 천자도 했대, 수술실에서 열네시간을 서 있었대, 하며 인턴들끼리의 소문에 채원이 자주 등장하기 시작했다. 머리가 좋은 걸 뛰어넘는 특별한 자질이 채원에게 있음을 모두 슬슬 수긍했다. 과를 정할 때는 여러 과에서 접근해 왔는데 채원은 외과를 선택했다. 외과는 인기가 바닥이었지만 그 선택 역시 다들 수긍했다. 애초에 수술하러 왔댔지, 하고.

채원으로서는 수술이 즐거웠기 때문에 당직실이 더러운 것 빼고는 별로 힘들지 않았다. 언제 누가 빨았는지 모를 이불은 색깔마저 노란색이었다. 제발 이게 원래 노란색이었다고 말해줘, 채원은 투덜거리면서도 그 이불을 덮고 잘도 잠들었다. 음식은 당직실에 있는 걸 먹었는데 늘 유통기한이 아슬아슬했고 냉장되어야 할 것들이 누군가의 부주의로 실온에 나와 있었다. 식사를 걸렀다가 수술 중에 저혈당이 와서 잠깐 기절한 경험 이후로는 눈에 띄는 대로 먹었다. 몸무게는 한참 내려가다가 다시 정상을 찾았다. 하루는 빵을 먹고 있는 채원의 머리 위로 당직실의 천장 패널 부스러기가 떨어졌다.

"우리 병원은 다 좋은데 건물이 엉망이야."

빵을 마저 먹으며 채원이 말했다.

"다 좋다고? 좋은 부분이 뭔지 모르겠는데."

선배가 조각들을 털어줬다.

"재밌는 수술 많잖아요. 수술 스태프들 실력도 뛰어나고요. 정말 건물만 좀더 좋았으면."

"회장님네 누나가 지은 건물이잖아. 이 구역 거의 전부가. 연식이 된 걸 감안해도 날림으로 지었지. 서울이었어봐, 좋은 동네였어봐. 병원이 이 꼴이면 난리난리 난다고. 여기니까 환자들도 천장이 떨어지면 떨어지는구나, 신경 안 쓰잖아."

"그런가. 서울이 아니라선가. 안전까지도 불공평한 건가."

"그렇다니까. 여긴 진짜 한국 건축사에서 가장 수치스러운 동네일걸."

그런 대화를 나누었던 게 기억났다. 한국에서 가장 못생긴 병원 건물과 그 주변을 지은 장본인이 이 자그만 할머니구나, 채원은 그런 생각을 하며 드디어 천공을 찾았다. 천공이 있는 부분을 말끔하게 봉합하고 또다른 천공이 있는지 대장 전체를 손으로 한번 훑었다. 테이블에 기울인 머리가 많아서 그렇지 전체적으로 어렵지 않은 수술이었다.

다른 수술들이 계속 있었다. 구름처럼 모였던 노교수들이 구름처럼 흩어지고 나서도 세번의 수술이 더 있었다. 수월한 수술들이었다. 호흡이 잘 맞는 마취과 선생님의 수술실에 운 좋게 배정되었다. 수술 스태프 모두가 오래 연습한 군무를 추는 것처럼 실수가 없었다. 오늘처럼 수술이 잘되는 날에는 조금 더 중요한 수술을 하고 싶은데, 하고 채원은 자기도 모르게 속으로 중얼거렸다. 다들 채원을 두고 머리가 좋다고 말하지만 스스로는 효율적인 게 아닌가, 그렇게 여겼다. 효율적인 것을 굉장히 좋아하는 뇌였다. 적재적소에 귀신같이 배치된 사람들이 각자의 잠재능력을 극한까지 끌어올리는 풍경이 가장 아름답다고 느끼는 그런 뇌. 채원도 자신의 자리를 오래도록 탐색해왔다고 말할 수 있다. 아주 어릴 때부터 기다리고 찾았던 그 적소가 어쩌면 여기일지도 모른다고 최근에야 드디어 생각이 들었다. 쉬운 자리는 아니었다. 하중이 걸리는 자리였다. 하지만 채원은 스스로가 단단한 부품임을 알고 있었다. 자신이 하중을, 타인의 생명이라는 무게를, 온갖 고됨과 끝없는 요구를 견딜 수 있는 부품이란 걸 어떤 자기애도 없이 건조하게 받아들이고 있었다. 손바닥 위의 티타늄 볼트를 내려다보듯이 아무렇지 않게 말이다. 어려운 구석에 놓여도 기능할 수 있는 조각이니까, 제 역할을 하겠다고 마음먹었고 실제로 해내고 있는 중이었다. 그런 태도는 언어가 아닌 형태로 채원의 머릿속 어딘가를 흐르고 있었다. 운동선수가 결심을 매번 언어로 하지 않듯이. 채원은 담담하게 연이은 수술들을 하며 VIP 수술을 했던 걸 잊었다. 그것은 별로 어려운 수술이 아니었기에 하얗게 잊고 말았다.

"VIP가 수술 부위에 염증이 생겼다는데?"

며칠 후 당직실에서 마주친 선배가 말했을 때 채원은 누굴 말하는지 얼른 떠올리지 못했다. 당황해하는 선배 얼굴을 보고서야 수술을 기억해냈다.

"그랬대요?"

"응, 어떡하냐."

"수술 자체는 나쁘지 않았는데…… 워낙 고령이시고 기저 질환도 여럿이었으니까."

솔직히 수술 중에 심장이 멎지 않은 것만도 다행이었다. 온 병원이 달려들어 살린 것이나 다름없었다.

"윗분들 심기가 좀 불편하신 모양이야."

"설마 기적같이 이틀 만에 퇴원하실 줄 안 걸까요?"

"쯧, 그러게 말이야. 며칠 조심해."

병원 내 정치는 극도로 효율적인 뇌조차도 이해하기 어려운 부분이 있었다. 채원은 당직실 테이블 위에 놓인 빵 봉지를 하나 들고 복도로 나갔다. 이른 저녁이었다. 못생기고 못생긴 도시였지만 조명이 켜지니 좀 나았다. 빵 봉지를 뜯자 스티커가 나왔다. 초록과 연분홍이 섞인 공룡인지 뭔지 모를 캐릭터였다. 채원은 출입증 뒤에 스티커를 붙였다. 출입증을 바꿀 때가 되었나. 다른 병원에 가야 할 수도 있을까. 여기가 아니었나. 여기인 줄 알았는데.

어딘가 정확한 자리, 적합한 자리, 제자리를 찾고 싶었다. 공장에 있는 아주 효율적인 로봇 팔이 지금 거기 서 있는 채원을 들어 그곳으로 옮겨주면 좋겠다고 생각했다.

"하지만 세계는 효율적이지 않지."

빵에는 땅콩 잼이 조금 들어 있었다. 너무 조금 들어 있어서 놀라울 정도였다.

브리타 훌센

브리타 훌센은 최고의 안경 모델이었다. 짙은 머리색, 오각형의 얼굴, 언제나 호기심이 많아 보이는 표정은 안경을 썼을 때 가장 빛났다. 눈썹뼈와 코, 뺨이 만나는 각도 같은 것이 어떤 디자인의 안경을 써도 가장 이상적으로 어울릴 만큼 특별했다. 안경을 쓴 브리타는 눈길을 확 끌었지만, 막상 안경을 벗으면 다소 평범해지는 얼굴이었다.

대체 저 소의 주인은 누구인가 싶게 소들이 돌아다니고, 주택가 뒤엔 바로 양떼가 있는 네덜란드의 작은 마을에서 자랐기 때문에 브리타는 자신이 최고의 안경 모델이라는 걸 몰랐다. 마을은 작을 뿐 아니라 국경에 위치해 있었다. 벨기에와 독일과 네덜란드의 국경이 한 점으로 수렴하여 만나는 곳에는 공원이 있었다. 선을 퐁당퐁당 뛰어넘으며 놀았다. 지금 난 네덜란드, 지금은 벨기에, 지금은 독일. 한 걸음마다 나라가 바뀌었다. 국경이 희미하고 즐거운 곳에서 자란 이답게 여행을 어렵지 않게 여겼다. 언젠가는 아주 멀리 여행을 가겠다고 결심했다.

안경 모델로서 브리타의 특별함을 발견한 것은 여덟번째 남자친구였다. 대충 여덟번째였다. 세는 기준을 바꾸면 여섯번째도 되고 열한번째도 될 수 있다. 브리타가 대학에 다닐 때였다. 대학이 있던 도시는 아름다운 운하로 유명하면서도 미성년자 불법촬영물 유통범들이 단체로 검거되어 악명 높은, 여러 면에서 극단적인 곳이었다. 사진가인 남자친구는 그 이상한 도시에서 건전하고 건강한 상업 사진을 찍으며 아르바이트를 했다. 단면이 싱싱하게 잘린 피망이라든지 비 내리는 날의 박물관 뒤편 공원같이 마트 전단이나 컴퓨터 배경화면으로 쓰기 좋은 그런 부드러운 사진들이었다. 남자친구가 안경을 쓴 모습을 찍자고 했을 때 브리타는 흔쾌히 허락했다. 뭘 벗으라는 것보다 입으라는 게 훨씬 낫고, 불편한 구석이라곤 하나도 없는 남자친구의 사진을 믿었기에 망설이지 않았다. 심지어 수익은 나누어주지 않아도 된다고 했다. 그 순간엔 사랑했으니까 얼마 안 되는 돈을 두고 불편해지기 싫었다. 그 남자친구와는 짧게 사귀었고 어렵지 않게 헤어졌다. 그러므로 몇년 후 파티에서 우연히 만난 그가 이렇게 말했을 때 브리타는 약간 놀랐다.

"네 사진들 글로벌 이미지 사이트에 올렸는데 많이 팔렸어. 56번이나 팔렸으니까."

브리타가 흥미를 보이자 옛 남자친구는 사용자들이 등록한 내용을 정리해서 보내줬다. 여러 나라에서 인쇄물로 사용되었고 한국에선 무려 간판으로 쓰였다고 되어 있었다. 간판이라니. 내 얼굴이 간판으로? 브리타는 마침 휴가 계획을 세우던 참이었다.

브리타는 서울에 대해 여러가지를 착각했지만 무엇보다 규모에 대해 가장 큰 착각을 했다. 브리타가 살아온 유럽의 소도시들이란 중심부는 걸어서 20분, 전체적으로는 한시간 반이면 가로지르는 크기였다. 서울이 커봤자 얼마나 크겠어, 하고 왔다가 크고 복잡하고 충격적으로 제각각인 건축물들로 가득한 도시에 기가 질리고 말았다. 잘 작동하는 지도 앱이 아니었다면 간판을 제작한 회사도 찾지 못했을 것이다.

영어가 서로 능숙하지 않아서 한참 오해가 거듭되고 나서야 원하는 답변을 얻을 수 있었다. 간판 회사 입장에서도 당황스럽긴 했을 것이다. 사무실 두개짜리의 작은 회사는 웬 외국인이 연락도 없이 무작정 찾아온 덕분에 잠시 업무가 마비되었다. 문제는 시안과 완성된 간판의 사진은 남아 있는데 구매처의 주소도 연락처도 없다는 점이었다. 브리타가 당황해하자 간판 회사 사람들은 이 간판을 만들었던 게 벌써 몇년 전이며 담당자는 퇴사했다는 사실을 몇 개의 단어와 보디랭귀지로 알려주었다.

"스몰 비즈니스, 노 레코드, 워커 큇."

브리타는 해상도가 별로 좋지 않은 간판 사진을 들여다보았다. 초록색 간판이었다. 직원이 친절하게 '남대문 안경'이라고 읽어주었다.

남대문은 관광 책자에 나와 있었다. 얼핏 계산해도 샅샅이 뒤져볼 수 있는 면적이었다. 브리타는 자신감을 얻었다. 남산 쪽 게스트하우스에서 가깝기도 했기 때문에, 다른 관광지로 나가는 길에도 매번 남대문을 통과했다. 오전에도 오후에도 저녁에도 밤에도. 남대문에는 안경점이 많았지만 그 안경점은 없었다. 결국 브리타는 간판 사진을 보여주며 여기가 어디냐고 사람들에게 묻기 시작했다. 몇 사람이 모여 브리타에게 설명해주었다. 남대문이 안경으로 유명하기 때문에, 남대문이 아닌 다른 곳의 안경점들도 '남대문 안경'이라는 상호를 쓴다고 말이다. 물론 설명은 길고 여러 언어로 이루어져 있었으며 답답함에 탄식이 끼어들었지만 상인들의 언어감각은 간판 회사 사람들보다 훨씬 나았으므로 브리타는 알아들었다. 수색 범위가 갑자기 훌쩍 넓어졌다.

친구가 필요해, 브리타는 생각했다. SNS에 한국 친구가 있으면 소개해달라고 올렸다. 금방 친구의 친구의 친구와 연락이 닿았다. 홍대에서 만나기로 했다. 관광 책자의 '젊은이들의 거리'라는 설명이 정확한 모양이었다. 친구의 친구의 친구는 다른 친구들도 데리고 나왔다. 브리타는 한글을 읽고 싶다고 했다. 가르쳐줄 수 있겠느냐고 묻자 친구들은 두시간이면 충분하다고 호쾌하게 장담했다. 정말로 두시간 후에 브리타는 모든 간판을 다 읽을 수 있었다. 주꾸미집과 항문외과의 간판을 읽고 브리타가 한껏 기뻐하자 친구들은 웃었다.

다음 날 오전은 숙취로 아무것도 하지 못했다. 브리타는 오후에야 숙소의 공용 컴퓨터 앞에 앉을 수 있었다. 브리타는 한국에서 가장 많이 쓴다는 포털 사이트에 들어가서, 한글 자판으로 '남대문 안경'을 쳤다. 285곳의 남대문 안경이 나왔다. 친구들이 일러준 대로 거리의 사진이 직접 나오는 지도로 전환했다. 리스트의 3분의 2쯤 넘어갔을 즈음 브리타는 그 가게가 이미 망했는지도 모르겠다고 좌절하고 말았지만, 결국 뒤에서 두번째 페이지에서 자기 얼굴이 새겨진 간판을 발견했다. 브리타는 의자에서 엉덩이로 뛰어올랐다. 한참 바보 같은 춤을 추며 뛰다보니 숙소에 다른 사람이 없어서 같이 기뻐할 수 없는 게 아쉬워졌다. 남대문이 아니었던 것은 물론, 서울도 아니었다. 강을 건너 한시간이 훌쩍 넘게 전철을 타야 했지만 더 먼 곳이 아닌 게 다행이었다. 남대문이랑은 전혀 상관없는 곳에 남대문 안경이라는 상호를 붙이는 한국 사람들이 신기했다.

긴장한 브리타가 출구를 잘못 빠져나와서 브리타와 브리타의 얼굴이 새겨진 간판 사이에는 8차선 도로가 놓이게 되었다. 커다란 종합병원 옆에 작은 짐승처럼 붙은 흙색 건물 2층이었다. 겨울에 찍힌 거리뷰 사진과 달리 풍성한 플라타너스 때문에 간판은 양끝이 가려져 있었다. 그래서 나무 틈새로 브리타의 얼굴만 빼꼼 내다보이는 형국이었다. 브리타는 흥분한 손으로 배낭에서 카메라를 꺼냈다. 그다지 최신 기종은 아니었다. 멀리서 한번, 줌으로 또 한번 간판을 찍으면서 브리타는 정신없이 웃음을 터뜨렸다. 지나가던 사람들이 관광지도 아닌 곳에서 저 외국인이 대체 뭘 찍으며 웃나 수상해하며 돌아보았다.

브리타는 낡은 건물 2층에 위치한 안경점에 올라가서 점원들을 당황시킨 다음에, 손가락으로 마음에 드는 안경을 점찍어 보았다. 조명 때문에 유리 진열대가 뜨거웠다. 안경을 꺼내준 점원은 브리타가 안경을 쓰자, "어어?" 하고 반신반의하는 소리를 냈다. 브리타가 장난스럽게 웃자

점원이 "어어어어!" 하고 이번엔 확신의 탄성을 질렀다.

안경점 사람들은 브리타에게 큰 폭으로 할인을 해주었다. 브리타는 그 안경을 아직도 잘 쓰고 있다. 안경이 예쁘다고 어디서 샀느냐고 누가 물어보면 남대문 안경, 하고 대답하고는 숨은 얘기를 더 물어주기를 기다린다.

문우남

동창들과 여행을 다녀온 아내에게 아내가 없는 동안 귓속에 들어온 벌에게 엉망으로 쏘인 이야기를 해주었더니 크게 웃음을 터뜨렸다. 의사가 벌을 담아준 병도 보여주었다.

"하하하하하하하하하하하하하하. 정말 아팠겠네."

"그렇게 웃으면서 말하면 별로 위로 같지 않지."

그러나 아내인 선미의 웃음을 듣는 것만으로도 아직 부어 있는 귀가 조금 나은 것만 같았다. 정말 괴롭고 곤란했는데 응급실이 피바다라 재촉할 입장이 아니었다고 말하자 선미가 아이고, 우리 곰돌이 남편, 하고 등을 쓸어주었다. 하여간 어떤 사태든 가볍게 만드는 재주가 있는 사람이었다. 우남이 몇년 전 회사에서 명예퇴직을 권유당했을 때도 선미는 웃었다. 워낙 잘 웃는 사람이지만 그때는 내심 섭섭했던 기억이 난다.

"하하하하하하하하하하하하하하하. 아니, 내가 어이가 없어서 그래. 매출의 3분의 2를 끌어온 게 당신인데 당신 한테 나가라 했다고? 회사가 제대로 돌아가지 않는 건 알고 있었지만."

"어떡하겠어? 나가지 부장이 세명인데 한명은 모회사 사장 사위고 다른 한명은 유명한 국회의원 아들인걸……"

"하하하하하하하하하하하하하하. 여보, 두고 봐라? 그 회사 몇년 안에 망한다?"

선미가 웃으면서 했던 예언은 놀랍게도 정말 들어맞았다. 회사는 길게 버티지 못하고 문을 닫았다. 그렇다고 젊은 시절을 통째로 바친 회사가 망한 게 통쾌할 리 없고, 우남이 당한 배신이 없었던 일이 되는 것도 아니지만 뭐랄까, 사필귀정 같은 느낌은 분명 있었다.

두 사람은 손을 잡고 같이 장을 보고, 팔짱을 끼고 영화관에 가고, 봄에는 꽃놀이 가을에는 단풍놀이를 열심히 다니고, 사이클과 사교댄스를 배우고, 좋아하는 가수의 선상 디너쇼를 보고, 건강검진을 날 맞추어 받고…… 불화와 불운에서 살아남은 가장 운 좋은 중년 부부로 보였다. 두 사람이 함께 다니면 잠깐 마주치는 이들도 "참 보기 좋아요, 어쩜 서로 그렇게 잘 만났어요?" 같은 말들을 했다. 우남도 선미도 두번째 결혼이었지만 그런 사실을 말해줄 필요는 느끼지 못했다. 그냥 서로만 아는 웃음을 지었을 뿐이다. 쓰기도 하고 달기도 한 웃음. 우남은 첫 아내를 서른둘에 난소암으로 떠나보냈다. 난소암은 발견이 늦기 마련이라 어어어, 하는 사이에 악화되어버렸다. 아직도 그 시절을 생각하면 실감이 나지 않는다. 그런 일이 있었던가, 그게 나한테 벌어진 일이었던가 싶게 어이가 없었다. 충격 때문에 기억이 더 뒤죽박죽된 것일지도 모른다. 엊그제 같지만 벌써 십수년 전이다. 요즘 의학이면 어떻게 해볼 수도 있지 않았을까, 그렇게 속절없이 죽는 사람이 아직도 많은가, 가끔 신문의 건강 섹션 기사를 유심히 볼 때가 있지만 못 잊어서 그러는 건 아니다. 첫 아내는 일곱살 된 딸을 남겨놓고 갔는데 딸애는 친가와 외가를 오가며 자라선지 외로움을 많이 타고 예민한 성격으로 컸다. 우남이 일하다가 만난 선미에게 반해 재혼을 결심했을 때 제일 걱정했던 게 딸아이였다.

그때 선미는 선미가 아니었다. 최근에 이름을 바꾸었다. 진말숙에서 진선미로. 너무 미스코리아 같은 이름이 아닌가 우남은 갸우뚱했지만 선미에게 티를 내진 않았다. 젊은 시절에는 두겹이었다가 최근엔 네겹 정도가 된 부드러운 쌍꺼풀에 세련되기 그지없는 회색 아이섀도, 만날 때마다 매는 방식이 달라지는 스카프가 인상 깊었다. 우남은 선미를 만날 때마다 대통령 영부인보다 아름답게 하고 다니는 구나, 거의 충격을 받았었다.

"말숙이 뭐람, 나 같은 여자에게 말숙이라니. 이 명함 딱 떨어지면 그때 개명 신청을 할 거야. 참을 때까지 참았어. 귀찮아서 미뤘지만 정말 바꿀 거야."

선미는 대단한 집안 딸로 태어나서 대단한 집안 아들에게 시집을 갔는데, 처음에는 그럭저럭 굴러가는 결혼이었지만 아이가 생기지 않자 사태가 급변했다. 시어머니의 친구가 하는 산부인과에 갔는데 선미에게 문제가 있다는 걸로 결론이 났다. 가끔 선미는 다른 병원에 갔어도 같은 이야길 들었을까, 요즘 의학이면 어떻게 해볼 수도 있지 않았을까 궁금해한다. 하여간 그래서 그 시절, 선미가 입양을 제안하자 남편 집안에서는 난리가 났다. 우리 집안이 어떤 집안인데 피도 안 섞인 애를 데려오느냐며 버럭하더니 한달 만에 시골에서 웬 아가씨가 왔다. 셋이 살면서 아이를 만들라고 했다. 몰래 만들면 된다고, 어디까지나 비즈니스로 생각하라고 했는데 그때 선미는 그러면 안 되었지만 자기도 모르게 마구 웃어버렸다고 한다. 우남은 그 이야기를 듣고 아내의 부적절한 웃음이 시작된 게, 터져나온 게 그 순간이 아닐까 속으로 의심했다.

선미는 시원하게 웃고 그길로 집을 나와서 친정에 들렀

다가, 이혼 수속은 변호사인 오빠에게 맡기고 미국으로 떠났다. 92년이었다. 미국에 가니 네일숍들이 인기였다. 무슨 손톱 정리를 남한테까지 시키나, 싶었지만 직접 받아보니 마음에 쏙 들었고 미국에서 유행이면 곧 한국에 들어올 것 같았다. 이거다 싶어 돌아와서 네일숍을 차렸다. 한국 최초의 네일숍이 89년도에 생겼다는 걸 나중에 알았는데, 그보다 3년 뒤니 아주 늦지는 않은 셈이었다. 첫 가게 내는 데는 친정에서 돈을 빌렸지만 지점이 늘자 금방 갚을 수 있었다. 거기서 그치지 않고 네일 래커와 소도구 수입 유통사업을 해서 큰돈을 벌었다. 국내 네일업계가 과포화되기 전에 자본을 빼서 중국에 진출했다. 선미는 하하하하 웃으며 성공하는 타입의 여자였다.

"이혼 안 했으면 어쩔 뻔했어. 난 태어나서 제일 잘한 게 이혼이야."

그런 선미에게 재혼을 설득하는 게 우남으로서는 인생 최고로 어려운 일이었다. 부족한 것 없는 여자를 다시 결혼이라는 테두리 안으로 끌어들이는 건 세상에서 가장 영리한 동물을 어설픈 덫으로 잡으려는 시도나 다름없었다.

"아니, 우남씨나 나나 액면가는 젊지만 나이 먹을 만큼 먹었잖아요. 지금 선택 잘못하면 십몇년 안에 노인네 병 수발 해야 한다?"

나중에 우남의 첫 아내가 어떻게 죽었는지 듣고 선미는 그 말을 후회했다. 병 수발을 이미 한번 한 남자에게 할 말은 아니었다. 사업은 가만둬도 잘 굴러가서 심심하기도 하고 우남이 보기 드물게 좋은 남자란 걸 눈썰미 있는 선미가 알아채기도 했기에 결국 재혼이 성사되었다. 우남의 딸은 한창 사춘기였지만 호탕하게 웃는 새엄마는 의외였던지 우려보다 잘 받아들였다. 지금은 선미의 옷장을 가끔 기웃거릴 정도로 사이가 좋다.

"있잖아, 우리 이제 빼도 박도 못하는 50대잖아?"

선미가 얼마 전에 구입한 턴테이블에 레코드판을 얹으며 말했다. 턴테이블도 레코드판도 두 사람이 자주 갔으나 건물 리모델링으로 폐업한 재즈 바에서 샀다.

"응, 그런데?"

"일어서 봐."

선미가 우남을 일으키더니 발등 위에 올라왔다. 처음은 아니다. 우남은 막 씻고 나와 아직 젖은 느낌이 나는, 가볍고 하얀 선미의 발이 완벽하다고 생각했다. 특별히 발 때문에 결혼한 것은 아니지만 아름다운 부분을 매일 발견하는 건 즐거운 일이다. 아내를 발등 위에 싣고 춤추기 시작했다.

"하와이. 하와이 가고 싶어. 못 가봤어. 내년쯤 데려가

줘."

"그래, 가자. 내년 말고 다음 달에 가자."

"안 바빠?"

"바빠도 거기도 못 갈 만큼 바쁠까."

"영린이도 데리고 갈까."

"걔가 우리랑 가려고 하겠어?"

"그치, 다 컸지. 다 큰 아가씨지."

대학을 다니는 딸아이가 늦게 들어와서 아내와 이런 시간을 자주 갖게 된 건 나쁘지 않다고 우남은 생각했다. 가끔 벌이 귓속에 들어오는 등 곤란한 사건이 벌어지기도 하지만 인생이 오로지 나쁘지만은 않다고.

"어릴 때 우리 아빠가 나 발등에 이렇게 얹고 춤췄었어. 사랑받는 딸이었지."

"우리 아빠도."

"응?"

"왜? 나도 사랑받는 아들이었어."

"하하하하하하하하하하하하하하."

"못 믿겠어?"

"아니, 사랑받는 아들이었겠지만 발등에 올라갈 만큼 조그만 아이였다는 게 안 믿겨."

무르익은 중년의 두 사람은 각자 부모의 발등 위에 올

라가 춤추던 어린 시절을 떠올리고, 상대방의 어린 시절을
상상했다. 애잔하면서도 기분이 좋아져서 선미의 발에 물
기가 완전히 마를 때까지 계속 계속 춤을 췄다.

　우남이 선미의 눈가에 입을 맞추었다. 고개를 숙이느라
애썼더니 귓속이 당겼다. 언젠가 선미의 쌍꺼풀이 다섯겹
이 되고 여섯겹이 되더라도 아름다울 거라는 생각이 들
었다.

한승조

승조는 죽어가는 개와 함께 형을 기다린다. '테이'는 형이 14년 전에 데려온 개였고 6년 전부터는 승조가 혼자 키우다시피 했지만 여전히 형의 개였다. 형이 좋아하는 추리소설 작가의 이름을 붙인 작고 하얀 테리어 잡종. 테리어 중에서도 어떤 테리어인지는 의견이 갈린다. 어째선지 도무지 '내 개'라고 부를 수 없었으므로 승조와 테이는 누가 누구의 소유도 아닌 채 함께 산다는 느낌이 강했다.

형인 승국은 회사에 들어가 수습을 마치자마자 중국 공장으로 발령을 받았고, 중간에 1년 반쯤 들어와 함께 살기도 했지만 이내 두번째 발령을 받았다. 그 1년 반이 테이에겐 행복이었고 그다음엔 혼란이 찾아왔다. 문 바깥에서 기척이 있을 때마다 개가 짓는 표정을 승조는 어느새 알아보게 되었다. 희망과 절망의 아주 잦은 교차가 개의 수명을 갉아먹지 않았을까, 승조는 죽어가는 개를 내려다보며 생각한다. 쓰다듬어주는 승조의 손을, 손목 안쪽을 개가 핥는다. 테이는 승조를 꽤 좋아했다. 사랑하지는 않았지만.

동물들도 아이들도 언제나 승국을 사랑했다. 승조에겐 데면데면했고 말이다. 외모 문젠지 페로몬 비슷한 문젠지 몰라도 극명한 온도 차이가 있었다. 어릴 때는 그런 점이 신경 쓰일 때도 있었지만 언젠가부터 타고난 거겠거니, 받아들이게 되었다. 사랑받는 사람들은 그 사랑에 보답하기 위해 무리를 한다. 3대 차남인 승조는 그 무게에서 승국보다 자유로웠다. 아버지가 살아 계실 때는 장남으로, 어머니 홀로 남으셨을 때는 둘 중에 더 애틋한 아들로, 이제는 대체 누구의 애정에 대응하기 위해서인지 몰라도 형은 언제나 무리하며 살았다. 삶 전체가 '무리'로 요약될 수 있을 정도로 말이다. 승조는 반대 방향으로 갔다. 아무리 봐도 장수하는 집안은 아니었으므로 무리하지 말고 내키는 대로 살겠다고 마음먹었던 것이다. 이를테면 14년을 산 개가 죽어갈 때 함께 있어줄 수 있는 생활을 하기로.

수의사는 그만 편안하게 해주는 것도 고려해보라고 조심스럽게 이야기했다. 테이는 열살을 넘기고 두번 수술을 받았고 이제는 전신마취가 위험한 지경에 이르러서 손쓸 도리가 없었다. 다발성 장기 손상에 폐렴이라니 사람과 끝은 똑같구나 싶었다. 어머니도 아버지도 끝은 폐렴이었다.

승조는 부모님을 떠올리지 않으려고 애썼다. 개가 숨을 쉴 때마다 어마어마한 소리가 났다. 스케일링을 하지 못한 테이는 입 냄새가 심했지만 승조는 신경 쓰지 않고 입을 맞추었다. 수의사에게 생각해보겠다고 하긴 했어도 그런 결정은 승조의 몫이 아니었다. 테이는 승국의 개니까.

― 테이가 이번엔 정말 죽을 것 같아.

두시간쯤 후에 형에게서 답장이 왔다.

― 갈게.

그리고 형은 공항에서 비행기 타기 전에 한번, 내려서 한번 메시지를 보냈다. 오면 오는 것이려니 할 텐데 성실하게도 이동경로와 도착시간을 말해주었다. 형다웠다. 테이야, 형 마중하러 다녀올게. 아픈 개의 귀가 움직였다. 데려가지 못해서 미안해. 다녀올 때까지 죽지만 마. 수건으로 테이를 감싸주는데 그새 어찌나 말랐는지 뼈가 만져졌다. 만져지다 못해 손끝에서 모양 하나하나가 그려질 정도였다.

집에서 멀지 않은 곳에 큰 공단이 있는데도 공기는 부드러웠다. 부드럽게 느끼는 것은 코이고 폐는 또 어떨지 모르겠지만 말이다. 형이 내릴 공항버스 정류장으로 가는 길에, 부모님이 시간차를 두고 세상을 버렸던 병원이 나왔다. 창문마다 하얀 빛.

"있잖아, 우리가 50년쯤 후에 다 같이 죽을 거라는 것보다 30년쯤 후에 다 같이 고아가 될 거라는 게 더 무섭지 않아?"

몇년 전에 사귀었던 여자친구가 그렇게 말했던 적이 있다. 나 같은 경우엔 30년이 걸리지도 않았어, 헤어진 여자친구에게 말할 방도가 없어서 공기 중에 말했다. 다시 연락한 적은 없지만 시인이 되었다 들었다. 시인이라니, 그쪽도 독특하구나 싶었다. 가만두면 나뭇가지에 눈을 찔리고 맨홀에 빠져버릴 것 같은 사람이었다. 나이는 그쪽이 연상이었지만 물가의 아이를 보듯 마음이 쓰였었다. 마음만 썼을 뿐, 끝내 관계를 이어가지 못했던 것은 이쪽의 결함이었을 거라고 승조는 생각을 마무리 지었다. 아이들과 개들이 승조를 사랑하지 않듯이, 연인들도 길게 머물지 않았다.

승국은 슬슬 오지 않을까 예상했던 시간에 정말로 왔다. 승조가 별로 기다릴 새도 없었다. 트렁크도 없이 가벼운 비즈니스 백만을 들고 있었다. 가방 크기로 보아 휴가를 오래 내지는 못한 듯했다. 승국이 승조의 발목에 새로 생긴 타투를 흘낏, 보았지만 아무 말도 하지 않았다. 지난번의 말다툼을 떠올린 것인지도 모른다.

"그런 건 진짜 직업이 아니야."

지난번 귀국 때 승국이 형 노릇을 하려는 듯 엄한 표정으로 말했었다. 정말 하고 싶은 말이었다는 듯이, 그동안 꾹 참아왔다는 듯이.

　"그래? 형은 그러면 내가 이 일을 해서 회사에 다닐 때보다 두배, 세배 버는 걸 어떻게 설명할래?"

　승조는 자기도 모르게 비아냥거리고 말았다. 진짜 직업이 아니라니, 전국의 타투이스트들을 모조리 화나게 할 일이 있나. 하여간 그놈의 편견들 때문에 이 일이 오히려 가족이 없는 자신이 하기에 최고의 직업이 아닌가 승조는 자주 생각했다. 가족만큼 자신의 편견을 선 넘어 들이미는 이들도 없다.

　시각디자인을 전공한 승조가 처음 매력을 느낀 분야는 타이포그래피였다. 학교에 관련 수업이 많지 않아 학교 밖에서도 열심히 찾아다니며 배웠다. 그러다가 만난 선생, 업계에서 알아주는 선생이 새로 차린 회사에 들어갔는데 받는 돈이 형편없었다. 60만원을 받으며 인턴을 했다. 클라이언트들이 끊이지 않는데도, 좋은 작업을 한다고 신문이며 잡지에 매달 소개되는데도 정식 채용은 미루어졌다. 나가라는 눈치를 견디다 결국 정식 채용이 되었지만 업계 최저 연봉을 받았다. 헛웃음이 나오는 월급이었음에도 큰 회사에 가려면 경력을 쌓아야 했기에 야근도 하고 주말에도 일했다.

"너는 말야, 너는 밥값을 못해."

돈을 받는 수업에서는 친절하기 이를 데 없는 선생이었는데 상사가 되더니 매일매일 모욕을 주었다. 승조가 한 작업물을 바닥에 흩뿌리기도 했다. 줍기 싫어서 승조도 그 위를 같이 밟았다. 1년만, 1년만 더 버티자 했었다.

그러다가 대상포진이 왔다. 그렇게 짜증 나게 아픈 병이 없었다. 샤워 물줄기도 아프고 티셔츠를 입을 때도 아팠다. 쉬어야 낫는데 쉬지 못하니 등에 거의 지도를 그렸다. 겨우 나았다가 재발해서 눈썹이 빠지기 시작했을 때에는 눈이 멀 수도 있겠다는 위기감 때문에 더는 지체할 수 없었다.

"나약해, 나약해. 내가 널 얼마나 크게 키우려고 했는데. 내 발자국만 밟으면서 따라오면 될 것을."

그 말에 폭발해버렸던 것이다.

"저는요, 당신같이 늙지 않을 거예요. 그게 제일 겁나요."

한쪽 눈썹이 없는 채로 말해봤자 웃기기밖에 더했을까. 그래도 그렇게 말하고 나니 시원했다. 개인 물품도 다 남기고 그대로 걸어나왔는데, 2주쯤 쉬고 나니 대상포진이 싱겁게 수그러들었다. 눈썹이 다시 자라는 데는 한참 더 걸렸고, 아직도 한쪽이 다른 쪽보다 희미하지만 말이다.

쉬고 있을 때, 꽤 친했던 과 동기가 스튜디오를 차렸다고 놀러 오라고 연락을 해서 별생각 없이 갔다. 어떤 스튜디오인지 알지도 못했다. 타투 스튜디오인 걸 계단 아래에서야 알고 놀랐지만, 그날 저녁에 당장 매료되고 말았다.

"나도 하고 싶어. 해주면 안 돼?"

"어디에?"

"글쎄…… 몸에?"

"제대로 더 아물 때까지 기다렸다 해. 피부가 캔버스인걸."

그래서 피부 상태가 좋아질 때까지 기다리며 친구에게 타투를 배웠다. 자격증이나 따볼까 했는데 문신사법 제정이 몇번이나 좌절되어서 그런 게 갖춰져 있지 않았다. 친구와 둘이 앉아 국회의원들 욕을 했다.

"그림은 내가 할게, 레터링은 네가 해라. 네가 나보다 낫다."

친구에게 월세를 내며 스튜디오를 나눠 쓰기로 했다. 사람들이 새기려고 가지고 오는 문구들이 그렇게 흥미로울 수가 없었다. 어떤 사람은 팔꿈치 안쪽에 미리 위치를 정해 와서 점선 동그라미와 '정맥주사는 여기'를 해달라고 했다. 어떤 사람은 발등에 'Didn't we?'라고 새겨달라기에 무슨 뜻이냐 물었더니 자기가 하다가 문을 닫은 가게 이름이라 했다. 또 어떤 사람은 「Here comes the sun」의 가사를 양쪽 종아리에 이어지게 새겨달라고 했다. 비틀스를 좋아하시나봐요, 했더니 부끄러워하며 에, 그냥,이라고 대답했다.

"원래 그런 거야. 처음엔 막 진짜 소중한 의미, 그런 게 있어야 한다고 생각했거든. 근데 대수롭지 않은 걸 하러 오는 사람들이 더 재밌다는 걸 깨달았어. 언젠가는 나한테 커다란 범선을 새겨달라고 온 사람이 있었거든. 그래서 배와 관련된 일을 하느냐고 도안을 상의하면서 물어봤더니 전혀 아니래. 별로 타본 적도 없대."

"하하, 그래서?"

"그 사람도 배를 모르고 나도 잘 몰라서 그냥 돛대가 멋진 걸로 골랐어."

그리하여 승조의 몸에도 대수롭지 않은 타투들이 여럿 생겼다. 테이의 얼굴과 이름을 새길까도 고민했지만 형의 개니까, 언젠가 형이 원한다면 새겨주자는 생각이 들어서 관두었다.

테이는 아픈 개가 느낄 수 있는 최대한의 행복을 느끼며 형에게 안겨 있었다. 형에게 묻어 있을 낯선 냄새들을 킁킁거리며. 킁킁거릴 때마다 아파하며.

"착한 테이, 기다렸어? 응? 오빠가 오길 기다렸어?"

죽지도 못하고 기다렸다고 승조가 대신 대답해주고 싶었다.

"너는 내가 뼈 빠지게 벌어서 최고급 사료 먹게 해줬더니, 다른 개들은 스무살까지도 산다는데 왜 벌써 죽으려고 해? 응?"

테이가 미안하다는 듯이 끼잉, 하고 울었다.

"형이 그렇게 말하면 걔는 형이 다음에 올 때까지도 살아 있을 애야."

"그런가."

승국의 허벅지에 고개를 얹고, 그것만으로 불안했는지 앞발로 바지를 잡고 테이는 잠들었다. 덕분에 승국은 불편해 보이는 정장 바지를 갈아입지도 못했다. 형제는 볼륨을 낮춘 채 티브이를 봤다. 한 아이돌 가수가 그룹에서 탈퇴한다는 연예 뉴스가 나오고 있었다.

"나는 탈퇴하는 아이돌들 이해가 가. 같은 회사를 7년, 8년 다니면 그만둘 수도 있는 거지, 욕할 문제가 아닌 거 같아."

"그러게 말이다."

형은 그렇게 말하면서 그 아이돌 그룹이 전성기 때 불렀던 노래에 맞춰 발을 까닥거렸다. 승조는 그렇다면, 하고 상체 부분의 안무를 따라 했는데 테이가 두 주인의 부산스러움이 불만스러운지 으르렁거리며 잠꼬대를 해 얼른 그만두었다.

테이는 형의 휴가가 끝나고 이틀 뒤에 죽었다. 형은 겨울에 다시 귀국해 회사원으로서 가장 눈에 안 띄는 곳인 발바닥에 테이의 모습과 이름을 새겼다. 승조가 새겨주었다.

"발바닥은 지워질 수도 있어. 알지?"

"괜찮아."

나중에 승조는 승국이 여자친구를 데려와, '이 아이가 내가 도착하자마자 내 품에 안겨 죽었다'고 말하며 발바닥의 테이를 보여주는 걸 보고 조금 웃었다.

강한영

동생이 포크로 눈 밑을 찍은 건 지난주의 일이다. 오랜만에 네 가족이 모여 저녁을 먹고 과일을 먹은 참이었다. 동생인 한정이 학교 앞에서 자취를 시작하는 것에 대해 이야기가 나왔다. 엄마가 한영에게 갑자기 이상한 말을 했다.

"네가 가서 일주일에 한번씩 청소해줘."

"거기 청소를 내가 왜?"

그뿐이었다. 누구나 할 법한 대답을 했을 뿐인데 바로 과일 포크가 날아왔다. 한영이 제때 뒤로 피해서 깊게 찔리진 않았다. 그저 구멍이 세개. 그리고 피를 보았을 뿐이다. 하지만 눈이었으면 어쩔 뻔했어? 동생이 폭발에 이르기까지의 시간이 점점 짧아지고 있다. 폭발이 너무 잦아지고 있다. 어쩌면 한정은 언젠가 한영을 죽일지도 모른다. 그러면 모두 말하겠지. 그런 일이 있을 줄은 정말 몰랐어요. 모르긴 뭘 몰라. 다들 알고 있었으면서 아무도 한영을 보호해주지 않았다. 가까운 가족도 먼 가족도 이웃도 부모님의 지인들도.

아빠가 한정을 제압해 잡아 바닥에 눌렀고, 엄마가 바닥에 흩어진 사과를 줍다가 도로 던져버렸다. 부모님이 그 정도나마 반응해서 다행이었다. 부모님은 주먹질 정도엔 끄떡없었다. 피를 봐야 알은척해주었다.

"너는, 너는 다른 병원에 가라."

동생을 입원시키러 가면서 아빠가 한영에게 말했다. 병원에는 가지 않아도 될 것 같았다. 깊게 찔리지 않은 것은 한영이 평생 살아오면서 기른 반사신경 덕분이었다. 한영은 피가 멎은 지 한참 되었지만 엎어진 과일 그릇을 직접 치우면 더 비참해질 것 같아서 가만히 앉아 휴지를 대고 있었다. 엄마가 안방 문을 잠그고 우는 소리가 들렸다. 엄마도 한해에 한번은 맞으면서 끝끝내 '빗맞았다'고 우기곤 했다.

"병원 가서, 포크 들고 가다가 넘어졌다고 그래."

아빠가 다시 말했고 한영은 대답하지 않았다. 동요한 게 틀림없는데 침착하게 보일 정도로 변화 없는 아빠의 얼굴이 원망스러울 줄 알았지만, 한영이 느낀 것은 연민에 가까웠다. 한영이 떠나면 결국은 아빠 혼자 남아 동생을 견뎌내야 할 것이다. 이제 동생은 아빠보다 키가 큰데, 팔도

긴데, 힘도 곧 따라잡을 텐데…… 한영은 돌아오지 않을
거니까 아빠는 할아버지가 될 때까지 아들을 책임져야 하
겠지.

열네살부터 떠나고 싶었다. 이제야 결행하게 되었지만
말이다. 정상과 정상 아닌 것을 구분하게 되는 나이가 열네
살쯤이 아닐까. 동생에게 머리 한줌이, 과장이 아니라 정
말로 한주먹이 뜯기고 난 다음에 부모님을 돌아보았는데
둘 다 그저 귀찮은 표정을 하고 있었다. 두피가 떨어져 나
오지 않은 게 신기할 정도였는데도. 이 집은 정상이 아니
야. 엄마 아빠는 정상이 아니야. 나는 여기서 도망쳐야 해.

오랫동안 정상인 줄 알았다. 누나가 참아야 하니까, 남
자애들은 원래 그런다니까, 동생이 이상하게 굴지 않을 때
의 부모님은 그렇게 나쁜 사람들이 아니었으니까. 멍이 빠
질 날이 없고 흉터가 셀 수 없는 것이 예사인 줄 알았다. 아
빠는 조용한 사람이었고 엄마는 감정 변화가 심하긴 해도,
원래 그랬다기보다는 동생의 영향 때문이었다. 엽총 개머
리판으로 아내를 팼다던, 멧돼지를 맨손으로 잡았다던, 직
장 상사의 이를 헤딩으로 부러뜨리고 일을 그만두었다던
양가 집안에 내려오는 폭력적인 전설이 뜬금없이 동생의
몸에서 실체화할 줄은 아무도 몰랐을 것이다.

한영이 보기엔 동생을 교정할 수 있었던 마지막 기회는

두살쯤이었다. 공룡처럼 사람을 물고 할퀼 때 귀여워하지
말고 제대로 가르쳤어야 했다. 집에서 놓치니 유치원에서
도 놓쳤고 초등학교에서도 놓쳤다. 그 기회들을 놓친 다음
부터 한영의 부모는 오로지 회피만을 일삼았다. 철들면 괜
찮을 거다, 스스로도 믿지 않는 이야기들을 늘어놓으며.
한영은 친지들의 얼굴에 '저 집 애는 조금 이상해, 저 집은
조금 이상해' 하는 표정이 떠오를 때마다 '우리 집은 이상
한지도 몰라' 하고 혼자 하던 의심을 확신으로 굳혀갔다.
힘든 사춘기였다. 한정은 한영보다 힘이 세지자 한영의 배
를 심심하면 발로 찼다. 부모님이 있을 때는 살짝 장난처
럼, 없을 때는 숨을 못 쉴 만큼 세게. 목을 조르고 가스레인
지에다 한영의 손을 아슬아슬하게 지졌다. 아직도 한영은
지문이 아주 희미하다. 그 시기엔 뾰족한 물건은 세심하게
치워놓고, 친구들은 되도록 초대하지 않았다. 한영은 자신
이 '그렇게' 산다는 걸 친구들에게 들키기 싫었다. 정상적
으로 보이고 싶었다. 정상의 감각이라는 것이 한영에게 끝
없이 모자랐지만 가까스로 정상처럼 보이도록 유지할 수
있었다.

   동생만 이상한 것은 아니었다. 부모님이 돈을 관리하는
방식도 이상하기 그지없었다. 언제나 현금이 보스턴백에
가득 담겨 베란다 장에 있었다. 간단한 자물쇠가 베란다

장에 채워져 있었고, 엄마는 생활비가 필요하면 잠시 열고 돈을 꺼내 썼다. 그게 너무나 당연해서 한영은 다른 집도 돈을 베란다에 보관하는 줄 알았다. 다른 집에서는 그렇게 하지 않는다는 걸 알았을 때는 깜짝 놀랐다. 아빠는 시청 건축과 공무원이었고 엄마는 일을 하지 않았다. 돈은 어디서 오는 걸까? 이렇게까지 현금으로? 물어보면 대답해주지 않을 게 뻔했으므로 한영은 뉴스를 열심히 보았다. 세부적인 건 몰라도 아마도 건축 비리가 아닐까 싶었다. 불법 인허가와 입찰 비리가 가장 흔한 모양이었다. 큰 개발 사업은 공무원급에서 어떻게 하지는 않는 듯했고, 난간이 낮고 나쁜 자재를 쓰고 소방차 진입이 불가능하고 몇년이 지나면 바닥이 살짝 기울어 음료수 캔이 데굴데굴 굴러갈 그런 건물들과 연루되어 있는 거겠지…… 한영은 짐작을 넘어 직접 묻고 싶었지만 묻지 못했다. 부모가 비정상이라는 걸 확인하는 일은 스무살이 넘어서도 두려웠다. 그저 뉴스를 열심히 보고 가끔 엄마 몰래 베란다 창고를 열어보았다. 5만원권이 등장하면서부터 보스턴백은 조그만 상자로 바뀌었다. 선물받은 인삼이 들어 있던 상자였다.

아르바이트를 하긴 했지만 최저임금에서 80원쯤 더 받는 수준이었으니 모은 돈이 별로 없었다. 다시는 집에 돌아오지 않기로 마음먹은 한영은 그 인삼 상자를 앞에 두고 고민했다. 베란다 장의 열쇠는 부엌 서랍에 있었다. 만약 이 돈을 가져가면 어떻게 되는 걸까. 한영은 사은품으로 받은 캐리어, 등산 배낭, 옆으로 메는 가벼운 나일론 가방에 들고 갈 물건을 며칠 전부터 싸두었다. 티 나지 않게 조금씩, 침대 아래에서 꺼냈다 밀어넣었다 하며. 이제 챙겨야 할 건 이 상자뿐이다. 대충 짐작하기에는 3천만원에서 4천만원 사이의 돈이었다. 함께 살 룸메이트도 구해두었다. 한영이 태어나 만난 사람들 중 함께 있을 때 가장 마음이 편해지는 친구였다. 이 돈이면 졸업 때까지는 어떻게 될 것이다.

베란다에 맨발로 서서, 화분에서 흘러나온 흙을 발바닥으로 밀며 고민하고 있을 때 동생에게서 전화가 왔다. 한영은 망설이다 받았다. 엊그제 받았을 때는 애원했었다. 포크로 찍어놓고 까맣게 잊은 듯이 살가운 동생인 척했다. 너는 나한테 친구보다 못해, 모르는 사람보다 못해, 말하고 싶었지만 한영이 기본적으로 동생에게 가지는 감정은 두려움이었다. 그래서 대충 대답해주었다. 밥은 먹었느냐고, 병원은 어떻냐고, 사람들은 잘해주느냐고. 며칠간 전화받아주는 횟수를 천천히 줄였다. 의심하지 않도록. 내일은 전화번호를 바꿀 것이다. 전화기를 내리다가 손가락이 슬쩍 뺨에, 눈 밑에 닿았다. 거의 아물었지만 야트막하게 딱지가 져 있었다.

"훔치는 게 아냐. 위자료 같은 거야."

마음이 살짝 가벼워졌다. 한영은 인삼 상자를 챙겼다. 무거웠지만 버거운 정도는 아니었다. 혼자서 살고 싶어요, 이해하시겠죠,라고 간추릴 수 있는 편지를 식탁에 남겨두었다.

두려울 줄 알았다. 큰 가방을 메고 끌고 걷는 것이. 사람들이 쳐다볼 줄 알았다. 모두가 한영의 가출을 알아챌 줄 알았다. 한영을 뒤에서 내리치고 돈 상자를 빼앗을 줄 알았다. 한영은 나일론 가방이 얇아 상자가 두드러지는 게 신경 쓰였다. 자꾸 뒤돌아보며 걸었다. 사람들은 무심했다. 여행 가는 대학생 이상으로 한영을 바라보는 사람은 없었다. 대낮이었고 집 앞이었다. 이제는 다시 돌아오지 않을 집. 집이 점점 멀어지는 게 등덜미로 찌릿찌릿 느껴졌다. 트렁크의 고장 난 바퀴 한쪽이 필요 이상으로 도는 통에 가방이 자꾸 넘어지려 했다. 한영이 곤란해하며 횡단보도를 건너자 어떤 아저씨가 대신 들어주기까지 했다. 친절해. 사람들은 친절해.

그게 거짓말인 줄은 알고 있다. 고장 난 트렁크를 친절하게 들어주는 사람이 집에 가면 자기 가족에게 어떤 얼굴을 할지 아무도 알 수 없다. 거짓말 너머를 알고 싶지 않다.

이면의 이경(異景) 따위. 표면과 표면만 있는 관계 속에서 살아가고 싶다.

옆구리에 낀 나일론 가방은 낙하산을 만드는 소재라고 했다. 한영은 낙하산을 써본 적 없지만 기분만은 알 것 같았다. 제대로 탈출하는 기분만은 말이다.

전철 한번, 버스 한번을 타고 학교 앞 친구 집에 도착했다. 트렁크는 버스 바닥에서 끊임없이 미끄러져, 손잡이를 잡고 있느라 내릴 때쯤에는 팔이 뻐근할 정도였다. 그 통증마저 기분 좋았다. 기분이 아주 나쁜 날일 줄 알았는데 집에서 멀어질수록 가벼워지고 가벼워졌다. 프로펠러 형태로 바람에 날리는 씨앗이나, 옷이나 털에 매달려 산을 넘는 갈퀴 모양의 씨앗이 된 기분이었다. 혹은 동물의 입으로 들어가 길고 더러운 소화기관을 통과해 끝내 움트는 그런 씨앗. 나는 창자를 빠져나왔어, 한영은 생각했다. 친구가 현관문 바깥까지 반가운 목소리를 숨기지 않고 뛰어나왔다. 친구의 집은 다섯평짜리 원룸이었다. 다음 달부터 두 사람이 함께 살 집은 그보다는 조금 컸다. 현관은 트렁크를 세울 공간도 없었다.

"왔구나. 정말 왔어."

이제 룸메이트가 될 친구, 지지는 한영이 집까지 계약해놓고 마음을 바꿀까봐 계속 걱정해왔다. 이사도 이사지만 한영이 도망쳐 나오지 못할까봐. 내내 습격 속에 살까봐. 한영은 지지 없이는 실행하지 못했을 거라고 인정해야 했다. 지지는 지연지의 애칭이었다. 한영뿐만 아니라 모두 그렇게 불렀다. 두 사람은 분식과 맥주를 사왔다. 휴대폰을 종이컵에 꽂은 다음 브루노 마스의 노래를 틀어놓고 춤을 췄는데, 방이 워낙 작다보니 계속 몸이 부딪쳤다. 지지의 머리 위로 파일 하나가 떨어지기까지 했다.

벽이 얇아 옆집 사람이 시끄럽다고 두드렸으므로 다섯 곡이 되기도 전에 껐다. 아마도 한영이 이 세상에서 위협을 느끼지 않을 남자는 저 먼 곳의 브루노 마스 정도일까. 옆집 사람이 험악한 사람일지 몰라 다시 움츠러들고 말았다.

"자기들은 맨날 더 시끄러우면서."

지지가 투덜거렸다.

캠핑 온 기분으로 그렇게 보름쯤을 살고 이사했다. 한영은 인삼 상자에서 돈을 꺼내 학교 사이트 중고 게시판에서 쓸 만한 텔레비전을 샀다. 지지가 맨날 조그만 넷북으로 보는, 모델들이 잔뜩 나오는 리얼리티 프로그램을 큰 화면으로 보여주고 싶었다. 고마움을 담은 선물이었고 이사 후 처음 마련한 살림이었다. 한영이 예상하지 못했던 것은 며칠 후 텔레비전에서 아빠의 소식을 들은 것이었다. 아빠가 나온 것은 아니었다. 아빠의 이름이 나온 것도 아니었다.

하지만 너무나 익숙한 시청 이름과 아마도 인삼 상자와 연관이 있을 비리에 대한 뉴스가 흘러나왔다. 한영은 설거지를 하다가 돌아보았다.

"계속 볼 거야?"

내막을 모르는 지지가 물어왔다.

"아니."

지지가 채널을 돌렸다.

김혁현

천재소녀가 팔 안에 떨어졌을 때가 끊임없이 머릿속에서 재생된다. 가벼웠다. 목과 허리가 혁현의 벌린 두 팔에 안정적으로 떨어졌다. 혁현이 그 놀라운 머리를 구했다. 파베르제의 달걀처럼 귀하디귀한 그 머리가 바닥에 닿지 않게.

모두 혁현의 순발력을 칭찬했지만 순발력이 아니었다. 계속 천재소녀를 보고 있었기 때문에 기절 전의 조짐을 알아챈 것이었다. 몸의 중심이 살짝 흔들렸다. 팽이가 돌다가 멈추기 전처럼 말이다. 천재소녀가 하는 수술을 조망하고 있었다. 위암 수술이었다. 까다로운 수술도 단순한 수술도 천재소녀가 할 때는 달랐다. 발레라든지 리듬체조라든지, 그런 아름다움과 강함이 모두 필요한 퍼포먼스를 보는 느낌이었다. 천재소녀는 '소녀'라고 부르기에는 완연한 성인 여성이었지만 어딘가 소녀를 연상시키는 구석이 있어서 모두 거리낌 없이 그렇게 불렀다. 외과 김태희,라고 부르기도 했다. 어느 별명이든 본인은 모르는 게 분명했다.

마취통증의학과가 다른 과보다 배우고 일하는 게 쉬울 거라고 오해하는 사람들이 많은 게 혁현은 언제나 속상했다. 편한 일이 아니다. 오해받는 것보다 훨씬 어렵고 노력이 많이 드는 일이었다. 수술의 주인공은 물론 서전(surgeon)이지만 서전이 정말 수술에만 집중할 수 있게 다른 모든 것을 신경 쓰는 건 마취과 의사의 몫이다. 환자를 고통 없이, 의식 없이 재우고 수술 부위의 근육들을 이완시켜야 한다. 이때 쓰는 근육이완제 때문에 환자의 몸이 완전히 풀렸을 때, 자칫하면 신경 손상이 일어날 수 있다. 수술이 길어지면 살이 적은 부위의 신경이 침대에 눌리기 때문이다. 그런 이유로 수술마다 환자의 자세를 이해하고 신경이 눌리기 쉬운 곳에 스펀지를 꼼꼼히 받쳐주는 것도 마취과의 일이다. 정말 별것 아닌 것 같지만 이걸 소홀히 하면 한 사람이 평생 신경통에 시달리게 될 수도 있다. 게다가 환자만 신경 쓰는 것도 아니다. 바닥에 어지럽게 흩어진 수술장비의 전선을 깔끔하게 정리하고 패드로 덮어 발이 걸리지 않게 하고…… 동선을 생각하여 사고와 실수의 가능성을 줄인다. 말하자면 무대감독에 가깝다. 웬만큼

치밀하고, 동시에 여러가지를 수행할 수 있는 사람이 아니라면 하기 어렵다. 수술이 시작되고 나서는 더 그렇다. 환자의 호흡, 혈압, 맥박, 체온, 들어가는 약 등을 끊임없이 체크하며 수술의 전체적인 진행을 놓치지 않고 파악해야 한다. 그 과정을 '조망한다'고 요약할 때는 팔자 좋아 보이지만 그것은 단순한 구경이 아니다. 환자의 몸 위에 쳐진 텐트를 사이에 두고 서전과 수술실의 컨트롤을 나눠 갖는다. 그리고 영역 너머의 서로를 존중하는 것이다. 지금의 혁현은 누구나 함께 일하고 싶어하는 마취과 전문의지만 언제나 그랬던 건 아니다. 마취과를 포기할 뻔했다. 천재소녀가 아니었더라면.

천재소녀 쪽은 별로 의미를 두지 않겠지만 혁현과 천재소녀는 인턴 동기였다. 혁현은 이 병원의 의학대학원을 나오지 않았다. 지방에서 졸업했는데 일은 수도권에서 배우고 싶어서 옮겨 온 것이었다. 그런데 막상 인턴을 들어갔더니 손이 '앞발'이었다. 유난히 술기에 약한 손을 그렇게들 불렀다. 채혈도 제대로 못하는데 무슨 마취과를 간단 말인가, 앞발을 안고 울고 싶은 기분이었다. 그때 같은 인턴 조에 천재소녀가 있었다. 과를 로테이션할 때마다 조가 바뀌는데 기가 막히게 계속 천재소녀와 짝턴이 되었다. 천재소녀는 혁현이 서툴 때 별 생색도 내지 않고 대신해주었다. 라텍스 장갑을 낀, 장갑을 꼈을 때 유난히 더 야무져 보이는 손이 환자들의 혈관 위에서 춤을 추었다. 어설프게 따라 하다보니 어느새부턴가 혁현도 할 수 있게 되었다. 앞발이 드디어 손이 되었다. 천재소녀는 조곤조곤 좋은 팁들을 알려주기도 했는데 어찌나 설명을 잘하는지 설명만으로도 머릿속에 입체적으로 그릴 수 있었다. 한결같이 짜증도 생색도 없는 사람이었다. 감탄할 정도로 평온한 얼굴이었다. 혁현에겐 은인이었지만 그것도 벌써 몇년 전이니, 이제 마스크 너머로 얼굴이나 알아볼는지 몰랐다. 천재소녀는 똑똑한 것치고 사교적이라는 평을 듣고 있었지만 혁현이 보기엔 워낙 머리가 좋아서 사교적인 것처럼 행동하는 것이지 정말로 사교적인 것 같지는 않았다.

"아침들 드셨어요?"

천재소녀가 기절하던 날 수술 시작 전에 누군가 물었다.

"아뇨, 아직."

"오늘은 못 먹었네요."

"저도."

레지던트도 인턴도 스크럽 간호사도 밥을 먹은 사람이 없었다.

"어, 나는 먹었는데……"

그렇게 말했을 때 혁현은 조금 부끄러웠다.

"역시 마취과가 QOL이 좋네요."

천재소녀가 빼꼼 보이는 눈만 웃으며 부러워했다. 병원 사람들은 '퀄리티 오브 라이프'를 언제나 약자로 말했는데, 바빠서라기보다는 '삶의 질'이라고 제대로 말하기가 겸연쩍어서인 듯했다. 왜 그런 걸 겸연쩍어하는지 혁현으로서는 알 수 없었다. 아침을 먹여주고 싶다, 수술실 안에서처럼 밖에서도 서포트해주고 싶다, QOL을 조금이라도 높여주고 싶다. 역시 좋아하나보다. 좋아한 지 오래된 것 치고 그간 아무것도 하지 않았지만, 여지없이 좋아하나보다…… 혁현은 그런 생각을 하며 천재소녀를 내내 지켜보고 있었던 것이다. 천재소녀의 축이 흔들리고 눈꺼풀이 떨릴 때까지. 눈만 보이는 수술실에 있으면 눈만 보고도 많은 것을 감지할 수 있다. 얼굴로 할 수 있는 표현을 오로지 눈으로만 하니까.

의자를 드득, 긁으며 일어서서 뛰지 않고 빠른 걸음으로 다가가 뒤로 넘어가는 천재소녀를 받아냈다. 평생 그렇게 안도감이 든 적이 없었다.

그대로 계속 안은 채로 있고 싶었지만 다른 사람에게 맡기고, 얼른 천재소녀의 손등에 라인을 잡아 포도당 수액을 넣었다. 입에도 하나 물렸다.

"오오, 한번에 라인 잡으시네요."

뒤에서 누군가 감탄했다. 누구한테 배웠는데요, 하고 속으로만 대답했다. 천재소녀는 금방 깨어났고, 수술은 이미 거의 끝나 있어서 레지던트가 마무리해도 상관없었다. 혁현에게 고맙다고 말했다. 그렇게 말하는 천재소녀의 눈이 아직도 살짝 풀려 있어서 걱정이었다. 내가 받아줬다는 걸 까먹으면 어떡하지? 천재소녀 쪽은 한번도 생색낸 적이 없는데 혁현은 내고 싶었다. 왕자님처럼 구해줬으니까 밥 한번 정도는 사주지 않겠니?

음식에 유통기한이 있는 것처럼, 약에 유통기한이 있는 것처럼 생색에도 유통기한이 있었다. 혁현은 천재소녀와 다시 수술이 잡히길 기다렸다. 다행히 그렇게 오래 기다리지 않아도 되었다. 네시간짜리 수술이었다. 천재소녀가 자르면 수술 부위에 피가 나지 않는다는 소문은 과장이지만, 그런 소문이 날 만도 했다. 확연한 뛰어남에 찬사를 보내고 싶은 게 사람들의 자연스러운 마음인데다가, 환자가 깨어나기 전에 수습되기 때문에 환자가 몰라서 그렇지, 엉망이 되고 통제불능이 되고 욕설이 난무하고 난도질에 가까워지는 그런 수술들은 또 얼마나 흔한가. 솜씨가 별로인데 다른 걸 잘해 대학병원에 남은 외과의들도 분명히 있다. 거기에 비해 천재소녀의 수술은 몇시간짜리든 마음 편히 지켜볼 수 있었다. 기절만 하지 않는다면.

"이번에도 기절할까봐 걱정했죠?"

수술이 끝나고 천재소녀가 말을 걸어왔다. 혁현은 자기
도 모르게 아유, 하고 좀 아저씨같이 반응하고 말았다.

"제가 그때 인사를 제대로 못한 것 같아요."

"아유, 아니에요."

아유 좀 그만해, 제발 그만해. 무슨 아유는 아유야. 당황
해서 땀이 났다. 그래도 혁현은 가까스로 마음먹어왔던 생
색을 낼 수 있었다.

"그럼, 저, 맨입으로 고맙다 하지 말고 맛있는 거 사줘요."

그러자 천재소녀의 똑똑하고 조그만 머리가 혁현을 향
한 채 가만 멈추었다. 알아들은 것이다, 데이트 신청이라
는 걸. 혁현은 발바닥에까지 땀이 나는 걸 느꼈다. 병원 바
닥이 무너졌으면 좋겠다고 생각했다. 그래서 만화처럼 아
래층으로 도망가고 싶다고 말이다.

"그럼 내일 아침 7시 반에 옆 건물에 있는 도넛 가게 괜
찮아요?"

"네, 좋아요."

그날밤 혁현은 거의 자지 못했다. 천재소녀가 아침을 사
주겠다고 한 이유는 무엇인가. 수술이 8시에 시작인데 7시
반이라니. 물론 바빠서겠지만 선 긋기가 아닐까. 빵 쪼가리
나 먹고 빨리 헤어지자는 그런 이야긴가. 도넛을 좋아하는

것인가. 혁현을 싫어하는 것인가. 도넛을 좋아하며 혁현을 싫어할 수도 있다. 가슴이 거대한 도넛에 눌리는 듯해 얕게 잠들었다. 잠들었다 깼다를 반복하니 아침이었다. 안 그래도 별로 잘생긴 얼굴은 아닌데 거울을 보니 처참했다.

"여기 사람 없죠?"

당직실에 있다 온 건지, 집에 있다 온 건지 얼굴만 봐서는 알 수 없는 천재소녀가 먼저 커피를 마시며 혁현을 기다리고 있었다. 사람이 없는 곳을 골랐다니, 역시 부끄러운 건가 싶어 혁현은 다시 발바닥에 땀이 났다.

"도넛의 시대가 끝난 것 같아요. 저 건너편의 베이글집은 인기던데. 기름과 설탕의 시대가 끝나다니 아쉬워요."

그런가. 그냥 도넛이 좋았던 건가.

"기름과 설탕을 먹으면 기절 같은 거 할 리 없죠."

두 사람은 쟁반에 도넛을 이것저것 골랐다.

"샘 수술실에 들어가면 이상하게 마음이 편해요. 유난히 수술이 잘돼요. 그런 거 믿지 않는데 징크스랄까."

"정말요?"

정말요,라니. 똑똑한 소리를 좀 해봐. 똑똑한 여자 앞에서 똑똑한 소리를 좀 해보라고. 그래, 커피를 마시자. 커피로 어떻게 좀.

"이 건물 위에 극장 들어온대요."

"정말요?"

오늘은 정말요,인가. 하루에 단어 하나밖에 쓰지 못하는 건가. 하고 싶은 말들이 많았잖아. 당신한테 반하는 바람에 이 병원에 남았다고, 당신 수술을 보는 게 가장 즐겁다고, 결혼하자고, 나는 요리도 잘하고 청소도 잘한다고, 경력 단절 같은 거 절대 경험하지 않도록 육아든 뭐든 의학적 재능이 덜한 내가 하겠다고, 당신을 서포트하기 위해 내가 태어난 거나 다름없다고, 그렇게 몇년이나 몇년이나 생각해왔다고, 아니 아니, 많은 걸 바라지 않는다고, 그건 내 망상일 뿐이라고, 당신의 그 기적 같은 손가락을 한번만 살짝 잡아볼 수 있다면 소원이 없겠다고.

"극장 들어오면 영화 보고 싶네요."

이번엔 정말요,마저 나오지 않았다. 뭐라고 대답해야 하지? 영화 좋아하는군요, 말고 뭐 좀 똑똑해 보이는 말 없나. 게다가 도넛을 입에 크게 넣고 씹고 있었기에 리액션을 할 타이밍을 놓쳤다.

"제가 도넛 샀으니까, 다음에 극장 문 열면 영화 보여주실래요?"

"네."

천재소녀가 두번째 데이트를 제안했다. 혁현은 천재소녀의 말이 끝나기도 전에 성큼 대답했다. 그 빠름이 좀 민망할 정도였다. 사실 혁현은 도넛을 좋아하지 않았지만 그 순간 그대로 멈춰 평생 도넛만 먹어도 상관없을 것 같았다. 데이트겠지? 이거, 데이트겠지?

"데이트예요."

혁현의 머릿속을 읽은 것처럼 천재소녀가 말했다. 뒤늦게 카페인이 몸에 도는지 귀가 울렸다. 천재소녀가, 채원이 수술이 있다며 먼저 병원으로 돌아갔다. 병원까지 쫄래쫄래 따라가고 싶은 걸 가까스로 참았다. 도넛 가게의 화장실에서 앞발을 흔들며 춤을 추었다. 그럴 만한 날이었다. 그러다가 갑자기 깨달았다. 알고 있었어, 내가 좋아한다는 걸. 내가 내내 좋아하고 있었다는 걸. 어떻게 알았을까? 언제부터 알았을까?

아마도, 눈만 보고.

배윤나

윤나는 주말 아침에 베이글 가게에 가는 것을 좋아했다. 베이글 하나와 커피 한잔이 3,600원. 평일에는 출근길에 들르는 사람들로 북적이지만 주말에는 여유가 있었다. 토요일이나 일요일 아침에 책을 한권 들고 가서 오래오래 베이글을 먹는 건 윤나만의 즐거움이었다. 베이글의 종류보다는 스프레드의 종류가 다양했다. 사장이 있는 날도 있었지만 주로 아르바이트생들이 지키고 있었다. 여고생 둘. 주말 알바인 것 같았다. 그중 한 사람을 윤나는 귀여워했다. 윤나가 둘 중 무슨 맛 스프레드를 골라야 할지 고민하면, 콕 집어 하나를 골라주거나 작게 덜어 맛보게도 해주었다. 그러면서 별로 웃지는 않았다. 웃지 않지만 친절한 사람. 윤나는 언젠가 시에 전혀 웃지 않지만 친절한 사람들의 나라에 대해 쓴 적이 있었는데, 이 아이는 꼭 그 나라에서 온 것 같구나, 했던 것이다.

그 아르바이트생이 자주 입곤 하던 토끼 맨투맨이 있었다. 커다랗게 그려진 토끼가 얼마나 우울한 표정이었는지 모른다.

"세상에서 제일 우울해 보이는 토끼네요."

언젠가 윤나는 자기도 모르게 입 밖으로 말했다.

"그래서 샀어요."

그 학생이 대답했었다.

얼마 안 있어 윤나가 싱크홀에 빠졌고, 퇴원하고 난 다음 주말에 가보니 가게 문이 닫혀 있었다. 설마 망했나, 좀처럼 오래가는 가게가 없구나, 상심했었다. 다행히 그다음 주에는 다시 문을 열었다. 반가움도 잠시, 아르바이트생이 한 사람뿐이었고 사장이 나와 있었다.

"전에 한명 더 있던 친구는 그만뒀나봐요?"

별생각 없이 물었는데 아르바이트생이 약간 울먹이고 사장이 한숨을 쉬었으므로 윤나는 죄지은 사람처럼 앉아 있다가 분위기를 견디지 못하고 얼른 나왔다. 느리게 느리게 퍼진 소문을 들은 것은 미용실에서였다. 살해당하다니. 토끼 맨투맨 학생을 누가. 열여덟살짜리를 누가. 그날 저녁에 혼자 있다가 또 공황 발작이 왔다. 늦게 돌아온 환의가 속상해했지만 윤나는 그 모든 이야기를 환의에게 하기가 어려웠다. 그 아이를 개인적으로 알았어? 그 아이 이름은 뭔지 알아? 왜 모든 일들을 그렇게 크게 받아들여? 환의가 그렇게 물으면 윤나는 할 말이 없었다.

윤나의 집은 동향이라 아침에 햇살이 깊이 들었다. 눈꺼풀이 무거워도 병원에서보다 잠이 일찍 깼다. 밤새 또 누가 살해를 당하고 사고를 당했을까. 윤나는 두 팔을 올려 스트레칭을 했다. 살아 있는 게 간발의 차이였다. 그 '간발 차'의 감각이 윤나를 괴롭혔다. 자칫했으면 이 팔들이, 살아 있는 팔들이 썩고 있을 뻔했다. 죽음은 너무 가깝다. 언제나 너무 가깝다. 전철에서 지나치게 몸을 밀착하는 기분 나쁜 남자처럼 가깝다. 무시하고 잘 살아가는 사람도 있는 반면 윤나는 늘 등 뒤를 돌아보고야 마는 편이었다. 전철 전체가 암전되듯이 마음 전체가 까매지고 마는데도.

어려서 아팠기 때문인지도 모른다. 유소년기에 잠깐 발병하는 가벼운 간질을 앓았다. '간질'이라는 말이 마치 욕설처럼, 저주처럼 쓰여서 이제는 '뇌전증'이라는 용어가 대신하게 된 모양이다. 윤나도 병 이름을 아무렇지 않게 부르기까지 오래 걸렸다. 시를 쓰고 나서였다. 알고 보니 세상에서 자기 아프다는 말을 가장 잘하는 사람들이 시인들이었다. 아프다는 말을 아름답게 해버리는 동료들 덕에 말할 수 있게 되었다. 같은 병을 앓았던 사람도 여럿이었다. 윤나는 개운해진 한편 가끔 아연하기도 했다. 우리가 쓰는 시가, 사실은 간질의 후유증이면 어떡하지? 발작 같은 것이면 어떡하지? 윤나로서는 영원히 알 수 없을 것이다.

의식을 잃고 몸을 떠는 심한 발작은 아니었다. 열몇살의 윤나는 의식을 그대로 유지한 채 갑자기 숨이 멎었다. 얼굴과 팔이 마비될 때도 있었다. 팔 아래로는 증상이 나타나지 않았다. 아무리 노력해도 숨이 쉬어지지 않아 괴로웠다. 괴롭고 괴로워서 더는 버티지 못하겠다 싶을 때쯤 다시 호흡이 돌아왔다. 계절마다 한번씩 큰 병원에 가서 뇌파 검사를 했다. 머리카락 속에 찐득찐득한 풀을 여기저기 잔뜩 발라야 했다. 검사가 끝나고 머리를 감는 곳은 불편하기 그지없었다. 요즘처럼 병원의 시설이 좋지 않아서 걸레를 빠는 곳과 비슷한 데에서 머리를 감아야 했다. 검사 후에는 만화 주인공처럼 번개머리가 되어버리기 때문에 집에 와서 감을 수는 없었다. 병원에서 한번 감고, 집에 와서 다시 감았다. 지금보다 훨씬 비쌌던 MRI도 가끔 찍었다. MRI실은 너무 추웠다. 어떤 때는 깨어 있게 했고, 어떤 때는 주사를 놓아 잠들게 했다. MRI 기계에 들어가는 건 관에 들어가는 기분이었다. 죽는 건 이렇게 춥고 좁은 거겠지. 숨이 막히는 거겠지. 그런 날들이 계속될 줄 알았는데 약을 먹은 지 4년째, 어느날 갑자기 나았다. 더이상은 몸이 마비되지 않았다.

그러고는 이제 MRI를 찍는 남자와 살고 있다. 환의에게 어렸을 때 아팠던 이야기를 했지만 별로 심각하게 받아들이지 않았다. 그 정도야 매일 보다보니 별일 아니라고 생각하는 듯했다. 윤나도 스무해가량 잊은 듯이 살아왔지만, 사실은 잊지 못했던 것 같다. 처음 공황 발작을 겪었을 때 병이 돌아온 줄 알았다. 가슴이 조이고 숨이 막히는 것은 비슷했다.

입원했던 사이에 와 있던 우편물들을 정리했다. 환의가 다른 우편물들은 먼저 정리해두었지만 아는 시인들이 보낸 시집들, 작은 선물들은 포장 속에 그대로였다. 약간 늦어진 안부들도 있고 윤나의 쾌유를 바라는 마음들도 있었다. 천천히 답신을 보내야 할 터였다. 그중 하나를 뜯어보니 윤나가 좋아하는 클레이메이션의 주인공 도마뱀이 들어 있었다. 레인코트를 입고 버섯 채집 바구니를 옆에 낀 도마뱀이었다. 윤나는 웃었다. 보낸 사람은 윤나에게 강의 자리를 주기도 했던 찬주 선배였다. 고마워서 바로 전화를 걸었다.

"걸을 수 있니?"

"네, 거의 나았어요."

"그럼 만나러 올래?"

카드 하나 없이 대뜸 도마뱀 인형을 보낸 것도 찬주다웠고, 당일에 갑자기 만나러 오라는 것도 찬주다웠다. 찬주는 윤나보다 열네살 많은 시인이었다. 1990년대부터 2000년대 초반까지 세권의 시집과 두권의 산문집을 냈는데 찬주가 그걸로 빌딩을 살 만큼 돈을 많이 벌었다고 소문이 났었다. 슬프게도 소문은 소문일 뿐, 윤나는 찬주가 계약을 잘못하는 바람에 지금은 문을 닫고 없는 출판사의 사장만 배불려주고 받을 돈을 다 못 받은 걸 알고 있었다. 꼭 그것 때문은 아니지만 찬주는 최근 10년 가까이 글을 쓰지 않았다. 윤나는 선배가 더 썼으면 좋겠다고, 선배 글을 더 읽고 싶다고 친해진 다음에 조심스럽게 말한 적이 있는데, 돌아온 대답은 '잠겼어'였다. 자물쇠 같은 게 잠겼다는 건지, 수도꼭지 같은 게 잠겼다는 건지는 잘 설명해주지 않았다. 잠긴 탓인지 전자담배를 엄청 피워댔다. 전자담배가 지금처럼 흔해지기 전 초기 모델부터 쭉 피워왔는데 한번은 기계 불량으로 액체 니코틴을 바로 흡입해 급성 니코틴 중독으로 쓰러진 적도 있다. 그렇게 어이없이 병원 신세를 지고 나서도 연구실에 냄새 나는 건 싫다며 계속 전자담배를 애용했으니 전자담배 업계에서 상이라도 만들어 줘야 할 판이었다. 아무리 진짜 담배보다는 낫다지만 그렇게 하루 종일 물고 있으면 어떡하나, 만날 때마다 생각했지만 윤나는 찬주를 좋아했으므로 찬주의 자기파괴적인 면까지도 받아들였다. 잠겼으니까 그럴 수 있다고, 언젠가 자신도 잠기게 되면 어떤 독을 스스로 복용하게 될지 모르는 일이라고 말이다.

찬주의 연구실에 학생들이 있어 윤나는 복도에서 잠시 기다렸다. 계단을 올라와서 발목이 시큰거렸지만 몇년이고 고생할 터였으므로 익숙해지는 게 나을 것 같았다. 다치지 않은 발목 쪽에 체중을 싣고 있다가 문득 깨닫고 얼른 똑바로 섰다. 몸은 한번 다치면 계속 겁을 내서 다치지 않은 쪽에 더 부담을 주다가 그쪽까지 고장 내곤 한다고 이미 물리치료사에게 경고를 들었다. 무용수처럼 무게중심을 늘 의식하며 지내는 게 좋을 것이다. 윤나는 무게중심이 몸속의 작은 금속 추라고 상상하면서 패턴을 그리며 복도를 서성거렸다. 느리게, 삐걱이며 움직이는 로봇 무용수처럼 말이다. 안쪽에서 무슨 이야기를 하나, 아는 학생들일까, 뭉개져 나오는 목소리들에 귀를 기울였다. 뭔가 심각한 이야기임은 분명했다.

"머리 아파 죽겠다."

윤나를 보자마자 찬주가 말했다. 아닌 게 아니라 찬주의 얼굴이 많이 상해 있었다. 열네살 많긴 해도 액면가는 윤나보다 조금 들어 보일 뿐이었는데 그새 얼굴이 나이를 많이 따라잡은 상태였다.

"무슨 일 있어요?"

"너 몰랐구나. 통폐합돼, 우리 과."

"아."

닥쳐올 일인 걸 알고 있었는데도 윤나는 놀랐다. 문예창작과뿐 아니라 예술대와 인문대의 십수개 학과가 통폐합되었다. 취업률과 대학평가 때문이라는 건 표면적인 이유고, 실상은 대학이 기업에서 필요로 하는 인재들만 골라 생산해내기를 사회 전체가 원하고 있는 게 아닐까 싶었다. 순종적이지 않은 너희를 원하지 않는다고 대놓고 외치는 것이나 다름없었다. 부조리를 목격하면 나팔을 불어대는 나팔수들을 치워버리고 싶은 거라고, 윤나는 약간의 피해의식과 함께 의심해왔었다.

"윤나는 문창과 출신 아니지? 국문과였던가? 그래도 이번에 국문과는 살아남았더라. 인문대에 일문과, 불문과, 독문과, 철학과 다 없애놓고 국문과, 영문과, 사학과만 덜렁 남겨놨어."

"그것도 명목상으로 남겨둔 것 같은데요. 이런 추세론 국문과도 언제까지 버틸지 모르겠네요."

"그러게…… 애들 이 앞에서 농성하고 있는 거 봤어?"

"뒷문으로 와서 못 봤어요."

"농성한다고 학교 측에서 정수기를 다 떼어갔지 뭐니. 저녁 되면 전기도 끊어버려."

생수병을 비틀어 전기 포트에 쏟으면서 찬주가 한숨을 쉬었다.

"독하네요."

"학교가 벽 같아. 벽 보고 말하는 것 같아. 나도 그만두고 엄마 병간호나 할까봐."

"어머님 요즘 어떠세요?"

"나빠지고 있지."

나빠지는 것만 가득, 그런 생각이 들어 윤나는 속이 상했다. 완만하게 나빠지는 게 아니라 구덩이가 발밑에서 열리듯이 갑작스럽게, 격하게 나빠지고 있었다.

"그런데 선배 말만 그렇게 하고 못 도망치는 사람이잖아요. 학생들 두고 안 갈 거잖아요."

"이번 애들 졸업할 때까지는 있고 싶은데 모르겠어, 있게 해줄지. 이미 찍혀서."

"통합하면 대체 무슨 과가 되는 거예요?"

"미디어 콘텐츠 뭐라더라…… 기억도 안 나. 그놈의 콘텐츠 산업이 미래다, 미래다 하면서 쏟아붓는 돈은 다 커미션 떼먹는 사기꾼들한테 가고 애먼 대학만 잡고 앉았어. 인원을 3분의 1로 줄이면서 이름만 번드르르하게 붙이면 뭐해, 멍청하게. 하여간 이렇게 되는 바람에 내년에 너 강의 줄 수 있을지 잘 모르겠다. 미안해서 불렀어."

"전 괜찮아요. 강의할 만큼 상태가 좋지도 않고."

"다른 계획이라도 있어?"

"없지만…… 천년만년 가르칠 수 없을 거란 건 예상하고 있었어요."

"농성 천막에 가볼래? 애들이 너 보면 반가워할 거야."

두 사람은 천천히 커피를 마시고 농성 천막으로 향했다. 윤나의 눈에도 익은 얼굴들이 천막 아래 돗자리를 몇겹 깔고 간이 담요를 두른 채 앉아 있었다. 글을 잘 써서 기억나는 얼굴도 있고, 글은 잘 못 쓰지만 뭐가 돼도 되겠다 싶어 기억나는 얼굴도 있었다. 자신이 하고 싶은 일이 가치 없게 취급되는 사회란 걸 알면서도 이 전공을 확고하게 선택했고, 그 선택의 자유를 자기보다 뒤에 오는 이들에게도 확보해주려고 찬 바닥에 앉아 있었다. 더이상 어려 보이지 않았다. 윤나는 잠시 인사를 나누고 매점에 가서 따뜻한 음료와 먹을 걸 사왔다. 매점 문까진 걸어 잠그지 못했나 본데 그나마 다행이었다. 목이 추워서 가방 안에서 스카프를 꺼내 둘렀다. 그러고 보니 스카프도 찬주가 사준 것이었다.

다른 교수들, 다른 과 교수들도 농성장에 와 있었다.

"곧 교수회에서 성명서를 발표할 겁니다. 지금 막 다듬고 있어요."

윤나는 뒤에서 논의를 가만히 듣고 있었다. 학생들은 대자보에 대해, 웹자보에 대해, SNS 운영에 대해, 외부의 지원을 얻어내는 일에 대해, 인쇄물에 대해, 단식투쟁과 삭발에 대해, 총장실 점거에 대해 이야기했다. 아직 초반이었다. 그때 윤나 곁에 앉았던 남학생이 조그맣게 뭐라고 중얼거렸다. 다들 듣지 못하고 이야기를 계속했지만 윤나는 들었다. 남학생은 조금 더 큰 소리로 말했다.

"우린 이미 졌어요."

그제야 사람들이 들었다.

"그렇게 생각되겠지만 그렇게 말하지 말자."

교수 중 한 사람이 말했다. 남학생은 자리에서 일어났다. 디스트로이드진을 입고 있어서 무릎이 추워 보였다. 윤나는 그를 알아보았다. 좋은 시를, 좋지만 꽤나 괴로운 이미지들이 담긴 시를 쓰는 학생이었다. 언제나 짧은 머리여서, 삭발을 할 것도 거의 남아 있지 않았다. 그런 짧은 머리가 동그란 두상에 어울리긴 했다. 남학생은 화장실에 가려는지 돗자리 바깥으로 걸어나갔다. 파란 그림자를 벗어나 초겨울의 햇빛 속으로. 그러다가 잊었다는 듯 돌아와, 노끈 뭉치를 뒤져 무언가를 가져갔다.

다른 사람들은 이야기를 계속해나갔지만 윤나는 어째 선지 그 학생의 멀어지는 뒷모습을 보고 있었다. 농성장은 중앙도서관에서 약간 옆으로 치우친 곳에 있었다. 학생은 도서관 출입구 바로 앞에서 멈춰 섰다. 학교 점퍼의 소매 에서 뭔가가 삐죽이 나오는 걸 보고 윤나는 생각했다. 아 까 가져간 게 뭐였지? 아닐 거야. 잘못 본 걸 거야.

하지만 커터 칼이었다. 윤나가 그 윤곽을 확인하는 순 간 학생은 바로 손목을 그었다. 깊이 그었다. 갑자기 캠퍼 스가 멈추었다. 도서관 앞 광장을 지나던 수백수천의 눈이 사선으로 손목에 몰렸다. 아주 짧은 침묵과 긴 소란 사이 에 윤나는 아무 신발이나 꿰어 신고 달리기 시작했다. 무 늬를 맞추어 깐 벽돌 위로 피가 뿌려졌다. 아래로 흐르는 피가 아니라 치솟아 튀는 피였다. 윤나는 스카프를 쥐고 있었다. 가서 지혈해야 해, 지금 여기서 발작이 오면 안 돼, 지금은 안 돼.

윤나는 괜찮았다. 울기 시작했지만 괜찮았다. 윤나는 모 여든 사람들을 헤치고 학생에게 다가가 팔목 위를 스카프 로 묶었다. 묶고 남은 부분으로 피가 솟는 부위를 감싸 눌 렀다. 윤나의 손가락 사이로 피가 흘렀다.

"규익아! 규익아! 왜 그랬어!"

뒤에서 여학생 한명이 원망스러운 비명을 질렀다. 규익

이었다. 윤나는 남학생을 기억해냈다. 한규익. 윤나의 호흡이 가빠졌다. 지금은 안 돼. 다른 사람들이 와서 규익을 눕히고 팔을 위로 들게 했다. 다행히 간호대생 몇이 근처에 있었다. 윤나는 스카프를 놓고 뒤로 빠졌다. 호흡을 고르기 위해 주저앉아 무릎 사이에 머리를 넣었다.

같은 사람들이다.

그 짧은 문장이 갑자기 떠올랐다. 떠오르고 나서 이해가 되었다. 같은 사람들이었다. 토대가 중요하지 않다고 생각하는 사람들이 대학을 통폐합시킨다. 보이는 토대와 보이지 않는 토대를 다지지 않고 허무는 사람들 말이다. 발밑으로 모래가 흘러도 신경 쓰지 않는 사람들, 그리하여 입을 벌린 구덩이를 바라보는 이들의 등을 뒤에서 밀어버리는 사람들…… 같은 사람들이야, 말해주고 싶었다. 말해야 할 것 같았다.

그러나 말은 입안에 고인 채 나오지 않았다. 윤나는 울었고 손가락 사이의 피가 마르는지 어는지 굳어갔고 다행히 사이렌 소리가 들렸다. 이 학교엔 대학병원이 있었다.

필요해. 같은 사람들이 많을수록 다른 사람들이 필요해. 나팔수가 필요해. 눈 돌리지 않는 사람이 필요해. 눈 돌리지 않는 것, 그걸 하기 위해 선택한 거잖아. 윤나는 일어났다. 막 구급차에 실리는 규익에게 다가가 말했다.

"너는 달라. 너는 필요해."

규익의 눈에 의아함이, 그리고 곧바로 이해의 기미가 스쳐 지나갔다. 윤나의 착각일지 몰라도, 엉망으로 말했어도, 분명 전하고 싶었던 것이 전해졌을 때의 눈빛이었다. 학생들의 눈에서 그 빛을 발견할 때가 많았다. 수신의 빛, 이라고 속으로 부르곤 했었다. 더 하고 싶은 말들은 많지만 미뤘다. 윤나가 다시 수업을 할 수 있다면 말할 기회가 있을 것이다. 그렇지 않더라도 또 만나게 될 것이다.

구급차가 언덕길을 올라가는 걸 보고 있을 때, 찬주가 윤나의 어깨에 손을 올렸다. 윤나가 잠시 찬주에게 기댔다.

이호

1940년생이다. 생일은 2월 8일. 용띠 해의 첫날에 태어 났다.

호 선생이 그렇게 생년월일을 밝히면 요즘 애들은 아득 한 표정을 짓고 만다. '전쟁 전에, 대한민국 수립 전에, 광 복 전에 태어난 사람이 아직도 일하고 있다니?' 하는 표정 이다. 하지만 그래 봐야 70대 중반일 뿐이며 은퇴를 미룬 동료들이 그 말고도 많다. 어린애들이 상상력이 부족한 거 다. 호 선생은 그래서 태어난 해를 밝히기보다는 "으응, 칠 십몇 됐어. 알 거 없어요" 하고 대답하는 습관을 들였다. 가끔 셀프로 인지능력 검사를 해보는데, 멀쩡하다. 운이 좋다는 건 알고 있다.

사실 말만 하지 않으면 거뜬히 60대로도 보인다. 주름 이 나이에 비해 적고, 머리는 하얗게 세어버렸지만 정수리 쪽엔 아직 힘이 있다. 그래서인지 학생들이 '슈크림 교수님'이라고 부르는 모양이다. 둥근 얼굴에 하얗게 삐친 머리카락이 슈크림에서 새어나온 크림같이 보여서. 호 선생은 자기가 젊었을 때 교수들에게 붙였던 별명을 떠올려보곤 그 정도면 나쁘지 않다고 판단했다. 이제 진료보다는 느슨하게 하는 연구와 병아리 같은 학생들의 강의를 맡고 있다. 그 강의마저 자주는 안 한다. 특강에 가깝다. 하는 일도 별로 없는 늙은이를 계속 병원에 두다니, 그저 권위를 빌리고 싶은 게 아닐까 호 선생은 추측하고 있다. 호 선생은 국내외에서 알아주는 감염내과 전문의니까 말이다. 사실 10여년 전 국제단체에 자리가 내정되어 있다 취소되는 바람에 이 병원에 오게 된 것이지 계획했던 건 아니었다. 원래 있던 병원은 그만둔 상태라 은퇴해야 하나 고민할 때 제의가 왔고, 더 일하고 싶어서 받아들였다. 서울에서 매일 아침 한시간 반씩 운전하여 출근한다. 호 선생은 아직 운전도 꽤 순발력 있게 할 수 있다.

권위 있는 할아버지 마스코트 정도인 걸 스스로도 알지만, 그래도 보탬이 되기 위해 출근도 퇴근도 응급실을 통해서 한다. 주로 배가 아파서 온 환자들에게 다가가 촉진을 해본다. 호 선생이 수련을 받을 때는 똑똑한 기계들이 없었다. 있다 해도 부족했다. 청진기와 손가락이 진단 도구였다. 워낙 대단한 기계들이 등장해서 촉진의 중요성이 줄어들었지만, 어쨌든 촉진은 간단하고 빠르다. 빠른 것은 도움이 된다. 슈크림 교수가 환자의 복벽이나 흉벽을 통통 두드리고 꾹꾹 눌러본 다음 "간이야!" "비장이야!" "신장이야!" 말해주면 여러 검사를 할 시간을 줄일 수 있기 때문에 응급의학과에서는 매번 고마워한다. 대개는 사소한 도움이지만 몇번은 정말 위험한 환자를 간발의 차로 구하기도 했다. 덕분에 '출근할 때 세명, 퇴근할 때 세명 구하고 가신다'는 소문이 났지만 과장이다. 요즘 젊은이들은 존경할 만한 어른이 몇 없어서 조금만 멋져 보여도 신이 나버리는 것이다. 그렇게 생각하면서도 주목받는 게 싫지는 않기 때문에 좋은 트위드 재킷을 입고 일주일에 한번쯤은 근사한 모자도 쓰고 출근한다.

"어떻게 그렇게 일가를 이루셨는지요?"

가끔 질문하는 사람들이 있다. 사실 호 선생은 딱히 할 말이 없다. 운이 좋았다. 말도 안 되게 운이 좋았다. 그게 솔직한 심경이지만, 그렇게 말하기엔 민망하다. 듣는 사람도 이 사람 뭔가 싶을 게 아닌가.

1940년 부산에서 태어나 자랐다. 덕분에 전쟁을 그나마 덜 참혹하게 겪었다. 아버지는 수학 교사였다. 일제강점기엔 일본어로 가르쳤고, 해방 후에는 한국어로 가르쳤다. 수학은 그럴 수 있는 교과였다. 덕분에 호 선생은 아주 부유하지는 않아도 안정적인 환경에서 자랐다. 격변의 20세기 중반에 안정적인 환경에서 자라기는 쉽지 않았다. 이웃들은 아버지에 대한 존경을 말린 생선으로 표현하곤 했다. 그래서 호 선생도 존경받는 직업을 가지자고 결심했다. 생선이 탐나서는 아니었다. 선생으로 불리는 직업 중에 제일 부족한 게 무언가 했더니 의사였다. 서울 유학은 자식이 없는 친척 아저씨의 도움으로, 미국 유학은 나라의 도움으로 다녀왔다. 유학 시절은 영양실조에 걸릴락 말락 할정도로 힘들었지만 굶어 죽기 직전엔 꼭 누가 도와주었다. 운 좋게도 결핵은 걸리지 않았다. 그 시절 결핵은 무시무시했고 그 병으로 친지를 여럿 잃었다. 지금도 한국은 결핵에서 벗어나지 못했는데, 다들 너무 가벼이 생각한다. 하여간 꼬챙이처럼 말라서는 공부만 열심히 했다. 장학금을 못 받으면 곁에서 누가 숨어 있는 장학금을 찾아주었다. 도움을 받았다. 끊임없이 도움을 받았다. 스스로가 잘나서가 아니었다. 머리가 나쁘지는 않았고 공부도 좋아했지만 그 정도 인물이야 흔하다. 무얼 이뤘건 모두 운 좋게 받은 도움들 덕분이었다. 이만큼 적시에 도와주려는 손들이 다가왔던 인생이 또 어디에 있을까.

아내를 만난 것도 완전히 운이었다. 아내는 환자였다. 사랑니를 뺀 자리에 염증이 생겼는데 치과에서 항생제를 잘못 처방받는 바람에 실려 왔다. 아목시실린 계통 항생제에 알레르기가 심한데 그 나이가 되도록 어떻게 몰랐는지 신기했다. 다른 항생제를 처방해주고 메모지에 '아목시실린 안 돼요'라고 써서 지갑에 넣어다니라 했다. 써주는 김에 전화번호도 써주었다. 붉은 반점이 가라앉고 토하지 않으니 썩 예뻤던 것이다. 다행히 아내 쪽에서도 마음에 들었는지 전화를 해왔다. 아내의 치과의사가 다른 항생제를 처방해주었더라면 만나지 못했을 것이다. 미대에 다니는 대학생이라 했다. 화가로 대성하지는 못했다. 호 선생이 보기에는 아내의 그림이 괜찮았는데 남들 눈에는 별로였던 모양이다. 이름난 화가가 되지는 못했어도 기본적으로 아름다움에 굉장히 민감하게 반응하는 여자였다. 아내를 만나기 전까지는 그런 사람 곁에 있으면 얼마나 삶이 풍요로워지는지 알지 못했다. 이를테면 아내는 다 쓴 유리병들을 모았는데, 그런 쓰잘데없는 걸 모아두어도 지저분해 보이지 않았다. 특별히 뭘 담아두지 않아도 색과 투명도와 모양이 잘 어우러져 비싼 인테리어 장식 같았다. 한번 산책을 하면 열몇가지 아름다운 장면을 발견했다. 걸음이 빠른 편이던 호 선생은 아내에게 느리게 즐기면서 걷는 법을 배웠고, 가까운 곳과 먼 곳에 시선을 던지는 법도 배웠다. 게다가 조금 의외인 이야기지만, 아내의 아름다움을 포착하는 기질은 부동산 투자에 도움이 되었다.

"이 동네, 예뻐질 것 같아요."

아내가 말하는 그 예쁨이 뭔지 호 선생은 잘 몰랐지만 아내가 그렇게 말한 동네는 정말로 예뻐졌고 비싸졌다. 의사를 하기가 지금보다 훨씬 좋은 시대였다 쳐도, 그때도 돈을 버는 사람은 벌고 벌지 못하는 사람은 못 벌었다. 아내가 투자를 잘하지 못했더라면 대학병원에 남아 공부를 계속하지 못했을 것이다. 돈 벌어 오라고 구박도 하지 않았다. 심지어 호 선생이 오랫동안 집에 못 들어가도 혼자서 잘 지냈다. 유리병 라벨을 떼는지, 서울이 번져나가는 가장자리 구경을 다니는지 호 선생은 몰랐다. 심지어 호 선생은 그런 아내를 믿고 몇년이나 의료봉사를 떠나기도 했다. 동남아시아와 아프리카를 다녀왔다. 아내를 외롭게 할 생각은 아니었다. 결코 아니었다. 그저, 중년이 되자 문득 두려워졌기 때문이었다. 이런 호재가 계속될 리 없다, 인생이 이렇게 행운으로 가득할 리 없다, 내가 받은 도움을 다른 사람에게 주지 않으면 뭔가 불행한 일이 닥칠 것이다…… 배부른 두려움이었지만 아내에게 그렇게 토로하자 정말 이해했는지는 몰라도 섭섭함 없이 받아주었다. 의료봉사를 떠나서도 별 위기는 없었다. 악어도 안 만났고, 병도 안 옮았다. 심지어 봉사지에서 커리어에 가장 도움이 된 논문 몇편을 쓸 수 있었다.

　일이 좀 덜 바빠진 지 얼마 되지 않았는데, 아내가 여전히 살아 있다는 것이 그중에서도 최고의 행운으로 느껴진다. 주변에 짝을 잃은 이들을 보면 그렇게 안타까울 수가 없었다. 부부가 두 사람 다 살아 있다는 건 어마어마한 복이다. 아내는 눈이 많이 나빠졌지만 그 눈으로도 언제나 근사한 재킷과 모자를 골라준다. 두 사람은 치매 예방을 위해 문화센터에서 라인댄스도 배운다. 무리한 동작은 시키지 않아서 마음 편하게 참석한다. 얼마 전에 호 선생은 문화센터에서 돌아오다가 아내에게 말했다.

　"우리 둘이 사는 게 썩 나빠지면 같이 죽읍시다."

　"그래요."

　"관장을 하고 죽읍시다. 관장을 꼭 하고 죽어야 해요."

　"그래요, 그러기로 해요."

　"제일 고통 없는 방법을 잘 궁구해볼 테니……"

　"그때 가서 생각하기로 해요."

　이제 해외에 의료봉사를 가기는 조금 부담스럽고 해서, 근처 달동네로 한달에 한번씩 나간다. 그곳의 노인들은 호 선생보다 나이가 적어도 한참 늙어 보인다. 운이 따르지 않았던 사람들이다. 삶의 불공평함이 아득하게 느껴진다. 먹지도 않을 약을 더 많이 달라고 화를 낸다. 호 선생보다는 젊은 의사들에게 더 혹독하다. 한줌 정도 되는 아이들은 추운 집에서 인스턴트만 먹은 듯 면역력이 좋지 않다. 체온 유지에 힘쓰고 과일을 먹으라고 하고 싶지만 어려울 테다. 이래서는 감기가 금방 폐렴이 되고 만다. 추위에 볼이 빨개진 아이가 호 선생에게 말을 걸었다.

"할아버지."

옆에 있던 인턴이 화들짝 놀란다.

"할아버지 아니야. 선생님이라 불러야지."

"할아버지 맞지, 뭐. 왜?"

"언제부터 공부 잘하면 의사 될 수 있어요?"

"되고 싶어?"

"네, 근데 공부 잘 못해요."

"공부도 잘해야 하고 운도 좀 좋아야 해."

아이는 운에 대해 잘 이해하지 못하는 것 같다. 운이 좋았던 적이 있어야 이해할 것이다. 큰 파도를 타는 것과 비슷했다. 파도가 부서질 줄 알았는데 계속되었다. 평생 그랬다. 유학생 출신답게 호 선생은 생각했다. '그레이트 라이드'였다고. 그 좋았던 라이드가 이제 끝나간다. 그렇다면 나눠줘도 좋을 것이다.

"내가 운을 좀 나눠줄게. 악수."

아이가 피식 웃으며 악수에 응했다. 싱거운 할아버지라

생각하는 게 틀림없다.

집에 돌아오니 문밖에서부터 구운 생선 냄새가 났다. 여전히 생선은 맛있다. 어릴 때 먹었던 만큼 맛있다. 충분히 먹었다는 생각이 든다. 호 선생은 별로 욕심이 나지 않는다. 발밑에서 큰 파도가 다 부서져도 좋다. 지금껏 너무 많이 가졌다. 잃어도 좋다.

문영린

엄마 아빠가 하와이에 갔을 때 남자친구와 헤어졌다. 부모 사이가 좋은 게 나쁜 일은 아니지만 실연이 예상될 때는 솔직히 조금 부담스럽다. 울면서 엎드려 있어야 할 때 두 사람이 사랑의 기운을 뿜어내면 견딜 수 없을 것 같았다. 엄마 아빠의 하와이 여행이 찬스였다. 어제 마지막으로 남자친구를 만나 정리했다. 영린은 침대에 등을 기대고 바닥에 앉아 몸속의 댐을 상상하며 수위가 언제 차오를지 기다렸다. 그 좋다는 데 따라갈 걸 그랬나. 하지만 혼자 엉엉 울 수 있게 집이 텅 비는 기회는 자주 오지 않는다.

유난히 잘 우는 아이였다. 그때는 그게 문제인지도 몰랐다. 엄마가 죽었는데 울지 않는 아이는 더 이상하니까. 진짜 엄마는 일곱살 때 죽었다. 엄마가 아플 때부터 울어서 거의 2년 동안 울고 울고 계속 울었다. 할머니들과 이모와 고모와 안고 울었다. 때로는 낯선 친척들이 찾아와 갑자기 영린을 덥석 안고 울 때도 있었다. 그러면 영린도 호응하며 울었다. 너무 울어 어지러워지면 물을 마시고 울었다. 사람들이 많을 때도 울고 없을 때도 울었다. 아침에도 울고 잠들기 전에도 울었다.

"그렇게 울다가 얼굴에 구멍이 나겠구나."

누가 그렇게 말한 적이 있다. 누구인지 기억은 안 나지만. 그 사람 말이 맞았다. 정말로 구멍이 생겼다. 얼굴에는 아니지만 어딘가에 구멍이 있다. 영린은 자주 구멍의 존재를 느끼곤 한다. 엄마가 죽으면서 최초의 작은 구멍이 만들어졌고, 끝없이 우는 과정이, 누군가 찾아온 사람이 영린을 두고 불쌍하다고, 불쌍해 죽겠다고 쓰다듬는 과정이 그 구멍을 계속 넓혀왔다. 가장자리가 무너지고 또 무너지면서 커다랗게 입을 벌렸다.

할머니들은 성장에 필요한 영양소가 눈물로 다 빠져나간다고 생각했던 게 틀림없다. 외가에 맡겨졌을 때도 친가로 옮겨졌을 때도 어마어마하게 해 먹였다. 주로 고기와 전이었다. 제사음식이었다. 영린을 살찌우는 것으로 자신들의 슬픔을 잊을 수 있을 거라고 생각했는지도 모르겠다. 덕분에 순식간에 과체중이 되었다. 아빠 우남만큼은 아니지만 뼈대가 있어서 살이 붙으면 금세 둔해 보였다. 곰처럼. 그런 자신이 싫으면서도 어린 영린 역시 마음의 허기를 음식으로 어찌해보려 했던 것 같다. 길에서 사람들이 쳐다보았고 학교에서 잔인한 말들을 들었다. 그때마다 울었다. 뚱뚱한 여자아이에게 친절한 나라는 별로 없지만 한국은 그중에서도 가장 혹독한 곳이 아닐까. 영린은 어린 시절을 돌아볼 때마다 몸서리쳤다. 혀마저 뚱뚱해져서 말도 잘 나오지 않는 기분이었고 학교에서도 학원에서도 늘 숨고 싶은 기분이었는데, 숨기에는 몸이 너무 컸다. 몇번의 등교거부 이후로 우남은 영린을 위해 더 애를 썼고 끝없이 이해하려고 애썼지만 덩치 큰 남자는 생각보다 덩치 큰 여자를 잘 이해하지 못한다.

"나도 큰데 뭐 어때서?"

"아빠는 아무렇지 않은지 몰라도 나는 괴물이 된 기분이란 말이야. 아빠는 몰라."

영린은 설명하려고 애썼지만 우남은 그저 난처한 얼굴이었다.

고등학교 때 새엄마인 선미와 함께 살게 되면서 모든 게 조금 나아졌다. 처음에는 화려한 외모 때문에 책에 나오는 그런 새엄마인가, 충격을 받고 또 엄청 울었지만 알고 보니 성격이 마녀보다는…… 왕자님에 가까웠다. 곧 아빠가 한명 더 생긴 기분이 들 정도였다. 호탕하다고 해야 할지, 자신감이 넘친다고 해야 할지, 무척이나 단순하고 건강하다고 해야 할지. 어떤 설명도 딱 들어맞지는 않았다. 영린이 몇년 동안 찾아낸 설명은, 새엄마가 비극을 처리하는 하수처리장 같은 걸 잘 갖춘 사람이라 순식간에 약을 풀고 필터를 돌려 비극을 비극 아닌 것으로 처리해낸다는 것이었다. 본인에게는 그만큼 좋을 수 없겠지만 가끔은 좀 부적절할 때도 웃는 사람이었다. 만약 영린이 남자친구와 헤어진 일로 울고 있으면 곁에서 얼마나 웃어댈지 상상하는 것만으로도 머리가 아프다.

"있잖아, 마음에 갈증 같은 게 있는 사람은 힘들다?"

영린과 함께 산 지 얼마 안 되어 새엄마가 말했었다.

"네?"

"그런 사람은 항상 저. 내가 보기엔 네가 힘든 게 몸무게 때문도 아냐. 마음 때문이야."

그걸 지적해준 사람은 처음이었다. 둔하디둔한 아빠가 똑똑한 아줌마와 결혼했구나, 영린은 약간 울면서 감탄했다. 갈증, 허기, 구멍은 모두 같은 걸 가리켰다. 영린의 안쪽에 있는, 그 비어 있는 곳.

"마음은 내가 어떻게 해줄 수 있는 문제가 아니고 네가 크면서 해결해야겠지만, 몸무게 때문에 더 힘들면 그건 지금 해결해보자. 돈으로 못 빼는 살이 어딨니?"

새엄마 덕분에 대학 입학 전까지 정상 몸무게에 가깝게

돌아왔고, 아빠의 반대 의견을 묵살하며 쌍꺼풀 수술도 코 수술도 할 수 있었다. 어찌 되었건 더이상 곰처럼은 보이지 않았다. 코의 부기가 가라앉을 때쯤엔 새엄마를 그냥 엄마로 부르는 게 자연스러워졌다. 영린은 살을 한참 뺐는데도 가슴이 D컵으로 남는 바람에 가끔 브래지어의 와이어가 뚝 부러질 정도라, 엄마가 홍콩이나 싱가포르 쪽으로 출장을 갈 때마다 속옷을 사다달라고 부탁해야 했다. 등이 덜 아프게 받쳐주는 브랜드의 제품이 필요했고, 속옷 쇼핑을 부탁할 수 있으면 진짜 엄마나 다름없다고 스스로 납득한 영린은 선미를 자주 엄마라는 호칭으로 불렀다. 우남은 두 사람 사이에 일어난 그 모든 변화들 역시 잘 이해 못하는 것 같았지만 영린이 선미를 엄마라고 부를 때마다 눈에 띄게 좋아했다. 바보 아빠 곰, 영린은 속으로 웃었다.

조금은 덜 울게 된 영린이었지만 그래도 엄마가 갈증이라 부른 마음속의 구멍은 여전히 남아 있었다. 영린은 그것을 연애로 채우려고 했다. 엄마를 일찍 잃은 아이들이 커서 하는 가장 흔한 실수였다. 사람들은 원래가 대다수 형편없고, 20대 초반에는 더더욱 형편없기 때문에 그 연애들은 갈증을 채워주기는커녕 영린을 더 나쁜 상태로 몰아갔다.

"네가 떡대 같아도 가슴 커서 사귀어줬더니 왜 비싸게

구냐?"

"중학교 때 완전 뚱뚱했다며? 나 들어버렸어. 너 아는 애한테서."

"성형 어디 어디 했어? 그거 실리콘이지?"

어째서 고르는 족족, 혹은 영린에게 먼저 다가오는 족족 좋은 사람이 아니었을까. 영린은 스스로의 형편없음이 다른 사람의 형편없음을 끌어당기기도 하고 증폭시키기도 한다는 걸 깨달았다. 짧거나 긴 연애가 끝날 때마다 생활이 무너졌다. 그 무너짐을 부모에게 들키지 않기 위해 얼마나 애썼는지 모른다. 집에 들어가지 않고 늦도록 밖에서 울었다.

이번에는 다를 거라고 생각했다. 같은 수업을 듣는 반듯한 인상의 두 학번 위 선배였다. 영린의 학교는 연극 동아리가 유명했는데 그 동아리 출신이어서인지 발성이 좋아 꼭 성우 같았다. 친구의 공연 뒤풀이에 따라갔다가 연락처를 주고받게 되었는데 지지부진한 연락 끝에 두 사람이 사귀게 된 건 1년쯤 후였다. 영린이 두번째 휴학을 마치고 학교에 돌아왔을 때 가까워졌다.

"차로 데리러 갈까?"

"오빠 차 있어요?"

"응, 근데 낡았어. 부끄럽지 않겠어?"

"굴러가기만 하면 좋죠."

멀리 놀러 갈 수 있겠다고 들떠 생각했을 뿐이었다. 막상 남자친구가 집 아래 몰고 온 차는 문제없이 튼튼해 보이는 지프차였다. 쌓인 과제를 잠시 잊고 창밖 풍경에 시원해하고 있을 때 남자친구가 물었다.

"사촌 형이 타다가 준 찬데, 이 회사 차는 다 주행 소음이 심해."

"아, 미안해요. 안 보고 타버렸다. 어느 회사 차였죠?"

솔직히 은색 지프차는 다 비슷하게 보였다. 면허증만 따두었을 뿐이라 자동차는 아직 영린의 관심 분야가 아니었다.

"영린이는 소탈하구나."

남자친구가 그렇게 말했을 때 이상하게 서늘한 기분이 들었다. 자신도 모르는 새 어떤 시험을 통과한 것만 같았다. 그런 대화가 자꾸 반복되었다. 불안한 사람을 더 불안하게 만드는 데는 시험만 한 게 없었다. 영린은 게다가 남자친구를 정말로 좋아했다. 그때까지의 남자친구들을 다 합친 것보다도 더 좋아했다. 어떻게든 시험을 통과하고 싶었다. 그래서 만날 때마다 긴장했다.

학교 앞 구두 수선집에 구두를 잔뜩 맡긴 날이었다. 여섯켤레쯤이었나, 좋은 구두도 있고 몇만원 하지 않는 저렴

한 것도 있었다. 엄마는 인생에 하이힐을 신을 수 있는 기간은 몇년 되지 않는다며 무릎과 발목을 아껴놨다 20대 후반에 신으라고 했지만 영린은 지금 예뻐 보이고 싶었다. 봉투에서 구두를 한켤레씩 꺼내어 맡기는데 남자친구가 뒤에서 흠, 하고 짧게 소리를 냈다. 짧지만 부정적인 의견이 담긴 소리였다. 영린은 마음이 철렁했다.

"신발이 많네."

"있는 거 다 갖고 온 건데…… 생각보다 굽이 금방 닳아서."

구두를 다 맡기고 몇걸음 멀어져서는 이렇게 말했다.

"나 아는 누나는 도구를 사서 직접 갈던데. 그렇게 어렵지 않다더라."

"나도 그럴까."

"아니, 그러라는 건 아니고."

엄마 생일선물을 사려고 백화점에 갔을 때에도 비슷한 일이 있었다. 엄마가 미리 선물을 콕 집어줘서 고를 필요도 없었다. 평소에 쓰는 것은 훨씬 좋은 거겠지만 영린을 생각해 그렇게 비싸지 않은 국내 브랜드의 에센스를 사달라고 했다. 영린은 그보다 몇만원쯤 더 쓸 수 있었는데 남자친구의 눈치가 보여 그냥 그걸 샀다. 포장을 부탁하고 기다릴 때, 남자친구가 또 은근한 편견을 담은 목소리로 물어왔다.

"어머님 항상 이 브랜드 쓰시니?"

"아니, 그냥 이것저것 섞어서……"

내가 왜 엄마 대신 변명해야 하지? 엄마는 자기가 벌어서 자기가 좋은 거 쓰는 건데 왜? 영린은 약간 언짢아졌다. 지금은 꽤 풍족하지만 아빠가 명예퇴직을 당했을 때는 안 좋을 때도 있었다. 그리고 따지자면 학생이면서 운전을 하는, 좋은 차는 아니더라도 자기 차가 있는 남자친구도 그렇게 환경이 다를 것 같지 않은데 자꾸 이상하게 구는 게 속상했다. 남자친구네 어머니 화장대를 한번 뒤져보고 싶을 정도였다.

함께 드라이브를 하다가 아는 노래가 나왔을 때는 또다른 종류의 시험을 당했다. 오래된 밴드의 첫 앨범에 들어 있는 곡으로, 주로 10대 청소년들이 몰입하여 부르는 노래였다.

"우와, 나 이 노래 좋아했는데. 중학교 때 좋아하던 남자애가 노래방에서 이거 잘 불렀어요. 옛날 생각난다."

"정말? 이 노래를?"

그렇게 반문하는 목소리에 비웃음이 담겨 있어서 이번에는 영린도 싫은 티를 냈다.

"어릴 때 좋아하던 노래를 어른이 된 다음 우습게 여기는 사람들은 대체로 좀 오만한 거 같아요. 좋은 노래니까 사람들이 계속 부르는 거지."

"알았어, 알았어. 미안. 내가 잘못했네."

사과를 받았지만 상한 기분은 쉽게 풀리지 않았다. 그 노래는 라디오에서 자주 나와서 들을 때마다 좋지 않았던 기분이 역류했다.

끝없이 시험당하면서도 남자친구를 좋아했던 건 그래도 영린을 함부로 대하지 않았기 때문이다. 잔인한 사람은 아니었다. 어느 쪽이냐면 다정한 쪽에 가까웠다. 예뻐, 하고 하루에도 몇번씩 말해주었다. 영린은 처절한 노력 끝에 예쁜장한 축에 들긴 했지만 자기가 정말로 예쁘지는 않다는 걸 알고 있었다. 그렇지만 예뻐, 하고 남자친구가 말해줄 때마다 마음속의 구멍이, 갈증이, 뭐라 이름 붙이든 영린을 새벽에 울게 하는 그 부분이 나을 것만 같았다. 아물 것 같았다. 남자친구가 예쁘다고 말해줄 때는 주로 스킨십을 할 때였음에도 어쨌든 도움이 되었다. 무엇보다 언제든 귀찮아하지 않고 달려와주었다. 영린에게는 별다른 이유 없이 상태가 나빠지는 날이 있었고 그런 날에 같이 있어주는 것은 쉬운 일만은 아니었다. 새벽에 와주기도 했고 새벽까지 있어주기도 했다.

영린에게만 다정하지 않았던 게 결국은 문제였다. 어느

날 한 학번 위의 친한 언니가 밥을 같이 먹자고 만나서는 한참을 머뭇거리다가 말해주었다.

"영린아, 내가 이상한 얘기를 들었는데, 듣기만 했을 때는 아니겠지 하고 넘어갔는데……"

남자친구가 언니의 지인과 바람을 피우는 것 같다는 이야기였다. 과는 다르지만 같은 건물을 쓰기 때문에 영린도 아는 사람이었다. 뭐라 말할 수 없이 상큼한 느낌의 사람이어서 눈에 띄었는데, 그 사람과.

영린은 엄마 아빠가 여행을 갈 때까지 기다린 스스로가 대견했다. 그 자리에서 바로 폭발해도 이상하지 않았는데 약간은 제어력이 생긴 것 같았다. 남자친구의 변명은 형편없었다. 바람을 피운 게 아니라 알아가는 사이였다고 했다.

"알아가긴 얼어 죽을, 연예인이냐?"

하도 기가 막혀서 퍼부었더니 돌아오는 말이 가관이었다.

"네가 함부로 말할 사람이 아니야. 너보다 훨씬 열심히 살고 어른스럽고 생각이 제대로 박혀 있는 사람이야."

"뭐라고?"

왈칵 올 줄 알았다. 그런데 자기도 모르게 조금 웃고 말았다. 아니, 친엄마도 아니고 새엄마에게 희한한 능력을 물려받았나? 비실, 하고 웃음이 새어나왔을 때 영린은 깜짝 놀랐다. 비웃음은 어쨌든 확실히 전달되었다. 이번엔 나도 한번 비웃어보자, 영린은 더 이야기하지 않고 일어서서 돌아왔다.

오늘만큼은 시원하게 울고 싶었는데, 아무리 기다려도 눈물이 차오르지 않았다. 영린은 울려는 노력을 포기하고 일어서서 거실로 나왔다. 턴테이블은 굉장히 낯선 물건이었다. 부모님이 그걸 사왔을 때는 살짝 의아했지만 어떻게 다루는지 배우고 나니 깨끗하지 않은 소리가 오히려 매력적이라는 걸 깨달았다. 박스 가득 사온 판을 넘기다가 그 노래를 발견했다. 그 노래. 남자친구가 깎아내렸던 노래. 하지만 원래의 록 버전이 아니라 달콤한 목소리의 여자 보컬이 편곡해서 부른 보사노바 버전이었다.

판을 걸고 부엌으로 갔다. 비빔면. 비빔면을 먹을까. 딱 맞는 조그만 편수냄비를 찾아서, 마치 그 손잡이가 연인의 손인 것처럼 멀리 보냈다가 가까이 당겼다. 장난스럽게 부엌에서 거실까지 춤을 췄다. 어두운 거실 유리가 거울처럼 영린을 비추었다.

괜찮아, 예뻐.

스스로 말해본 건 처음이었다.

조희락

　가게 문을 닫은 지 두달째다. 성가셨던 입안의 궤양들과 다리의 홍반들은 거의 잦아들었다. 사실 그런 증세들쯤이야 처음 발병했을 때부터 계속되어왔으므로 익숙해지긴 했다. 그보다는 관절염이 힘들었다. 가벼운 칵테일을 만들 때도 팔이 떨어져나갈 것 같았고 재료를 꺼내려 허리를 굽혔다 일어서면 몸이 반토막 날 듯했다. 움직이는 매 순간이 고통이었는데 손님들은 어째선지 희락이 매우 느긋한 사람이라고 생각했다. 즐거워 보인다고 했다. 음악 때문에 착각한 게 틀림없었고, 그렇다면 성공이었다.

　고등학교 때 발병했다. 희귀한 난치병이라 해도 죽을병은 아닌데 부모님이 하얗게 질려 하던 게 기억난다. 그냥 입안이 잘 허는구나, 하고 있다가 성기에까지 궤양이 생겨서야 이상하다 싶어 병원에 갔다. 그리고 생전 들어본 적 없는 병명을 들었다. 베체트병. '베체트'는 이 병을 체계적으로 정리한 터키 의사의 이름이라고 했다. 낫지 않는 병을 앓고 사는 사람들은 병과 친밀해져서 친구가 되고, 병과 싸우지 않고 끌어안은 채 산다고들 하던데 희락은 그런 기분을 느낀 적이 없다. 도저히 친해질 수가 없다. 처음 본 터키 아저씨와 데면데면하듯이, 영영 친해지지 못한 채로 마흔살이 되었다.

서른은 사실 기꺼이 맞았다. 도무지 뭘 해야 할지 모르겠는 20대가 너무 힘들어서 서른은 좋았다. 마흔은, 마흔은 조금 다른 것 같다. 삶이 지나치게 고정되었다는 느낌, 좋은 수가 나오지 않게 조작된 주사위를 매일 던지고 있다는 느낌 같은 게 있다. 아직 중년처럼 보이진 않지만 중년인 것이다. 병 때문에 원래도 염증이 오래가는 편이지만 요즘은 한번 생기면 그냥 달을 넘기는 것 같다.

열일곱살이 마흔살이 될 때까지 무슨 일이 있었냐면, 아들이 어마어마한 병에 걸린 줄 알았던 부모님을 설득해 실용음악과를 갔다. 작곡을 할 수 있을 줄 알았는데 별로 재능이 없었다. 하지만 드럼만은 제법 뛰어났다. 막 입학해서는 남들이 다 하듯이 록드럼에 빠졌다가 점점 재즈드럼으로 옮겨갔다. 재즈드럼은 화려한 순간만큼이나 자박자박하고 잦아들 때가 근사했다. 솔로도 나쁘지 않았지만 콤핑을 잘했다. 연주를 할 때만은 그 어떤 부위의 짓무른 궤

양도 희락을 괴롭히지 않았다. 몰입의 순간들이 아직도 그리울 때가 있다. 드러머가 대개 그렇듯 하체는 부실하고 팔만 비대했었는데 이제는 그 근육도 점점 희미해진다. 관절염 때문에 그만둔 건 아니었다. 그만두던 무렵엔 지금처럼 심하지 않았다. 그저 그룹을 이뤘던 친구들이 흩어져 각자 생업을 찾아야 했다. 이태원이나 홍대에서 벌어들이는 연주 수입만으로는 더이상 버티기 어려웠다. 조그만 회사들과 아르바이트 몇군데를 전전하다가 병세가 심해졌다. 늦게까지 음악을 해놓고 괜찮은 직업을 찾길 바랐던 건 아니다. 그런 걸 바랄 만큼 욕심 있는 사람이 아니다.

그리고 가게를 4년이나 했다. 서울이었으면 그만큼도 못 버텼을 것이다. 월세가 싼 오래된 상가의 지하라 그나마 버텼다. 가게 이름은 'Didn't we?'였다. 우리 그때 음악을 할 만큼 했지? 좋았지? 그렇게 묻고 싶은 마음으로 지었다. 손님들이 특별히 가게 이름을 좋아해준 건 아닌 듯하지만 말이다.

"작업 멘트 같네요, 뭔가."

누가 평했지만 사실 희락은 작업과는 거리가 먼 사람이었다. 열일곱에서 마흔이 될 때까지 제대로 길게 누군가를 사귄 적이 없다. 연주를 하던 때는 제법 여자들이 다가오기도 했었는데 잘되지 않았다. 키스를 하는데 입을 벌릴 수 없었다. 아프기도 했지만 들키기 싫었다. 사랑은 사실 점막으로 하는 게 아닌가. 그런데 희락의 점막은 위아래 어디나 엉망이었다. 어두운 구석에 어깨를 기대고 앉아 있으면서도 좀처럼 자신이 없었다. 너는 햇빛 속에서도 나를 좋아해줄 거니, 묻고 싶은 조바심 때문에 늘 망쳤다.

"어떤 사람 좋아해?"

"남자?"

"응, 어떤 타입?"

"나 얼굴 안 봐. 그냥 피부만 좋으면 돼. 너 피부 좋잖아."

그렇게 말하면서 얼굴을 쓰다듬었던 그 여자애도 이제 마흔. 어떤 마흔을 맞고 있을까. 아마 화사한 낮을 살아가고 있을 것이다. 희락처럼 밤에 일하는 남자를 만나진 않았을 테다. 바라던 대로 피부가 좋은 남자를 만났기를.

어쩌면 희락만 소심한 밤생활을 하며 사는지도 몰랐다. 베체트병이 있는 다른 사람들은 아무렇지도 않게 누군가와 점막을 나누며 살아가는데 희락만 유난을 떠는지도. 전염병이 아니다. 유전병도 아니다. 그런데도 마음을 못 여는 것은 병 탓이 아니라 희락 탓이 클 것이다. 어쨌거나 마흔. 고정되어버렸다.

친교의 욕구는 손님들과 풀었다. 20대부터 70대까지 단골손님들의 나이대는 다양했다. 재즈를 잘 아는 사람들도 있고 모르는 사람들도 있었다. 간호사인 듯한 여자 셋이 와서는 내내 냅킨에 낙서를 하다 가기도 하고, 대학생 커플이 와서 곡이 바뀔 때마다 남자 쪽이 설명을 하기도 하고, 잘 꾸민 부인과 곰 같은 아저씨가 내내 팔짱을 끼고 앉아 있기도 하고, 꽤 닮았지만 스타일은 완전히 다른 형제 둘이 나란히 바를 차지하고 땅콩을 왕창 먹기도 했다. 돈이 없어서 마호가니 바 같은 걸 만들지는 못했지만 분위기만은 나쁘지 않았다.

"내가 유학할 때요, 그 도시에 재즈 바가 있었어요."

여름에도 꼭 근사한 재킷을 입고 오는 할아버지는 심심찮게 말을 걸어왔다. 기분 나쁜 설교를 하거나 하는 타입은 아니라 희락은 그 손님을 싫어하지 않았다.

"그때는 잘 몰랐지만 지날 때마다 음악이 너무 좋은 거라. 빌딩 청소 아르바이트를 하고 돌아갈 즈음은 꽤 늦은 시간인데도 거긴 더 늦게 끝났지. 안에 들어가서 들으려면 음료 한잔은 시켜야 하고 그게 2달러, 2달러 50센트 그랬는데도 그 돈이 없었어요. 가게 가까이에서 서성거릴 수는 없으니 모퉁이에 누구 기다리는 것처럼 서서 한두곡 듣고 집에 갔어. 그런데 어느날 가게에서 사람이 나와서 손을 까닥까닥하는 거야. 얼마나 무서웠는지 몰라요. 너 공짜로 음악 들었으니 혼 좀 나봐라, 할 줄 알았거든요. 부르는 사람이 덩치가…… 기골이 장대했어요. 쭈뼛쭈뼛 갔더니 세 곡 남았다고 들어오라는 거야. 편하게 앉아서 들으래. 거기 맨 뒷자리에서 듣다가 울어버렸네. 음악이 좋아서 울었는지 친절이 고마워서 울었는지 모르겠어. 다 끝나고, 그래도 공짜로 그러고 가면 안 되겠다 싶어서 테이블에 의자 올리는 일을 도와줬지요. 덕분에 잠이 모자랐지만 멋진 기억이에요."

"우와, 그때 들었던 곡 무슨 곡인지 아세요?"

"그걸 모르겠어요. 찾으려고 애를 썼는데 말이야. 들으면 알 것 같았는데 못 찾았어요. 사실 나중에 학회 때문에 거기 다시 갔었거든요. 그대로 있더라고요. 주인이 바뀌었지만. 똑같은 자리에 앉아 있으니 기분이 정말 이상했지."

노인이 멋진 모자를 쓰고 오면 가게의 분위기가 더 살았다. 늘 무알코올만 시켰다.

"약주는 조금도 안 하세요?"

희락이 궁금해서 물어본 적이 있다.

"운전해야 해요. 집이 멀어요. 그런데 너무 막히니까, 길 풀릴 때까지 기다리는 거예요. 여기에서."

어느날은 평소에 자주 오던 눈이 댕그랗고 어째선지 늘 그렁그렁한 젊은 의사가 가게로 들어오다가 노신사를 보고 다시 조용히 뒷걸음질해 나가는 걸 보았다. 가운을 둘

둘 말아 옆구리에 끼고 있어서 병원에서 일하는 걸 알았다. 노신사는 그 모습을 보지 못하고 희락만 보았다.

"혹시 의사 선생님이세요? 요 앞 병원에?"

그러자 노인이 의자에서 튀어오를 듯 놀라워했다.

"어떻게 알았어요? 내가 그렇게 척 보기에도 재미없어 보여요?"

"아니, 그렇지는…… 그런 거는……"

"다른 걸 하며 살았으면 더 재밌었을까요? 젊은 시절 파스퇴르에 대해 읽었는데 그게 그렇게 인상적이었단 말이죠. 특히 미친개에 물린 소년 조제프를 두고 파스퇴르가 고민하고 또 고민하다가 동물에게만 써봤던 광견병 백신을 쓰는 장면이 좋았어요. 그 조제프 마이스터는 훗날 파스퇴르 연구소의 관리인이 되지요. 1940년 독일군이 프랑스를 점령했을 때에도 거기 있었는데, 독일군 장교가 파스퇴르의 유골을 보겠다고 지하 묘지 문을 열라고 하자 거부하며 자살해요. 나는 꼭 행운으로 살아난 그 소년 조제프, 파스퇴르의 묘지를 지키던 중년 조제프 같은 기분으로 지금까지 살아왔어요."

흥미로운 이야기였다. 희락도 파스퇴르와 백신 이야기는 알고 있었지만 그렇게 해서 삶을 연장받은 소년이 어떻게 되었는지는 몰랐던 것이다. 이 할아버지 의사는 해박하구나, 이런 노인이 세상을 뜨면 머릿속의 지식들이 참 아깝겠다 싶었다.

"그런데 이 이야기에는 반전이 있어요."

"뭔가요?"

"사실 파스퇴르는 정식 의사가 아니었어요. 허허. 미생물학자였지. 허허허."

가게는 드라마에 나오는 그런, 모두가 모두와 이야기를 나누는 마법적인 장소는 아니었다. 하지만 흥미로운 순간들이 분명 있었다. 다시 오지 않을 순간들이었다. 희락은 음악과 음악 사이의 대화들을 자주 복기해보았다.

건물 리모델링이 결정되고 마지막 주엔 음반들을 팔았다. 스피커도 턴테이블도 그릇도 잔도. 어딘가 다른 곳에서 또 시작할 수 있을 거라는 생각이 들지 않았다. 손님들이 아쉬워하며 들렀다. 음반을 한두장 사가는 손님도 있고 고르는 수고를 줄이려 박스로 사가는 손님들도 있었다. 인테리어가 되어 벽에 붙든, 더이상 들을 수 없을 때까지 스크래치가 나든 희락으로서는 신경 쓰이지 않았다. 예상보다도 홀가분했다. 좋은 4년이었다.

거의 남지 않은 가벼운 짐을 싸는데 누군가 구석 선반에 두고 간 비타민이 있었다. 뜯지 않은 새 병이었고 포스트잇이 붙어 있었다. '건강히'라고 누가 썼는지 짐작하기 어려운 글씨체로 쓰여 있었다. 조그만 블루투스 스피커에서 나오는 음악에 맞추어 유효기간이 긴 그 병을 살짝 흔들어 보았다. 드럼과 비슷한 소리가 났다.

그게 벌써 두달 전이다. 사람을 그리워하듯이 가게를 그리워하곤 한다.

김의진

의진은 민희가 첫 아이를 낳고 돌이 다 되도록 한번도 가보지 못해 마음이 무거웠다. 가장 오래된 친구의 첫 아이인데 그렇게 마음을 못 썼다. 사람 도리를 못했다. 일이 바빴다는 건 핑계다. 서울이었더라면 더 일찍 갔을 것이다. 한시간 안쪽이기만 했어도 말이다. 두시간 거리를 간다는 게 부담스러워서 미루고 미뤘다. 말이 두시간이지 돌아오는 시간까지 치면 네시간인데다 주말엔 민희의 남편이 집에 있을 테니 불편할 것 같았다. 결국 평일에 휴가를 내고 만나러 가기로 했는데 휴가 내기가 쉽지 않아 시간이 훌쩍 갔다. 다다음 달에 돌이라고 했다. 백화점에 가서 아이 옷을 고르는데 대체 얼마만 한 건지 전혀 감이 오지 않았다. 한번 들여다보지도 않았는데 아이는 자라버린 것이다.

아이,라고 말할 수밖에 없는 게, 이름이 기억나지 않았다. 분명 민희가 말해줬을 텐데 하얗게 까먹었다. 다른 친구들의 반려동물 이름은 잘도 기억났다. 쉬운데다가 보통 한음절이 반복되는 이름들이었다. '구구'라든지 '롱롱'이라든지. 그런데 아이 이름은 홀랑 잊은 것이다. 형편없는 인간이야, 인간성이 나빠, 메마른 입술로 스스로를 구박했다. 민희와 띄엄띄엄 연락을 주고받은 메시지 창을 거꾸로 한참을 거슬러올라가는데도 아이 이름은 없었다. 통화할 때 말해줬나보다. 어쩔 수 없다. 가서 눈치를 보고 있으면 자연스럽게 민희가 아이를 부를 거다.

시내버스, 광역버스, 다시 시내버스를 타고 민희의 집으로 가는 길은 멀었다. 막히지 않는 시간인데도 두시간이 꼬박 걸렸다. 의진은 복습을 하기 위해 민희가 보내주었던 아이 사진을 열어보았다. 민희를 거의 닮지 않았다. 남편 쪽만 닮은 듯했다. 특별히 아이를 좋아하지 않는 의진은 가서 혼신의 연기를 하며 아이를 예뻐해야 할 것이다. 버스 때문인지 벌써 약간 피곤해졌다.

의진과 민희는 유치원 친구였다. 같은 아파트에 살면서 같은 유치원을 다녔다. 그 무렵의 기억이라는 것은 뿌예서 서로를 꽤 좋아했던 느낌만 남아 있다. 당시에는 국민학교였던 초등학교도 같은 곳을 다녔는데, 민희가 이사를 갔다. 3, 4학년까지 커다란 글씨로 서로 편지를 주고받았지만 이사가 거듭되며 소식이 끊겼다. 두 사람이 다시 만난 건 대학 때였다. 한창 친구찾기, 동창찾기 사이트가 유행이어서 민희가 의진을 찾아냈다. 아마 의진이 민희를 찾지는 못했을 것이다. 이름이 더 흔하고 안 흔하고의 문제도 문제지만, 의진은 민희만큼 다정한 성격이 아니어서 찾을 생각을 아예 하지 않았을 것이다. 서로를 좋아했던 느낌과 단편적인 기억들만 가지고 두 사람은 두번째로 친해졌다. 20대를 함께 보냈으니 공백기를 감안해도 오래된 친구라는 말은 과장이 아니다. 두 사람은 같이 기차여행을 갔고 미팅에 나갔고 과외를 서로 소개해주었으며 한 학기 차이였던 졸업식에 꽃을 들고 갔다.

낯선 동네, 낯선 아파트였다. 단지가 커서 조금 헤맸다. 아파트 동수를 어떻게 붙인 건지 혼란스러웠다. 약속시간보다 늦은 의진을 반기며 민희가 문을 여는데 맛있는 냄새가 훅 끼쳐 왔다.

"요리했어? 무슨 아기 엄마가 요리를 해?"

의진은 늦은 게 더 미안해졌다.

"근처에 먹으러 나갈 데가 없어서 그랬어."

민희는 실내복을 입은데다 화장을 하지 않은 채였다. 민희가 늘 얼마나 완벽하게 화장을 했던가 생각하면 놀랄 일이었다. 민희는 수술실 간호사였다. 눈화장만큼은 언제나 공들여 했다. 그렇게 하지 않으면 누가 누군지 모른다고 말이다. 의진은 만날 때마다 아이섀도의 색깔 이름을 물어보곤 했다. 물어보고도 따라 살 생각은 없었지만 민희가 낯선 외국 여자 이름, 먼 나라 해변 이름, 디저트와 향기 있는 것들의 이름을 한 색깔을 말해주는 게 좋았다. 둘만의 인사였다. 오늘은 민희가 맨눈인 게 속상했다.

"시켜 먹지, 그냥. 혼자 장도 봐야 했을 거 아냐."

"유아차 밀고 요 앞 슈퍼에서 다 샀어. 그 정도야, 뭐."

"아기는?"

"아직 자. 볼래?"

사진보다 예뻤다. 하긴 민희는 유난히 사진을 못 찍는 편이었다. 엄마가 네 안티구나, 그렇지? 의진은 막 깨려고 하는 아이를 향해 고개를 숙였다. 이름이 뭐더라, 너? 친구 아이들의 이름을 엑셀로 정리해둬야 할 판이었다.

아이는 일어나자마자 활발했다. 벌써 꽤 어린이 같은 얼굴을 하고는 민희가 안고 있는 내내 용을 쓰며 몸을 뒤로 젖혔다. 아직 낯선 아이보다 친구에게 마음이 더 쏠리는 건 어쩔 수 없어서 의진은 아이가 민희를 힘들게 하는 것 같이 느껴졌다. 음식은 맛있었지만 얼른 번갈아 가며 먹어야 했다. 의진은 아이를 넘겨받아 안고, 떨어뜨릴까 걱정되어서 소파에 앉았다. 아이는 불편해하며 웅얼거렸지만 울지는 않았다.

"재준이 무섭지?"

재준이었구나. 잊어버리지 말아야지. 아니 아니, 안 무거워, 의진이 대답했다.

"그럼 이제 케이크 먹을까?"

민희가 냉장고에서 박스째 케이크를 꺼내 왔다. 둘이서 먹는데 어째서 조각이 아니라 하나를 통째 샀는지 알 수 없었다. 새삼스러운 일은 아니었다. 민희는 뭔가를 조각으로 사는 법이 없었다. 조그만 애가 손이 컸다.

"얼마 전에 산책하다가 누가 고무를 태우는 거야. 옛날 생각나더라."

민희의 말에 의진은 케이크가 목에 걸릴 뻔했다.

"그런 냄새에서 추억을 떠올리는 건 곤란하다고."

그러고 보니 얌전하게 기차여행이나 하고 과외나 다니지는 않았다. 대학 졸업 직전이었다. 의진의 남자친구가 바람이 났을 때, 민희는 당장 의진의 원룸으로 달려왔다. 두 사람의 학교는 한시간 반 거리였는데도 말이다. 파르르 파르르 의진보다 더 화를 내주더니 남자친구가 이 근처에 사느냐고 물었다. 옆옆 골목에 산다고 했더니 가서 유리창을 깨자고 했다. 민희가 그렇게 과격한 줄 처음 알았다. 그 집 앞에 갔을 때 유리창을 깰 생각은 들지 않았고, 그 대신

하숙집이라 공동 현관을 썼기 때문에 신발장에서 그 아이의 신발을 다 훔칠 수 있었다. 의진이 확실하게 기억하는 것만 네켤레였다. 운동화 두켤레, 구두 한켤레, 슬리퍼 한켤레였다. 의진과 민희는 공터에 가서 라이터 기름을 한통 붓고 그 신발들을 태웠다. 기분이 한결 좋아졌지만 누가 볼까봐 의진은 고개를 푹 숙이고 있었다. 민희는 떳떳했다. 나는 이 학교 안 다니는데 뭐 어때, 하고 쳐다보는 사람을 오히려 쏘아봤다. 두 사람은 절도와 불법 소각의 기억을 떠올리며 웃었다.

"진짜 제일 고마웠어, 그때."

"너무 옛날이다, 그치? 사실 희미하게 기억나. 건망증이 심해져서."

재준은 끊임없이 민희의 주의와 손길을 요구했다. 의진은 재준이 귀엽긴 했지만 얼른 잠들었으면 했다. 하루에 18시간쯤 자면, 그러면 민희가 힘들지 않을 텐데 싶었다.

"그래도 할 만해. 호르몬 때문인지 내 눈에는 너무 예뻐서."

"그래? 다행이다."

"다시 복직할 때가 힘들 것 같아. 얘를 두고 일하러 가려면……"

"눈에 밟히겠지."

"그래도 돌아갈 거야. 다행히 코앞이니까."

민희네 베란다에서는 아파트들 사이로 병원이 보였다. 의진은 민희의 남편이 갑작스럽게 민희의 인생에 등장한 데다 결혼도 임신도 순식간이었다고 늘 생각했지만, 집을 민희의 직장 앞에 구한 것만큼은 마음에 들었다. 파파파파, 하고 병원으로 향하는 헬기 소리가 들렸다.

"헬기 안 시끄러워?"

"그렇게 자주 뜨진 않아. 사람 구하는 헬기인데, 뭐. 계속 들으면 그냥 잠자리 지나가는 것 정도로밖에 신경 안 쓰여."

재준을 안고 모빌 아래 데려가줬더니 좋아서 버둥거렸다. 의진은 팔에 힘을 꽉 주었다. 둥가둥가, 하며 아래위로 흔들어주었더니 재준도 리듬을 탔다. 웃으며 의진과 눈을 맞추었다. 민희와 하나도 안 닮았나? 닮은 데가 없나?

"눈썹이 너랑 좀 닮은 것 같아."

"사람들이 다 그러더라? 눈썹 위로는 나랑 닮았대."

민희가 그 말을 듣고 좋아했다. 사실 눈썹 위로는 아무것도 없지 않나, 하면서도 의진은 재준의 이마를 골똘히 보았다. 가만 서 있으니 다시 버둥거렸다. 혼자 바닥을 돌아다니면서 노래를 부르는 태엽 도마뱀을 쫓아다니며 재준을 계속 흔들어주었다. 도마뱀이 부르는 동요는 뭉개져서 잘 들리지 않았다. 흥분해서 벌린 입안으로 보이는 재준의 이가 쌀알처럼 희고 가지런했다. 치열도 민희를 닮은 것 같았다. 이 몇개로는 아직 모를 일이지만 말이다.

"나중에 하나도 기억 못하겠지? 네가 자기를 얼마나 사랑했는지."

의진은 저도 모르게 그런 말을 했다. 우리가, 한 사람 한 사람이 기억하지 못하는 사랑의 기간들이 얼마나 길까. 갑자기 그런 생각을 했더니 눈물이 조금 고였다. 의진답지 않았다. 민희가 보지 못하게 등을 돌렸다.

"그래도 괜찮아. 기억하는 나이가 되면 더 좋아해줄 거야."

민희가 다가와서 재준을 넘겨받았다. 아무리 봐도 민희에 비해 아기가 너무 컸다.

차가워졌어도 여전히 맛있는 차를 끝까지 마시고 의진은 다시 버스를 타러 갔다. 민희가 아이를 안고 데려다주려 했지만 엘리베이터까지만 배웅받기로 합의했다. 아직 바이바이를 못하는 재준의 손을 민희가 흔들었다.

"이모, 휴가 내고 와줘서 고마워요, 해. 고마워요, 바이바이, 해."

의진도 닫히는 문 사이로 끝까지 손을 흔들었다.

다시 도시와 도시 사이의 황량한 지역을 무시무시한 속

도로 달리는 빨간 버스를 탔다. 앉아서 갈 수 있어서 다행이었다. 의진은 시트 사이에서 안전벨트를 꺼내 매었다. 이런 버스는 사고라도 나면 다 죽지. 좀처럼 잠들 수가 없어서 창밖을 내다보았지만 비슷비슷한 신도시들이 레일 너머로 높아졌다 낮아졌다만 반복했다. 민희네 동네에 또 간다 해도 또 헤맬 것이다. 전국이 다 비슷하다. 볼썽사납게 비슷하다.

"언젠가는 민희와 가까운 곳에 살고 싶다. 바로 옆집에……"

아무도 듣지 못할 만큼 작은 소리로 의진은 혼잣말을 했다. 그런 날이 오면 재준이는 얼마나 자라 있을까? 의진은 휴대폰 연락처에서 민희의 이름을 찾아 메모 칸에 재준의 이름을 적었다. 잊어버리지 않도록.

서진곤

아들이 기껏 건축학부에 진학하겠다는 게 믿기지 않았
다. 기왕 어렵게 한 공부, 갈 수 있는 길이 얼마나 많은데.

"그 비싼 등록금 내고 대학 나와서 나랑 똑같은 거 하겠
다고?"

"아빠 일이랑은 살짝 다르죠. 그리고 아빠 일이 뭐가 어
때서요?"

"내가 이렇게 어렵게 하는 것 다 보고도 그런 말이 나오
니?"

"아빠도 얼마든지 다른 걸 할 수 있었어요. 하지만 잘 맞
으니까 계속 하신 거 아닐까요?"

진곤은 목소리에서 못마땅함을 숨기지 못했는데 아들
연모는 차분하고 능글맞게 대답해 왔다. 열아홉. 진곤이
고향을 떠나 일을 시작한 나이다. 같은 나이인데도 연모는
아직 너무 어린 나이처럼 느껴진다. 물론 진곤도 연모가

나중에 하게 될 일이 자신의 일만큼 고되고 위험하지는 않을 거란 걸 이해하고 있지만 뭔가 마뜩잖다. 괜찮은 회사의 쾌적한 사무실에서 일할 연모를 쉽게 상상할 수 있으면서도 욕심을 더 내고 싶었다. 연모가 현장과는 아예 관련이 없는 직업, 현장이 존재하지 않는 종류의 직업을 가졌으면 했다. 그런 직업이 어떤 직업인지는 전연 몰라도 진곤의 상상 바깥에 분명 있을 터였다.

"성적이 모자라는 거면 내년에 한번 더 해도 돼."

진곤이 아쉬움에 덧붙였다. 연모가 학교 보충수업, 인터넷 강의, 동네에서 제일 싼 학원만으로 서울의 좋은 대학에 합격한 게 자랑스러웠다. 부모에게 짐 지우지 않으려 속 깊게 노력해온 아이다. 1년쯤 더 공부하게 해주는 건 아무렇지 않았다.

"아빠가 생각하는 거랑 많이 달라요. 정말 하고 싶어서 가는 거고."

아들은 눈썹은 찌푸리고 입은 웃는 특유의 표정을 지으며 고집을 부렸다.

"저녁에 엄마 퇴근하면 다시 이야기하자."

진곤은 옛 시절처럼 아버지가 아이를 윽박지를 수 있다면 좋았을 거라고 속으로 투덜거렸다. 사춘기 아들과 사이가 좋았던 것이 자랑 중의 자랑이었지만 이럴 때는 전혀 소용이 없었다. 머리 굵어지기 전, 말 잘 듣던 나이는 금방 지나가버렸다. 억울할 정도로 금방이었다. 진곤은 혀를 찼다. 어쩌다 이렇게 무른 아버지가 되었지? 연모 탓이다. 연모에겐 아주 어릴 때부터 그런 면이 있었다. 주변 모든 어른을 무르게 만드는 깜찍한 면이. 진곤은 고개를 흔들며 고민을 털어내곤 신발을 신었다. 추워질 때도 되었는데 해가 강해서 가벼운 운동화를 골라 신고 집을 나섰다. 작업화는 현장에 있었다.

상가 증축이 막 시작된 참이었다. 오래된 건물이지만 목은 좋았다. 내장과 외장을 싹 다시 하고 두층을 더 올린다 했다. 뜯어보니 잘 지은 건물은 아니어서 안정성 검사를 겨우 통과했다. 기둥 위치가 설계도와 다르고 바닥도 고르지 않고 손볼 곳이 한두군데가 아닌데 공사기간은 말도 안되게 짧게 주어졌다. 진곤은 노무장이었다. 노무장이니 노무감독이니 요즘 부르는 말은 뭔가 격식 있어 보이지만 사실 원래 쓰던 '십장'이란 말도 싫어하지 않았다. 십장이라 불릴 때의 진곤은 어쩐지 나이 많은 병사 같은 기분이 되었다. 그런 뜻인 줄 몰랐는데 연모가 가르쳐주었다. 그래, 똑똑한 아이가 말을 안 듣는다. 똑똑해서 안 듣는지도 모른다.

십장이라 해서 열명만 데리고 일하는 것은 아니었다. 많이 뽑으면 서른명에서 쉰명 정도를 뽑아 일했다. 최근에 회사를 옮기고는 늘 스무명 안팎이다. 업무도 십장보다는 현장 팀장에 가까워졌다. 지난번 회사 이사는 성질이 불같았는데 원청 업체에서 돈을 못 받자 찾아가서 그쪽 사람을 칼로 찔렀다고 한다. 한번도 아니고 수십번을 찔러서 뉴스에 났다. 돈을 진짜 오래 못 받긴 했다. 진곤도 자다가 못 받은 돈 때문에 벌떡벌떡 일어났을 만큼 사람을 화나게 하는 악질들이었다. 이사와 밥을 먹고 술을 먹을 때마다 욕을 욕을 해댔지만 그렇다고 정말로 가서 찔러버릴 줄은 상상도 못했다. 어느날 이사가 출근을 안 하기에 무슨 일인가 했더니 벌써 잡혀간 다음이었다. 하여간 더러운 판이었다. 큰 회사부터 코딱지만 한 회사까지 사슬 지어 더럽다. 아들이 정말이지 이 판에 안 들어오면 좋겠는데 그 나이때 애들은 참 세상 더러운 줄을 모른다. 그걸 모르게 키웠으니 잘 키운 건가, 못 키운 건가.

"안 더러운 판이 어딨어요? 다 더럽지."

계속 투덜투덜하고 있자 여자 목수가 웃으며 말했다. 요즘은 여자들도 종종 눈에 띈다. 도구가 좋아져서 여자들도 곧잘 할 수 있다는 걸 깨달은 영리한 축들이다. 틀을 짤 줄 아는 일꾼들은 일당을 훨씬 많이 받으니 잘된 일이지만, 그래도 근골이 아니면 하기 힘들어 아직 수가 많지는 않다. 남녀에 상관없이 진곤은 일꾼들에게 인기가 좋았다. 한번도 돈을 떼먹고 도망간 적 없는 십장이라고 소문이 나서였다. 그런 당연한 걸로 인기가 좋은 것 역시 이 동네의 문제가 아닌가 싶었다.

"오전에 남아 있는 외장재를 마저 뜯읍시다."

일은 힘들지만 여름보다는 나았다. 열사병은 위험했다. 지금껏 열사병으로 쓰러지지 않은 게 다행이었다. 사람을 삶아버리는 더위가 점점 더 심해지는 것은 연모가 설명해준 대로 지구온난화 때문일까. 진곤은 여름이 아니라도 몸속에 든 물이 나빠지는 듯한 기분이 자주 들었다. 어딘가가 막혀 꾸덕꾸덕하고 흐르지 않게 되었다. 몇년 안에 일을 못하게 될지도 모르는데, 아들에게 벌써 대출을 받게 하고 싶진 않았다. 부부의 노후도 사실 대비된 게 없었다. 이제 와 귀향해봐야 몇년 전 다친 허리로 농사를 지을 수 있을 리 없다. 농사짓기 싫어서 열아홉에 올라왔는데 나이들었다고 다를 리 없고 말이다. 허리만 안 다쳤어도 조금 나았을 텐데. 진곤은 그래도 아이가 하나라 다행이라고, 둘이었다면 더 심란했을 거라고, 하나 낳았는데 똑똑해서 고마울 정도라고 생각했다. 누굴 닮아서 똑똑한 건가, 아마 제 엄마 쪽이겠지, 아내에게 공을 돌렸다.

4층 빌라에 사는데 엘리베이터가 없어서 가끔 허리에

통증이 도지는 날은 연모가 부축해주곤 한다. 매번 귀찮을 법도 하건만 어느새 단단해진 팔로 잡아줄 뿐이었다. 목말을 태우고 다녔던 꼬마가 오히려 진곤을 지탱하고 있다는 것이 믿을 수 없다. 머지않아 엘리베이터가 있는 건물로 옮겨야 하겠지만 계속 미루게 된다.

금세 지쳐서 비계에서 내려왔다. 다른 작업을 하던 세 사람을 대신 올려 보냈다. 싹 끝마치고 싶었다. 아무리 생각해도 주어진 시간이 너무 짧았다. 진곤의 팀이 작업을 마치면 위층에 들어올 극장과 지하에 들어올 대형 마트는 또 그쪽 팀대로 따로 공사를 시작한다고 했다. 날짜가 물리면 아주 곤란해질 것이었다. 찬물을 마시고 쌓여 있는 자재들을 확인하니 한숨이 나왔다. 순 싸구려 자재들이었다. 건물주가 이 지역을 쥐락펴락하는 유지라던데 그러면 뭐하나 싶었다.

"선하게 사니까 애가 대학에도 턱 붙고 복 받나봐? 선비, 양반 소리 듣고 살더니."

축하 반 놀림 반으로 다른 십장이 말을 걸어왔다. 주차장 쪽을 맡은 이였다. 진곤이 아주 좋아하는 축이었냐면 그건 아니고 그래도 완전히 도둑놈은 아니라는 걸 아는 정도였다.

"우리 집 애들은 영 공부를 못해. 그래도 등록금 안 대도 되니 그건 효도지. 자랑 그만하고 다니고 거하게 한턱내."

"등록금 대야 해서 못 내."

좋아하는 인물이었으면 뜨뜻한 탕이라도 사주었겠지만 그러고 싶지 않았다. 진곤은 잠깐 앉았던, 스프링이 튀어나온 소파에서 벌떡 일어났다. 환풍기가 듣기 싫은 소리를 내며 돌아가는 컨테이너 사무실의 문을 닫고 나와 다시 비계에 올라섰다. 층을 올라가기 위해 경사로에 섰을 때였다. 발이 주룩 미끄러지며 헬멧을 무언가가 때렸다. 골이 울렸다. 비명도 못 지르고 넘어졌는데 얼굴부터 떨어지는 것만 겨우 피했다. 굉음이 머릿속에서 나는지 밖에서 나는지 알 수 없는 상태로, 뒤로 아래로 계속 미끄러졌다. 진곤은 정신없이 아무거나 잡고 매달렸다.

충격이 잦아들 때까지 매달린 채 기다렸다. 눈을 가렸던 팔등을 천천히 치워보았다. 코앞밖에 보이지 않았다. 넘어지면서 혀를 깨물었는지 먼지 속에 피를 뱉어야 했다. 복부 어딘가도 두들겨 맞은 듯 아팠으므로 더 깊은 곳에서 나온 피일 수도 있었다. 진곤은 그대로 엎드린 채 일어설 수 있는지 발가락을 움직여보았다. 귀울림이 심했다.

진곤이 일어서서도 곧바로 균형을 못 잡고 몇번 더 헬멧을 박으며 반쯤 무너진 더미를 헤치고 나가자, 바깥에 있던 사람들이 진곤을 도와 꺼내주었다. 기다시피 겨우 빠져나와 건물에서 멀어진 다음 돌아보았다. 비계가 U 자로 휘어 있었다. 거인이 양손으로 우그러뜨린 것처럼 가운데가 바닥에 닿을 때까지 내려앉아 있었다. 사람들이 우왕좌왕하며 뭐라 외치고 있었는데 잘 들리지 않았다. 열네명이 비계 위에 있었다. 여섯은 가장자리에 있어서 간신히 매달린 채였지만 나머지 여덟은, 가운데에 있던 여덟은 그대로 추락한 듯했다. 추락한 여덟 중 둘은 폐자재 위로 떨어졌다. 떨어지는 소리를 못 들었다. 진곤은 바닥에 주저앉아 한 손으로 귀를 막았다 떼었다. 장갑에 피가 묻어났다. 주머니를 더듬어 휴대폰을 찾았다. 하필 꺼져 있었다. 옆을 지나는 사람의 바지를 붙잡았다.

"전화기! 전화기!"

"했어. 지정병원에서 올 거야."

소리가 희미하게 들려 입술을 읽어야 했는데 진곤은 화가 났다.

"웃기지 마, 119에 전화하란 말이야! 큰 병원이 코앞인데 언제 지정병원까지 갈 거야?"

자기 목소리조차 멀게 들렸다. 하지만 꽤 큰 소리를 낸 건 틀림없었다. 사람들이 진곤을 쳐다보았다. 그중 하나가 휴대폰을 건넸다.

"자네가…… 자네가 좀."

그 동료가 통화하는 걸 보고 진곤은 자리에서 일어났다. 떨어진 사람들을 들여다보기 위해 다리를 끌고 건물 쪽으로 다가갔다. 좋지 않아 보였다. 특히나 네 사람은 더 좋지 않아 보였다. 이제는 보기만 해도 알 수 있었다. 때로 좋지 않아 보였던 사람들이 멀쩡하게 회복할 때도 있었지만 대개는 그렇지 않았다. 좋아 보였던 사람이 나빠지는 경우는 많아도.

진곤은 휘고 부러진 비계를 걷어찼다. 현명한 행동은 아니었다. 강렬한 통증이 허리까지 타고 올라왔으니까. 중고 비계. 몇번이고 몇번이고 조립되었다가 해체되었을, 아무것도 모르는 애송이가 나와서 안전하다고 스티커를 붙여줬을 비계였다. 게다가 발판이 너무 띄엄띄엄 고정되어 있었다. 불안하다고 생각했었다. 생각했었지만…… 불안보다는 조급함에 시달렸다. 세명을 더 올려 보낸 건 진곤이었다. 세명을 올려 보내지 않았다면 무너지지 않았을까? 입안이 부풀어오르며 피 섞인 침이 입술 가장자리로 흘렀다.

입원해 있을 때 연모는 매일 와서 곁에 앉아 있었다. 제 엄마가 어릴 때부터 자주 시키긴 했지만 과일을 어찌나 가지런히 깎는지 입원실의 다른 가족들이 놀라워했다.

"아들을 참 잘 키우셨어요."

그 말만은 귀가 잘 안 들려도 계속 듣고 싶었다. 연모는 길쭉하고 부드러운 손가락으로 사과를 토끼 모양으로, 백조 모양으로 깎았다. 하지만 진곤은 사과를 몇조각 먹지 않았다. 사과를 먹을 기분에 좀처럼 이르지 못했다.

"내 탓이었어."

한참이 지나서야 그 말을 할 수 있었다.

"당신 탓이 아니었던 거 알잖아."

퇴근 후 들른 아내가 단호하게 말했지만 진곤은 그 말을 믿을 수 없었다.

"아빠, 어떤 일들은 너무 복잡하게 엉망이어서 벌어져요. 아빠가 바꿀 수 없었어요."

연모도 말했다. 부드러운 손바닥을 진곤의 손등에 얹으면서, 아무것도 모르면서 안다고 생각하는 어린 얼굴로. 그래도 진곤은 연모가 계속 그렇게 생각할 수 있었으면 했다. 연모의 손이 계속 굳은살 없이 부드러웠으면 했다. 사과나 깎으면서, 엉망인 세계 가운데를 살아가지 않았으면 했다. 아이인 채로 계속 있게 해줄 수는 없는 것인가. 바람에 춤추는 풍선을 손목에 감고 유원지를 걷듯이 살아가게 해줄 수는 없는 것인가. 분명 어딘가에는 그렇게 해줄 수 있는 능력 있는 부모도 있을 텐데, 진곤은 자신이 그런 부모가 아닌 게 속상했다. 멍든 곳, 긁힌 곳, 금이 간 곳, 고름 나는 곳이 속상할 때마다 아파왔다.

연모는 결국 건축학부에 진학했다. 부풀었던 입안이 가라앉고도 진곤은 반대의 말을 하지 못했다. 엉망이 아닌 곳을 떠올릴 수 없었으므로 자식에게 다른 방향을 가르쳐줄 수 없었다.

"저는 괜찮을 거예요."

연모가 걱정으로 눈썹을 찌푸리며, 하지만 입은 위로의 웃음을 지으며 말했다. 진곤은 대답 없이 거친 손바닥을 연모의 손등에 얹었다.

권나은

    서로 다른 그룹에 속해 있었다. 승희는 언제나 아르바이트를 했으므로 친구들도 다 아르바이트를 하는 아이들이었다. 나은의 경우 학원 친구들과 친했다. 학교의 반은 해마다 바뀌지만 오래 다닌 학원 반은 바뀌지 않아서 더 친했다. 승희와 가까운 친구였다고 말하기는 어렵다. 가끔 알은척하는 사이 정도였다.

    나은이 승희에게 말을 걸 때에는 언제나 고심에 고심을 거듭한 후였다. 나은은 나이보다 어려 보여서 중학생으로도 초등학생으로도 종종 오해를 받았다. 나중에는 좋을 거라고 모두들 말하지만 고등학생으로서는 조금 짜증 나는 일이었다. 아르바이트도 하고 어른스러워 보이는 승희에게 우스워 보이지 않으려고 꽤 신경을 썼다. 승희가 나은을 비웃은 적은 없다. 하지만 승희의 친구들은 언제나 나은을 놀리곤 했다. 나은이 승희랑 이야기할 때 "야, 애기,

너 왜 승희한테 친한 척하냐?"하고 핀잔을 주거나 하는 식이었다. 승희가 그럴 때 "애 나랑 친하거든? 중학교 동창이거든?"하고 말해준 게 고마웠다. 승희 쪽이 나은을 알은척할 때는 자연스러웠다. 주로 아르바이트하는 곳에서 남은 음식을 가져왔을 때 나은에게도 말을 걸었다. "권나은, 너도 먹어." 그게 승희가 나은에게 가장 자주 했던 말이 아닐까. 언젠가 승희는 유통기한이 코앞인 마이쮸를 40개나 가지고 온 적이 있다. 나은에게 맛별로 세개를 주었다. 나은은 아랫니에 교정기를 하고 있어서 마이쮸를 먹기는 힘들었지만 기뻤다. 고등학교 생활은 힘들고, 작은 호의는 다른 곳에서보다 오래 효력을 유지한다. 마지막으로 승희가 건넸던 건 베이글이었다. 12개나 가져왔지만 굽지 않아서 차갑고 딱딱했다. 그래도 입안에서 오래 씹으니까 맛있었다. 고소했다. "다람쥐냐?" 옆줄에 앉은 승희가 자기는 먹지 않으면서 놀렸었다.

승희가 죽었을 때 선생님은 사고라고 했다. 사고라고 말했기 때문에 모두 교통사고인 줄 알았고 그게 아닌 걸 알고 나서도 어쩐지 한꺼풀의 거짓말이 더 있을 것 같았다. 선생님에게 화가 나진 않았다. 선생님은 선생님대로 얼굴이 점점 나빠져서 괴롭히고 싶지 않았다. 하지만 누락된 정보, 얼버무린 지점, 생략되고 빈 곳이 좋지 않았다. 좋지 않아, 하고 자기도 모르는 새 중얼거리는 때가 많았다.
나은은 스마트폰의 화면을 다른 사람에게 들키지 않으려
고 애쓰면서 몇번이고 승희의 사건을 검색했다. 승희의 사
건은 기사화되지도 않았다. 뉴스가 되지 못할 정도로 그
런 일들이 흔해? 승희가 죽었는데? 아버지가 경찰 관계자
인 다른 반 애가 범인이 잡혔다고, 승희가 죽고 그다음 주
에 아주 쉽게 잡혔다고 알려주었지만 그렇다고 해서 뭐가
나아지진 않았다. 범인이 승희의 남자친구였다는데 나은
으로서는 믿을 수 없었다. 승희와 그런 얘기를 할 만큼 친
하지는 않았어도 어쩐지 거짓말일 것 같았다. 문제집 위를
미끄러지던 샤프가 자꾸 멈췄다. 끔찍한 침묵 끝에 방학을
했다. 아무 데도 가지 않았다. 아무것도 하지 않았다. 학원
자습실에 엎드려 있기만 했다.

  기억도 안 날 듯한 짧은 방학이었는데 돌아오니 교묘하
게 책상 하나가 사라져 있었다. 빈자리가 남지 않았다. 어
느새 교실은 다시 시끄러워졌지만, 그 시끄러움은 침묵보
다도 기분 나쁜 시끄러움이었다. 잊기 위해서 일부러 떠드
는 그런 시끄러움이라고 생각한 건 나은뿐이었을까. 대충
만든 플라스틱 오르골 위, 일그러진 얼굴로 춤추는 인형들
처럼 억지스럽고 부자연스러운 데가 있다고, 나은은 아무

에게도 말하지 않았지만 혼자 불편해했다.

학원에 가다가 승희가 신었던 양말을 발견했다. 프랑켄슈타인 양말이었다. 한쪽 눈알이 덜렁덜렁한 장난스러운 양말이었다. 승희에겐 조금 이상한 유머감각이 있었다. 우울하고 웃기게 생긴 것들을 좋아했다. 나은은 자기도 모르게 그 양말을 샀다. 신고 다닐 생각은 전혀 없었다. 하지만 사야 했다. 그게 시작이었다.

나은은 승희가 입었던 옷들을 기억해냈다. 주머니가 두 겹인 카키색 반바지, 두꺼운 스트라이프의 남색 폴로셔츠, 약간 얼룩덜룩한 오렌지색 후드, 표정이 이상한 토끼 맨투맨, 베이지색 민소매 니트, 짙은 녹색의 플리츠스커트를 샀다. 승희가 입던 옷, 정확하게 그 옷들을 찾아내려면 검색을 열심히 해야 했다. 나은의 기억 속에 남아 있는, 몇년 된 옷들은 더이상 팔지도 않았다. 옷만 산 건 아니었다. 가방도 샀다. 젤리 백팩이었다. 반투명한 크림색 백팩 안에서 승희의 휴대폰이 울려 빛이 바깥으로 번지던 걸 본 적이 있었다.

"가방 예쁘다."

나은이 말하자 전화를 받기 전에 승희가 돌아봤다.

"싸구려야."

승희의 말이 맞았다. 싸구려였다. 23,500원밖에 하지 않왔다. 하지만 승희가 들 때는 그런 느낌이 들지 않았다. 승희의 옷들도 3만원을 넘는 것들은 없었다. 나은이 사들인 것 중에 가장 가격이 나가는 것은 운동화였는데 그래 봤자 5만원 안쪽이었다. 승희가 신던 나이키 스니커즈는 세상에서 제일 불편한 나이키인 것 같았다. 하지만 예뻤지, 승희가 신었을 때는…… 그런 생각을 하며 신발을 박스째 옷장에 밀어넣었다. 심지어 나은은 승희가 쓰던 필통도 샀다. 양복을 입은 도마뱀이었다. 등에 달린 지퍼로 펜을 넣게 되어 있었는데, 도마뱀이 사람보다 사람 같은 얼굴을 하고 있었다.

나은의 한 학기에 걸친 부지런한 소비는 들키지 않으려야 않을 수가 없었다. 집에 택배가 계속 오자 엄마는 이해할 수 없어했다.

"너 왜 자꾸 뭘 사?"

"비싼 거 아니야. 내 용돈으로 사는 거야."

"옷이 사고 싶으면 엄마가 아웃렛 데려가줄게. 입어보고 사야지."

"요즘 누가 입어보고 사."

"그럼 사놓고는 왜 안 입어?"

"대학 가서 입을 거야."

"무슨 바보 같은 소리야?"

정말이야, 대학 가서 입을 거야, 말하고 나니 그게 원래
부터의 계획이었던 것 같았다. 나는 승희 옷을 입고 대학
에 갈 거야. 승희 옷을 입고 다닐 거야. 내가 입으니까 하
나도 안 예쁘지만, 어쩌면 졸업할 때까지 더 친해지지 못
했을지도 모르지만, 졸업하고 나선 한번도 못 만났을 수도
있지만, 나만 승희를 좋아했던 거겠지만…… 나은은 갑자
기 울컥 눈물이 났고 방에 혼자 있고 싶었다. 가족들은 나
은이 덜 커서 중학생 같더니 사춘기가 늦게 왔다고 고개를
저었다. 나은으로서는 그 흔한 설명이 차라리 편했다.

아마도 잊어버릴 것이다, 승희를. 나은은 그 사실이 몸
서리치게 싫다. 왜냐하면 중학교 때는 벌써 잘 기억나지
않으니까 말이다. 고작 고등학생인데도 몇년 전의 일들이
희미하다. 승희가 체육대회 때 계주를 뛰었던 것 같다. 계
주를 이겼는지는 잘 기억나지 않는다. 응원을 했던 것만
희미하게 떠오른다. 반바지가 잘 어울리던 승희의 일자 다
리가 엄청 잘 뛰었었다. 종아리와 발목이 거의 비슷한 일
자였다. 스포츠 만화 주인공의 다리 같았다. 승희가 철봉
에 앉아 있던 것도 기억난다. 권나은, 학원 가냐? 너같이
생긴 애들 뭐라 부르게? 설치류. 설치류라고 부른대.

학생이 죽으면 장례버스가 학교 운동장을 한바퀴 돌고
가던데, 그런 거라도 했으면 나았을 거다. 텔레비전에서만

하는 건지 승희는 오지 않았다. 승희 어머니가 여력이 없어서 생각하지 못하신 게 틀림없었다. 장례식장에도 선생님들만 갔는데, 마치 승희가 잘못해서 죽은 것처럼, 승희의 장례식장에 가면 뭐라도 옮을 것처럼 못 가게 했다. 그랬기 때문에 아무것도 끝난 것 같은 기분이 들지 않는다. 승희가 뭐 어때서? 승희를 나쁜 소문쯤으로 취급하는 건 말도 안 돼. 승희는 정말 좋은 애였어.

중학교 마지막 겨울방학 때 함께 패밀리 레스토랑에 간 적이 있다. 방학이어서 평일 런치를 먹을 수 있었다. 샐러드 바를 휩쓸자, 그러자, 여섯명이서 신이 나서 갔다. 그래봐야 생각보다 많이 먹지는 못했지만. 그때 나은은 승희의 뒤에 서서 승희가 음식을 담는 걸 본 적이 있다. 어찌나 차곡차곡 먹음직스럽게 담던지 나은의 접시는 그에 비하면 음식물 쓰레기 같아 보였다. 마지막에는 동그랗게 뜬 고구마샐러드에 납작하게 썬 단호박을 세로로 쿡 꽂았다. 그 단호박 조각이 꼭 돛단배의 돛처럼 보였다. 모자의 장식처럼 보였다. 승희는 그런 걸 할 수 있는 애였다. 그걸 잊지 말아야지. 안 잊을 거야. 나은은 누워서 이불을 턱까지 당겨 덮고 생각했다.

"너 푸드스타일리스트 같은 거 하면 되겠다."

나은이 감탄하자 뭐래, 하고 승희가 쑥스러워했었다.

베이글 가게에 한번쯤 가볼 걸 그랬다. 괜히 쭈뼛거리다
가 못 갔었다. 주말에 찾아갔으면 승희가 좋아했을 텐데.
아마도 CF에 나오는 것처럼 물결무늬로 스프레드를 발라
줬을 것이다.

그날 나은은 옷장 속에 넣어둔 운동화를 신는 꿈을 꾸
었다.

홍우섭

우섭은 소개팅을 자주 하는 편이 아니었다. 병원 홍보부에서 일하고 있고, 인사부에 친한 동기가 있는데 그 동기가 거의 강요에 가깝게 주선해주었다. 오랜만에 나가려니 영 익숙지가 않아서 무슨 이야기를 해야 할까 걱정했는데, 다행히 만나자마자 말문이 트였다. 수수해 보이는 박지혜는 다른 액세서리는 하나도 하고 있지 않았지만 팔목에 우섭과 완전히 똑같은 모델의 시계를 차고 있었던 것이다.

"시계……"

"어, 정말 똑같네요."

"신기하네요. 근데 남자 모델 아니에요?"

"마음에 들었는데 여자 거보다 남자 게 예쁘더라고요. 얼굴 큰 거 좋아해요, 시계."

체인을 제일 작게 조정한 것 같은 지혜의 시계는 우섭 것보다 흠집도 없고 더 새것처럼 보였다. 우섭은 시계를 험하게 쓴 것 같아서 부끄러워졌다. 세상에 시계가 몇종이나 될까. 그중에 같은 시계를 차고 만날 수 있는 확률은 또 얼마나 될까. 아주 대중적인 모델도 있고 아닌 모델도 있어서 계산하기 어려울 듯했다.

"좀 이상한 이야기이긴 한데, 지난번 소개팅은 이 시계 때문에 잘 안 됐어요."

지혜가 웃으며 말했다.

"예? 왜요? 이 시계가 어때서요?"

"만나자마자 시계를 보더니 눈살을 찌푸리면서 얼마짜리냐 묻더라고요. 물론 좋은 시계지만 출장 갈 때 면세점에서 샀거든요. 게다가 나온 지 좀 된 모델이라 할인도 많이 받았고 말이죠. 그런데 그런 이야기를 구구절절 처음 보는 사람한테 하긴 싫잖아요. 기분은 이미 나빠졌고……그날 저녁 생각하면 참 그렇네요."

"무례한 사람을 만나셨군요. 같은 물건을, 심지어 요령 없이 제값 다 주고 산 입장에서도 기분 나쁘네요. 요즘 소개팅 힘들죠?"

"힘들어요. 점점 더 힘들어지는 것 같아요."

"그러게요. 저도 지쳐서 열심히 안 한 지 꽤 되었어요. 올해 처음 나온 거예요."

"그래도 해야 한대요. 아는 언니가 그러는데 40명 정도는 만나야 자기 짝을 만날 수 있대요."

"40명이나요? 왜 몇명 안 만나고도 잘만 사귀고 결혼하는 사람들 있잖아요?"

"있지만 그건 1개의 당첨 공이랑 39개의 꽝이 든 상자에서 운이 좋아 일찍 뽑은 경우래요. 시련이 있더라도 흔들림 없이 소개팅의 여신을 믿어야 한다고 강조하더라고요. 상자가 바닥날 때까지 계속 꺼내는 거죠."

"소개팅의 신은 여신인가보군요."

우섭은 남자 시계를 끼고 여신을 믿는 지혜에게 흥미를 느꼈다. 이끌렸다거나 두근거렸다고 말하기엔 무리가 있었다. 그보다는 동료애와 비슷했다. 각자 다른 방향으로 탐험하다가 길이 얽힌 극지탐험가끼리 느낄 만한 호감이었다.

"출장은 자주 다니세요?"

"네, 한달에 한두번은 가는 것 같아요."

지혜가 전자제품 회사의 해외 마케팅 일을 하고 있는 건 전해 들어 알고 있었다.

"주로 어디로 가세요?"

"중동이랑 아프리카요. 하도 그쪽 음식을 자주 먹어서 평소에는 향 강한 음식이 하나도 안 당기는 것 같아요."

"아아, 위험하지는 않나요?"

"위험하죠. 어떤 나라들은 공항으로 무장 경호원이 데리러 와요. 지난번에 회사 다른 분이 강도를 당해서 그때부터는 쭉."

우섭은 그을린 데가 조금도 없는 이 하얗고 조그만 여자가 중동으로, 아프리카로 다니는 걸 쉽게 상상할 수 없었다.

"나라에 따라서는 여자분이 일하기 힘들지 않나요?"

"가장 심한 곳들은 남자 직원 담당이에요. 그런 문화가 힘들 때가 있고, 갑자기 분쟁 같은 게 일어나면 겁나기도 해요. 종종 출장이 취소되기도 하고요. 그래도 많이 무뎌졌어요. 다른 나라 사람들은 우리나라를 위험하다고 생각하더라고요. 북한하고 예민해지거나 하면 특히요. 막상 가보면 다 사람 사는 데라 아주 운이 나쁘지 않으면 괜찮아요."

"용감하시네요. 저는 늘 같은 사무실에서만 일해서 상상하기가 어려워요."

"병원에서 일하신다고 했죠?"

"네, 홍보부에 있어요."

"좋은 직장이라 들었어요. 안정적이고 복지도 좋다고."

"소문만큼 좋지는 않아요."

"그래요?"

"신문사에 있을 때보단 낫긴 한데 대외 업무라는 게 민감하더라고요. 의료사고가 나거나 하면 살얼음판이에요.

평소에는 홈페이지 관리하고 브로슈어 만들고 해외에서 중요한 손님 오면 수행하고 그런 일들이라 편한데 한번 사건이 터지면……"

"그렇겠네요."

지혜가 고개를 끄덕이며 시계 조금 위 멍 든 곳을 만지작거렸다.

"거기 다치신 거예요?"

"이거요? 이거, 사자한테 물린 거예요."

"네?"

우섭이 놀라자 지혜가 웃었다.

"일 끝나고 가끔 관광도 하거든요. 남아공에 갔을 때 사파리에 갔는데 인공 포육하는 아기 사자를 안아볼 수 있었어요. 그런데 고양이들이 장난처럼 물듯이 아기 사자도 물더라고요. 있는 힘껏 문 것도 아니고 옷 위로 물었는데도 멍이 한참 안 없어지네요."

"사자는 사자군요."

"턱 힘이…… 그래도 진짜 귀여웠어요. 사진 보실래요?"

지혜는 아기 사자 사진을 여러장 보여주었다. 팔을 물리고도 꽤 즐거웠던 모양이었다. 아기 사자 사진첩은 사자 인형 사진으로 끝났다.

"사지 않을 수가 없었어요, 너무 귀여워서."

남자 시계를 사면서, 동시에 아기 사자 인형도 사는 사람이구나. 스펙트럼이 있네. 우섭은 속으로 생각했다.

"시간 괜찮으시면 차도 드실 수 있어요?"

"네, 좋아요. 오랜만이네요. 요즘은 소개팅할 때 식사도 잘 안 하는 거 아세요?"

"그래요?"

"식사할 시간도 아깝다 그거죠. 보통 차만 마시고 헤어지더라고요."

"그렇게 하는구나, 요즘은."

"한번은 금요일 저녁 7시에 만나서 차만 마시자는 거예요. 그런데 온종일 일하고 퇴근하던 길이라 배가 죽을 것 같이 고파서, 그 앞에서 샌드위치를 막 배 속에 욱여넣고 들어갔다니까요. 시간과 돈이 아까운 건 알겠어요. 그럴 땐 내가 사줄 테니 그냥 밥 먹어요, 하고 싶은 기분이에요. 그러면 또 드세다고 거절당하겠죠."

"어느 쪽이 좋은지 잘 모르겠네요. 마음에 안 드는 사람이랑 서너시간 갇혀 있는 게 싫어서 그러는 걸 텐데 만나기 전부터 그러면 지나치게 방어적인 것 같기도 하고……"

두 사람은 찻집으로 자리를 옮겨 이야기를 이어갔다. 우섭은 따뜻한 차를 마셨고 지혜는 차가운 커피를 시켰다.

"음료가 차진 않아요?"

"아뇨, 괜찮아요. 몸에 열이 많아서 더운 계절보다 추운 계절이 좋을 정도예요. 혹시, 뮤지컬 좋아하세요?"

"아…… 공연 자체는 좋아하는데 대화 부분도 노래로 할 때는 부담스러워서 연극 쪽이 취향에 맞는 것 같아요."

우섭은 솔직하게 대답했다.

"그럴 수 있죠. 아쉽다. 공연 같이 보러 갈까 했더니. 저는 꽤 좋아하거든요. 한달에 한두번은 꼭 보러 가요. 대형 뮤지컬이랑 소극장 뮤지컬이랑 번갈아 봐요."

"직접 노래하시는 것도 좋아하세요?"

"사내에 영어 뮤지컬 동아리가 있어서 거기 들기는 했어요. 근데 다들 열심히 안 해요."

"그야 일하기 바쁘시니까 그렇겠죠. 딱 한마디만 불러보시면 안 돼요?"

"하하, 술도 안 먹고 그런 걸 시키다니."

그러면서도 지혜는 우섭도 익숙한 「시카고」의 유명한 곡 한소절을 불러주었다. 가볍게 손짓도 하면서. 그러고 나선 부끄러워하며 재킷을 끌어올려 얼굴을 가렸다. 우섭은 귀엽다고 생각했다. 한번은 더 만나도 좋겠다고 생각했다.

두 사람은 두번 더 만났다. 두번째는 조금 더 친밀한 분위기의 이자카야에 가서 꼬치구이와 구운 은행을 먹었다. 세번째는 지혜가 우섭에게 뮤지컬을 보여주었다. 담백한

호러 뮤지컬이라 우섭도 재밌게 보았다. 잘될 줄 알았는데 그 이후 각자 바쁜 시기가 찾아왔다. 우섭은 연락을 잘 못 하는 편이었고 지혜는 연락을 잘 못 하는 사람을 견디지 못 하는 편이었다. 흐지부지되어 더 만나지 못했다.

　몇년 뒤 창고형 마트에서 두 사람은 다시 마주쳤다. 각 자 다른 사람과 결혼한 다음이었다. 지혜가 먼저 우섭을 보고 "아, 안녕하셨어요?" 하고 인사를 해 왔는데 갑자기 당황하는 표정으로 바뀌는 걸로 보아 업무 관계로 만났던 사람인 줄 알고 알은척한 듯했다. 지혜의 동행자가 자기도 인사를 해야 하나 어물쩍 쳐다봐서 우섭은 얼른 "거래처 사람입니다. 오랜만에 뵙네요" 하고 수습해주었다. 지혜가 눈으로 고마워했다.
　짧은 마주침이었고 기분 좋은 마주침이었다. 소개팅의 여신이 우리 두 사람을 다 예뻐했네요, 그쵸? 우섭은 속으로 생각했다. 먼저 물건을 고르며 앞서가고 있던 의진이, 카트를 미는 우섭이 왜 따라오지 않나 궁금했는지 뒤돌아보았다. 지혜 다음, 다음, 다음 소개팅에서 의진을 만났다. 우연히 친해진 수술실 간호사가 역시 강요에 가깝게 주선해주었는데 안 나갔으면 큰일 날 뻔했다.
　"같이 가."

우섭은 얼른 따라잡았다. 결혼은 그 나름대로의 노력이 계속 들어가지만, 매일 안도하게 되는 순간들이 있었다. 마음을 다 맡길 수 있는 사람과 더이상 얕은 계산 없이 팀을 이루어 살아갈 수 있다는 점에서 말이다. 어둡고 어색했던 소개팅의 나날을 지나왔다는 점이 무엇보다 가장 큰 안도였다. 지혜도 그런 기분으로 살아가고 있으면 좋겠다고 우섭은 잠깐 생각했다.

정지선

"지선씨, 흡연구역 정비 좀 해줄래요?"

이사님이 부탁해 얼른 자리에서 일어났다. 건물 바깥으로 걸어나가야 하지만 그렇게 귀찮지 않았다. 지선은 자리에 오래 앉아 있는 걸 오히려 힘들어하는 성격이다.

흡연구역 정비가 매일매일 반복되는 잡일이긴 해도, 그 잡일을 제대로 하지 못하면 모델하우스는 활활 불타오를지도 모른다. 모델하우스는 모서리의 철제 빔 말고는 모조리 나무로 지어지기 때문이다. 담배 불씨가 옮겨붙으면 5분 만에 전소하여 빨간 빔만 남을 것이다. 모델하우스에서 일하는 이들 모두 17세기 사람들처럼 불을 무서워하고 조심하지만, 그 모든 주의에도 불구하고 몇년에 한번씩은 꼭 불이 나서 업계에 경각심을 고취시켰다. 하루에도 몇번씩, 지선의 회사 사람들은 돌아가며 주차장 곁 흡연구역을 정비했다. 남아 있는 불씨가 없도록.

아파트 분양 대행사는 지선의 세번째 직장이었다. 첫 회사는 자동차 부품 회사였다. 더 큰 회사, 수주 회사의 횡포로 사정이 좋지 않아져서 나와야 했다. 그다음 급하게 들어간 두번째 회사는 용역 회사였는데 아무것도 모르고 들어갔다가 최악의 경험을 했다. 도망치다시피 나와서 현재의 분양 대행사에 왔다. 그간 다닌 회사 중에는 제일 잘 맞는 편인데, 규모는 작다. 동업자들끼리 하는 회사라 사장이 셋, 이사가 둘, 사원이 넷이었다. 지선은 사원 네명 중 한명이다. 직함의 인플레이션이 심하다 싶었지만 금방 익숙해졌다. 사장 셋 중 둘은 스크린 골프를 치러 다니느라 자리를 자주 비운다. 그걸 어떻게 아느냐면 돌아왔을 때 와이셔츠에 독특한 주름이 남아 있기 때문이다. 그래도 놀러 간 티를 내지 않으려고 애쓰는 게 밉지 않으므로 다들 모르는 척해준다.

지선은 세번째 회사의 네번째 모델하우스에서 거의 1년째 머무르고 있었다. 모델하우스의 수명이란 제각각이구나, 배우는 중이었다. 분양이 빨리 되면 세달 만에 허물기도 하지만 이번처럼 더뎌서는 천년만년 서 있을지도 모르겠다. 지선은 주로 계약서를 체크하고 상담 모니터들을 관리하는 일을 했다. 처음에는 대다수의 모니터들보다 나이가 어려서 불편한 기분이었는데, 점점 편해졌다. 지선 쪽이 노력했다기보다는 애초에 모니터들이 굉장한 여자들이었다. 사람을 만나기 위해, 다루기 위해 태어난 것 같았다. 하루 종일 머리의 볼륨이 꺼지지 않았고 말을 많이 해도 입술이 마르지 않았고 중급의 구두에서 실내 슬리퍼로 사뿐 갈아신는 데서 내공이 느껴지는데다 다크서클이 생기지 않았다. 그 정신없는 분양 오픈 때 그 많은 사람들을 상대해낸다. 직업 특성상 응대가 잘 안 맞는 사람들은 초기에 떨어져나가고 선수만 살아남는 게 아닐까, 지선은 추측했다. 정규직은 아니지만 선수들을 머물게 할 만큼 일당이 괜찮았다. 기본으로 15만원, 하지만 미분양 기간이 길어질 경우엔 계약당 30만원을 준다. 지선은 항상 궁금했다. 철 되면 나타났다 사라지는 모니터들은 평소에 어떻게 지내는 걸까. 다른 회사와 일하겠지만 일하지 않는 공백기가 분명 있을 텐데 평상시의 그들을 상상하기 어려웠다.

이번 분양이 쉽지 않은 데에는 다 이유가 있었다. 지선조차 통근이 너무 힘들었다. 서울에서 한시간 반. 수도권의 다른 지역과도 썩 잘 통하지 않고, 도로는 상습 정체구간이 반복됐다. 마음이 있어 보러 오는 사람들도 모델하우스까지 오다가 교통 문제를 깨닫고 계약을 망설였다. 통근시간이 길수록 삶의 질은 뚝 떨어진다. 사람들이 집이 없다 말할 때는 교통 좋은 곳에 집이 없다는 뜻이었다. 텅 빈 땅에 무턱대고 지은 집들이야 차고 넘친다. 지선은 얼마 전에 읽은 해외 뉴스를 떠올렸다. 인구 감소로 일본의 신도시들이 슬럼화되어간다는 기사였다. 모델하우스에서 그다음 모델하우스로 이동하면서 지선은 판매한 집들의 30년, 40년 후 미래를 가끔 떠올려보곤 했다. 분양 대행일이 만족스러워도, 직업 자체의 수명이 그리 길지 않을지 모른다는 생각이 들 때는 마음이 어두워진다. 시행사, 시공사, 분양 대행사, 광고사가 착착 역할을 나누어 굴러가는 이 시기는 언젠가 끝날 것이다. 매스게임 참가자들은 산산이 흩어질 것이다.

"광고를 더 한대."

자리로 돌아오는데 로비에 기대어 있던 옆자리 선배가 말해주었다.

"어떤 광고요?"

"일단은 길에다 거는 거."

나무 사이에 거는 분양 광고는 사실 불법이라 광고비에 벌금까지 포함되어 있다고 했다. 금요일에서 토요일 넘어가는 새벽에 몰래 가로수에 걸면 월요일 오전에 구청 사람들이 다시 제거하는 식이었다. 구청 쪽에서도 근절이 안 되니 벌금을 받는 것으로 만족하는 듯싶다. 회식을 하고 돌아가는 늦은 밤에 광고사 사람들이 열심히 광고를 걸고 있는 걸 본 적도 있다.

자리에 앉기 전 지선은 금전수에 물을 주고 잎을 닦았다.

"물 주는 김에 내 것도 좀 주지."

윤 이사가 말을 걸어왔다.

"싫어요."

"왜에?"

"이건 경쟁인데요."

회사는 사람이 들어올 때마다 금전수 화분을 하나씩 주었다. 사장 중 한명이 그러면 회사가 계속 잘될 거라는 자기 주문을 걸고 있었다. 지선의 금전수가 제일 키도 크고 잎도 반짝였다. 입사 순서는 늦지만 부지런히 들여다보고 분갈이도 한번 했더니 시들지 않고 잘 자란 것이었다. 최근엔 화분을 두고 미묘하게 경쟁이 붙어서 영양제를 꽂아주는 사람도 생기고 주차장 뒤에서 햇볕을 쬐게 하는 이도 있었다. 스마트폰 게임을 화분으로 대신하는 듯한 분위기였다. 우스꽝스럽긴 해도 반려식물을 돌보는 일을 한 사람에게 밀어주지 않는다는 점에서 좋은 회사였다. 각자의 화분은 각자가. 막내 직원에게 다 맡겨버리지 않는다.

지선은 여전히 자기 화분이 독보적으로 잘생긴 걸 확인했다. 하루의 즐거움이었다. 하지만 다른 화분들도 분발하고 있었다. 애정을 받고 있다는 점에서는 팔자 좋은 화분들이었지만, 자주 이사를 다녀야 하니 그건 분명 스트레스일 것이다. 이토록 옮겨 다녀야 하는 라이프 스타일은 식물뿐 아니라 사람에게도 스트레스니 말이다. 언젠가 퇴사하게 되면 꼭 화분을 들고 나가리라 지선은 다짐했다. 그때는 한군데에서 살게 해줄게, 두고 가지 않을게, 화분에게 말을 걸었다.

돈을 모아서 제일 처음 한 건 차를 산 것이다. 트렁크에 화분 두어개가 겨우 들어갈 정도로 작은 차지만 하이브리드다. 탱크를 가득 채워도 기름이 6만원어치밖에 들어가지 않고, 그러면 거의 한달 가까이 탈 수 있다. 리터당 20킬로미터를 간다는 말에 샀는데 가끔 따져보면 거의 30킬로미터까지도 갔다. 지선은 매우 만족하는 편이지만, 기름으로만 가는 차처럼 힘이 좋진 않아서 경사가 가파른 길에서 뒤에 오는 차들이 빵빵거리기 일쑤였다. 움츠러드는 것도 한두번이지 요즘에는 뻔뻔스러워졌다. 내가 밟아도 차가 안 나가는데 뭐 어쩔 거야. 어쨌든 규정속도를 지키고 있는데 빵빵거릴 건 또 뭐람. 사람들하고는…… 지선은 차를 사랑했고, 혹시 누군가를 태워도 차에서 뭘 먹는 걸 용납하지 않았다. 차는 지선이 가진 것 중에 가장 비싼 물건이었다. 차는 있지만 집은 없는 인생이었다. 그런 인생을 두고 요즘 젊은이들은 못쓴다고 말하는 이들도 있는 모양인데, 차 없이는 좀처럼 다니기 힘든 직장들도 있다는 걸 몰라서 하는 말일 것이다. 아직 주변 건물들이 들어서기 전의 흙 날리는 공터, 전철역은 물론 버스 노선도 없는 곳에 덩그러니 서 있는 모델하우스는 서울의 외곽을 서커스 텐트처럼 옮겨 다니는 직장이었다. 차를 사지 않았다면 한참 전에 그만뒀을 것이다.

"오늘도 거짓말 많이 하고 왔어?"
지은이 퇴근하는 지선을 반기며 물었다. 지은은 지선이 계약하러 오는 사람들에게 근처에 하수처리장이 있다든지, 비행기가 지나는 길이라 시끄럽다든지, 여름이면 개천에서 모기떼가 날아오를 거라든지, 그런 것들을 말해주지 않는 게 거짓말이라고 자주 놀렸다. 지선도 아주 부정하지는 않았다. 누군가 날카로운 질문을 던져오면 지선도 모니터 여사님들도 입을 싹 다물었다. 그 짧은 침묵은 거짓말에 가까웠다. 최종 판단은 당신에게. 성인과 성인의 거래는 원래 그런 것이다.
집고양이 같은 지은은 학교를 다니는 둥 마는 둥 했다. 두번이나 이사를 했고 그러면서 지은의 학교가 가까워지기도 하고 멀어지기도 했는데 그것도 별로 신경 쓰지 않는 듯했다. 공대를 나온 지선은 문예창작과에 들어간 지은이 그곳에서 어떤 생활을 하는지 좀처럼 상상할 수 없었다. 제 딴에는 논술 시험지 교정 같은 걸 봐서 살림에 보태긴 보태는데 미미한 수준이어서 지금은 정말 집고양이 비슷했다. 생활에 도움은 못 되지만 심리적 안정에는 좋았다.

"언니, 이 블로그 좀 볼래?"

"뭔데?"

"거의 재료비만 받고 집을 이렇게 바꿔준대. 벽이랑 뭐랑 다."

"응, 예쁘네. 근데 누가 전셋집을 꾸미고 살아. 집주인 허락도 받아야 하고."

사실 지선의 집은 전세도 아니고 반전세였지만 일단 그렇게 말했다.

"집주인도 좋아하지 않을까?"

"네가 전화해서 허락받을 거면 하든가."

지은이 시선을 피했다. 그럴 줄 알았다고 지선은 생각했다. 낯선 사람에게 전화를 걸 용기도 없어서 대체 앞으로 어쩌려고 저러나 싶었다. 목소리는 듣기 좋은데 도통 쓰질 않으니…… 고향을 떠나 단둘이 살면서 지나치게 보호해줬는지도 모른다. 언젠가는 따로 살아야 할 텐데, 그러면 동생이 좀 단단해질까.

자매는 간단하게 저녁을 먹고, TV 앞에 앉았다. 좌식 소파는 아주 편하지도 않고 불편하지도 않았다.

"오징어 먹을래?"

지은은 대답하지 않고 대신 벌떡 일어나서 조그만 쿡탑에 물을 올렸다. 엄마가 보내준 오징어는 정말이지 잡내가 하나도 나지 않는 상품(上品)이지만, 잡내 없이 견고하게 말리느라 너무 딱딱해져서 그냥 구워서는 먹지 못했다. 양 옆으로 먹기 좋게 가위로 진집을 낸 다음 끓고 있는 물에 1분만 넣었다 빼면 반건조 오징어처럼 됐다. 1분 이상 넣으면 또 맛이 빠져버린다. 잡스러운 맛이 하나도 나지 않는, 반듯한 오징어를 한마리씩 한마리씩 먹다보면 한해가 갔다. 반으로 접어 비닐을 씌운 다음 냉동실에 한칸 가득 보물처럼 보관했다. 자매는 오징어를 먹을 때마다 태어나고 자란 동해를 그리워하면서, 동시에 돌아가 살 수 없을 거란 생각을 했다. 인구밀도는 깔때기 같은 것. 일자리도 흥청거림도 수도권으로만 몰린다.

동생이 쓰는 글에 바다가 나올까 지선은 궁금했다. 글 쓰는 걸 목격한 적은 없지만 지선이 없는 시간에 쓰고 있긴 할 것이다.

"뭐 좀 쓰고 있어?"

역시 대답을 안 한다. 지은은 다른 건 다 지선과 함께 쓰면서도 컴퓨터만은 따로 썼다. 아무리 언니라지만 뇌를 함께 쓸 수는 없다고 했다.

"궉궉인가 국국인가 하는 개는 안 만나?"

"규익이랑은 헤어졌어."

"왜 도토리같이 귀엽더니."

"걔 너무 힘들었어."

"그래서 휴학한 거야?"

"그냥 가기 싫어서 안 가."

"너 책상 사줄까?"

"으잉? 갑자기 웬 책상?"

지선이 봐둔 책상이 있었다. 원목인데다 모서리가 부드
럽고 다리가 가늘고, 하여간 눈에 확 들어오는 책상이었
다. 지은이 고등학교 때부터 쓰던 화장대 모서리에 조그만
노트북을 두고 나쁜 자세로 쓰는 게 마음에 걸렸었다. 잘
치우면 책상 하나 정도는 더 둘 자리가 있을 것이다.

"데코 팀이 이번 모델하우스 끝나면 팔 거래. 내가 찜해
뒀어. 사진 볼래?"

"응."

지은은 지선이 건넨 휴대폰의 책상 사진을 확대했다가
다시 작게 했다가 하며 자세히 살폈다.

"우와."

"맘에 들어?"

"응."

"흠집은 좀 있을 거야. 옮겨 다녔으니까."

"그런 건 괜찮아."

"내일 나 출근할 때 따라가서 직접 볼래?"

"그럼 난 집에 어떻게 와?"

"노트북 들고 가서 그 동네 카페 두세곳 옮겨 다니다가 같이 퇴근하면 되지."

"그럴까."

"내 화분도 구경해. 거기서 제일 잘 자랐어."

"그래."

"금전수라는데 왜 돈이 안 생길까?"

"책상 안 사줘도 돼."

"그게 아니고."

자매는 TV를 끄고 오징어가 소화될 때까지 산책을 하기로 했다. 시간은 이미 늦었지만 둘이라서 덜 무서웠다.

"저쪽 동네에서 또 칼부림 난 거 알아?"

"언제?"

"지난주에."

"그래서 부동산 아줌마가 말렸었구나, 다른 동네 가라고. 안에서만 잠그는 자물쇠, 달면 좋다는데 하나 달까."

"응. 시에서 방범창 지원해준다고 뭐 떴길래 그것도 내가 신청했어."

지선이 웃으며 지은의 머리를 쓰다듬어주었다. 가끔 쓸
모 있을 때도 있었다. 전화를 걸거나 직접 만나는 건 못해
도 인터넷으로 뭘 신청하는 것만큼은 잘했다.

"왓, 고양이다."

"예쁘네. 노랗고 예쁘네."

"언젠가 키울 수 있으면 좋겠다."

"네가 내 고양이야."

"칫."

"너도 화분 키울래?"

"금전수 같은 건 싫은데."

"꽃 피는 걸로 키울래, 그럼?"

"응."

"그래, 내일 하나 사줄게."

자매는 다시 집을 향해 걸었다. 지선은 집에 들어가기
전 마지막으로 깊이 숨을 들이쉬었다. 바다 냄새가 그리웠
다. 40분 거리에 바다가 있다는 건 알고 있지만 그건 서해
였다. 동생에게 지금 차를 달려 동해에 가자고 하고 싶었
지만 참았다. 언니니까. 내일 출근해야 하니까.

"더 걸어?"

계단 위에서 지은이 물어왔다.

"아니야."

지선이 따라 올라갔다. 두 사람은 잠글 수 있는 모든 것을 잠그고, 깊이깊이 잠들었다.

오정빈

"우리 엄마는 날 별로 안 좋아하는 것 같아."

정빈이 철봉에 앉아 다운에게 말했다. 할머니는 언제나 조금 늦게 데리러 오는 편이라, 다운이 고맙게도 함께 기다려주기로 했다. 정빈은 가장 낮은 철봉에 앉아 있었다. 다운이 가장 높은 철봉을 열심히 타고 올라갔다. 두 사람 사이의 중간 높이 철봉은 비었다.

"왜?"

"그냥 그런 느낌이 들어."

"널 막 혼내?"

"아니, 그냥…… 눈이 차가워."

"너희 엄마도 일한다며? 그래서 그런 거 아냐? 우리 엄마도 일하고 나서부터는 말 시키는 거 싫어해."

"왜?"

"피곤해서 말이 안 나온대."

"우리 엄만 다시 일한 지도 얼마 안 됐는데."

"너희 아빠 때문에 걱정돼서 그런 게 아닐까? 걱정이 많으면 어른들은 그래."

엄마가 아빠를 걱정하는 것 같지는 않았다. 아빠는 계속 잠들어 있었고 아빠의 움푹 꺼진 머리는 그대로였지만 그래도 괴로워 보이진 않았다. 정빈은 아빠를 만나러 가는 게 싫지 않았는데, 엄마는 혼자 가는 걸 더 좋아하는 듯했다. 마치 잠든 아빠와 둘만 할 이야기가 있는 것처럼.

"내가 의사가 되면 너희 아빠 고쳐줄게."

정빈은 다운이 고마웠지만 그들이 어른이 되기 전에 아빠가 나았으면 싶었고, 사실은 낫지 못하리라는 것도 알고 있었다. 알고 있는 것을 알고 있다고 말해야 할지 모르는 척을 해야 할지 항상 헷갈렸다. 아빠가 다친 이후로는 언제나 그랬다.

"아니면 내가 아는 할아버지 의사 선생님 있는데 소개해줄까? 한달에 한번씩 우리 동네에 와. 유명한 의사 선생님이래."

"그래?"

"젊은 의사 선생님들이 그랬어. 우리나라에서 제일 유명한 의사 중에 한명이라고."

"머리 의사야?"

"모르겠어. 들었는데 까먹었어."

"그럼 다음번에 물어봐줘."

그렇게 말했지만 다운이 잊어도 좋다고 정빈은 생각했다. 다운은 의사가 되고 싶다고 말하는 것치고는 뭘 잘 잊었다. 정빈은 다운의 그런 면이 부러웠다. 다운도 정빈만큼 고민이 많을 텐데 늘 싱글싱글한 얼굴이었다. 다운이 사는 동네에는 곧 커다란 아파트단지가 들어설 거라고 했고 그러면 갑자기 이사를 가야 할 수도 있었다. 다운의 아빠는 사정상 먼 곳에 있다고 했고 엄마는 3일에 한번쯤 집에 온다고 했으며 얼마 전에 태어난 동생은 어딘가 아파서 계속 병원에 있다고 했다. 하지만 다운은 그런 문제를 학교에 오면 하얗게 잊었다. 그리고 재밌게 지내다 갔다. 정빈도 그럴 수 있으면 좋겠다고 생각했다.

"아빠가 꿈을 꿀까?"

어느날 엄마에게 물어봤던 적이 있다. 묻지 말았어야 했는데…… 대답이 없어서 엄마가 듣지 못한 줄 알았다.

"아빠가 엄마랑 내가 나오는 꿈을 꿀까?"

엄마가 돌아봤을 때의 표정을 잊지 못한다. 그건 정빈이 태어나서 본 것 중 가장 온도가 낮은 표정이었다.

"그게 궁금해?"

"그냥…… 아빠가 꿈을 꾸면 좋겠어."

"안 꿀 거야."

엄마가 어떻게 알아,라고 처음엔 작게 말했다. 하지만 정빈은 자기도 모르게 한번 더, 어쩐지 화를 내며 말해버렸다.

"엄마가 어떻게 알아? 엄마도 모르잖아."

그러자 엄마가 정빈을 안아주었다. 안겨 있는데도 엄마가 멀게 느껴졌다. 정말로 정빈을 안아주고 싶어서 안아줬다기보다는 어쩔 수 없어서 안아준 게 아닐까 싶었다. 엄마는 회사에서 돌아온 지 한참 되었는데도 옷을 갈아입지 않고 있었다. 옷에서 바깥 냄새가 났다. 먼지와 버스 냄새였다. 어쩌면 얼굴을 마주 보기 싫어서 안아준 게 아닐까, 정빈은 불편하게 안긴 상태로 궁금해했다.

"생각해봐. 아빠가 우리 꿈을 꾸는데 우리한테 올 수 없는 게 더 나빠, 아니면 아무 꿈도 꾸지 않는 게 더 나빠?"

"모르겠어."

"정말 몰라? 엄마는 아빠가 꿈을 안 꾸면 좋겠어. 꿈을 꾼다 해도 색채만 있는 꿈, 온도만 있는 꿈, 그런 꿈을 꾸면 좋겠어. 사람은 한명도 나오지 않는 꿈 말야."

"날씨 꿈?"

"응, 날씨 꿈."

불편한 포옹은 그렇게 끝났다.

정빈은 교문에서 손짓하는 할머니를 보았다. 정빈이 생각하기에 할머니가 늦는 것은 출발이 늦어서가 아니라 걸음이 느려서인 것 같았다. 사실은 데리러 오지 않아도 되는데…… 정빈은 집을 잘 찾아갈 자신이 있었다. 학교 바로 옆 단지였다. 오히려 아무도 다운을 데리러 오지 않는 게 매번 신기했다. 다운이 사는 동네는 학교에서 보이지도 않았다. 사실은 버스를 타고 다녀야 하는 거리인데 걸어 다닌다고 했다. 선생님은 그래선지 다운이 조금 늦어도 뭐라 하지 않았다.

다운과 교문까지 같이 간 다음 헤어졌다. 다운은 전철 공사를 하느라 철판으로 덮어놓은 횡단보도를 건너가서는 정빈을 향해 한번 더 손을 흔들었다.

"저 친구는 아무도 안 데리러 와?"

할머니가 물었다.

"응, 다운이네 집은…… 복잡해."

"어이구, 복잡하다는 말도 쓸 줄 알고 다 컸네."

정빈은 집에 와서 할머니가 해준 간식을 먹고, 잠깐 레고를 가지고 놀았다. 레고로 시계집을 만들었다. 아빠의 시계였다. 할머니가 시계는 끼지 않을 때 시계집에 넣어놔야 한다고 말해서 한번 만들어보았는데 마음에 들지 않았다. 다시 부쉈다. 내일 또 만들 것이다. 학원에 가야 할 시

간이었다. 미술학원 같은 데 다니고 싶지 않았지만 정빈이
학원에 가지 않으면 할머니가 너무 힘들다고 했다. 내가
할머니를 괴롭히는 것도 아닌데 왜? 이해할 수 없어하는
정빈을, 엄마는 아빠가 그렸다는 비둘기 그림을 보여주며
설득했다.

"아빠가 옛날에 그린 거야. 귀엽지?"

비둘기는 약간 뻣뻣한 냅킨에 볼펜으로 그려져 있었다.

"왜 휴지에 그렸어?"

"엄마 오길 기다리면서 아빠가 그리고 있더라구. 비둘기
가 통통하고 착하게 생겨서 아빠랑 결혼해야겠다 생각했
었는데…… 너도 아빠 닮았으면 그림 잘 그리지 않을까?"

"엄마는? 엄마는 잘 그려?"

"엄마는 잘 못 그려."

"나도 못 그리면?"

"몇달만 해보고 재미없으면 다른 거 배우게 해줄게."

그러고 나서 엄마는 냅킨을 소중하게 화장대 안의 작은
상자에 넣었다. 아빠의 물건들을 그렇게 많이 없애놓고 냅
킨은 보관하다니, 정빈은 엄마의 물건 버리는 방식이 이상
하다고 생각했다.

미술학원에서는 매일 다른 주제로 그림을 그리거나 색
찰흙이나 수수깡으로 뭘 만들거나 종이접기를 하거나 했

다. 오늘은 제일 친한 친구를 그려보라고 했다. 연필, 색연필, 크레파스, 물감 중에 마음에 드는 걸 골라도 되고 섞어서 써도 된다고 했다. 제일 친한 친구는 당연히 다운이었다. 다른 애들은 서로서로 누구를 그릴지를 두고 떠들어댔지만 정빈은 바로 그리기 시작했다.

"이건 누구야? 누구 그리는 거야?"

선생님이 물어왔다. 가끔 정빈은 어른들이 뭘 너무 많이 묻는다고 생각했다. 어른들은 자기들이 귀찮은 존재일 거라고는 생각을 잘 안 하는 것 같다고 말이다.

"다운이요."

"아, 나도 걔 알아."

맞은편에 앉은 애가 알은척을 해왔다. 정빈과 같은 유치원을 나와 지금은 같은 학교 옆 반인 재근이었다.

"닮았네. 걔 맨날 똑같은 옷 입는 애잖아. 옷 안 갈아입는 애."

정빈은 다운을 대신해 기분이 나빴다.

"내 친구 욕하지 마. 네 거나 그려. 졸라 못 그리면서."

"어머, 정빈아. 그런 말 쓰면 안 돼. 재근이도 다른 친구 흉보면 안 되지. 서로 사과하세요."

선생님이 간섭해 왔으므로 정빈과 재근은 대충 사과했다.

정빈은 다운이 어떻게 생겼는지 더 자세히 떠올려보려

고 애썼다. 맞아, 언제나 사과 꼭지같이 머리 한군데가 뻗쳐 있었다. 눈은 한쪽만 쌍꺼풀. 늦잠을 자면 양쪽 다 생기기도 했지만 평소에는 한쪽만이었다. 눈이 별로 안 좋은데 안경을 아직 안 써서 콧등을 자주 찡그렸다. 윗니는 가지런했지만 아랫니는 좀 삐뚤거렸다. 귀는 조금 일어선 원숭이 귀. 티셔츠는 재근이 지적한 대로 언제나 흰색 바탕에 오렌지색 줄무늬가 있는 걸 입었지만 그래서 뭐 어떻단 말인가. 옷을 너무 자주 빨면 물을 오염시킨다고 엄마가 그랬었다. 정빈은 연필과 색연필로 다운을 그렸다. 바탕에는 대충 학교를 그렸다. 그림에는 나오지 않았지만 다운은 철봉 위에 앉아 있다. 크레파스로는 눈썹만 그렸다. 눈썹만 크레파스로 그리니까 강조가 되어서 웃겼다. 다운은 왼쪽 눈썹에 흉터가 있어서 눈썹이 살짝 끊기는데, 일부러 그 부분을 살려서 그렸다. 오늘은 미술학원이 좀 재밌었다.

"뭐 했어? 뭐 만들었어?"

미술학원에 데리러 온 할머니가 물었다. 할머니는 정빈이 뭘 만들면 식탁 옆 선반의 제일 잘 보이는 자리에 일주일은 놔둔다. 먼지가 앉거나 부서지기 시작하면 정빈의 허락을 받고 버린다. 정빈은 그게 고마웠다. 요즘 할머니의 스마트폰 배경화면은 정빈의 그림이나 만들기 작품이었다.

"친구 얼굴 그렸어."

정빈이 스케치북을 열어 할머니한테 보여주자, 할머니가 "아까 걔네!" 하고 알아봐주었다.

"나 이거 뜯어서 다운이 줄까봐."

"그림은 그냥 주는 거 아니야. 액자에 끼워서 주는 거야."

"액자 사러 가도 돼?"

할머니는 정빈을 데리고 버스 두 정거장 가면 있는 천원숍에 가주었다. 거기에 스케치북 크기와 딱 맞는 가벼운 액자가 있었다. 2천원이었다.

"뒤에 편지 같은 것도 적어. 뭐라 하고 싶어?"

정빈은 잠깐 고민하고는 내용을 정했다. '다운아, 너도 이사 가고 나도 이사 가면 만나기 힘들겠지. 하지만 어른이 되면 꼭 다시 만나자.' 글씨가 틀리지 않도록 할머니가 도와주었다.

"전화번호라도 적어야지. 그냥 다시 만나자면 어째?"

"맞네. 무슨 전화번호 적지?"

"할머니 거……? 어이구, 너희 어른 되면 할머니 죽고 없겠다. 늬 엄마는 무슨 집에 집 전화도 안 뒀을까. 엄마 번호라도 적어봐."

그래서 정빈은 엄마의 휴대폰 번호를 적었다. 다운이 어른이 될 때까지 그림을 가지고 있어줄까? 액자를 사길 잘했다는 생각이 들었다.

막상 그림을 주자니 정빈은 부끄러워졌다. 내내 책가방 걸이에 걸어놓고만 있었다. 다른 아이들이 놀릴 것 같았다. 그래서 학교가 끝날 때까지 기다리기로 했다. 여느 때처럼 철봉으로 걸어가면서 종이봉투를 건넸다.

"이거 뭐야?"

"어제 미술학원에서 제일 친한 친구 그리래서 너 그렸어."

"우와."

"미안, 못 그려서."

"아냐, 닮은 거 같아. 나 철봉 위에 앉아 있네."

"어떻게 알았어?"

"학교가 내 머리보다 밑에 있잖아."

다운은 기분 좋아했다. 정빈이 그림을 잘 그려서가 아니라 제일 친한 친구로 다운을 골라줘서일 것이다.

"우와. 집까지 잘 들고 가야지. 고마워."

몇번째 우와,라고 말하는지를 세며 정빈도 기분이 좋아졌다. 선물을 주는 게 부끄럽지 않아서 다행이었다.

"컵떡볶이 먹을래? 그림 고마우니까 내가 사줄게."

"아니야. 우리 할머니한테 사달라 하자. 할머니 뭐 사주는 거 좋아해."

"너희 할머니 좋아."

"응, 할머니 좋아."

그렇게 두 사람은 철봉에 매달려 할머니를 기다렸다. 다운이 가사가 부정확한 노래를 부르기 시작하자 두 사람은 거기에 맞추어 다리를 흔들었다. 할머니가 늦었지만, 간식이 먹고 싶었지만, 조금 더 매달려 있어도 괜찮을 것 같았다.

김인지 오수지 박현지

세 사람은 기숙사 룸메이트였다. 기숙사 건물이 따로 있는 건 아니었고 80년대에 지어져 베이지색 페인트가 나달나달 벗겨진 병원 근처 엘리베이터 없는 빌라에 살았다. 병원 사람들은 세 사람을 묶어 3G라 불렀다. 원래는 4G였는데 한 사람이 퇴사하면서 3G가 되었다. 퇴사한 사람은 가운데에 지 자가 있었기 때문에 통일성을 생각하면 차라리 더 나았다. 처음에는 숙소 배정이 우연이었겠지만 이제 행정실에서도 재미를 붙인 게 틀림없었다.

세 사람은 고정우의 장례식장에도 함께 가서, 한 상을 차지하고 앉았다. 현지는 많이 울었고, 인지는 조금 울었고, 수지는 울지 않았다. 몸이 충격을 받아들이는 방식은 각자 달랐다. 해외로 의료봉사를 떠났던 정우는 패러글라이딩 사고를 당했다. 일정 내내 의료봉사를 하고 떠나기 전날 오후 잠깐 레포츠를 즐기려다가 난기류를 만났다고 했다. 옆 상에 앉아 있던 감염내과의 노교수가 물을 따라 현지에게 건넸다.

수지는 정우의 아름다웠던 몸이 이미 다 타버렸다는 게 믿기지 않았다. 사고를 당한 나라에서 화장을 한 채로 돌아왔고 병원 장례식장에는 인사차 하루 들른 것이나 다름없었다. 3일장을 치를 수도 없을 만큼 남은 사람들을 허망하게 만드는 갑작스럽고 이른 죽음이었다. 수지는 현지와 인지의 젖은 얼굴을 보며, 그래도 우리 세 사람 다 정우의 젊고 아름다웠던 몸을 안아봤구나, 그런 생각을 했다. 장례식에서 하기엔 부적절한 생각이었지만 말이다. 인지는 3년 전에, 현지는 작년에, 수지는 지난봄이었다. 정우는 모두의 연인이었다. 나쁜 의미가 아니라 좋은 의미로. 아무리 피곤한 날에도 두시간씩 운동을 하는 정우는 모두에게 친절했고 깔끔했고 입도 무거웠다. 아이 캔디에 바디 캔디였지만 신사였다고 생각한다.

몸은 그저 몸이라는 걸 의료계 종사자들은 여느 업계 사람들보다 잘 이해했다. 몸에 그 이상의 복잡한 의미 같은 걸 부여하지 않아서 서로 편했다. 스트레스는 많고 시간은 없어서 여러 번거로운 과정들이 깔끔하게 생략되었다. 병원을 병풍처럼 둘러싼 십여개의 호텔과 모텔들이 관광객과 환자 보호자, 먼 데서 병문안 온 사람들이 이용하는 시설인 줄 알았더니 사실 병원 근로자용이었다고 웃으며 농담들을 했고, 가끔 진짜로 모텔 엘리베이터에서 마주쳐서 겸연쩍기도 했지만 그뿐이었다. 언젠가 현지가 감탄했던 적이 있었다.

"처음엔 몰랐는데 알고 보니 나 빼고 다「그레이 아나토미」를 찍고 있었어. 계속 몰랐다면 억울했을 거야."

몸은 몸이라는 걸 받아들이지 못하는 플레이어들은 빨리 탈락했다. 술에 취해 당직실 문을 열어젖히고 누구누구누구 나와, 네가 나한테 어떻게 그래, 외치거나 누구누구누구와 잤더니 어떻더라, 말하고 다니는 축들은 곧바로 제외되었던 것이다. 플레이어들은 떠나기도 하고 새로 유입되기도 하면서 걸러지고 걸러졌다. 크고 작은 사건의 망을 거쳐 테니스 파트너처럼 편안한 사람들만 남았다. 정우는 가장 근사한 선수였다. 체취가 좋았다. 매너가 좋았다.

"맛있는 건 많이 먹어봤을까?"

수지가 자기도 모르게 말했다.

"정우 샘이요?"

인지가 되물었다.

"응. 좋은 섹스는 많이 했을 거 아냐. 그럼 맛있는 건 많이 먹어봤을까?"

현지가 정우의 SNS 계정을 열어보았다. 올려놓은 사진이 별로 없었다. 음식 사진이 많았더라면 좋았을 텐데. 운동하고 나서 찍은 셀카가 있었다. 현지가 다시 울컥했다. 수지는 친구 신청을 받지 않았던 걸 후회했다. 병원 사람은 아무도 수락하지 않았을 뿐이고 정우도 신경 쓰지 않았겠지만…… 대기 중인 친구 신청에 여전히 정우의 얼굴이 떠 있었다. 한동안은 거기 떠 있을 것이었다. 수지는 지울 생각이 들지 않았다.

"사랑했었던 것 같아."

"아냐, 넌 그거 병이야."

현지는 세상을 일찍 뜬 지인들에게 사실 연애 감정이 있었노라고 자주 말한다는 걸 수지는 알고 있었다. 아픈 사람에게 마음을 쏟는 직업 특성상 누구에게나 조금씩 그런 경향이 있었지만 현지는 심한 편이었다.

세 사람은 장례식장을 일찍 나섰다. 앉아 있는 게 괴로웠기 때문이다. 인지는 나이트 근무였다. 수지와 현지는 기숙사로 돌아가면 되었지만 인지와 저녁을 먹고 들어가기로 했다.

"뭐 먹고 싶어?"

"신기한 거요."

"신기한 거 어떤 거?"

"안 먹어본 거요."

병원 근처에 새로 생긴 인도 카레집에 가기로 했다. 정확히는 파키스탄 카레집이었다. 이름이 낯설고 색깔이 다양한 카레를 세 종류 시켰다. 밥과 난을 모두 시키고 다 먹어치운 다음에 라씨도 마셨다.

"다음 주엔 러시아 음식 먹을래요?"

"그래, 그러자."

"우리 정우, 밥이나 사줄걸."

세 사람은 나름의 방식으로 슬퍼했고, 기억했고, 새로운 음식을 먹었다. 다시는 기회가 없을 것처럼 즐거움의 기회들을 놓치지 않았다. 그즈음에 세 사람이 몰랐던 것은 장차 세 사람이 각자 정우가 추락한 해변으로 여행을 가게 될 거란 사실이었다.

인지가 그 언덕과 해변을 방문하게 된 것은 4년 후였다. 인지는 병원을 그만두고 시험을 준비해서 보건복지부의 공무원이 되었다. 시험을 보고 난 후에 선택한 휴양지가 그곳이었다. 일부러 선택한 것은 아니었다. 싸게 나온 비행기 표를 충동적으로 샀을 뿐이다. 도착해서야 지명이 익숙하단 걸 깨달았다. 밀짚모자를 들고 갔는데 우기였다. 갑자기 무섭게 비가 내리곤 했다. 비가 오면 과일 노점상에서 과일을 사 먹거나, 국수 가게에 들어가 국수를 먹었다.

"고수 빼드릴까요?"

"아뇨, 많이 넣어주세요."

리조트가 별로 없는 곳이라 관광객도 적었다. 인지는 조금 외롭지만 기분 좋게 해변을 걸어다녔다. 동네 아이들이 선물이라며 죽은 산호 조각을 건넸다. 무척이나 아름다웠지만 빨리 부서졌다. 날씨가 좋은 날에는 패러글라이더들이 보였다. 전혀 떨어질 것같이 보이지 않았다. 그보다 착륙을 할 것처럼 보이지도 않았다. 영원히 거기 떠 있을 것처럼 여유 있게 날았다. 난기류를 만나기 전까지는 모두 괜찮아. 난기류를 만난 사람도 무사하기도 하고. 하지만 언젠가 어쩔 수 없는 순간이 오겠지. 인지는 발가락 사이로 파도에 끌려가는 모래를 느꼈다. 인지도 언젠가 이런 작은 조각들이 될 것이다.

"우주를 떠돌게 되는 거지? 그렇지?"

현지가 말한 적이 있지만 인지는 그것도 믿지 않았다.

"아닐걸요, 선배. 우리는 분해되고 분해된 다음 태양의 수명에 따라 태양에 삼켜지거나 지구가 얼음행성이 될 때까지도 여기 묶여 있을 거예요. 영영 우주에 못 가죠."

유쾌하게 말했다가 현지에게 등짝을 맞았다. 다크하다고. 다크한 소리 하지 말라고.

현지가 그곳을 찾게 된 것은 정우가 떨어진 지 9년째인 해였다. 현지는 딸 둘을 낳았는데 첫째가 매우 예민한 아이였다. 분리불안이 심해서 출근할 때마다 고생스러웠다. 딱히 육아방식이 어쨌다기보다는 그렇게 타고난 성격인 거였지만, 그렇다고 남편이나 다른 가족들이 협조적이지는 않았다. 오히려 직장에 있을 때 화상통화를 걸어오는 둥 방해만 되었다. 그런 분위기니 아이가 더 달라붙었다. 현지는 어느날 아침부터 울며불며 불안해하는 딸에게 말했다.

"엄마가 병원에 안 가면 사람들이 죽어. 엄마가 꼭 가야 해."

"죽어? 몇명이나?"

"50명이 죽어."

너무 과장했나 싶었지만 그후로 좀 덜 징징거렸다. 아이는 이해하는 걸까? 죽음을? 아직 멀고 희미한 개념일 텐데.

휴가가 돌아와 두 아이와 시간을 보내기 위해 리조트를 검색했다. 현지가 알아봤을 땐 그곳에 어린이 친화적인 리조트가 들어선 다음이었다. 하루 종일 어린이들을 위한 프로그램이 준비되어 있다고 했다. 안전한 유수 풀에서 스노클링을 배우고, 춤도 추고, 비치발리볼도 하고, 캐릭터 뮤지컬 공연도 볼 수 있다고 말이다. 그래서 선택했다. 현지는 정우를 완전히 잊고 있었다. 남편은 휴가에 함께 가지 못해서 혼자 두 아이를 이 수영장 저 수영장에 데려다주고 저녁엔 머리를 말려주느라 정신이 없었다. 그곳이 그곳이 었다는 건 나중에 돌아와서, 돌아오고도 한참 지나서 인지를 만났을 때 알게 되었다.

"고정우는 고(故) 고정우가 되었구나. 근데 꼭 고, 고(Go, Go) 정우 같다."

"우리는 나이 드는데 정우 샘은 계속 젊네요."

수지가 그곳에 간 건 23년 후인 57세 때였다. 수지는 세 사람 중 가장 마지막까지 병원에 남았다. 그만두기 전 마지막 휴가였다. 연인과 함께 갔다.

"저거 하고 싶어요."

마치 새처럼 숫자가 늘어났다 줄어들었다 하며 그곳의 하늘을 날아온 패러글라이더들을 가리키며 수지가 말했다. 바람 속에 춤추고 있는 작은 원색의 조각들이 아름답게 느껴졌다.

"예전에 친구가 했었어요."

"친구였나요, 그 이상이었나요?"

감이 좋은 사람이야, 하고 수지는 탄복했다. 하지만 오랜 시간이 지난 다음 생각해봐도 역시 친구에 가까웠다.

"어떤 사람이었어요?"

"좋은 사람, 늘 기분 좋게 건조한 사람."

"그건 너무 단순한 설명인데요."

"그런데 잘 없어요. 사회생활을 오래 하다보면 사람에 대한 기준을 각자 세우게 되잖아요? 제 기준은 단순해요. 좋은 사람이냐 나쁜 사람이냐, 마음의 마개가 잘 닫혀 있느냐 덜컥거리며 쏟아지느냐. 상대방을 고려 않고 감정을 폭 주시키는 걸 너무 아무렇지 않게 생각하는 사람이 의외로 많아요. 선하면서 스스로를 다잡는 사람, 드물고 귀해요."

특히 욕망과 몸의 문제에 있어서,라고 수지는 속으로 덧붙였다. 정우의 아름다운 몸은 사라진 지 오래고 수지는 그런 갑작스러운 소멸을 늘 염두에 두고 살았지만 어찌 되었든 중년까지 무사했다. 대부분의 사람들이 무사했다. 정우 이후로도 친구를 또 여럿 잃었지만 앞으로 잃을 수에 비하면 아주 적은 수였다. 그 무사함을 기념하며 꼭 한번 타보고 싶었다.

70까지는 살고 싶군. 13년 정도만 더 살면 되는 거잖아. 그때까지 이 사람이 마지막 연인이면 좋을 텐데. 수지는 연인에게 손을 내밀었다.

두 사람은 언덕을 올라가기 시작했다. 언덕의 중간쯤에서 짧게 키스했다.

공운영

운영의 집은 햇빛이 그다지 잘 들지 않으면서 바람은 무척이나 세게 불었다. 바람길 위에 아파트를 지었는지 아파트를 지어서 바람길이 생겼는지 알 수 없었다. 운영은 환한 햇빛에 빨래를 너는 걸 좋아했는데 그러질 못해서 욕구불만이 생길 것 같았다. 집 안을 질주하는 바람이 빨래를 금세 말리긴 했지만 역시 햇빛에 말린 것과는 달랐다. 세탁기의 건조기능은 장마철처럼 어쩔 수 없을 때만 썼다. 건조기를 쓰면 매캐한 냄새가 나고 먼지가 날렸다. 운영은 빨래 완벽주의자라 섬유의 조직이 그렇게 상하는 게 견디기 어려웠다. 운영의 머릿속에는 빨래의 종류와 양에 따라 들어가는 세제와 코스가 준비되어 있었다. 세탁기가 권하는 코스 그대로 쓰지 않았다. 완벽하게 모양을 잡아서 널고, 걷을 때 다시 먼지를 털었다. 그렇게 해도 떨어지지 않은 먼지는 가격대비 성능이 좋은 돌돌이로 잡아주었다. 비염이 있어서 먼지를 싫어하기도 하지만 그보다는 빨래를 좋아하는 게 더 컸다. 손빨래도 꽤 좋아해서 친환경 드라이 세제나 스포츠의류 전용 세제도 사두었다. 욕조에서 양복이나 코트를 빠는 것은 쉬운 일이 아니지만 확실히 옷이 덜 상하는 느낌이 있었다. 빨래는 이제 세탁기가 하는 거지 사람이 하는 게 아니라고 말하는 사람은 빨래를 못하는 사람인 게 분명하다고 믿어왔다. 완벽한 빨래를 위해 햇빛이 조금 더 잘 드는 집에 이사를 갈 수 있으면 좋을 텐데. 특히 2주에 한번 이불 빨래를 하고 한달에 한번 러그 종류를 모아 빨 때면 자기도 모르게 햇빛, 햇빛 하고 탄식하게 되었다.

빨래만큼은 아니지만 청소도 좋아했다. 흡입력이 아주 좋고 헤드를 용도별로 교체할 수 있는 무선 청소기와 로봇 청소기가 있었다. 가구를 로봇 청소기가 들어갈 수 있는 높이로 일부러 신경 써서 샀기 때문에 가구 아래 깊숙한 곳에도 먼지가 쌓이지 않았다. 하지만 아직 로봇 청소기는 그렇게 똑똑하지 않아서 아예 맡길 수는 없었다. 같은 실수를 매번 반복했다. 분명 학습능력이 있다 했는데…… 그래서 무선 청소기 쪽을 더 자주 썼다. 만약 전선을 질질 끌고 다녀야 하는 옛날의 무거운 청소기라면 청소를 이만큼 좋아할 수는 없었을 것이다. 청소도 청소기가 하지만 결국 사람의 시간이 든다. 먼지를 제때 비우고, 가만 두면 흡입력이 떨어지는 헤드도 자주 분리해서 깨끗이 관리해주어야 하기 때문에 자동이라는 생각은 별로 들지 않았다. 청소기를 돌리는 게 끝나면 기능성 물걸레포로 자국이 남지 않게 바닥 결을 잘 맞추어서 닦았다. 구석부터 시작해 뒷걸음질해서 젖은 바닥에 발자국이 쿡 찍히는 불상사를 막았다. 바닥을 다 닦은 물걸레포가 마르기 전에 건식으로 쓰는 욕실을 닦거나 현관을 닦았다. 물청소가 쉽지 않은 현관의 타일은 때가 타지 않는 회색 줄눈 시멘트로 최근에 보수했다. 헌 양말이나 버릴 천이 생기면 새시에 쌓인 비먼지를 닦았다. 그런 걸 들이마신다고 생각하면 기가 막혔다. 그래서 공기청정기를 싼 것으로 여러개 샀는데 계절마다 한번씩 그 필터를 세척해서 다시 넣는다. 책과 장식품, 전자제품 위는 정전기포로 닦아준다. 특히 멀티탭에 먼지가 쌓이지 않도록 꼼꼼히 살피는 편이다. 평소에는 멀티탭 보호 뚜껑을 덮어두고 반년에 한번씩 다 뽑은 다음 면봉으로 닦아준다. 물걸레는 여기저기 자국이 남기 때문에 별로 좋아하지 않는다. 소파에 전용 크림을 발라주는 것도 일이다. 잊으면 때가 타고 크랙이 생긴다. 거울 청소와 유리 청소도 잊지 않고 하지만 층이 높다보니 베란다 바깥쪽은 자꾸 얼룩이 진다.

기본적으로 정리를 좋아하는 것 같다. 책은 카테고리, 출판사, 판형을 고려해서 꽂는다. 책꽂이에서 증식하지 않게 아주 좋아하는 책이 아니면 놀러 오는 사람에게 선물하는 편이다. 옷은 옷걸이 방향을 잘 맞춰서 밝은색에서 어두운색이 되게 건다. 티셔츠는 꼭 티셔츠 폴더로 접어서 크기를 맞춘다. 양말은 늘어나지 않게 발 모양대로 접고, 낡은 속옷은 가차 없이 퇴출시키는 편이다. 본품을 사고 얻은 화장품 샘플을 남김없이 쓰는 것을 좋아한다. 입지 않게 된 코트 등은 여성 주거 취약자 보호센터에 자주 기부한다. 신발은 레몬 제스트가 섞인 신발용 베이킹파우더를 자주 뿌려주면서 신발장을 열어도 냄새가 나지 않게 신경 쓰고 있다. 식구 수당 두켤레 이상 나오지 않게 정리를 해준다. 식구들이 여기저기 버려둔 영수증, 우편물, 각종 군것질 껍질을 매일매일 분류해 버린다. 한통에 모조리 버리면 나중에 분리배출함에 내놓을 때 힘들어지므로 종이, 플라스틱, 유리, 캔, 스티로폼으로 구분하여 넣을 수 있는 배출함을 마련해두었다.

화분을 키우는 것도 일이다. 운영은 사실 화분을 별로 좋아하지 않는데, 어째선지 계속 선물받았다. 초콜릿 같은 걸 주면 되지, 왜 그렇게들 화분을 안겨주지 못해 안달인지 모를 일이다. 화분이 정글 같은 상태가 되지 않도록 매일 관찰한다. 물이 많이 필요한 녀석, 많이 주면 죽는 녀석 등 다양해서 머릿속 달력이 복잡하다. 최근에는 기능성 흙이란 걸 발견했다. 코코넛 껍질을 포함해 통기성이 좋고 밑이 막힌 화분에도 쓸 수 있게 만든 흙이다. 기능성 흙이 나오기 전에는 못 쓰는 프라이팬에 흙을 볶아 멸균흙을 만들어 썼었다. 제때 분갈이를 해주고 지지대를 세워주는 것도 일이다. 최근엔 선물받은 화분에 깍지벌레가 묻어오는 바람에 이 화분 저 화분으로 번져서 그걸 잡느라 고생이 이만저만이 아니었다. 치명적인 바이러스와 싸우는 영화 속 의사처럼 싸웠다. 운영이 거의 이긴 듯하지만 또 모르는 일이라 매주 돋보기로 잎 뒤를 살핀다.

요리는 썩 잘하지 못한다. 레시피대로 하면 먹을 만한 게 나오기는 하지만 손맛이 그다지 뛰어난 편이 아닌 것이다. 요리는 창의적이고 어지르는 걸 두려워하지 않는 사람이 잘하는 것 같다. 운영의 이모는 모두가 칭찬하는 굉장한 살림꾼인데, 운영이 결혼하기 얼마 전 물은 적이 있다.

"그래서 너는 어느 쪽이니? 정리를 잘하니, 요리를 잘하니? 둘 다 아주 잘하는 사람은 없단다."

아무래도 정리죠, 대답했었는데 그간 그 대답이 바뀔 일은 없었다.

운영은 확실히 정리 쪽이었다. 그래도 요리를 할 때 중

간중간 정리를 해서 나중에 치우기 쉽게 하는 것만큼은 잘
했다. 식기건조대에 그릇이 산처럼 쌓이는 일도 없었다.
요리보다 어려운 건 장을 보는 일이었다. 일주일 치 밑반
찬과 메인 요리의 재료에 매주 변화를 주면서 빠지는 것
없이 구비하기란 쉽지 않았다. 대형 마트와 재래시장과 생
협을 적절하게 이용하려면 계획을 꼼꼼하게 세워야 했다.
요리는 누구나 조금만 배우면 할 수 있지만 장을 보는 건
더 정교한 행위였다. 운영은 가끔 자기보다 큰살림을 하는
사람들은 대체 어떤 방식으로 장을 볼까 궁금했다. 재료가
남아서 썩지 않게, 잊힌 채 냉장고 뒤쪽으로 넘어가지 않
게 고민해야 했다. 낯선 사람이 와 문을 열어도 모든 재료
를 찾을 수 있을 정도로 운영의 냉장고는 정리가 잘되어
있었다. 부엌엔 여름에도 날파리가 생기지 않았다. 부엌은
그야말로 디테일의 공간이었다. 과일과 채소는 종류별로
농약을 제거하는 방법과 시간이 달랐다. 그릇은 식기세척
기에 넣어도 되는 것과 안 되는 것이 있었다. 유해물질이
나오지 않는다고 해서 산 스테인리스 조리기구들은 그을
음과 변색을 조심해야 했다. 실리콘은 편하지만 물렁해서
아차 하면 가위나 칼로 잘리는 참사가 일어났다. 옻칠 도
구들은 물에 오래 담가두어선 망가졌다. 전자레인지 겸용
오븐은 청소를 자주 해야 했고, 무쇠나 법랑으로 된 것들

은 눈만 깜빡해도 가장자리에 녹이 슬었다. 레인지 후드의 기름때는 더께가 앉기 전에 제거해야 했다.

먼지, 곰팡이, 벌레와의 끝없는 전쟁. 빈도수로 치면 먼지, 먼지, 먼지, 먼지, 곰팡이, 곰팡이, 벌레 정도였다. 먼지는 현관의 자물쇠 위에도 쌓이고 방문 손잡이 위에도 쌓이고 걸레받이에도 쌓이고 전등 스위치나 난방조절기 위의 그 좁은 면적에도 쌓였다. 운영은 집 안에서 벌이는 그 모든 전투를 전부 실시간으로 꿰고 있는 상황실의 장군이나 국방부 장관 같은 기분으로 매일을 살았다. 제일 중요한 것은 정보력이었다. 새로운 정보들을 얻기 위해 유명한 살림 블로그들을 구경하고 있을 때였다. 중학교에 들어간 딸이 슬쩍 옆에 와 앉았다.

"엄마, 엄마도 그런 블로그 해. 엄마도 할 수 있어."

사진도 못 찍는데 무슨 블로그? 하지만 딸이 그렇게 말해준 건 기뻤다. 초등학생인 아들도 옆에서 추임새를 넣었다.

"맞아, 놀러 가보면 우리 집만큼 깔끔한 집 잘 없어."

자기 방도 정리 못하고 건식 화장실에 물이나 줄줄 흘리는 녀석들이 공치사로 넘어가려는 모양이었다. 운영은 웃었다. 둘 중 한명이라도 운영을 닮으면 좋을 텐데 아직 싹이 보이지 않았다. 아무래도 아빠 쪽을 닮은 것 같았다.

아이들의 아빠, 운영의 남편인 인철의 발가락이 운영이 운전하는 차에 깔려 부러진 것은 인철의 고등학교 동창회 날이었다. 서울 작은 호텔의 홀 하나를 빌려 동창회를 했는데 부부끼리 색소폰 배운 걸 자랑하고, 춤 배운 걸 자랑하고, 돌아가며 노래도 부르고 하는 시간이 이어졌다. 무대 밖에서도 결국 자랑에 자랑이 끊이지 않는 자리였는데 누구 와이프는 10킬로그램을 감량했다느니, 누구 와이프는 안목이 좋아서 뉴타운에 집을 산 게 2억이 올랐다느니, 누구는 골프 언더파를 친다느니, 그림을 배워 전시회를 했다느니 했다. 운영은 그런 자랑도 귀여운 면이 있다고 생각하는 편이어서 웃으며 들었고 인철은 테이블마다 놓인 와인 맛이 썩 마음에 드는지 기분 좋게 취해갔다. 결국 돌아오는 길에는 운영이 운전을 하기로 했다.

라식을 해서 밤눈이 어두웠다고 말한다면 핑계고, 운영은 운전을 하긴 했지만 잘하지는 못했다. 사고를 내거나 주차를 엉망으로 한다거나 한 적은 없지만 능수능란하게 차를 제 몸처럼 다루고 운전을 즐기는 건 영원토록 할 수 없을 것 같았다. 겁도 많고 운동신경도 나빴다. 군 복무를 운전병으로 했던 인철은 운영이 운전대만 잡으면 잔소리를 했다.

"너 대대장 차 그렇게 꺾으면 영창 가."

244

"알았어, 알았어. 잔소리하면 더 집중 못해."

"넌 대체 잘하는 게 뭐냐?"

인철이 결국 시비를 걸어왔다. 취하면 기분이 좋아지다가 나중에는 꼭 시비를 거는 타입이었다.

"운전은 잘 못하지만 다른 걸 잘하니까 됐잖아. 조용히해. 나 집중해야 해."

처음 운영은 대수롭지 않게 넘겼다.

"아니, 정말로 잘하는 게 뭐냐고? 어떻게 잘하는 게 그렇게 하나도 없어?"

"뭐라고?"

"맨날 집구석에나 박혀 있고. 옛날 여자처럼."

"없어? 내가 잘하는 게 없어?"

왜 그렇게 화가 났는지 모를 일이다. 험하게 돌아누우며 자도 먼지 안 나는 침구가, 곰팡이 없이 깨끗한 욕실 타일이, 주름 잡혀 걸려 있는 양복바지가, 오래되었지만 은은하게 빛나는 소파가 자동으로 그렇게 유지된다고 인철이 당연히 여기고 있는 게 아닐까 의심만큼은 오래 해왔다. 인정해주리라는 기대 같은 건 없었다. 그런데도 그날밤 그 순간, 운영은 화가 났다. 몰라? 정말 몰라? 이렇게 잘하는데, 어떻게 몰라?

"내려."

거의 집에 다 와서, 택시를 타든 뭘 타든 30분이면 올 수 있는 지점에서 운영은 차를 멈췄다.

"이 여자가?"

"내리라고."

운영이 직접 인철의 안전벨트를 풀어줬다. 그리고 떠밀었다.

"누구 보고 내리래?"

"내 차야. 내려!"

정확히 운영의 차는 아니었다. 공동 소유의 차였지만 어쨌든 그 밤에 운영의 기분은 그랬다. 인철은 얼결에 내렸지만 다시 올라타려고 했다. 운영이 얼른 문을 당기고 잠가버렸다. 야, 야, 하고 창문을 때리는 남편을 두고 출발했다. 취하긴 했지만 집에 못 찾아 올 정도는 아니어서 가뿐하게 출발했던 것이다.

운영이 몰랐던 건 인철이 차에 너무 가깝게 서 있었다는 사실이다. 인철은 가깝게 서 있었는데 출발했다고 운영을 내내 비난했고, 운영은 인철이 일부러 발을 끼워넣은 게 아닌가 끝끝내 의심했지만, 어쨌든 공식적으로는 부주의로 일어난 사고였다. 응급실에서 악악거리는 남편 곁에 앉아서 운영은 집에 가고 싶다는 생각을 했다. 물걸레포가 다 떨어졌던가, 미끄러지면서 밀착되는 신상품이 갖고 싶다, 그런 생각을 하며 그다지 깨끗하지 않은 응급실 바닥을 내려다보았다. 시간만 있으면, 집의 세제들만 있으면 이 피와 오물로 변색된 바닥을 완벽하게 되돌릴 수도 있을 텐데. 어깨를 혹사시키지 않고 춤추는 것처럼 닦아낼 수 있을 텐데. 운영은 어쩔 수 없이 머릿속으로 청소를 했다.

일부러였던 쪽은 설마 내 쪽인가, 운영은 아주 잠깐 고민했다.

스티브 코티앙

그 도시락을 먹는 게 아니었다. 스티브 코티앙은 6년째 핸드볼 국가대표 선수였고, 국제 대회에는 네번째 참석이었는데 그중 이번이 최악이었다. 숙소는 급하게 지은 건물이라 아무것도 없고, 없는 것 중 가장 유감스러운 것은 방충망이어서 밤새 모기에 뜯겨야 했다. 한국까지 와 고향에서도 걸리지 않은 말라리아에 걸릴 판이었다. 경기 운영도 엉망이라 제대로 된 대기실도 없이 한참을 기다려야 한다거나, 선수들을 태운 버스가 경기시간에 맞춰 도착하지 않는 등 매일매일이 난리였다. 심판들이 편파 판정을 한다는 이야기도 있었다.

도시락이 결정적이었다. 처음 먹어보는 한국 음식은 입맛에 잘 맞지도 않았고, 맛이 낯설다보니 상한지도 모르고 먹고 말았다. 심각한 집단 식중독이 발병한 건 아니었지만 팀 전원이 배앓이에 시달렸다. 돈이 많은 나라에서 온 선수들은 그 도시락을 먹지 않고 따로 사 먹어서 쌩쌩했다. 스티브는 팀에서도 유독 증세가 심했다. 탈수증세로 경기 중에 휘청였는데, 쓰러지면서 그만 다른 선수의 무릎에 머리를 부딪히고 말았다. 이마가 찢어진데다 잠깐 기절했으므로 앰뷸런스에 실려 협력병원에 당도했다.

"니(knee) 엑스레이?"

조그만, 학생 같아 보이는 의사가 오더니 말했다. 떠듬떠듬하는 게 영어를 영 못하는 듯했다. 스티브는 기가 막혔다. 다른 선수의 무릎에 머리를 부딪혔다고 말했는데 왜 무릎 엑스레이를 찍는단 말인가. 스티브는 어린 의사를 쫓아보내고 통역을 기다렸다. 통역은 전원이 자원봉사자라 수가 모자랐다.

"수…… 수처?"

쫓겨 갔던 의사가 다시 다가와 물었다. 이마야 꿰매긴 꿰매야 할 터였다. 어려 보여서 영 못 미더웠지만 손가락이 작아 뭘 잘 꿰맬 것 같긴 했다. 스티브는 의사에게 이마를 맡겼다.

"바스켓볼 플레이어?"

"노, 아이 플레이 핸드볼."

"오펜스? 디펜스?"

"오펜스."

다 꿰매고 나서 드레싱을 할 때쯤에야 통역이 왔다. 그제야 자세히 설명하고 받아야 할 처치를 다 받을 수 있었다. 일반 병동에서 하루 동안 경과를 지켜보기로 했다.

창가의 자리를 받은 것은 병원 측의 배려였다. 창가라 해봐야 대단한 경관은 아니어서 가로수와 정신없는 간판들이 내려다보일 뿐이었다.

여기서 살 수 있을까. 이 나라에서, 이 도시에서.

해외에 나올 때마다 습관처럼 그런 생각을 했다. 때로는 가볍게, 때로는 진지하게. 스티브가 나고 자란 곳은 하루는 사원에서, 하루는 대사관에서, 하루는 시장에서 폭탄이 터지는 도시였다. 달려가는 민간인들의 등 뒤로 총격이 가해질 때도 있었다. 그럼에도 해외에서는 별로 뉴스가 되지는 않는 게 가끔 아연했다. 알카에다와 IS는 주목받는데 보코하람은 무슨 짓을 해도 눈길을 덜 끄는 모양이었다. 한해에 만명이 보코하람에게 죽었는데 몇십명 죽은 전염병이 더 뉴스가 되다니, 세상이 움직이는 방식에 도무지 익숙해질 수 없었다. 익숙해지려 늘 애썼지만, 내내 애썼지만 실패하는 순간에는 에러가 난 컴퓨터처럼 멍하게 멈췄다. 가끔 경기 중에도 멍해질 때가 있었다. 그래서, 이 작은 공을 저 작은 골대에 넣어서, 그다음에 뭐? 지금까지는 운이 좋았지만, 그다음엔 뭐?

스티브가 속한 팀은 세계 랭킹 40위권 밖. 핸드볼도 가끔 귀화 선수로 타국 선수들을 데려가는 경우가 없지 않지만, 그렇다고 그런 일이 흔히 있는 것도 아니다. 사실상 다른 나라에서 살 가능성이 없는데도 발을 디디면 생각한다. 낯선 수종의 가로수를 보며, 공기 중의 음식 냄새를 맡으며, 숙소의 잠금장치를 철컥거리며, 친절한 사람들과 불친절한 사람들의 비율을 가늠하며.

어디나 병원 식사는 비슷한지 하얀 죽 비슷한 게 나왔지만 영 식욕이 나지 않았다. 한국 음식은 내내 그랬다. 허브는 낯설었고 매운맛은 결이 달랐다. 기름은 향미가 없고 후추를 아끼는 듯했다. 졸로프 라이스를 한입만 먹으면 나을 것 같은데. 모이모이 한개만. 쿠누 한모금만. 벌써 음식을 그리워하는 주제에 고향을 떠나서 살 수 있을까. 스티브는 몇번의 시행착오 끝에 등받이 각도 조절에 성공해 몸을 일으켜 앉았다. 누워 있어도 앉아 있어도 지루하긴 매한가지였다. 옆에서는 한국인 부부가 싸우고 있었다. 발이 부러진 남자가 아내를 몰아세우는 꼴이 알아듣지 못해도 거슬렸다. 제가 부주의해서 다친 다음 아내를 볶는 남자들은 어느 나라에 가도 있다.

식판을 밀어두고 창밖을 보며 한숨을 쉬었다. 여기 오기 전에 찾아본 사진은 화려하고 근사해 보였다. 스티브는 관광 사진에 여러번 속았다. 실제로 도착하면 우중충하고 조악한 풍경만 기다리고 있었다. 어쩌면, 아예 관광지에 가면 조금 나을지도 모른다. 스티브는 공항에서 바로 이 도시로 왔고 돌아갈 때도 바로 공항으로 가게 될 것이다. 사진과 비슷한 풍경은 하나도 보지 못하고.

일전의 꼬마 의사가 다가오더니 스티브의 성을 엉망으로 발음하며 링거액을 갈아주었다. 스티브는 선량해 보이는 의사에게 짜증을 냈던 게 약간 미안해졌다.

"왓츠 유어 네임?"

"소현재."

"소이흥지애."

쯧, 이름들이 어려워서 아시아는 역시 무리인가 싶었다. 닥터 소는 어딘가로 쪼르르 사라졌다가 할아버지 의사를 데리고 왔다. 대체 몇살인지 잘 가늠이 안 되는 할아버지였다. 할아버지 의사는 청진기도 쓰지 않았다. 스티브의 환자복을 걷더니 손가락으로 통통통, 또 통통통 옮겨 가며 두드려보았다. 한국의 의료 수준은 척 보기에도 이보다 나은 것 같은데 무슨 영문인가, 스티브는 당황하고 말았다.

곧 괜찮아질 거라고, 할아버지 의사가 유창한 영어로 말했다. 꼬마 의사보다 영어를 잘하는 할아버지였다. 별로 바쁘지 않은지 어디서 왔냐고, 요즘 정세는 어떠냐고 말을 붙여 왔다. 젊었을 때 방문한 적이 있다고 했다. 아프리카 여러곳을 다녔는데 빅토리아폭포를 잊을 수 없다고도 했다. 스티브는 빅토리아폭포에 가본 적이 없었다. 너무 멀었다. 빅토리아폭포에 꼭 가보라는 말이 속 편한 소리로 들려서 싫었지만, 분명 의료봉사로 다녔던 것이리라 짐작되어서 너그러이 넘어가주기로 했다.

빅토리아폭포에 가본 것은 스티브가 아니라 사촌인 아이작이었다. 사촌이라 해도 같은 동네에서 친형제처럼 자랐다. 친형제나 다름없었다. 스무명 가까이 되는 사촌 중에 제일 똑똑했다. 똑똑한 사촌들은 공장에서도 일하고 공항에서도 일했지만 아이작은 대학에 갔다. 대학을 나와 더 똑똑한 사람들과 몰려다녔고 결국 국회의원 보좌관이 되었다. 스티브는 사실 한동안은 아이작이 무슨 일을 하는지 잘 몰랐었다. 모두 아이작이 언젠가 국회의원이 될 거라고 말해서 그러려니 했다. 제일 똑똑한 아이작이니까, 똑똑하고 정직한 아이작이니까. 아이작은 스티브를 만날 때마다 천연자원에 대해서, 다공성 토질에 대해서, 석유 회사들에 대해서, 유아 사망률과 평균수명에 대해서 끊임없이 이야기했다. 그렇게 이야기해봤자 스티브는 핸드볼 선수일 뿐인데 말이다. 반도 이해하지 못했지만 열정적인 아이작이 좋았다.

"조금 천천히 말해. 나는 머리가 나빠서 몰라."

"웃기지 마, 스티브. 머리가 나쁜 사람은 구기 종목을 할수 없어."

아이작의 세계에 대한 낙관이 스티브에게 종종 옮겨 올때가 있었다. 아이작은 어떻게 그렇게 똑똑하면서도 낙관적일 수 있었을까.

총격이 있었다. 무장단체가 선거 유세 중인 무리를 덮쳐 자동소총을 쏘았다. 국회의원도 죽었고 아이작도 죽었다. 그 자리에서 네명이 죽었는데 그중 한명이었다. 달리는 차에서 쏜 것이었다. 아이작을 특별히 노린 것도 아니었다. 무성의하게 쏘아, 무작위로 흩뿌려진 총알들이 지나는 궤도에 하필 아이작이 서 있었을 뿐이었다. 아이작은 사촌 중에 세번째로 이른 죽음을 맞았다. 첫번째는 뇌척수염, 두번째는 교통사고였다. 스티브는 앞선 두번보다 훨씬 큰 충격을 받았다.

낙관이 아이작을 죽였다고 스티브는 생각했다. 변할 수 있을 거라는 낙관이, 세상이 점점 더 상식적으로 돌아갈 거라는 기대가. 선거가 미뤄지는 일이 흔하고, 선거를 미루기 위한 총격 역시 예사였는데, 그런 곳에서 정치를 하려 했다니. 아이작은 똑똑했지만 똑똑하지 않았다. 아이작이 죽은 이후로 스티브는 더 자주 생각했다. 평균수명을 넘어서 살 수 있을까? 사고를 당하거나 살해를 당하지 않고 살 수 있는 어딘가를 찾을 수 있을까?

저녁이 되니 좀이 쑤셔서 견딜 수 없었다. 머리는 어지럽지 않았고 배앓이도 거의 괜찮아진 듯했다. 스티브는 바퀴가 달린 링거대를 끌고 로비로 나갔다. 사람들이 스티브를 쳐다보았다. 뚫어져라 보는 사람도 있고 티 나지 않게 보는 사람도 있었다. 역시 인종 구성이 지나치게 단순한 곳에서는 정착이 어려울 듯했다. 진료시간이 끝난 지 오래, 로비는 비어 있었다. 스티브처럼 병실을 못 견디고 나온 환자들과 뭘 기다리는지 알 수 없는 사람들이 띄엄띄엄 앉아 있을 뿐이었다. 스티브가 읽을 수 있는 언어로 된 읽을거리를 찾아 여기저기 잡지대를 뒤지고 다니자 한 여자가 자기 가방 속에서 영어 잡지를 꺼내주었다. 뜻밖의 친절에 고마움을 표했다. 조금 더 이야기를 나눌 수 있으면 좋았겠지만 남자친구인지 남편인지가 금방 나타나 함께 병원 바깥으로 나갔다.

잡지를 넘겨보니 멕시코 소도시의 여성 시장이 취임 다음 날 갱단에게 피살되었다는 기사가 실려 있었다. 범죄와 싸우겠다는 게 그 시장의 공약이었다고 했다. 자세한 건 몰라도 여기도 아니겠군. 스티브는 손바닥에 얼굴을 묻고 생각했다. 지옥에서 다시 지옥으로 갈 수는 없어.

희미하게 음악이 들렸다. 링거대를 끌고 병원 정문 밖으로 나섰다. 길 건너 공원에서 작은 카니발이 열리고 있는 듯했다. 재즈였다. 듣기 좋았다. 스티브는 횡단보도에 서서 잠시 귀를 기울였다. 길을 건널 엄두는 나지 않았다. 환자복에 링거대를 끌고 길을 건너봤자 그 카니발에 섞여들 수 없을 것 같았다. 나의 카니발이 아니야. 나의 춤이 아니야. 여기는 내가 살아가는 도시가 아니니까. 한동안 서 있다가 사람들이 집요하게 쳐다보기 시작할 즈음 다시 건물 안으로 들어왔다. 귀에 음악이 붙었다.

병실에 돌아와서 저녁잠을 두시간쯤 잤다. 자고 일어나니 완전히 어두워져 있었다. 창밖을 내다보았다. 카니발이 끝났는지 궁금했기 때문이다. 그러다가 문득 옆 건물 옥상에 혼자 서 있는 여자를 보았다. 모든 천막이 사라진 공터를 내려다보고 있는 모습이 쓸쓸해 보였다. 어째서 저렇게까지 쓸쓸해 보이는 걸까, 궁금해하고 있을 때 여자가 고개를 스티브 쪽으로 돌렸다.

스티브가 손을 흔들었다. 반사적으로 한 행동이었다. 여자도 손을 마주 흔들어주었다.

여자들이 친절하군. 살고 싶지는 않지만 그래도 다시 와

보고 싶긴 한 곳이야. 스티브는 한국에 대한 마음이 어느 정도 누그러졌다.

3일 후에 스티브 코티앙은 출국했다. 다행히 컨디션이 완전히 회복되어 마지막 경기는 뛸 수 있었다. 팀의 세계 랭킹이 40위권에서 잠깐 30위권 후반대로 올라섰다.

김한나

한나는 사서였다.

사서였다,고 과거형으로 말하는 건 어쩐지 슬프다. 영문학과 문헌정보학을 복수 전공했고 문헌정보학과 대학원을 나와서 계약직 사서로 8년간 일했다. 2년씩 끊어서 세번은 대학교 도서관에서 일했는데, 일 잘한다는 소리는 곧잘 들었지만 그렇다고 해서 정직원 자리가 생기지는 않았다. 2년은 정말이지 짧은 시간이어서, 계절이 바뀔 때마다 남은 계약기간을 가늠해보며 스산해했다. 항상 능숙해질 대로 능숙해지는 시점에 자리를 옮겨야 했다. 그러면 한나의 자리에 또다른 계약직 사서가 들어가서 처음부터 다시 같은 일을 배운다. 그게 무슨 낭비람, 한나는 책을 사랑하고 사서 일을 사랑했지만 한국에서 사서가 취급받는 방식을 사랑하진 않았다.

대학교 도서관 자리는 자주 나오는 게 아니어서 그다음

1년씩은 각각 방송국의 자료보관실과 건축 회사의 도면보관실에서 일했다. 일하기 나쁜 환경은 아니었지만 1년 계약은 한층 더 불안정했다. 계약직으로만 옮겨 다니는 한나를 보다 못한 친척 어른이 다른 자리를 소개해줬을 때, 한나는 지친 마음으로 받아들였다. 정직원이기만 하면 뭐라도 좋다고, 포기하는 마음으로 선택했다.

임상시험 책임자라는 명칭조차 낯설었다. 있는지도 몰랐던 직업을 얼떨결에 가지게 되었다. 책임자라니, 아무리 책임감이 강한 한나라도 긴장하게 되는 직함이었다. 잔뜩 굳은 채 낯설기만 한 병원으로 출근했는데, 막상 업무를 시작하니 사서 업무와 그렇게 다르지 않았다. 임상시험을 할 때 의사의 업무를 대신 위임받아 서류를 관리하고 스케줄을 조정하는 일이었다. 모든 것을 한나가 책임질 필요는 없었다. 과정을 이중 삼중으로 확인하고 신뢰성을 보증하는 사람들이 따로 있었다. 콜만 하면 달려오는 의사도 있고 15년차 간호사도 있었다. 일의 범위는 넓고 제약은 많고 서류는 굉장했다. 굉장한 서류를 전직 사서답게 처리해냈다. 제약사, 식약청, 분석기관, 병원 사이에 필요한 서류가 끝이 없었다. 면면이 까다로운 일인데도 한나는 금방 익숙해졌다.

대체로 해외 약의 카피가 많아서 오차 범위가 그렇게 크

진 않지만, 그래도 사람에게 하는 시험이기 때문에 항상 민
감했다. 한나는 시험 참가자들에게 꼼꼼하게 설명을 했다.

"언제든지 그만두셔도 돼요. 하기로 했지만 끝까지 안
하셔도 돼요. 제가 설명한 거 잘 이해하셨죠?"

리스크에 대해, 방문기간이 얼마나 되는지에 대해, 채혈
량에 대해, 제외 기준에 대해 설명했다. 설명을 들은 참가
자의 서류에 자필 확인을 받는 일이 중요했다. 약의 성격
에 따라 환자 대상 시험도 있고 일반인 대상 시험도 있었
다. 참가자들이 시험 참가를 생업으로 삼을 수 없도록 보
통 한번 참가하면 3개월은 참가할 수 없게 제한했다. 참가
비는 30만원에서 160만원까지 다양했다. 가끔 신청해놓고
오지 않는 사람들이 생기기 때문에 백업 참가자들을 특정
비율로 더 뽑았다. 그렇게 해서 온 사람들은 결원이 없을
때엔 아무것도 하지 않고도 돈을 받아 집에 돌아갔다. 공
돈을 받고 좋아하지 않을 사람은 없고, 대개는 어린 얼굴
의 대학생들이므로 한나도 그럴 때 기분이 좋았다.

참가자 몇십명이 오면 병원은 꼭 야전병원 같아졌다.
60명이 올 때도 있고 90명이 올 때도 있었다. 한나는 왜 특
정 약을 특정 방식으로 시험해야 하는지 아는 바가 없었지
만 지시 사항을 꼼꼼하게 챙겼다. 저지방식을 제공해야 하
면 저지방식을 제공하고, 음식을 꼭 서서 먹어야 하면 참

가자들이 앉지 못하도록 하고, 환경을 어둡게 해야 하면 암막 커튼을 꼼꼼하게 친 다음 병원의 다른 사람들에게도 주의문을 보내고, 걸어다니면 안 될 때에는 몰래 일어나지 않나 잘 지켜보고 화장실에 가고 싶다는 사람을 휠체어에 태워 데려다주었다.

"어지러운 분 계세요? 어지러우면 말씀하세요."

사람들은 먹게 될 약에 대해 잘 모르니까 두려워했다. 어떤 사람은 아침에 도착하자마자, 어떤 사람은 알약을 보자마자 기절했다. 그렇게 두려우면서도 돈을 벌기 위해 계속 나오는 사람들은 어떤 사정이기에…… 한나는 궁금해하지 않으려고 노력했다. 사서가 도서관의 책을 모두 읽을 필요는 없듯이. 대학생이 제일 많았고, 개중에는 한나가 일하는 병원 산하 대학원생도 있었고, 저녁에 하는 시험에는 직장인들도 자주 왔다. 딱 봐도 돈이 필요해 보이는 사람이 있는가 하면 고급 브랜드의 외투를 입은 사람도 있어서 쉽게 일반화할 수 없었다.

먹는 약만 있는 건 아니었다. 한번은 관절염 진통 패치를 시험했는데, 일반 파스 같은 게 아니라 마약성으로 아주 효과가 강한 종류였다. 가슴 쪽에 붙였는데 피부가 예민하거나 점이 많은 사람은 돌려보내고 털이 많은 사람은 깎아주어야 했다. 건강한 사람에게 마약을 넣는 거라 미리 길항제를 넣고 붙였음에도, 모두 매우 신나했다. 웃음이 끊이지 않았다. 일어서서 춤을 추는 사람까지 있었다. 그 시험이 끝나고 벌써 여러번 이 시험 저 시험에 참가했던 스물두살짜리가 말을 걸어왔다.

"누나, 나랑 좀 만나보지 않을래요?"

한나는 책이 말을 걸어왔어도 그것보다는 덜 놀랐을 것이다. 놀란 얼굴을 얼른 지우고 그 학생은 약이 깰 때까지 더 있다가 가게 했다. 그 관절염 패치 시험과 참가비를 두둑하게 줬던 발기부전제 치료약 시험이 제일 분위기가 좋았다.

꼭 정장을 입어야 하는 것은 아니지만 참여자들에게 신뢰를 주기 위한 복장은 중요하므로 옷을 신경 써서 입었다. 이틀, 사흘씩 계속되는 시험도 있어서 그 정도 기간을 함께 보내고 나면 사람들은 종종 한나에 대해 궁금해하기도 했다.

"간호사예요? 의사예요? 학생이에요?"

처음에는 설명해주곤 했지만 이내 웃으면서 다 아닌데요, 왜 궁금해하세요, 하고 넘길 수 있게 되었다. 매번 설명해주기엔 귀찮았다.

일주일의 반쯤은 숙직실에서 지냈다. 메모 보드에 이것저것 체크를 하며 시험실을 한바퀴씩 돌아야 했다. 그러고 돌아와 누우면 잠이 잘 오지 않았다. 집에서 책을 가져간 것이 한권에서 두권으로, 두권에서 다섯권으로 늘었다. 가끔, 밤새 채혈관리를 하지 않아도 되는 종류의 시험을 할 때면 병원 바로 옆에 생긴 멀티플렉스에 심야영화를 보러 가기도 했다. 영화가 끝나고 나갈 때 보면 관객들 중 병원 사람들이 많았다. 눈인사를 하기도 하고 하지 않기도 했다.

도서관에서 일하지 않고, 도서관에 갈 시간도 없어져서 책을 사 보다보니 집에 책이 끊임없이 증식했다. 사고 싶은 책을 고민하지 않고 살 수 있는 월급을 받는다는 것은 좋았다. 한나는 쉬는 날 가끔 책꽂이를 다 비우고 책을 다시 꽂곤 했다. 손을 베이지 않게 면장갑을 끼고서.

"아이고, 그 책 다 들고 제발 시집가라. 제발 좀 가버려라."

엄마가 뒤에서 한탄을 했지만 한나는 웃어넘겼다. 누군가를 만나서 함께 살 수 있을까. 부모님은 한나가 이제 '제대로 된' 직장을 가지게 되었으니 그럴 수 있을 거라고 생각하는 듯했다. 누군가를 상상하면, 사람을 상상하게 되기보다는 그 사람의 책을 상상하게 되었다. 이를테면 KDC에 따라 100번대 책과 200번대 책을 합쳐 15퍼센트, 300번에서 500번대의 책이 30퍼센트, 600번에서 900번대는 골고루 50퍼센트, 정기간행물도 한 5퍼센트 정도 가진 남자면 좋겠다고 말이다. 책을 또 너무 많이 가진 사람이라 바닥에 책 탑을 쌓게 되면 그건 곤란한데…… 책을 막 접지도, 음식을 먹으며 읽지도, 햇빛이 들어오는 데 둬서 종이 색이 변하게 하지도, 띠지를 벗겨내 버리지도 않는 사람이면 좋겠다고도 생각했다. 하지만 그러면서도 한나는 결혼 같은 거 하게 되지 않을 거라고 내심 예감하고 있었다. 혼자 있는 게 너무 좋았다. 적정한 수입이 들어오게 된 이후로는 더더욱. 한나의 삶엔 완결성이 있었다. 결여된 것이 없었다. 어딘가 치우친 사람을 만나서 방해받고 싶지 않았다.

"무료해. 무료해서 죽을 것 같아."

친구가 말했을 때 한나는 깜짝 놀라고 말았다.

"정말?"

"너는 안 그래?"

"나야 책만 있어도 잘 지내니까."

"아, 나 요즘 좀 덜 읽었나. 재밌는 것 좀 추천해봐."

한나는 고전에서 한권, 신간에서 한권, 만화책 한권, 과학책 한권을 친구에게 추천해주었다. 권과 권 사이에는 고민의 시간이 있었지만 그리 길지 않았다.

얼마 후 친구에게 전화가 왔다.

"사는 게 무료하다는 건 내가 잘못 생각했던 것 같아. 덕분에 재밌게 읽었어."

그렇게 말하는 친구의 목소리에 생기가 느껴져서 기뻤

다. 며칠 후 책을 세심하게 골라 몇 박스를 병원에 가져갔다. 시험 참가자들이 손쉽게 골라 읽을 수 있을 만큼 가볍고 속도가 빠른 책들이었다. 주인공들이 끊임없이 뛰어다니는 그런 책들, 뭔지 모를 알약을 삼켜야 하는 두려움을 한참 밀어낼 수 있을 만큼 흥미진진한 책들을.

시험이 끝나고 참가자가 책을 돌려주며 말했다.

"원래 책 잘 안 읽는데 하룻밤이 어떻게 갔는지 모르겠네요."

가끔 오는 직장인이었다, 불편한 양복을 입고 시험에 참가하는. 뿌듯하기 그지없었다. 아무도 한나가 사서인 걸 모르지만 한나는 사서로 살 것이다. 앞으로 또 어떤 직업을 갖게 될지 몰라도 비밀리에는 사서일 것이다. 월급이 들어온 걸 확인하고, 인터넷에서 중고로 이동식 서가를 샀다. 한나의 허리까지 오는 철제 책꽂이 겸 수레로, 바퀴가 달린 것이었다. 며칠을 두근거리며 기다렸다.

막상 포장되어 온 것을 풀어보니 마땅한 도구가 없으면 재조립이 힘들 것 같았다. 병원 기사님 한분께 도구를 빌리러 갔더니, 흔쾌히 조립해주겠다고 했다. 한나는 직접 하고 싶었지만 친절을 받아들이기로 했다. 눈 깜짝할 새에 조립되었다. 손잡이를 잡고 밀어보자, 서가가 끼익거리며 굴러갔다. 박스에 쌓여 있던 책을 넣으니 무게 때문인지

소리가 더 심해졌다.

"기름 좀 쳐줄게요."

"제가 해봐도 돼요?"

한나는 쪼그리고 앉아 모서리와 바퀴에 기름을 쳤다. 최종 확인을 위해 밀면서 슬쩍 몸을 실었다. 수레와 책의 무게가 한나의 무게를 지탱해주었다.

박이삭

이삭의 엄마는 영화만 보면 딴소리를 했다. 새삼스러운 이야기는 아니고, 옛날부터 그랬다. 이삭은 중학생 때 엄마랑 「완득이」를 보러 간 적이 있는데, 그다음 주에 이렇게 묻는 식이었다.

"「완득이」 주인공, 걔 이름이 뭐였지?"

"유아인?"

"아니 아니, 극중 이름 말이야."

"……완득이?"

"아!"

두 시간 동안 같은 영화를 본 게 맞나 싶게 늘 엉뚱한 소리를 했다. 처음에는 어려서부터 영화를 자주 보지 않아서 적응이 필요한가 싶었는데 점점 엄마 나름의 해석이 재밌어지기까지 했다. 예를 들어 엄마는 「반지의 제왕」의 주인공은 '프로도'가 아니라 '샘'이라고 믿고 있는데 따지고 보면 정말 샘인 것 같았고, 「트와일라잇」 시리즈를 보고는 "아이고, 저년은 팔자도 사납지"라고 놀랍도록 경제적으로 요약하기도 했으므로 이삭은 특별히 다시 설명하려는 노력을 하지 않기로 했다. 엄마는 자기가 늘 딴소리를 한다는 걸 자각하고는 있는지, 시간순이 복잡하거나 반전이 숨겨진 영화들도 꺼려 하지 않고 자신감 있게 관람했다. 물론 보고 나서는 낯선 언어로 된 영화를 자막 없이 본 수준으로 내용을 재창조해냈지만 말이다. 원래는 계절에 한번 정도 영화를 봤는데, 이삭이 아르바이트를 시작한 뒤로는 한달에 두번 영화를 보는 것이 두 사람의 즐거운 이벤트가 되었다. 내킬 때는 매주 보기도 했다.

임상시험 참가자 아르바이트를 하는 걸 엄마는 모른다. 안다면 걱정하거나 화를 내거나 미안해할 거 같아서 말하지 않았다. 엄마에겐 요즘은 아르바이트도 다 스마트폰으로 쉽게 찾아지고, 단기간으로 이것저것을 한다고만 했다. 하지만 학교를 다니면서, 성적을 나쁘게 받지 않으면서 할 수 있는 아르바이트 같은 건 그렇게 많지 않다. 이삭은 학교에서 주는 장학금은 못 받았지만 열심히 찾아서 유서 깊은 식품 회사가 관련 학과 학생들에게 주는 장학금을 신청했다. 계속 받으려면 일정 수준의 성적을 유지해야 하고 휴학을 하면 안 된다. 다른 걸 아무것도 하지 않고 숨만 쉬며 공부만 하면 엄마의 생활비에 얹혀살 수도 있지만 그러고 싶지 않았다. 영화도 보고 여행도 가고 연애도 하고 옷도 사고, 스물두살 나이를 스물두살답게 살고 싶어서 찾은 게 임상시험 아르바이트였다. 찾으면 다 방법이 있다는 게, 해결할 수 없는 문제는 없다는 게 이삭의 모토였다.

별로 위험하지도 않았다. 벌써 2년째 하고 있지만 대단한 부작용을 겪은 적은 없다. 물론 이삭이 운이 좋아서이긴 했다. 친구인 세훈이 자기도 하고 싶다고 해서 데려간 적이 있는데 거의 가자마자 기절을 해버렸던 것이다.

"저기, 저 속이 안 좋아요……"

그러더니 학교 이름이 크게 쓰인 점퍼를 입고 덩치도 굉장한 녀석이 쿵 넘어가버렸다. 거기 관리하는 누나한테 호감이 있었는데 진짜 쪽팔렸다.

그 아르바이트는 매번 할 수 있는 게 아니어서, 평소에는 원룸 인테리어 블로그를 운영한다. 아주 유명한 블로그는 아니지만 생각보다 쏠쏠하다. 친구들 방을 몇개 고쳐서 샘플로 올려놨더니 사람들이 자기 방도 해달라고 연락을 해왔다. 이 일에도 역시 찾으면 다 방법이 있다, 해결할 수 없는 문제는 없다의 태도로 임하고 있다. 말도 안 되게 습기가 차는 방에 곰팡이 방지 코트를 바르고, 꽃무늬 벽지 위에 페인트를 바르고, 공간 박스로 책장을 만들고, 이삭보다도 나이가 많아 보이는 오래된 냉장고를 시트지로 꾸미고, 가벽으로 공간을 나누고, 선반과 행어를 설치하고, 샤워 커튼과 타일을 바꾸고, 햇빛 대신 적당한 조명을 배치한다. 재료비와 컨설팅비를 합해 가격을 부르는데, 터무니없는 가격이라고 싫어한 사람은 한명도 없었다. 일이 끝나면 덕분에 연애도 자주 한다. 누나들. 누나들이 좋다. 이삭은 자신의 매력을 잘 알고 있다.

매력을 물려준 건 아마도 아빠. 두집 살림을 하다가 힘에 부쳤는지 일찍이 병사해버렸다. 두집 살림을 하려면 그만큼 더 건강해야지, 그게 웬 민폐란 말인가. 원래도 1년에 한두번 명절 전후로나 볼 수 있었던 아빠여서 많이 충격을 받지는 않았지만 생활비가 끊긴 건 곤란했다. 엄마와 이삭은 그때부터 심각하게 서바이벌 모드에 들어가야 했다. 고작 중학생이었는데 말이다. 그래도 성인이 되고 나서는 아빠가 물려준 매력이 아주 유용한 재산이라는 걸 깨닫는 중이다. 매력도 없는 남자가 아니어서 다행이었네요, 아빠.

"매력을 너무 믿지 마."

제일 친한 고등학교 친구인 한영이 말한 적이 있다. 왜 안 돼? 이삭은 되물었다.

"그건 그렇게 오래가지 않아. 내 동생만 해도 컨디션 괜찮은 날에는 매력적이거든."

한영의 동생은 일상생활이 불가능할 만큼 폭력적인 상태가 되어서 치료를 받고 있다고 들은 적이 있었다. 그것과 더불어 다른 이유들 때문에 한영은 집을 나왔다. 그렇게 해서 한영이 룸메이트랑 살게 된 방을 이삭이 꾸며줬다. 이삭은 딱 봐도 있는 집에서 편하게 자란 것 같은 한영이 집을 나온 건 좀 오버가 아닐까 속으로 생각했지만 각자 사정은 각자만 아는 거니까 아무 말도 하지 않았다.

"장기적인 장점을 찾아. 너한테는 그런 장점이 분명 있을 거야. 매력, 첫인상 그런 건 아무것도 아니야. 그 너머를 간파하는 사람들한텐 먹히지도 않고."

"똑똑한 기지배."

"그리고 여자친구들에게 엄마 얘기 너무 많이 하지 마."

"왜?"

"네가 엄마를 애틋하게 생각하는 건 좋은데, 그렇다고 엄마가 1등이고 넌 2등이라고 여자친구들한테 티 낼 필요는 없잖아."

"흠......"

그건 사실 꽤 도움이 되는 충고였다. 덕분에 연애기간이 두배쯤 늘어났다. 그래도 반년은 못 넘겨봤지만.

어째서인지는 모르겠는데 동년배 동성들에겐 인기가 없다. 더 솔직히 말하자면 적대적인 상황에 자주 처한다.

전해 들은 험담에 의하면 남자들 사이에서 이삭은 지나치게 수완이 좋고, 어딘가 약아빠졌다는 평을 듣는 모양이었다. 이삭의 입장에서는 그저 여자애들과 친하니까 질투를 받는 게 아닌가 싶다.

"너 게이냐?"

언젠가 한번은 평소에 싫어하던 선배가 술자리에서 물어 온 적이 있었다. 이삭은 이 누나 품에서 저 누나 품으로 날아드는 작은 새같이 확실한 이성애자였지만 대답해주기가 그렇게 싫을 수가 없었다.

"뭐면요?"

"아니, 사람들이 궁금해해서."

"궁금하면 돈 내고 물어보라 그래요."

"하여간 너한테는 뭔가 사람들을 불편하게 만드는 재주가 있어."

"제가요? 제가 어디가요?"

"집 어렵다고 말해놓고 맨날 운동화 바꾸고."

"……제가 운동화 사는 게 불편하다고요?"

"이상한 블로그나 하면서 정직하지 않게 돈 벌고."

하, 하고 이삭은 웃어버렸다. 사람이 아무리 우둔해 보여도 면전에서 웃으면 안 된다는 예전 한영의 충고를 그만 무시해버렸다. 한정된 자원으로 삶을 애써 개선시키면 그

걸 굳이 깎아내리려는 사람들이 있었다. 이삭은 길지 않은 평생 그런 사람들을 끝없이 만나왔다. 좋지 않은 구덩이에 태어나면 계속 그 구덩이에 머물러야 해? 기회를 주지 않는 세상에서 나름의 기회를 스스로 만들어내면 약은 거야? 모두가 무기력에 잠겨야 해? 그러면 안심이 돼?

"너는 조금 더 호감형으로 변할 필요가 있어. 나가서 사회생활 할 걸 생각해도 말이야. 내가 너 위해서 해주는 말이야."

"호감형으로요?"

"응, 예를 들면 지금 입은 바지만 해도 그래. 그렇게 딱붙는 오렌지색을 입으니까 다들 오해하지."

"꺼져요."

"뭐라고?"

"꺼지라고요."

그러나 선배는 꺼질 생각을 하지 않았으므로 이삭이 일어났다. 이삭아, 하고 여러 사람이 만류하듯 불렀지만 그 자리를 떠나야 했다. 엄마가 호프집에서 일했던 적이 있다. 그때 피처 잔을 던지며 싸우는 멍청이들을 제일 싫어했었다. 그런 사람이 되지 않기 위해 피해야 했다. 얼굴에 오른 열이 내리지 않아서 전철역을 지나쳐 한참을 더 걸었다. 그러다 운동화 편집매장을 마주쳤다. 보란 듯이 형광

색 운동화를 샀더니 이마가 살짝 차가워졌다.

그 신을 신고 클럽에 몇번 갔었다. 한영과 한영의 룸메이트 지지랑 갈 때가 제일 편했다. 한영은 거의 움직이지 않으며 춤을 췄고 지지는 깡충깡충 뛰는 수준이었지만 셋은 즐거운 시간을 보냈다. 지지랑은 직접 이야기를 많이 나누지는 않아도 서로 편하게 여기는 수준까지는 왔다. 지지는 언제나 엄청나게 짧은 쇼트커트였다. 이삭이 머리 자를 시기를 놓치면 지지보다 길어질 정도였다. 이삭은 긴 머리 취향이었지만 지지에겐 그 머리가 잘 어울린다고 생각했다.

"긴 생머리가 좋은 거야?"

지지가 웃으며 물은 적이 있다.

"아니, 긴 머리에 고데기 잘하는 사람이 좋은 거야."

여자들이 아침에 공들여 만 머리는 하루 종일 건조한 상태로 컬이 남아 있어서 꼭 인형 머리카락 같았다. 그 머리를 살짝 감아쥐고 있으면 열기가 느껴질 것만 같았다. 머리카락 아래 목덜미와 등이 따뜻한 것도 기분 좋았다. 이삭은 한결같이 고데기를 잘 다루고 속눈썹을 잘 붙이는 여자를 좋아했다. 하지만 요즘은 지지의 짧고 처진 속눈썹도 어쩐지 좀 귀여워 보이는 것이었다.

"안 돼."

한영이 지지를 보는 이삭의 눈빛을 알아채고 말했다.

"왜? 왜 안 돼?"

"일단 너는 지금 여자친구가 있잖아. 그리고 준비가 안
됐어."

못된 기지배, 못되고 똑똑한 기지배, 언제나 차분한 기
지배. 어쩌면 한영은 동생 몫의 차분함까지 몰아 가진 건
지도 모른다. 얼마 전 전해 들었다는데, 한영의 동생은 분
을 이기지 못하고 자기 이빨을 왕창 부러뜨렸다고 한다.
턱 힘만으로 말이다. 그게 가능하다니. 한영은 엄마 배 속
에 좋은 자질들을 얼마 남겨두고 나왔어야 했다. 어쨌건
이삭은 한영의 말을 잘 듣는다. 한영은 이삭의 '지미니 크
리켓' 같은 존재였다.

매력을 넘어서는 장기적인 어떤 것, 그게 뭔지는 잘 몰
라도 아직 그게 부족하다는 건 이삭도 인정할 수밖에 없었
다. 한영은 혼자서 아무것도 하지 않고 시간을 보내는 법
을 익혀보라고 넌지시 권했다. 혼자 있을 시간도 공간도
없는 이삭은 그 말을 듣고 부루퉁했지만, 학교에서 집으로
가는 길에 종종 강변의 전철역에서 내렸다. 집까지 한시간
도 넘게 남은 거리에서 충동적으로 내려 매번 같은 벤치에
앉았다. 벌과 비슷한 소리를 내며 지나가는 자전거들과,
사람들이 하늘에 날리고자 하는 갖가지 장난감들과, 다리

아래 변색된 눈금들을 보았다. 사람 안쪽에도 저런 눈금이 있으면 좋을 텐데, 차오른다면 알 수 있게. 그런 쓸데없는 생각도 했다.

그러고 있다보면 누군가를 만나고 싶은 욕구가 참을 수 없는 갈증처럼 들곤 했다. 몸의 욕구라기보다는 친밀감에 대한 욕구였다. 이삭은 그럴 때마다 휴대폰에서 다시는 만나지 않을 사람들의 번호를 지웠다. 얼마 전만 해도 600개였던 번호가 이제는 400개 정도다. 200개쯤이 되면 한영에게 자랑할 것이다. 열몇개를 지우고 나서 엄마에게 전화했다.

"엄마, 영화 볼래?"

"그래, 무슨 영화?"

전화기 너머로 마사지기 돌아가는 소리가 들렸다. 엄마는 일을 끝내고 돌아와 다리를 뉘고 있는 모양이었다. 이삭이 사준 다리 마사지기를 좋아해줘서 뿌듯했다. 집에서 가까운 영화관의 상영시간표를 엄마에게 불러주었다. 그것은 꼭 노래처럼 들렸다.

지현

　재즈페스티벌 참가를 위한 출국이 2주 조금 넘게 남은 시점에서 드러머의 팔이 부러졌다. 승마라니…… 악기 다루는 사람이 어떻게 그런 무책임한 취미를 가질 수 있어? 현은 기가 막혔다. 드러머는 민망해하며 승마가 얼마나 대중적이고 좋은 운동인지 주워섬겼다. 밴드의 다른 사람들도 화를 못 낼 뿐 얼굴이 점점 안 좋아졌다.

　현은 베이스 연주자였다. 베이스 기타가 아니라 콘트라베이스. 언제나 커다란 동물이, 예를 들면 하마가 깔고 앉았다가 간 듯한 모자를 쓰고 있어서 사람들은 현을 쉽게 알아봤다. 모자가 하나인 건 아니다. 그저 다 그렇게 생겨서 현만 구분할 수 있는 수준일 뿐이다. 모자 아래로는 풀릴 대로 풀린 파마머리였는데 더 풀리진 않고 그냥저냥 유지되는 듯했다. 빈티지 옷을 사 입는구나, 모두 생각했지만 사실 새 옷을 오래 입어 빈티지로 만드는 것에 가까웠다. 주로 니트에 스키니한 카키색 카고팬츠를 입었다. 여러모로 유쾌한 허수아비처럼 보이는 현이 제 흥에 겨워 콘트라베이스를 돌리며 춤을 추면 관객들은 좋아했다. 재즈의 경우 '관객'보다는 '청객'에 가깝다고 할 수 있지만, 시각적인 즐거움이 약간 더해진다 해서 싫어할 사람은 없었다. 빼빼 마른 여자 연주자가 콘트라베이스와 춤을 추는 모습은 유머러스한 대비가 되었다.

"저 언니 멋져!"

가끔 앞자리에 앉은 사람들이 소곤거렸다. 현에겐 여성 팬이 더 많았다.

연주는 즐겁지만 악기를 들고 다니는 게 고역이었다. 앰프까지 들어야 하는 날이면 더 그랬다. 콘트라베이스는 택시 앞자리를 눕혀서 실어야 했다. 신기해하는 기사도 있고 싫어하는 기사도 있었다. 버는 돈을 택시비로 다 쓰는 게 아닌가, 현은 가끔 생각했다. 전철은 가끔 타도 버스는 절대 못 탄다. 급정거라도 하면 처참한 상황이 될 게 틀림없다. 시내에 사는 게 그나마 택시비를 아끼는 길이어서 서울의 한복판, 경사지고 낡은 동네에 살았다. 통장 잔고가 아슬아슬해 가스비가 두세달 밀릴 때도 있었다. 집이 망했는데 하고 싶은 음악을 계속하기로 한 이후로는 그 정도야 당연하다고 겁내지 않고 살아왔다. 브리지를 낮추고 픽업을 붙여 콘트라베이스를 재즈용으로 개조하던 날, 돌아보지 않겠다고 마음먹었다. 클래식을 계속했으면 좀 나았을까, 가끔 궁금하긴 했지만 그것도 후회와는 거리가 멀었다. 누군가가 악기를 트럭으로 대신 옮겨주는 건 좋았을 텐데, 하는 생각이 가볍게 스치는 정도였다. 결국 크게 다르지 않았을 것이다. 가장 잘하는 일이 돈을 별로 못 버는 일일 수 있다. 씁쓸하지만 현의 주변은 다들 엇비슷했으므로 속상한 날이 이어지진 않았다.

"희락이를 데려와야겠다. 지금 일정에서 우리랑 맞춰줄 사람은 걔밖에 없어."

노래도 부르고 기타도 치는 밴드 리더가 말했다.

"희락 오빠 가게 한다면서? 가게를 두고 어떻게 가?"

머릿속으로 다른 아는 드러머들을 검색하며 현이 반문했다.

"그만뒀대. 접은 지 한두달 됐을걸?"

"그만뒀구나."

"현이가 가서 데려와야겠네."

피아노가 제안했다.

"왜 내가?"

"걔가 예전에 너 좋아했잖아."

"뻥까시네."

물론 희락은 현을 좋아했다. 아꼈다. 하지만 현은 그 호
감의 성질이 도로시가 오즈를 떠나며 허수아비에게 사실
은 네가 제일 좋아, 말했을 때 정도의 호감인 걸 알고 있
었다.

"어쨌든 우리보다는 네가 설득력이 있을 거야, 설득력!"

"설득력을 초능력처럼 말하지 말아요. 나보고 어쩌라
고."

"우리가 또 언제 거기 가서 연주하겠어, 현아. 다시 갈
수는 없을 거야. 이번이 처음이자 마지막일 거야."

그 도시. 재즈의 도시. 발음하는 것만으로도 기분이 달
라지는 도시. 연주 동영상을 보냈더니 초청장이 왔다. 아
주 엄격한 기준으로 선발하는 건 아니겠지만 전세계 재즈
밴드들이 동영상을 보냈을 텐데, 기분이 좋았다. 구석의
조그만 무대를 배정받았다. 메인 무대까진 노리지도 않았
다. 연주 욕심도 욕심이지만 그곳에 가서 본토의, 전세계
의 연주를 듣는 것만으로도 많은 것이 달라질 것이다. 현
의 밴드는 가난하고, 그나마 그중에 가장 사정이 낫던 멤
버는 승마를 하다가 팔이 부러졌고, 이러다간 체류 내내
굶어야 할지 모르는데도 가고 싶었다. 기왕이면 가서 제대
로 해내고 싶었다. 호흡이 전부였다. 현도 희락밖에 없다
는 걸 알고 있었다. 연주를 그만하겠다고 떠난 사람을 불

러오기란 얼마나 껄끄러울까 싶어 모른 척했을 뿐이다.

악기 없이 다니는 건, 마치 모래주머니를 차고 다니던 무술 고수가 그걸 푸는 것과 비슷했다. 몸이 그렇게 가벼울 수가 없었다. 현은 모자를 눌러쓰고 가방 하나 없이 카드 지갑만 주머니에 쑤셔넣은 채 희락이 산다는 곳으로 향했다. 버스를 정말 여러번 갈아타야 했다.

"이게 얼마 만이야?"

흔쾌히 연락을 받은 희락이 현이 내리기로 한 정류장에 미리 나와 있었다. 눈이 부신 듯 보였다.

"여전히 밤의 생물이구나, 오빠는?"

"그러게. 이제 슬슬 아침에 일어나야 하는데 잘 안 되네."

"좋네, 시차 적응 안 해도 되겠네."

"시차 적응?"

희락이 사는 동네는 온통 공사판이었다. 현은 뜸 들이지 않고 상황을 설명했다. 보도가 파헤쳐져 있는 곳을 걸을 때는 조금 숨이 찼다.

"나 연주 놓은 지가 언젠데. 못해, 못해."

"금방 다시 할 수 있잖아. 미국 한번 가자."

"요즘 관절이 아파서 무리야."

"누가 오빠 막 연습 많이 시킨대? 우리 레퍼토리 다 아

지현 281

는 거 오빠뿐이니까 그렇지. 듬성듬성 쳐도 아무도 뭐라 안 해. 오빠가 듬성듬성 치는 게 엉뚱한 사람 와서 빡세게 치는 것보다 듣기 좋을걸?"

"그게 아니라, 정말 관절이 아파……"

거기서 더 조르면 안 될 것 같아서 현은 쉬어 가기로 했다. 두 사람은 전골을 먹으러 갔다. 음식점 창밖으로 언젠가 호수공원이 될 거라는, 붉은 흙을 깊이 파놓은 부지가 보였다. 창밖은 삭막했지만 음식은 맛있었다.

"이 전골은 막 몸에 스며드는 것 같네."

"잘 먹고 다니니?"

"맨날 비슷하지, 뭐."

"현아, 건강해야 해."

"오빠는 옛날부터 건강 잘 챙겼지."

밥을 먹고 나서는 산책을 했다. 현이 입으로 둠, 둠, 둠 하고 악기 소리를 냈다. 희락이 웃었다. 사실 희락은 현의 건강함을 언제나 부러워했었다. 햇빛이 잘 안 드는 집에 살아도, 제대로 챙겨 먹지 않아도 현은 꺾이지 않았다. 얇은 니트만 입고 다니는데도 감기에 걸리지 않았다. 비결이 뭐냐고 물으니 '모자'라고 대답했었다. 겨울엔 머리랑 목이 따뜻해야 한다고. 희락은 기가 막혀서 현에게 귤이나 한봉지 사줬던 몇년 전을 떠올렸다.

"와, 이 동네에 전철도 생기네."

전철 공사장을 지나며 현이 말했다.

"근데 개통하고, 몇년 사고 안 나나 보고 타려고."

"왜?"

"무인철인 것도 좀 걸리고…… 봄에 사고 났었어. 여기
가 위로 푹 솟았었지. 신기하지? 나는 지하철역을 잘못 지
으면 밑으로 꺼질 줄 알았더니 위에 덮인 땅 무게가 너무
가벼워서 위로 솟더라."

"잘 고쳤겠지."

"그랬겠지."

"오빠, 이 동네 흙먼지 끔찍하게 날리는데 나랑 미국 가
자, 응?"

희락은 웃어넘기고 아파트단지 앞 한칸짜리 ATM에 잠
시 들르자고 했다. 현금을 적당히 찾아 나와서 현의 손에
쥐여줬다. 현이 화들짝 놀랐다.

"누가 돈 빌리러 왔대? 미쳤어?"

"같이 못 가니까 미안해서. 가서 맛있는 거나 사 먹으라
고."

"됐어. 어이구, 돌았나봐!"

돌았냐고 할 때도 기분 나쁘지 않게 말하는 게 현의 능
력 중 하나였다. 현은 다시 희락의 손에 돈을 돌려주었다.

"손바닥 부드러운 거 보게? 악기 안 쳐가지고 아주 말랑 말랑해졌네. 이 손바닥에 다시 물집 왕창 만들고 싶지 않아? 물집을 콰과광 다 터뜨리고 싶지 않아?"

"아아, 그러고 싶다. 정말 그러고 싶다. 너 진짜 설득 잘하는구나."

희락이 못 참겠다는 듯 길고 천천히 웃었다.

"그러니까 가자."

"하루만 생각할 시간을 줘."

"은퇴 무대라고 생각하고 가자."

"내일 연락할게."

하루가 걸리진 않았다. 나흘쯤 걸렸다. 그 주 주말 희락은 결국 현을 이기지 못하고, 현의 밴드와 함께 9,900원짜리 뷔페에 함께 앉게 되었다. 일정을 의논하는 자리였다. 다른 멤버들이 희락을 놀리고 싶어하면서도 놀리면 안 가겠다고 할까봐 꾹 참는 얼굴인 게 못마땅했지만 어쩔 수 없었다.

"이야, 나이 드니까 뷔페 뜨러 가기도 귀찮다, 그치?"

"응, 누가 가져다주는 밥이나 먹고 싶지."

"그래서, 지금 나보고 떠오라고?"

현이 일갈하자 멤버들이 한꺼번에 벌떡 일어났다.

최대환

아직도 배면비행을 하는 꿈을 꾼다. 배면비행 중에 하늘과 바다를 구분하지 못하고 추락하는 꿈을 말이다. 기체의 속도가 점점 떨어지고 탈출 고도를 이미 지나버린 걸 깨닫는다. 대환은 꿈에서 깨기 직전에야 알아차린다. 이 일은 그에게 일어나지 않았다. 옛 동료들에게 일어났던 일이다. 이 일은 그에게 일어나지 않을 것이다. 전투기에 타지 않은 지 오래되었다. 몸이, 꿈이 그 시절에서 벗어나지 못했을 뿐.

기숙사 한 층에서 조종사 세 명이 연이어 추락 사망했다. 조종 실수도 있었고 기체 결함이 의심되기도 했다. 그놈의 KF16은 정비 불량에 서류 조작까지 지긋지긋했다. 1993년부터 달려 있었던 날개 지지대를 한번도 교체하지 않은 채로 조종사들을 태웠다. 동료들의 유가족에게 장학금을 모아주면서 대환은 자신이 홀몸인 게 차라리 다행이라고 생각했다. 언젠가는 대환의 차례가 올 것이라고 여겼다. 그저 일찍 오지 않기만을 바랐을 뿐이었는데, 전혀 예상하지 못한 채 반년마다 한번씩 실시하는 신체검사를 통과하지 못했다. 전투기를 몰기에 안압이 너무 높아졌다고 했다. 그렇다면 남아 있을 이유가 없었다. 마지막으로 부대를 나서는데 갑자기 기대수명이 훅 연장된 걸 깨닫고 약간 어지러웠던 기억이 난다.

소년의 꿈이 이루어지는 건 두려워해야 할 일이다. 그걸 깨달은 건 소년기를 한참 벗어나서였지만 말이다. 사관학교에 있을 때까지만 해도 정말로 성인은 아니었다고 대환은 20대를 돌아보았다. 학교는 엄격했고 그 엄격함에 모두 미성년자처럼 순종했다. 술 담배를 하거나 연애를 하면 경고 없이 퇴교였다. 물론 그래도 다들 몰래몰래 했지만 떨면서 하는 건 진짜 하는 게 아니었다. 기호품도 사랑도 몸에 스며들지 못하고 엄격함만 스며들었다. 그래도 그 엄격한 집단에 속해 있다는 건 이상한 방식으로 편안해서 싫지 않았다. 언제까지나 그렇게 지낼 수 있을 줄 알았다. 망토 착복식을 할 때 속옷만 입힌 채 얼음물 속에 밀어넣은 선배들마저 밉지 않았다. 사실은 아무도 미워하지 않았다, 그때는.

"민항기를 타자. 그러다가 아랍 왕자들의 개인 비행사

가 되자."

동기들은 그런 농담을 하면서도 모두 전투기를 몰고 싶어했다. 전투기란 낡고 정비 불량이라도 한없이 유혹적인 물건이었다. 레프트 클리어, 프론트 클리어, 라이트 턴. 대환은 아직도 꿈에서 그렇게 말하며 비행기의 방향을 바꾼다.

비행훈련보다 힘든 것은 생존훈련이었다. 전투기는 언제나 떨어질 수 있고, 제때 탈출을 했다 해도 어디에 떨어질지 모르기에 적진에 고립된 상황을 가정해 훈련을 받았다. 훈련지가 하필 해병대 훈련소였다. 화장실에는 '이등병에게 거미를 먹이지 마시오'라고 쓰여 있었다. 어린 시절 해병이 되기를 꿈꾸지 않았던 게 다행이구나 싶었다. 매복훈련을 하고 닭, 토끼, 뱀을 잡아 조리하는 법을 배웠다. 닭과 토끼까지는 살려면 어떻게든 먹겠는데 뱀은 도무지 먹어지지 않았다. 식욕이 떨어져서 훈련이 끝날 때쯤엔 8킬로그램이나 빠져 있었다. 아주 안 먹을 수는 없었으므로 토끼를 죽이고, 토끼의 눈물과 코피를 확인하고, 남은 거죽을 은박지에 싸 땅에 묻으면서 그 여름을 견뎌야 했다. 여름이지만 밤에는 너무나 추웠다. 거의 영하에 가깝게 기온이 떨어졌다. 체온을 잃지 않기 위해 다른 동료들과 껴안고 잠이 들었다. 혼자가 아니어서 다행이었다.

만약에 광 상사만 아니었더라면 그대로 군에 남았을지도 모른다. 원래 성은 '강'인데 다들 '광'으로 불렀다. 조그만 권력을 쥐는 것만으로도 주변의 열명, 백명을 괴롭게 만드는 사람은 어느 집단에나 있지만, 그런 사람이 군대에 있을 때가 최악이 아닐까 대환은 늘 의심했다. 그 의심의 눈빛을 충분히 감추지 못한 탓인지 광 상사는 대환을 표적 삼아 괴롭혔다. 회식 자리에서 소주를 반잔 꺾어 마셨다고 재떨이를 던지는 것 정도야 예사였다.

"중위 놈이 소주를 꺾어 먹냐? 내 앞에서 소주를 꺾어 먹어?"

계급으로는 중위가 높은데 그걸 알면서도 나이로 찍어 눌렀다. 워낙 포악한 자라 주위에서도 어쩌지 못하는 모양이었다. 다른 부대 사람들은 말도 안 된다며 믿어주지 않았지만, 대환은 업무가 없는 날에도 매일 12시까지 남아야 했다. 세달까지 참다가 더는 견디지 못했다. 제시간에 일을 마치고 돌아간 다음 날, 광 상사는 대환을 다섯시간 거리의 공군과 상관도 없는 육군사관학교에 보냈다.

"너는 충성심이 부족해. 태릉에 가서 충성탑을 찍어 와."

욕을 욕을 하며 태릉까지 갔지만 하필 찍어 온 게 다른 탑이었다. 거기까지 갔더니 탑 이름을 확인할 성의도 남아 있지 않았던 것이다. 결국 한번 더 가야 했다. 그다음에는 역사관을 기르라며 조선왕조 500년을 A4 열장에 압축하여 써 오라고 했다. 불합리하고 굴욕적인 괴롭힘이었다. 애국가를 1절부터 4절까지 반복해서 쓰게 했을 즈음엔 대환도 싸울 의지가 남아 있지 않아서, 책상 앞에 멍하게 앉아 있는 시간이 더 길었다. 딴생각을 하다가 시계를 보면 한시간씩 사라져 있었다. 시간이 그렇게 끊어낸 듯 사라지는 게 정상인가, 반쯤 찬 종이를 내려다보며 위기감을 느꼈다.

광 상사는 접대부가 나오는 술집을 좋아해서 술값으로 이 돈 저 돈을 다 끌어다 쓰기도 했다. 군가 경연대회 소품비같이 너무 크지 않으면서 어디다 썼는지 잘 확인하지 않는 돈들을 말이다. 대환은 부대 장병들이 소품 하나 없이 맨몸으로 군가에 율동을 하는 걸 바싹 마른 마음으로 지켜보았다. 다른 부대들은 소품비를 아낌없이 써서 화려한 무대를 선보였는데, 대환의 부대원들은 한푼 안 들이고 아이디어로만 1등을 했다. 그렇게 받아 온 상금으로 광 상사가 빼돌린 돈을 채워넣어야 했을 때는 부대원들 볼 면목이 없었다. 대환은 부대원들에게 사비를 쓰는 일이 잦아졌다.

마지막은 고들빼기였다. 대환은 아직까지도 고들빼기를 먹지 않는다. 대환을 괴롭힐 방법이 없을까, 매일매일 연구하던 광 상사가 단골 술집에서 고들빼기를 사 오라며 하루걸러 한번씩 밤 12시만 되면 대환을 내보냈다. 그놈의

고들빼기…… 고들빼기를 열번쯤 사가면 2만원씩 돈을 주
는데 기가 막혔다. 고들빼기를 배달하고 나면 잠을 못 잤
다. 심각한 불면증이 왔었다. 안압 때문에 그만두지 못했
다면 불면증 때문에 사고가 났을지도 모른다. 아침 비행은
새벽 4시에 브리핑이 있는데, 한잠도 못 잔 채 비몽사몽간
으로 하늘에 올라가곤 했다.

떠나기 전에 군기교육대 대대장에게 긴 편지와 함께 모
아둔 자료를 넘겼다. 알고 보니 대대장의 사모가 대환의
초등학교 때 담임선생님이었다. 세상은 좁고, 그런 우연도
일어난다. 꼭 대환 때문은 아니었겠지만 광 상사가 진급을
못하고 군을 나왔다는 얘기를 나중에 들었다. 더는 다른
사람을 괴롭히지 못할 거라는 점에서 안심이 되었다. 적어
도 군에서 하는 만큼 바깥에서는 할 수 없을 것이었다.

부모님 집에 돌아와서 반년 넘게는 운동만 하며 지냈다.
어릴 때 다니던 유도장이 아직 있었다. 유도를 가르쳐준
스승은 온화한 인품의 메달리스트였다. 오래된 메달이 정
갈한 액자에 담겨 도장 한쪽을 장식했다.

"쉬엄쉬엄 나와 애들 가르쳐. 그러면서 너도 운동해."

한동안은 즐거웠다. 도복도 매트도 반가워서 아무 생각
없이 지냈다. 불면증도 거의 사라졌다. 도장에서 꼬맹이들

이랑 지내고 집에 와서는 형네가 맡겨놓은 조카 둘과 놀아줬다. 조카들은 대환이 더이상 조종사가 아니란 걸 아쉬워했다. 그래도 번쩍번쩍 들어서 던져주면 그런 건 금방 잊었다. 노년의 초입에 이른 부모님은 어린 손주들을 예뻐하면서도 체력적으로는 버거워했는데 대환이 와 있자 좋아했다. 부드러운 전환기였다. 모아둔 돈이 너무 빨리 줄어들었다는 것만 빼고 말이다. 20년 넘게 군에 있을 줄 알았으니 대단한 방비책 따윈 없었다.

"미래학자들이 이제 직업을 평생 세개는 가지게 될 거라고 했어. 널 보니까 정말인가보다. 천천히 뭘 할까 고민해봐. 여행이라도 다녀오는 건 어때?"

조카들을 돌봐주어서 고마웠는지 형이 돈을 주었다. 굳이 등을 떠미니 어딘가 가긴 가야 할 것 같았다. 자연이 좋은 곳에 가고 싶었다. 산을 타고 트레킹을 하고 야영을 할수 있는 곳을 원했다. 이제 토끼나 뱀 대신 통조림을 먹어도 될 테니 가벼운 마음으로 갈 수 있을 것 같았다. 한참을 고민하다가 샌프란시스코 왕복표가 싸게 나온 걸 발견하고 요세미티국립공원에 가기로 했다. 대환은 운동을 오래해서 어깨가 발달했기 때문에 이코노미 좌석이 불편했다. 비행 내내 한잠도 자지 못했다. 눈을 감아도 긴장이 됐다.

공원 입구의 안내소에서 혼자 트레킹하는 사람을 그렇

게 반기지 않을 줄은 몰랐다.

"연간 140명이 죽는 거 알고 있어요?"

직원이 웃음기 없이 겁을 줬다. 먼저 곰을 만났을 때의 행동 요령에 대한 책을 읽게 했는데, 다 읽고 나서 대환이 내린 결론은 어떻게 하든 죽을 수밖에 없다는 것이었다. 죽은 척해도 죽고, 등을 돌려 달아나도 죽는다. 나무 위에 올라가면 그나마 생존할 가능성이 생기지만 요세미티의 쭉 뻗은 침엽수들이 그렇게 타기 좋은 나무는 아닐 것 같았다. 이도 저도 안 될 것 같으면 깍지 낀 손으로 목뒤를 보호하면서 엎드리라고 했다. 그러면 다른 사람이 도와주러 올 때까지는 살아남을 수도 있다고 말이다.

"하지만 진짜 조심해야 할 건 사슴류입니다."

"곰보다요?"

"곰보다 사슴류의 동물이 훨씬 많은 사람을 죽입니다."

짝짓기 철의 사슴은 예민해서, 놀라게 하면 사람의 내장이 남아나지 않을 때까지 뿔로 헤집는다고 했다. 대환은 내장 없는 시신으로 발견되고 싶지 않았기에 뿔 비슷한 것만 보여도 피해 가기로 마음먹었다.

곰도 사슴도 멀찍이서 피할 수 있었지만, 코요테 때문에 위기를 겪었다. 대환은 그전까지 코요테가 어떻게 생겼는지도 몰랐다. 이제는 잊을 수 없을 것이다. 비슷한 방향으로 가던 다른 트레킹객들과 길이 갈려 혼자 걷고 있을 때였다. 어느 순간부터 코요테 세마리가 따라왔다. 코요테가 아니라 늑대였다면 대환은 죽었을 것이다. 대환이 몸집 작은 여성이나 아이였더라도 죽었을 것이다. 코요테 세마리와 대환은 기묘한 대치 상태로 한참을 걸었다. 길고 굵은 막대기 하나를 천천히 집어들었다. 곁눈질을 하며 따라오던 코요테들이 막대기를 보고 살짝 뒤처졌다. 대환은 뛰지 않았다. 뛰면 공격당하리라는 걸 알고 있었다. 느릿하게 바닥에서 돌을 주워 주머니에 넣었다.

더는 안 되겠다 싶은 지점에서, 다른 길과 이어질 듯한 지점에서 돌아섰다. 지팡이로 바닥을 두드리면서 몸을 최대한 크게 보이게 만들었다. 주머니의 돌들을 소리가 나게 절그럭거리며 노려보았다. 너무 자극할까 싶어 소리는 지르지 않았다. 코요테들은 머뭇거리는 듯했다. 거기까지 쫓아온 것이 아까워서였을 것이다. 대환은 팔을 더 넓게 벌리고 서서, 발꿈치를 들었다. 돌을 대환과 코요테들 사이에 던졌다. 공격이라고 느끼지 않을 정도의 거리에.

코요테 중 한마리가 돌아섰다. 나머지 두마리도 결국 돌아섰다. 대환은 경계를 풀지 않고 천천히 뒷걸음질로 그곳을 벗어났다. 거리를 벌리고 나자 무릎이 풀렸다. 왜 여기서 이 고생을 하고 있지? 생존훈련 같은 거 전혀 그립지 않앉는데 왜 여기까지 왔지? 이제 대체 뭘 해야 하지? 멀리 갔지만 특별히 미래가 보이지는 않았다. 여행에서 대환이 깨달은 것은 민간의 방한용품 성능이 정말 좋다는 것뿐이었다.

몸무게가 3킬로그램쯤 줄어든 채, 다시 한번 이코노미 좌석에 진저리를 내며 돌아왔다. 그런데 공항에 도착해 휴대폰을 켜자마자 부재중 메시지가 반복해서 떴다. 대환보다 먼저 군을 떠난 후배에게서 온 연락이었다. 대환이 전화를 걸었더니 후배가 대뜸 말했다.

"헬기 어때요?"

"헬기가 뭐?"

"닥터 헬기라는 게 생기는 거 알아요?"

알고 보니 항공사에 위탁해서 운영하는 응급 헬기 이야기였다. 지자체에서 지원을 받아 운영하는데, 주로 응급차가 가기 어려운 도서 산간 지역에 긴급지원을 나가는 헬기였다. 헬기라면 낮고 느리게 날아서 안압을 신경 쓰지 않아도 되었다.

"근데 나 헬기는 조종시간이 모자라서 안 될걸?"

"와서 훈련받아서 채워요. 금방 채울 수 있잖아요."

대환보다 경력이 나은 사람들이 숱할 텐데 후배가 고집했다.

"나는 선배 원래 좋아했어요. 강압적인 데가 한군데도 없어서 군에서 오래 못 버틸 거라 미리 예상했고요. 눈 상태 때문에 나오게 될 줄은 몰랐지만요. 위에서 말도 안 되는 거 시키면 선배 선에서 딱 잘라줬잖아요. 그게 그렇게 고마웠어요."

후배에게 뭘 해줬던지 기억은 잘 나지 않았지만, 그렇게 해서 대환은 닥터 헬기를 몰게 되었다.

"작네……"

처음 닥터 헬기를 보았을 때의 소감이었다. 이것저것 갖춰져 있다는데, 군용 헬기나 소방 헬기보다 작은 모델이어서 처음에 계획했던 대로 24시간 운영은 힘들었다. 야간비행에 적합하지 않았고 커버할 수 있는 영역도 생각보다 좁았다. 무엇보다 착륙지점이 문제였다. 병원 옥상, 시청 옥상, 학교 운동장, 야구 경기장 등을 활용해야 했다.

신경 쓸 것도 많고 제약도 많았지만 그래도 왕복 세시간 거리를 40분까지 단축할 수 있으니 사람을 제법 살리긴 했다. 응급구조사와 응급의학과 의사를 태우고 날아가서 환자를 병원으로 데려왔다. 뒤에서 벌어지는 온갖 긴박한 상황들에 최대한 신경 쓰지 않으려 노력하며 조종만 하기란 쉬운 일은 아니었다.

600번쯤 날았을 때, 대환은 드디어 헬리콥터가 편해졌다. 강풍 속에 기체가 왈츠를 추듯이 흔들려도 떨지 않게 되었다. 요즘 꿈을 꿀 때면 꿈속에서 몰고 있는 게 비행기인지 헬기인지 잠시 고민한다. 여전히 어둡고 하늘과 바다는 구분이 되지 않아서 대환은 온 감각을 집중하려, 특히 소리를 들으려 애쓴다.

타, 타, 타, 타 하고 헬기 소리가 들리면 안심한다. 헬기는 거꾸로 날지 않으니까.

양혜련

8년을 기숙사에서 지냈다. 조용한 게 혜련의 성격에 잘 맞았다. 도로와도 멀었고, 본관과도 거리가 있었다. 서른하나에 캐디 일을 시작했으니 늦게 시작한 편인데, 더 일찍 했더라면 오히려 도심의 웅성거림을 그리워하느라 적응을 잘 못했을 가능성이 높지 않았을까 싶었다.

모든 직업이 다 그렇겠지만 프로 의식과 실력이 가장 중요했다. 혜련은 룰 북을 완벽하게 마스터했으면서도 다시 펼쳐보곤 했고, 근무 외 시간에 스윙 연습을 했다. 직접 칠 일은 없어도 플레이어의 스윙 자세가 흐트러졌을 때 말해줄 수는 있어야 했다. 좋은 조언자, 거슬리지 않는 조언자가 되는 게 중요했다. 사람마다의 특성을 재빠르게 파악해서 조력하는 것. 세심하게 눈여겨보고 채를 건네고, 방향을 이야기해주고, 라이를 잡아주고…… 경력이 쌓일수록 확실히 느는 부분이 느껴졌다. 덕분에 잘 풀렸습니다, 같은 인사를 들을 때가 가장 좋았다. 어떤 디테일들에 공을 들였는데 상대가 그것을 알아차려주면 역시 좋은 것이다. 체력도 처음 일을 시작했을 때보다 더 나아져서 라운딩을 거듭 돌 때에도 끄떡없었다.

라운딩 한번에 서너시간은 걸리다보니 점잖은 팀이 오면 일진이 수월했고 그렇지 않은 사람들이 오면 힘겨웠는데, 힘든 팀도 이제는 웬만큼 다룰 수 있게 되었다. 혜련은 적당한 거리감을 유지하며 불쾌한 일이 없도록 분위기를 만드는 데 자신이 있었다. 몇가지 유명한 사건들 덕에 캐디들이 부당한 일을 당했을 때 참거나 침묵하지 않는다는 게 알려진 것이 도움이 되었다. 서른아홉. 중년을 어떤 모습으로 맞을 것인가 고민이 많은 나이인데, 사람들을 겪으면서 많이 배웠다.

혜련이 특히 좋아하는 여자분이 있었다. 회원제였던 클럽 하우스가 퍼블릭으로 전환되고 나서 자주 예약을 하는 손님이었는데, 사업 때문에 함께 오는 그룹은 계속 바뀌었지만 유독 눈에 띄었다. 50대 초반 정도가 아닐까 싶은데, 모두 깍듯하게 사장님이라 불렀다. 어느 정도 규모의 사업을 굴리는지 몰라도 직함만 사장이 아닌 것만은 분명했다. 호탕하게 잘 웃는 사람이라 눈에 안 띌 수가 없었지만 그래서 좋아하게 된 건 아니었다. 매너가 좋았다. 앞 팀이 늦게 가도 뒤 팀이 쫓아와도 싫은 내색을 하지 않았다. 자기 팀이 늘어질 때는 신경을 쓰는 눈치지만 말이다. 스코어에 집착하지도 않아서 깎아서 적어달라, 한번만 봐달라, 요구하는 것도 적었다. 어느 정도냐면 거의 무념무상으로 보일 정도였다. 골프처럼 신경 곤두서는 스포츠에 그럴 수 있다니, 약간 감탄하게 되었다. 마음 비운 사람들이 흔히 그렇듯이 스윙에 과도한 힘이 실리지 않아 거리도 제법 나간다. 쇼트 게임에서 정교함도 나쁘지 않다. 사실 그 정도 치는 골퍼는 많지만 말이다.

무엇보다 호감이 갔던 이유는 스몰토크를 하지 않는 사람이어서였다. 초면에만 그런가 싶었는데 그다음에 다시 만났을 때도 마찬가지였다. 한마디라도 혜련에게 쓸데없이 말을 시키는 경우가 없었다. 다른 사람이 괜히 카트를 타고 갈 때 심심해서 이것저것 혜련에게 묻는 것도 중간에 끊어준다. 그러니까, 알고 있는 것이다. 혜련의 직업은 말하는 게 제일 피곤하다는 것을. 평범하게 친절한 사람들이야 많이 만나봤지만 그런 종류의 배려를 할 줄 아는 사람은 없었다. 그래서 이름을 외워두었다. 진선미. 외우기 쉬운 이름이었다. 라운딩 스케줄은 전날에 미리 짜는데 예약자에 그 이름이 뜨면 얼른 혜련이 맡았다.

그러던 어느날, 진선미가 곰같이 체격이 좋은 남편과 별로 닮지 않은 딸을 데리고 왔다. 딸 쪽은 억지로 끌려온 티가 많이 났다. 가족은 처음 보는 거라 혜련도 호기심이 생겼다.

"이해를 잘 못하겠어요. 이렇게 큰 땅에 하필 저렇게 조그만 구멍을 뚫어놓고 그렇게 맞추기 힘든 막대기로 치다니, 이상한 스포츠야."

딸이 투덜거렸다. 엄마 잘 만난 줄 모르고, 혜련은 자기도 모르게 모자 안에서 눈썹을 올렸다.

"어렵지. 어려운 운동인데, 그래도 잔디밭이 기분 좋잖아. 조용하고. 너 이렇게 음악도 없이 완벽하게 조용한 데 와본 적 있어?"

그거죠, 역시 아시는구나. 혜련은 카트를 몰며 속으로 동의했다.

몇 홀 지켜보니 남편은 힘으로 치는 것 같았고, 딸은 실력이 형편없었다. 그래서 가족끼리는 잘 안 왔던 모양이었다.

"너도 나중에 사업하게 될 수도 있으니까, 그때 필요할까봐 배우라는 거야."

진선미가 딸의 곡괭이질 같은 스윙을 교정해주며 설득했다.

"글쎄요, 사업도 안 할 것 같고 사업을 한다 해도 우리 세대의 메인 스포츠가 골프가 될 것 같지는 않아요……"

"우리 세 사람이 다 같이 할 수 있는 운동도 많이 없는데
좀 참고 배워봐."

"배드민턴 치면 되잖아요. 골프는 안 하고 싶어요. 이 잔
디밭 유지하는 데 농약을 엄청 친다는 뉴스도 봤다고요."

혜련은 딸 쪽의 체격이 아빠를 닮아 골프에 꽤 적합할
거라 생각했다. 하체와 어깨가 튼튼하고 팔이 길어서 유리
했다. 할 마음만 먹는다면 잘할 것 같은데 싫었다. 엉망으
로 치니 공이 갈팡질팡해서 혼자 엄청 걸어야 했다. 카트
를 탈 새가 없었다.

"따님이 서구적으로 멋지게 생기셨네요."

선미 혼자 카트에 탔을 때, 혜련이 선미에게 말을 건넸
다. 선미는 혜련이 먼저 잡담을 시작한 것에 조금 놀랐는
지 시트에 파묻고 있던 몸을 일으켜 혜련을 말끄러미 바라
보았다.

"그렇죠? 요즘 애라 쭉쭉 뻗었어요."

"건강미 있고 보기 좋은 몸매예요. 다이어트 심하게 하
는 분들은 힘이 없어서 18홀 다 못 돌더라고요."

"하하하하하하하하. 다이어트 하지 말아야겠어요."

"첫 딸은 아빠 닮는다더니 사장님은 하나도 안 닮고 아
버님만 닮았네요."

"그게…… 사실 재혼한 거라서 친딸은 아니에요."

혜련의 혓바닥이 고사리처럼 말릴 뻔했다. 괜히 말을 꺼내가지고. 이래서 스몰토크가 제일 나쁘다. 위험하다.

"너무 좋아요, 요즘은. 오래 지내다보니 내가 낳은 것 같아요."

어색해지지 않도록 선미가 말을 덧붙였지만 혜련은 얼굴이 뜨거워졌다. 거리감을 유지하지 못하면 언제나 끝이 좋지 않다는 걸 알면서도 욕심을 냈다. 얼굴이 쉽게 붉어지는 편은 아니어서 다행이었다. 세 사람을 그늘집에 데려다주고 캐디 휴게실에 가서까지도 후끈거렸지만 말이다.

10번째 파포홀에서였다, 앨버트로스가 난 것은.

"약간 오른쪽으로 치세요."

혜련의 조언에 선미가 고개를 끄덕이고는 스윙을 했는데, 그만 너무 오른쪽으로 가고 말았다. 에코, 하고 혜련은 작게 탄식했다. 공은 카트가 가는 길에 떨어졌다. 선미는 별 미련도 없이 돌아섰다.

"여보……"

"엄마, 공이 계속 튀는데?"

정말이었다. 공은 로드에서 로드로 통, 통 튀어갔다. 네 번을 크게 튀었다.

"하하하하하하하하. 원온 하겠네."

"설마."

원온도 아니었다. 마지막에 튄 공은 그대로 홀에 굴러들어갔다. 혜련도 선미네 가족도 한동안 말을 잇지 못했다. 8년 경력에 처음 보는 앨버트로스였다. 깔끔하게 날아서 들어간 건 아니었지만, 카트 도로에서 말도 안 되게 튕긴 것이었지만 그래도 앨버트로스였다. 혜련은 무전기로 클럽 하우스에 소식을 전했다.

"……무전이 상태가 좋지 않은 것 같습니다. 한번만 더 말해보세요."

"앨버트로스라고요, 앨버트로스."

"예에?"

혜련은 신이 나서, 할 수 있다면 골프장 전체에 방송이라도 하고 싶었다. 막상 선미는 신기해하긴 했지만 대수롭게 여기지 않는 듯했다. 얼마나 희귀한 확률로 일어나는 일인지 잘 모르는 게 아닌가, 혜련이 다 안타까웠다.

"저거 치자 열매인가? 어릴 때 보고 오랜만에 보네요. 색깔이 너무 곱다."

선미는 다음 홀에 가서 전 홀을 싹 잊은 듯 조경수를 보고 감탄했다. 그러고는 딸과 함께 화장실에 갔다. 혜련은 선미에게 뭐라도 해주고 싶었다. 아까 선미가 팁 봉투에 돈을 더 넣는 걸 알아차리고 말았기에 더욱 그랬다. 본인은 앨버트로스에 그다지 놀라지도 않아놓고 혜련에겐 팁을 높이다니, 그런 면도 선미다웠다. 혜련은 고심하며 치자나무를 올려다보았다. 조경수의 열매 정도는 앨버트로스를 친 선수에게 줘도 되지 않을까? 소박한 기념품으로 말이다.

나무 자체는 작았다. 2미터 남짓이었다. 문제는 나무가 돌담 절벽 위에 있다는 것이었다. 혜련은 어디를 디딜지 계산해보았다. 그렇게 어렵지 않을 것 같았다. 마흔을 한 해 앞두고 어린아이같이 돌벽을 오르게 되리라고는 상상도 못했지만 자신이 있었다. 조심스럽게 기어오르기 시작했을 때였다.

"아니, 거길 왜 올라가세요?"

화장실에서 일찍 돌아온 선미의 남편이 깜짝 놀라 물었다.

"저 열매를……"

혜련은 디딜 수 있는 마지막 칸에 다다랐다. 손만 뻗으면 닿을 것 같았는데 그게 닿지 않았다. 고작 15센티미터 남짓이 모자랐다.

"그냥 내려오세요."

"아니, 왜 거기를……"

"엄마가 저 열매 탐냈잖아요. 괜히 그런 말을 하셔선."

"어머나, 저 때문에!"

어느새 선미와 선미의 딸이 와서는 함께 걱정을 했다. 혜련은 한번만 더 손을 뻗어보기로 했다. 2, 3센티미터가 아쉬워서 발끝을 세웠을 때였다. 그만 그대로 중심을 잃고 말았다. 등으로 떨어지면서 아찔했다. 죽는구나 싶었다.

다행히 머리와 어깨는 잔디 쪽에 떨어졌지만 골반이 조경석에 부딪혔다. 몸 안쪽을 끔찍한 소리가 훑고 지나갔고, 혜련은 비명을 질렀다. 선미와 선미의 남편도 비명을 질렀다. 선미의 딸이 무전기를 작동시키려고 애썼고, 그다음은 통증 때문에 기억도 잘 안 날 정도다. 통증도 통증이지만 부끄러워서, 너무 부끄러워서 눈을 감고 있었다.

결론적으로 말하자면, 헬기가 날아왔고 헬기에 실려 병원으로 갔다. 예상했던 것처럼 골반이 부러졌다고 했다.

입원해 있으면서도 계속 부끄러웠다. 캐디 인생 최악의 오점이었다. 경기진행을 돕지는 못할망정 방해하다니. 게다가 앨버트로스가 나온 경기를. 해고당해도 할 말이 없었다. 혜련은 머릿속으로 저금액을 계산해보았다. 기숙사에서 생활하며 다른 걸 하나도 하지 않아서 액수는 꽤 될 것이었다. 기숙사를 나와야 한다는 게 문제라면 문제였다. 이런저런 고민을 하고 있을 때 골프장의 관리부장이 병문

안을 왔다.

"음, 그 손님이 치료비와 치료받는 기간의 월급을 부담하시겠다고 그날 그러시기에 그냥 하는 말인가 싶었는데, 다시 연락을 하셨더라고. 그러니까 걱정 말고 퇴원하면 복직하도록 해요."

"네? 어떻게 그렇게 됐어요?"

"이미 다 처리 끝났어요. 그리고 이건 그 손님이 두고 간 명함이니까 전화라도 한번 드려요."

명함에는 혜련이 이미 알고 있는 이름이 새겨져 있었다.

몇번이나 반복해서 목소리를 가다듬은 다음에 전화를 걸었다. 바빠 보이는 사람이니 한번에 받지 않겠지 싶었는데 바로 받았다. 덕분에 혜련은 횡설수설에 가깝게 감사 인사를 해야 했다.

"아니, 당연한 거고요. 그보다 따로 드릴 말씀이 있는데 한번 찾아뵈어도 될까요?"

선미는 전화를 기다렸다는 듯이 말했다. 그러시라고 혜련은 의아함과 함께 대답했지만 그다음 날 방문을 받을 때까지도 선미가 무슨 말을 하려는지 예측하지 못했다.

"스카우트 제안하려고 왔어요. 지금 하시는 일에도 탁월하시지만, 그래서 거절하신다 해도 충분히 이해할 거지만, 혹시 저랑 일해보실 생각은 없으세요?"

"네? 무슨 일을요?"

"제가 중국에서 사업을 확장하고 있는데 믿을 만한 매니저가 필요해요."

"중국어 한마디도 못하고 매니저 비슷한 일은 해본 적도 없는데요?"

"걱정 마세요. 확정되면 제가 업무에 대한 자세한 매뉴얼을 드릴 거고 중국어는 기초만 하시면 되는데…… 짜잔."

선미가 직접 포장한 듯한 선물을 건넸다. 혜련이 여전히 당황한 채로 뜯어보니 어학 학습기와 중국어 교재였다. 그쯤에선 혜련도 웃을 수밖에 없었다. 선미가 하하하하, 하며 부추기기도 했지만.

자세한 매뉴얼. 그것이야말로 가장 유혹적인 말이었다. 룰 북을 읽고 또 읽어온 혜련이었다. 새로운 매뉴얼을 익히는 과정은 분명 즐거울 것이었다. 그리고 캐디도 40대까지가 끝일 거란 우려는 늘 있었다. 혜련은 50대의 캐디를 만나본 적이 없었다. 어쨌든 아직까지는 없었다. 골반뼈가 붙고 나서 예전과 같을지, 그것도 확신하기 어려웠고 말이다.

"일단 중국어 공부 시작해볼게요."

"그럼 퇴원하고 연락 주세요."

선미는 할 이야기를 다 했다고 판단한 듯 곧바로 자리에서 일어났다. 그런 점에 또다시 호감이 갔다.

호감. 가벼운 호감으로부터 얼마나 많은 일들이 시작되는지. 좋아해서 지키고 싶었던 거리감을 한꺼번에 무너뜨리고 나서 스스로를 한심하게 여겼는데, 어쩌면 더 좋은 기회가 온 것인지도 몰랐다. 혜련은 기가 막혀서 혼자 웃었다. 웃다가 어학 학습기에 이어폰을 연결했다.

앨버트로스와 치자 열매. 그것에 대해 이야기해도 믿어줄 사람이 있을까.

남세훈

고등학교 때는 노래방에 곧잘 갔는데, 대학에 들어와서는 갈 일이 별로 없었다. 오랜만에 고등학교 친구들을 만나 노래방에 갔다가 나오는데 주인아저씨가 세훈을 붙들었다.

"너 알바 필요 없니? 방학 때 할 일 구했어?"

아르바이트 자리야 언제든지 필요했다. 자세히 들어보니 터미널 옆 콜라텍이라고 했다. 세훈은 망설여졌다. 지난번 고등학교 동창을 따라 임상시험 알바에 갔다가 기절한 이후로, 너무 쉬워 보이거나 어딘가 의심스러운 일은 하지 않기로 마음먹었던 것이다.

"별로 할 거 없어. 코트룸 담당이야. 옷이랑 가방만 지키면 돼."

겨울에 오토바이를 타고 해야 하는 일은 싫었다. 눈이라도 오는 날엔 위험한 순간이 한두번이 아니었다. 코트룸이

라니, 따뜻하지 않을까. 시급도 제법 괜찮았다. 세훈은 하
겠다고 했다.

11시에 출근해서 5시에 퇴근이었다. 콜라텍이라 해도
춤추는 곳이니 밤에 영업할 줄 알았는데, 피크는 12시에서
2시 반 사이였다. 그야말로 오후였다. 햇빛이 가장 좋은 시
간에 모두들 지하로 몰려들었다. 입장료는 2천원이었다.
2천원이 아니라 2만원이나 20만원을 받아낼 것 같은 위압
적인 외모의 직원이 입구에 서서 입장료를 받았다. 그다음
이 세훈의 차례였다. 코트룸이라 해봐야 허리까지 오는 가
벽과 가벽에 붙인 테이블, 거의 책꽂이나 다름없는 가방을
보관하는 장과 그 뒤편의 행어가 다였다. 가방을 맡기는
값은 500원이었는데 단골들은 세훈에게 천원권을 건네고
500원은 팁이라며 거스름돈을 받지 않았다. 500원이 어디
인가, 세훈은 기쁘게 챙겼다. 어떤 날은 주머니가 묵직해
져서 돌아갔다. 대개는 핸드백이었지만 가끔은 대파가 빼
꼼 보이는 장바구니도 맡기고 등산지팡이가 불쑥 튀어나
온 배낭도 맡겼다. 세훈은 옷 개는 법을 새로 배웠다. 안감
을 바깥으로 해서, 구김도 가지 않고 나쁜 냄새도 배지 않
게 갰다. 좋은 옷들이 많았다. 버버리라든지, 아르마니라
든지 고급스러운 옷들에 꼼꼼하게 번호표를 달았다.

"좋은 옷을 입고 왜 2천원짜리 콜라텍에 오실까요?"

어느날은 궁금해서 함께 코트룸에서 일하는 아주머니에게 물었다. 분실 사고가 생각보다 잦은지 적어도 한 사람, 되도록 두 사람이 자리를 지키는 게 규칙이었다.

"여기서 낮에 춤을 연습한 다음에 저녁에 카바레에 가는 거야. 거기가 비싸지."

콜라텍이 가득 차면 200쌍 정도가 되었다.

"저 중에 부부도 있을까요?"

세훈이 묻자 아주머니가 폭소했다.

"저 중에 한쌍이라도 부부가 있으면 내가……! 없어. 절대로 없어."

아주머니가 과장을 하거나 지나치게 냉혹한 시선을 가진 건 아니었던 것이, 세훈도 한달이 지나자 제비들의 얼굴을 익히게 되었다. 특출한 미남들이 아니라는 점이 놀라웠다. 복고 영화에서나 볼 법한 잠자리 안경을 쓴 강 선생이 어느날 세훈에게 물었다.

"세훈이 춤 가르쳐줄까? 내가 싸게 가르쳐줄게."

세훈은 예의상 관심 있는 척 되물었다.

"얼만데요?"

"그냥 춤은 30만원만 주면 한달 가르쳐줄게. 강사 코스는 그보다 비싸."

강사 코스라 함은 '제비 코스'를 뜻하는 것이었다. 눈앞에 선이 보였다. 세훈은 대학에 들어가 이상한 종교단체나 피라미드 업체에 끌고 가려는 사람들을 거절하며 희미한 선들을 보는 법을 배웠다. 넘기 전에는 희미하다. 넘고 나면 선이 아니라 벽이 된다. 아주 돌이킬 수 없는 것은 아니지만 꽤 힘들어진다. 살면서 그런 선들을 얼마나 많이 만나게 될까. 넘어가게 될까.

"돈이 없어서 알바하는 거라……"

"다음에 여유 생기면 말해."

지켜보기에 흥미로운 세계이긴 했다. 늦가을부터 트로트 버전으로 흘러나오는 캐럴에 맞추어, 전날 마감 후 세훈이 바닥에 열심히 뿌려둔 파우더 위로 사람들이 미끄러지며 춤을 추었다. 강사들은 문화센터 등지로 수업을 나가서 콜라텍으로 학생들을 몰고 왔다. 콜라텍까지만 추고 귀가하는 사람들이 있고 저녁에 카바레까지 옮겨 가는 사람들이 있었다. 강사들 사이에서도 등급이 존재했는데, 처음 세훈이 생각했던 것처럼 경력순이 아니었다. 얼마나 잘 리드하느냐가 종종 경력마저 뒤집었던 것이다.

"등에 얹은 손가락 세개. 필요한 건 그것뿐이야."

수평 같은 강사들은 세훈과의 친분을 두고도 경쟁했다. 콜라텍 건물과 옆 건물 사이의 작은 틈새엔 식당이 있었다. '쪽문 식당'이라고 불렀는데, 건물 안에 있는 것도 바깥에 있는 것도 아닌 애매한 형태였다. 콜라텍에서는 음식을 팔지 않기 때문에 배가 고프면 그 틈새에서 먹었다. 강사들은 돌아가며 세훈에게 밥을 사주었다. 사주지 않는 날도 있었지만 왠지 희한한 종류의 과시를 하는 데 세훈을 이용하는 듯했다. 어린애가 내 말을 잘 들어, 내가 동생 삼아 돌봐주는 애야, 참 열심이기도 하지, 그런 말들을 했는데 세훈은 적당히 고개를 끄덕여주며 밥값을 아꼈다. 메뉴는 전이나 두부김치 정도였다. 막걸리가 항상 곁들여졌다. 콜라텍 문 앞에서 파는 거지 안에서 파는 게 아니라 불법은 아니었다.

세훈이 제일 좋아하는 단골손님은 점잖은 할아버지 한 분이었다. 강사가 아닌, 일반 손님인 남자는 아주 적었는데 그 할아버지는 여든도 넘어 보였다. 세훈과 말을 트게 되자 심심하면 5천원씩 팁을 주었다. 세훈이 만원짜리를 부담스러워하자 5천원 지폐로 바꿔 온 것이 다정했다. 모두 그 할아버지를 큰형님, 큰오빠라고 불렀다. 느끼할 수도 있는데 워낙 연세도 있고 품행이 좋아 그런 느낌은 들지 않았다. 여유가 있는지 세훈에게뿐만 아니라 사람들에게 후했다. 춤은 별로 추지 않았다.

"아들네랑 같이 사는데 내가 집에 있으면 다들 불편해하니까. 나다닐 수 있을 때 나다녀야지."

이제 세훈도 사람들 사이의 기류를 읽을 수 있게 되어 그 할아버지에게 몇몇 할머니들이 연애를 거는 것을 목격했다.

"인기 좋으시던데요?"

"좋으면 뭘 하겠어. 곧 저승 갈 거야."

"아직 정정하신데 왜 그런 말씀을 하세요."

할아버지는 쪽문 식당에서도 인기가 좋아서 식당 아주머니들은 없는 메뉴도 만들어주었다. 반은 팁 때문, 반은 인품 때문이었을 것이다. 세훈은 종종 그 할아버지와 진짜 식당에서나 나올 법한 백반을 먹었다. 어디서 나타났는지 모를 조기도 두 마리 있었다.

"내 첫사랑이 얼마 전에 입원을 했어."

"첫사랑이라면 언제 만나신 분인데요?"

"내가 자네보다도 어렸을 때."

"많이 편찮으신가요?"

"그런가봐. 만나주질 않아. 아무리 만나러 가겠다고 해도. 병든 모습 보여주기 싫은 건 알겠지만 보고 싶은데…… 자네는 애인이 있나?"

"아뇨, 없어요. 남자가 많은 과에 가서요. 고등학교 때는 친해지고 싶은 여자애가 있었는데 썩 성공적이지 못했어요."

"어떤 친구였는데?"

"똑똑하고 예쁜데 덤벙거려서 맨날 흉터를 달고 다니는 애였어요."

세훈은 예전에 좋아했던 한영을 그렇게 설명했는데, 하고 나니 꽤 정확한 설명인 것 같았다.

"왜 못 친해졌어?"

"나중에 궁금해서 걔랑 친한 다른 남자애한테 물어봤거든요. 덩치 큰 남자를 싫어한대요. 길에서 누가 갑자기 때린 적이 있대요. 그래서 완력이 세 보이는 사람은 자기도 모르게 피한다고 하더라고요. 확실히 걔랑 친한 애는 작고 호리호리한 타입이에요. 옷도 핑크랑 오렌지 막 입는 그런 남자애요. 부럽더라고요."

"저런, 옛날엔 덩치 좋고 묵직한 남자가 훨씬 인기 있었는데."

할아버지 본인도 호리호리하면서 세훈을 위로해주었다.

"할아버지 첫사랑은 어떤 분이신데요?"

"세상 무서운 게 없는 여자였지. 덩치 큰 남자도 산짐승도 무서워하지 않아서 밤에 고갯길도 막 넘어다녔어. 험하디험한 시절이었는데 말이야. 웃지도 않고 말도 어찌나 매섭게 하는지. 근데도 좋았어. 겁먹은 표정을 한번도 짓지 않았어. 모두가 겁먹은 얼굴을 하고 살 때였는데 그게 신기했지.”

“그럼 어릴 때부터 계속……?”

“아니. 각자 결혼했지. 다른 건 안 무서워해도 자기 아버지는 무서워했거든. 성질이 똑같은데 더 센 분이었어. 부잣집에 시집갔는데 남편이 금방 요절해버려서 힘들게 살았다더라고.”

“저런.”

이번엔 세훈이 저런, 하고 옛날 사람처럼 말했다. 약간 쑥스러워서 얼굴이 붉어졌지만 쪽문 식당은 어두워 티가 나지 않았다.

“그렇다고 내가 연락할 수는 없잖아. 나도 가정이 있었으니까. 아내와 사별하고, 3년을 넘겨 예의를 지킨 다음에 연락했는데 뭐 너무 늦은 거였지. 몇번 만나지도 못하고.”

“그래도 멋있어요.”

“멋있을 것도 없다. 뭐가 멋있어. 세월이 너무 금방이야.”

“여기 같이 오시면 좋을 텐데.”

“아냐. 춤 싫어해, 그 사람.”

할아버지 쪽도 별로 좋아하는 것같이는 보이지 않았다. 푹신한 소파, 가사를 아는 옛날 노래, 가벼운 사교 쪽이 마음에 들 뿐인 게 아닐까 세훈은 추측했다.

춤도 추지 않으면서 거의 매일 출석하던 할아버지가 얼

마 동안 오지 않자 걱정이 되었다. 2주 만에 다시 왔을 때 할아버지는 심하게 기침을 하고 있었다.

"그동안 얼굴이 많이 상하셨네. 편찮으셨어요?"

"반쪽이 되셨네."

"그냥 며칠 앓았어. 감기가 오래가는구먼."

할아버지가 사람들과 인사를 나누는 동안, 세훈이 다른 직원에게 말해 홀 온도를 조금 올렸다. 식욕을 크게 잃었는지 점심도 건너뛰고 구석 자리에서 빙글빙글 춤추는 사람들만 구경하던 할아버지가 화장실에 가려고 일어섰을 때, 세훈은 자기도 모르게 그쪽을 쳐다보았다. 처음 몇걸음은 괜찮은 듯 보였다. 하지만 곧 걸음이 무너지기 시작했다.

"잡아요!"

세훈이 어쩔 수 없이 손가락질하며 크게 외쳤다. 음악 때문에 들은 사람이 몇 없었지만 강 선생이 마룻바닥을 스케이트 선수처럼 미끄러져 할아버지가 아주 쓰러지기 전에 부축했다. 음악이 멈췄다.

"열이, 열이 이렇게……"

할아버지가 눈을 떴다. 세훈을 보더니 손을 잡았다.

"구급차 부를게요."

"아니야. 일어설 수 있어."

할아버지는 정말로 일어섰다. 일어설 수 있는 컨디션이어서가 아니라 극기로 일어선 것 같았다. 세훈은 어렴풋이 노인이 이 무대, 이 사교의 장에서 두 발로 퇴장하고 싶어 한다는 느낌을 받았다.

"그럼 제가 병원에 모셔다드릴게요."

"아니, 그것도 괜찮아."

"코앞이에요. 200미터도 안 될 거예요. 거기까지만 가게 해주세요."

사실 그보다는 더 될 거라고 생각하면서 세훈은 살짝 숫자를 줄였다. 코트룸 아주머니가 세훈과 할아버지에게 코트를 건넸다. 코트를 입혀드리고 모자도 씌워드렸다. 할아버지는 천천히 계단을 올라갔다. 사람들이 우려 섞인 인사를 던졌다. 세훈은 뒤에서 따라 올라가며 혹시 모를 두번째 기절을 대비했다.

세훈은 몇번의 짧은 부축으로 할아버지가 쓰러지지 않게 도우며 걸었다. 병원이 멀리 보이기 시작했을 때였다.

"안 되겠네."

"네?"

"더는 못 가겠어. 좀 쉬었다 가야겠어. 벤치가 없나."

세훈은 죽 뻗어 있는 길을 바라보았다. 벤치도 없을뿐더러 지하철 공사가 한창이라 쉬어 갈 만한 공간이 전혀 없었다.

"제가 업어드릴게요."

"어떻게 그래."

"그냥 덩치 좋은 손주가 효도한다 생각하시고 업히세요."

할아버지의 얼굴이 붉어졌다. 슬픔과 치욕의 기색이 읽혔지만 일단은 병원에 가야 했다. 세훈은 노인을 업었다. 가벼웠다. 모자와 코트 깃으로 얼굴을 가리는 움직임이 느껴져서 걸음을 빨리했다. 빠르면서도 안전하게 했다. 보도블록이 엉망이었다. 지하철 공사가 끝나야 다시 깔려는지 방치된 블록들이 들쭉날쭉했다. 업지 않았다면 도저히 못 갔을 길이었다.

응급실에 도착해 의사를 함께 기다리고 싶었지만 할아버지가 어서 가라고 손짓을 했다.

"고마워. 하지만 자네는 일하는 중이니까 돌아가봐야지."

"이해해주실 텐데……"

"아니야, 손주가 이 병원에서 일해. 그애한테 전화하면 돼."

"정말요?"

"정말이야. 전화만 하면 금방 올 거야."

"그럼 다음에 뵐게요."

하지만 세훈은 새 학기가 찾아와 콜라텍을 그만두는 날

까지 할아버지를 보지 못했다. 코트룸 보이의 조끼 정장을 반납하면서도 끝내 마음이 쓰였다. 마지막 날에는 천원씩 팁을 주는 사람이 많아서 주머니에 돈은 더 많았지만 무게 자체는 가벼웠다. 세훈은 주머니를 터뜨릴 것 같았던 500원짜리 동전들의 무게를 가끔 그리워하게 될 거란 생각을 했다. 반신반의하며 시작한 아르바이트였지만 재미있었다. 뭘 배웠는지 구체적으로 말하긴 어려워도 무언가 배운 듯한 기분이었다.

외풍이 들던 코트룸에 서 있던 기억이 희미해질 즈음, 콜라텍에서 전화가 왔다.

"세훈씨, 잘 지내?"

"네, 잘 지냈어요. 갑자기 어쩐 일이세요?"

"세훈씨 보고 싶어서 전화했지."

"아…… 네……"

"반가운 척 그보다는 좀 잘할 수 없니?"

"하하."

"큰오빠 할아버지 기억나지?"

"네, 그럼요. 그분 다시 오셨어요? 건강 어떠시대요?"

"응, 야위셨는데 괜찮아지셨대. 폐렴 때문에 꽤 오래 입원하셨었나봐. 하여튼 그분이 세훈씨 고맙다고 장학금을 맡기고 가셨어."

"엥? 장학금요?"

"빨리 와서 안 찾아가면 우리가 떼먹을 거야. 찾으러 와."

세훈은 그날 수업에서 조금 일찍 빠져나와 콜라텍이 문을 닫기 직전에 도착했다. 사람들 몇이 알아보고 인사를 했다. 단골들도 있고 낯선 사람들도 있었다. 어쩐지 어색해서 세훈은 안쪽으로 급히 들어갔고, 매니저가 두툼한 한지 봉투를 건넸다. 빳빳한 5만원권들이 들어 있었다. 봉투 바깥에 한자로 '장(獎), 학(學), 금(金)'이라 힘주어 써 있는 게 농담이 아니었던 모양이었다.

"뭘 이런 걸…… 혹시 연락처 남기신 거 있어요?"

"없어. 이제 안 오신대. 그동안 고마웠다고 인사 다 하고 가셨어."

"감사 인사라도 해야 할 텐데요. 성함을 여쭤봤어야 했는데."

"너 그 돈으로 춤 안 배울래?"

강 선생이 웃으며 물었다.

"다음에요."

세훈도 웃으며 대답했다.

그게 정말로 끝이었다. 세훈은 이후 콜라텍을 방문할 일이 없었고, 몇년 동안 까맣게 그곳을 잊고 살았다. 그러다가 할머니 칠순잔치 때였다. 모두 평범하게 춤을 추는데 시골 이모부의 스텝이 예사롭지 않았다. 발이 바닥을 부드럽게 스치며 미끄러졌다. 손가락 세개로 이모를 리드했다. 좀 하시는데? 세훈은 감탄했다.

일곱살 조카의 손을 끌고 세훈도 합류했다. 그러자 이모부 쪽도 눈빛을 보내왔다. 좀 하는데? 이모부가 말을 꺼내기 전에, 뭘 묻기 전에 세훈은 얼른 멀어져갔다.

이설아

대하기 어려운 사람이라는 게 공통된 평이었다. 윗사람도 아랫사람도 똑같이 설아를 어려워했다. 유능하고 책임감 있고 함께 일하는 사람을 공정하게 대하지만, 이상하게 편한 사람은 아니라고 모두 입을 모아 말했다. 설아에겐 설아만이 짓는 독특한 표정이 있었는데, 주로 뭔가 멍청한 말을 한 사람에게 그 표정을 했다. 얼굴 근육을 몇개 움직이지 않으면서 온도를 뚝 떨어뜨리는 표정이었고, 그 얼굴을 대한 당사자들은 '아, 내가 지금 머저리 같았구나' 하고 흠칫하게 되는 것이었다.

그 냉담한 표정을 제일 자주 마주하는 건 같은 정신건강의학과의 전근용이었다.

"요즘 여자 의사들이 너무 많아져서 페이가 떨어지잖아. 애 엄마들이 파트타임도 하겠다 하고, 돈 조금 줘도 하겠다 하고 그러니까 시장이 망가지는 거야. 여자들은 이기

적이어서 전체 그림을 못 본단 말이야. 너희는 나가서 그러지 말라는 얘기야."

근용과 같은 테이블에 앉은 여자 의사들의 얼굴빛이 나빠졌다.

"그게 우리가 이기적이어서야? 선배 정말로 그렇게 생각해요?"

점심 자리에 약간 늦은 이설아가 근용의 뒤에서 말했다. 근용이 놀라서 돌아보았다.

"또 너냐?"

다른 사람들이 설전을 기대하며 눈길을 던졌다.

"내가 뭐 틀린 말 했다고 그래?"

"여자는 똑같은 전문직이어도 가사와 육아를 떠맡잖아요. 그래도 계속 일하고 싶으니까 파트타임이어도 하고 돈 조금 줘도 하는 거지. 그게 선배가 평소에 그렇게 좋아하는 시장의 형성이잖아. 마음에 안 들면 여자도 풀타임으로 일할 수 있는 사회를 좀 만들어봐요."

"흥, 페미니스트 납셨네."

"페미니스트를 욕으로 쓰는 것도 교양이 부족하다는 증거예요."

"뭐라고?"

근용이 먼저 목소리를 높였다. 승부가 났네, 났어, 하고 옆 테이블의 누군가가 속삭였다.

"그래, 그 말 취소할게. 너 같은 특권층 엘리트가 무슨 페미니스트냐?"

근용이 반격했다.

"그치, 나 혜택받은 엘리트지. 인정해요. 근데 줄곧 차별 안 받고 커서 차별을 보면 차별인 줄 더 민감하게 알아요. 그래서 내가 가진 자원으로 내가 할 수 있는 걸 하는 건데, 그게 뭐?"

"가질 거 다 가져놓고 맨날 따박따박 더 요구하기나 하고. 요즘 여자들은…… 입만 살았어, 아주 입만. 네 이름 설 자가 혀 설 자냐?"

"에이, 입만 살진 않았지. 선배들이 다 미룬 해바라기센터 제가 맡았잖아요?"

설아가 정말로 해바라기센터를 주저 없이 맡아 운영해 오고 있었기에 근용은 조용해졌다. 해바라기센터는 전국 중소도시의 거점병원에 설치된 성폭력, 가정폭력 피해자 지원시설이었다. 복합적인 의료지원과 함께 사회복지사와 경찰, 행정 직원의 도움도 받을 수 있었다. 처음엔 다들 냉한 성격의 설아가 해바라기센터를 맡은 것에 갸웃했지만, 의외로 환자들의 반응이 나쁘지 않았다. 하품이 옮는 것처럼 강인함도 옮는다. 지지 않는 마음, 꺾이지 않는 마음, 그런 태도가 해바라기의 튼튼한 줄기처럼 옮겨 심겼다.

"싸움닭."

잠깐 조용해졌던 근용이 내뱉었다.

"선배, 우리가 하는 건 싸움이 아니에요. 건설적인 대화죠."

설아의 천연덕스러움에 옆자리의 누군가가 낮게 웃었다.

"제가 그렇게 미우시면 페이 더 떨어지기 전에 선배가 좋은 자리 찾으면 되겠다. 저는 여기 천년만년 있을 거라서요."

모두가 그 말만은 농담으로 듣지 않았다. 설아의 집안이 병원에 가지고 있는 영향력을 생각하면 설아를 내보낼 수 있는 사람은 없었다. 몇대를 거슬러올라가는 명문가 출신이었다. 한국 근현대사의 굴곡 때문에 위기가 없었던 건 아니지만 여전히 우수한 인재들을 키워내 각계에 깊이 침투시키고 있었다. 사실 설아는 마음만 먹으면 근용을 쉽게 내보낼 수도 있었다. 그러면 안 된다는 걸 배웠으니까 그러지 않을 뿐이었다.

"어휴, 너 같은 걸 누가 데려갈지 모르겠다."

"선배는…… 후배 무서운 걸 좀 알아야 해요. 세상에 후배만큼 무서운 게 어딨다고. 아아, 배고프다. 저는 런치 세트 주세요."

해바라기센터는 독립된 건물을 썼다. 타일로 장식된 2층 짜리 건물이었다. 점심을 먹고 나서는 혼자 다른 방향으로 걸어야 했지만 짧은 산책은 나쁘지 않았다. 설아는 센터의 이름에 걸맞게 인도 쪽으로 난 조그만 화단에 해바라기를 심어보기도 했는데, 지나치게 큰 종자를 심는 바람에 시들어갈 때는 사람이 죽은 것처럼 무서운 모양이 되고 말았다. 다음번에는 적당한 크기로 골라 심자고 마음먹었다.

센터 뒤쪽은 근린공원이었고, 그 너머로는 끝없이 펼쳐지는 다세대주택 구역이었다. 방범이 형편없고 주거 취약층이 많이 살았다. 몇건의 사건으로 악명이 높아진 지역이었다. 시 차원에서 여러 노력을 기울여 강력사건은 주춤하게 되었지만, 새로 생긴 파출소도 자율방범단도 개선된 방범창도 가정 내에서의 폭력까지 막아주진 못했다. 낡고 붉은 벽돌 벽 너머에서 매일매일 무슨 일들이 벌어지고 있을지 몰랐다. 가정폭력의 가장 나쁜 점 중 하나는 피해자가 갈 곳을 잃고 가해자가 집을 차지하기 쉽다는 것이었다. 해바라기센터 일을 하다가 그 점을 깨달은 설아는 지역 여성쉼터의 후원자가 되었다. 설아의 환자들이 그곳을 자주 거쳤던 것이다. 잠깐 머무는 경우도 있고 상황이 복잡해서 오래 머무는 경우도 있었다. 쉼터에 가보면 짐을 챙겨나오지 못해 가을이 깊도록 민소매, 반소매인 사람들도 많았다. 설아는 정기적으로 물품과 돈을 기부했다. 인사실 직원에게 강력한 로비를 해서 병원에 단기 일자리가 나면 쉼터에 먼저 알림이 가도록 해둔 것도 설아였다.

설아 혼자 움직이는 데는 한계가 있었다. 그래서 작년부터 바자회를 했다. 해바라기센터와 연계 쉼터 세군데를 위한 자선 바자회였다. 근린공원을 빌려 가을날의 주말 이틀 동안 여러 행사를 벌였다. 작년 바자회가 성공적이었기에 올해는 더욱 어깨가 무거웠다.

설아는 냉했지만 냉한 것치고는 주변에 사람이 많았다. 홈쇼핑 채널에서 일하는 친구에게 전화해 흠집 적은 반품 물건을 잔뜩 기증받고, 아웃도어용품 회사에서 일하는 오촌 이모에게 전화해 점퍼와 등산화를 기증받았다. 지역 도자기 공방의 색깔이 덜 나온 도자기들과 업사이클링 브랜드의 재고도 한쪽을 차지했다. 역시 물건이 좋다고 소문이 나야 사람들이 온다.

"채원 샘, 28일에 바빠요?"

"그날은 오프예요. 왜 그러세요?"

"그럼 바자회에서 한 코너 맡아줄래요? 뭔가, 어린이들에게 교육적인 걸로요."

바자회 당일, 채원은 '바나나 수술실'을 열어 바나나 껍질을 깐 다음에 다시 봉합하는 걸 동네 어린이들에게 해보

게 했다. 참여비가 5천원이었는데도 대인기였다. 마취과
의 성격 좋은 선생도 하나 따라와서는 가짜 가스로 바나나
를 마취시켰다. 뭐 그렇게까지 열심일 건 없었는데, 하면
서도 설아는 인기 코너를 기분 좋게 바라보았다. 병원에서
가장 출중한 외과의를 저렇게 쓴 건 좀 그랬나. 실명 직전
이 될 때까지 구타당한 설아의 환자를 치료해준 안과 선생
과 어깨뼈가 부러질 때까지 밟힌 다른 환자를 치료해준 정
형외과 선생이 솜사탕 기계를 돌리고 있는 것에 비하면 채
원 정도는 대우를 받는 거였지만 말이다.

　병원에서는 종합검진권을 얹어 경매에 부쳤고, 저술가
로 더 유명해진 정신건강의학과 동료를 불러 강연을 개최
했다. 회화 작품을 구매하면서 알게 된 아티스트와 친구가
된 지는 좀 되었는데, 조심스럽게 참가를 부탁했더니 너무
나 흔쾌히 커다란 캔버스를 들고 와서 실시간 작품활동을
해주었다. 그 작품은 미술을 좋아하는 교수들 사이에 경쟁
이 붙어 높은 값에 팔렸다. 향수 제작자의 맞춤 향수 부스
는 향기로웠고, 건너 건너 아는 재즈 콰르텟은 저녁 공기
를 꽉 채워주었다.

　"팀당 재료비와 일당 빼고 기부해주시면 되어요."

　설아가 모든 부스를 돌며 당부했다.

　"저기……"

작년에도 참여했던 근처의 베이글 가게 사장이 말을 걸었다.

"내년에도 꼭 불러주세요."

"네, 와주시면 저희가 감사하죠."

"작년에는 왜 이런 일들 하시는지 몰랐어요…… 이제는 좀 알 것 같아요. 그러니까 내년에도 꼭 불러주세요."

"그럴게요."

베이글은 층층이 쟁반이 완판되었다. 베이글 가게 사장은 스프레드들이 맛별로 들었던 빈 아이스박스를 가볍게 들고 돌아갔다.

예년보다 더 많은 기부금이 걷혔다. 설아는 만족했다. 끝까지 함께해준 사람들과 공원을 완벽하게 청소하고, 병원 창고에 천막을 반납하고 나니 밤이 깊었다. 냉한 사람인데 에너지를 지나치게 발산한 나머지 지쳐버렸다. 설아는 해바라기센터의 옥상으로 올라갔다. 기부금을 투명하게 쓰고, 세세하게 기록하고, 그걸 공개하고 나면 또 1년이 갈 것이다. 살이 찢어지고 뼈가 부러진 채 다친 동물처럼 실려 온 여자들에게, 아이들에게 그 일이 이제 지나갔다고 말해주면서 1년이 갈 것이다. 그 와중에 누군가는 또 바보 같은 소리를 할 테고, 거기에 끈질기게 대답하는 것도 1년 중 얼마 정도는 차지할 테다. 가장 경멸하는 것도 사람, 가장 사랑하는 것도 사람. 그 괴리 안에서 평생 살아갈 것이다.

누가 쳐다보는 듯한 느낌이 들어서 고개를 돌렸다. 본관의 입원실 낮은 층 창가에 있던 사람이 잠깐 망설이더니 설아에게 손을 흔들었다. 설아도 마주 흔들어주었다. 창이 어두워서 잘 보이지 않았지만 손바닥만은 다정했다.

한규익

   가끔 큰누나와 초밥을 먹는 꿈을 꾼다. 아주 근사하지
도 형편없지도 않은 그냥 보통의 초밥집에 가서 누나와 마
주 앉는다. 누나는 규익과 닮았다. 둘째 누나와는 별로 닮
지 않았는데 큰누나와 규익은 놀랍도록 닮아서 사람들은
머리 길이만 다르다고 놀리곤 했다. 나이 차이는 열 살 가
까이 났지만, 누나도 도토리처럼 생겨서 별로 나이가 들어
보이는 편은 아니었다. 초밥집은 어딘가의 2층, 혹은 3층
이다. 누나가 창밖을 본다. 눈이 오고 있다. 눈이 상승기류
를 만나서 살아 있는 생물처럼 움직인다. 누나가 목도리를
풀고 코트를 벗고 그것들을 가지런히 둔다. 두 사람은 별
로 중요하지 않은 이야기들을 한다.
   "초밥 먹고 싶었어. 임신 중에 먹고 싶어서 혼났지."
   맞다. 누나는 임신 중이었다. 그 말을 들으니 규익의 머
릿속 어딘가가 굉장히 간질간질해지고 만다.

"우린 다 누나 죽은 줄 알았어. 다들 그렇게 알고 있었어. 왜 그랬지?"

하지만 꿈속에서는 그런 불편한 의문도 금방 가벼워지고 이내 초밥이 나온다. 누나가 하나씩 맛있게 먹는다. 두 사람은 계속 중요하지 않은 이야기들을 한다.

"아귀간초밥은 지옥에서 온 것 같은 이름이지만 먹어보면 진짜 맛있어, 그치?"

초밥을 다 먹으면 누나는 다시 코트를 입고 목도리를 정성 들여 맨다.

"다음에 또 먹자."

"그래."

그런 꿈을 세번인가, 네번인가 꾸었다. 한번도 꿈이 끝나기 전에 누나가 죽었다는 깨달음에 이르지 못했다. 이상하고, 마음에 걸리는 꿈이었다. 게다가 누나의 옆자리엔 검은 양복을 입은 남자가 앉아 있었다. 그 남자는 먹지도 이야기에 끼지도 않고 함께 앉아 있다가 누나를 데리고 갔다. 꿈속에서는 그 남자에게 전혀 신경이 쓰이지 않는데 깨고 나면 무척이나 신경이 쓰였다. 처음엔 매형인가 싶었지만 매형이 아니었다.

누나가 죽고 부모님은 황혼 이혼보다는 살짝 이르게 이

혼을 했다. 원래도 사이가 좋지 않았지만 서로를 더 못 견
뎌 하는 바람에 결국 그렇게 되었다. 매형이 해외 파견을
나가고 나서였다. 부모님은 매형이 한국을 뜨자 보는 눈이
없어졌다고 안도하듯이 결정을 내렸다. 매형은 매형대로
무너져서 처음엔 몇사람이 실어증을 의심했고, 그다음엔
모두가 알코올의존증을 확신했다. 매형이 술이 유명한 나
라에 파견을 갔더라면 걱정했을 것이다. 다행히 중동이라
술 구하기는 쉽지 않겠거니 했다. 면세 술을 왕창 마시고
있을지 또 모르지만 말이었다. 죽은 아내의 가족들과 계속
가족으로 남는 것과 남지 않는 것 중에서, 별 살갑지도 않
은 사람이 전자를 선택한 속내를 규익은 가끔 궁금해했다.
매형은 귀국하면 한번은 장모의 집을, 한번은 장인의 집을
찾았으며 매번 규익을 불러내 술을 사주고 용돈을 줬다.
규익은 그 돈으로 책을 샀다. 어쩐지 들고 있기가 싫어서
나중에 곤란해질 걸 알면서도 모조리 책을 사버렸다. 어느
날 무너지는 책꽂이 밑에 깔려버렸으면 싶었고, 책은 결국
책꽂이를 벗어나 여기저기 위태로이 탑이 되어 쌓였다. 문
이 좁게 열릴 정도로 책이 바닥을 잠식하는 와중에 그 책
을 끝까지 읽을 마음도 생기지 않아서 규익은 두번 자해
를 했다. 한번은 혼자 있을 때, 다른 한번은 학교에서였다.
두번째는 손목에 흰 금을 남겼다. 가느다란 금이라 잘 보

이지 않는다. 아마 나이가 들어 주름이 생기면 아예 보이지 않을 것이다. 나이 들어갈 수 있다면…… 다른 가족들은 규익의 자해 사실을 모르는데, 알게 되면 화를 내겠지만 놀라지는 않을 것이다. 아버지 집안에도 어머니 집안에도 자살한 사람들이 있다.

매형이 작은누나와도 만나는지 궁금하다. 4년 동안 모두가 떨어져나갔는데 작은누나는 여전히 싸우고 있었다. 어떤 사건에 피해자가 있고 유족이 있다면, 유족의 수가 훨씬 많을 것 같지만 꼭 그렇지는 않다. 어떤 가족은 싸우고 싶지 않아하고, 어떤 가족은 싸우고 싶어도 싸울 상황이 아니고, 어떤 가족은 싸우다 지쳐 나가떨어지고, 끝에는 남는 사람들만 남는다. 큰누나와도 규익과도 닮지 않은 작은누나. 산도 좋아하고 바다도 좋아하던 작은누나. 작은누나는 온갖 레포츠로 닦은 체력을 싸우는 데 쓰게 되었다. 셋 중 가장 건강하던 둘째였는데 몇년 사이 미묘하게 얼굴이 변했다. 표정이 변했다. 어떤 표정을 짓든 언제나 거기엔 불신이 섞여 있었다. 기쁠 때도 화를 낼 때도 심지어 잠들어 있을 때조차도. 더이상 아무것도 믿지 못하는 사람의 얼굴, 눈 너머로 매일 추락하는 마음이 드러나는 얼굴. 그 얼굴이 가족의 얼굴이 되니까 쳐다보기가 지독히 힘들었다. 규익은 도망쳤다. 도망친 게 미안해서 작은누나를 자꾸 외면했다.

얼마 전에는 작은누나가 런던에서 사진을 보내왔다. 큰
누나를 죽인 제품을 만든 회사의 본사 앞에서, 의회 앞에
서 항의 플래카드를 들고 찍은 사진들이었다. 누나 뒤의
풍경이, 건물이 너무 아름다워서 놀랐다. 저렇게 오래되고
아름다운 건물이 있는 나라의, 그처럼 큰 회사가 어떻게
그런 일이 벌어지게 내버려둔 걸까. 더 일찍 알아채지 못
한 걸까. 말도 안 되는 변명들을 늘어놓는 걸까. 그 회사와
다른 회사들, 정부의 여러 부처들은 책임을 핀볼처럼 이리
저리 넘기기 바빴다. 유족들은 그 정신없이 오가는 공을
아연히 지켜보았다.

4천원짜리 빨간 뚜껑의 가습기 살균제였다. 그렇게 말
도 안 되는 물건이 사람들을 죽게 한다. 누나가 죽었을 당
시엔 그게 원인인지도 몰랐다. 갑자기 산모와 영아들 사이
에서 유행하기 시작한 신종 폐렴인 줄만 알았고 나중에야
밝혀졌다. 가습기 살균제라니. 심지어 규익도 썼었다. 게
을러서 한두번 쓰다 말았다. 누나는 게으르지 않아서 죽었
다. 곰팡이와 세균을 싫어하는 사람이라서 죽었다.

학교에 가야 하지만, 가고 싶은 마음이 들지 않았다. 지
은도 학교에 나오지 않은 지 꽤 되었다고 들었다. 규익이
아예 그만둬버리면 지은이라도 다시 다닐지 모른다. 학교

를 지은에게 양보해주고 싶었다.

"더는 네 옆에 못 있겠어. 너는 내 눈앞에서 그랬어. 그건 잔인했어."

변명을 하자면 지은과 다른 천명의 눈앞에서 그랬지만 그런 말은 완전히 삼켰다. 비록 자해는 할지언정 변명은 하지 않는 사람이 된 것이다, 규익은.

그럼 학교에 가는 대신 콩국수나 먹으러 갈까. 몸속의 모든 것을, 장기들까지 다 토한 다음 죽고 싶은 기분인 날에도 넘어가는 음식은 콩국수뿐이었다. 여름이 아닌 계절에도 콩국수를 하는, 콩국수를 잘하는 집이 여의도에 있었다. 버스와 전철을 잘 갈아타도 한시간 반 거리여서 점심때가 지나 도착할 테지만 거기에 가기로 했다. 규익은 책더미 여기저기에서 책을 두권 꺼내 가방에 넣었다. 앉을 수 있을 것 같지가 않아서, 서서 가면서도 읽을 수 있게 시집과 얇은 소설로 골랐다.

전철역을 빠져나오자 햇볕이 좋았다. 잠깐 햇볕을 즐기곤 다시 지하의 가게로 향했다. 지하에서 지하로. 요즘의 규익과 어울리는 루트였다. 혼자 오는 사람들이 많은 편이라 아무도 규익을 쳐다보지 않았다. 규익은 편하게 가방을 옆자리에 내려놓았다. 주문을 하고 책을 좀 읽다가 음식이 묻을까 덮었다. 콩국수 가게는 손님이 늘 북적거리는 곳인데 시간이 늦어선지 본 중에 가장 사람이 적었다. 그래서 눈이 마주친 것이다.

매형과.

만약에 매형이 다른 방향으로 앉아 있었다면 못 알아봤을 텐데, 그 순간에도 그게 아쉬웠다. 매형은 어떤 여자와 함께 온 듯했다. 뒤통수만 보이는 긴 머리의 여자. 테이블에 올려놓은 왼손엔 어째선지 남자 시계를 차고 있었다. 매형이 엉거주춤 일어나려 했을 때 규익은 자기도 모르게 손바닥을 폈다. 인사의 손바닥이 아니라 만류의 손바닥이었다. 그러곤 얼른 그 손을 전화기 모양으로 바꾸었다. 나중에 전화해요, 지금 말고. 수신호만으로 의사는 전달되었다.

콩국수 맛이 다른가, 평소와? 규익은 조심스럽게 곧 나온 콩국수를 맛보았다. 가끔 너무 난도질당한 마음은 상태를 살피기도 난처해서 감각에만, 오로지 단순한 감각에만 의존해야 할 때가 있다. 지금은 콩국수가 규익의 진단시약이었다. 천천히 국수를 씹고, 그다음에 묵직한 그릇을 들어 콩국을 마셨다.

아니다. 같은 맛이다. 그럼 괜찮은 거다.

매형에게 연락이 온 것은 뜻밖의 마주침으로부터 이틀이 지난 저녁이었다. 그 이틀이 말하는 바가 컸다. 말을 고르는, 생각을 고르는 시간. 당연히 술을 먹으러 갈 줄 알고 어묵탕이 유명한 선술집을 골랐는데 매형은 술을 시키지 않았다. 우롱차를 시켰다.

"끊었어. 아예 안 마시기로 했어."

"잘하셨네요. 괜히 여기서 만나자고 해서……"

규익은 생맥주를 시킨 게 미안해졌다.

"평소보다 짧게 들어온 거라 연락 안 했어. 거기서 마주쳐서 놀랐지? 같이 있던 사람은 직장 후배야."

후배야, 뒤에 생략된 부분 때문인지 매형은 끝으로 갈수록 흐리게 말했다.

"이제 다른 사람 만나도 돼요. 아무것도 설명 안 하셔도 돼요."

규익의 말에 매형은 우롱차를 조금씩 길게 마셨다. 목이 타는 것일까.

"전 매형이 객사할 줄 알았어요. 술을 먹고 우리가 모르는 데서 쓰러지거나, 자다가 토해서 기도가 막히거나, 그렇게 가버릴 줄 알았어요. 그것만 아니면 괜찮아요. 다른 가족들도 이해할 거예요. 우리는 어차피 다 흩어졌고."

"아직 아무것도 아니야."

"술을 끊었잖아요. 그럼 아무것도 아닌 건 아니죠. 좋은 걸 발견해놓고 아니라고 거짓말하면 안 돼요."

"너는 말도 네 누나랑 비슷하게 한다."

그 말에 규익은 약간 울 뻔했고, 매형도 그런 것 같았다.

"너는 괜찮아?"

"괜찮아요. 씩씩하게 잘 지내요."

결국은 매형이 울었다. 규익은 후회했다. 뭘 후회하는지 정확히 모르면서 후회했다. 규익이 울린 게 아니었으니 후회할 필요도 없었는데. 연실을 자르듯이 언젠가는 매형을 놓아줄 것이다. 이미 부서질 대로 부서진 이 가족으로부터 완전히. 머지않은 날 끊어내줘야겠다고 마음먹었다. 규익은 커터 칼을 떠올렸다.

커터 칼을 떠올린 날은 혼자 있으면 안 될 것 같아서, 매형을 보내고 작은누나에게 전화했다.

"잘됐다. 집에 딸기가 많은데 와서 좀 가져가라."

규익의 목소리에서 별다른 걸 감지하지 못했는지 경쾌하게 작은누나가 말했다. 버스로 30분 거리였다. 규익은 가방을 앞으로 안은 채 흔들리고 흔들리면서 누나에게 갔다. 유난히 승차감이 좋지 않은 버스였다.

혼자 사는 작은누나의 집은 거의 텅 비어 있었다.

"뭘 더 갖다버렸어?"

"안 쓰는 거 정리 좀 했어."

"머리도 잘랐네."

"말리기 귀찮아서."

작은누나는 열심히 딸기를 씻었다.

"웬 딸기가 이렇게 많아?"

"으응, 런던에 같이 갔던 분이 보내주셨어."

규익은 딸기 접시를 받아들었다. 그럼 이 딸기도 가족을 잃은 사람이 키운 딸기겠구나. 텁텁했던 입안에서 딸기 과육이 폭죽처럼 터졌다.

"너 그거 알아? 세상에 존재하는 거의 모든 안전법들은 유가족들이 만든 거야."

"정말?"

"몇백년 전부터 그랬더라. 먼 나라들에서도 언제나 그랬더라."

"나도 데려가."

"어디에?"

"어디든, 다음번에 뭐 할 때는."

"알았어."

규익은 작은누나의 작은 소파에 등을 기대고 다리를 뻗었다. 뭘 많이도 먹었네, 요 며칠은. 꿈속에서도 꿈 밖에서도. 규익은 생각했다. 흰 금들이 남은 몸이 음식을 천천히 소화시키고 있었다.

윤창민

창민은 소은과 헤어질 뻔했다. 소은을 좋아하지 않아서
가 아니었다. 얼마나 좋아하냐면 첫사랑보다도, 대학 내
내 사귄 여자친구보다도, 결혼할 뻔했던 바로 전 여자친구
보다도 좋아했다. 태어나서 좋아한 여자 중에 가장 좋아했
다. 하루하루 함께 보내는 게 즐겁고 새로운 사람이었다.
유쾌하고 재치가 넘쳐서 언제까지고 질리지 않을 것 같았
다. 설레면서도 편해 만날수록 좋아졌다. 소은은 이목구비
가 정말 예뻐서 살을 빼면 엄청난 미인이겠구나, 생각이
들게 하는 타입이었지만 자기 몸에 대해 아무런 콤플렉스
가 없기에 1년에 하루도 다이어트를 하지 않았다. 그런 점
이 가장 좋았다. 창민은 소은만큼 콤플렉스가 없는 사람은
만나본 적이 없고 앞으로도 못 만날 듯했다.

문제는 창민뿐 아니라 모든 사람이 소은의 특별함을 안
다는 것이었다.

"베프예요! 제일 친해요!"

창민을 만났을 때 그렇게 말한 사람만 여덟은 되었다. 각자 자기가 소은과 가장 친하다고 진심으로 믿고 있는 듯했다. 하지만 '여덟명의 베스트 프렌드'는 사실 베스트 프렌드가 아니지 않은가? 창민은 소은이 우정의 세계에서 바람을 피우고 있는 거나 다름없다고 생각했다. 그 말을 듣더니 소은은 파안대소를 했다. 창민은 소은의 웃는 얼굴을 정말로 정말로 좋아했다.

"표현이 너무 웃기잖아, 바람이라니. 근데 정말 친구들 생일만 챙기다가 1년이 가버려."

그럴 만도 했다. 절친한 친구라고 우기는 사람만 여덟, 적당히 친하다고 생각하는 이들의 경우엔 백명을 거뜬히 넘길 텐데 언제 다 만나고 연락을 하는지 알 수가 없었다. 소모적인 삶이었다. 창민까지 그 소모적인 일정에 끌려다녔다. 생일파티에, 결혼식에, 송년회에, 개업식에, 돌잔치에, 강아지 돌잔치에……

창민은 낯선 개를 위한 장난감과 간식, 덴탈 스틱을 사다가 더는 이렇게 살 수 없겠다는 결론에 이르렀다.

"나는 좀 조용히 지내고 싶은 것 같아. 둘이서만 지내는 시간도 중요한 것 같아. 너는 진짜 멋진 애고 너를 정말 좋아하는데…… 역시 힘든 것 같아."

창민이 말했을 때 소은의 커다란 눈에 눈물이 얼마나 빨리 차올랐는지 모른다. 소은은 엉엉 울었다.

"나도 너랑 있는 시간이 제일 중요해. 모임 줄일게. 내가 다 거절할게. 우리끼리만 있자."

한동안은 계획대로 둘이서 시간을 보냈다. 하지만 그렇게 오래 지속되게 사람들이 가만두질 않았다. 껄끄러운 거절을 몇번 하면서 소은이 힘들어하는 걸 보다 창민은 결국 소은을 보내주거나 함께 나가게 되었다. 망할 파티 피플들. 창민이 보기에 소은은 그냥 그렇게 살다 죽어야 할 듯싶었다. 사교계 인사로, 매일 도착하는 초대장에 부응하며. 소은 본인은 별로 스트레스를 받지 않는 모양이었으니 창민만 사라져주면 될 일이었다.

마지막으로 같이 파티에 갔던 날, 창민은 9인승 승합차 뒷자리에 끼여 전혀 취향이 아닌 음악을 들으며 서해의 웬 섬으로 향했다. 소은은 옆자리에 기분 좋게 앉아 있었다. 연이은 야근의 여파 때문인지 이틀째 두통에 시달리고 있었고, 이 낯선 사람들과 섬에 가서 주말을 보내야 하다니 아득했다. 그렇다고 소은을 혼자 보내면 분명 누군가 집적거릴 게 분명했다. 차라리 놓아줄까. 숨이 꼴딱 넘어갈 때까지 이 모임에서 저 모임으로 다닐 만큼 흥이 있고 사람 좋아하는 누군가가 소은에게 더 어울리지 않을까. 생각이 복잡했다. 다리도 없는 섬은 배를 타고 들어가야 했다. 덜컹거리며 차째로 배에 올라탔다. 다른 사람들은 모두 신나 있었다. 창민만 빼고.

도착해서는 짐만 간단히 풀었다. 창민은 소은과 독채를 쓰게 되어서 그나마 안심했다. 단체용 건물 하나와 독채 두개를 빌렸는데 소은이 손을 써서 독채를 차지했다고 한다. 개인적인 공간을 중시하는 창민을 위해 신경을 써준 것이다.

"조금만 놀다가 피곤하다고 하고 들어오자. 아침엔 우리끼리 산책도 하고."

그렇게 말하는 소은이 사랑스러워서 창민은 마음이 살짝 풀렸다. 안마당으로 가니 그릴이 적당히 달궈져 있었다. 건물 사이에 달려 있는 색색의 알전구 때문에 별것도 없는 공간이 꽤 그럴듯해 보였다. 열대풍으로 모퉁이마다 가짜 야자수를 세워 꾸민 펜션은 음악도 내내 하와이풍의 기타 음악만 틀었다. 창민은 제대로는 처음 들어보는 그 잔잔하고 다정한 음악이 마음에 들었다.

다행히 이번에 만난 소은의 친구들은 나쁘지 않았다. 한 사람이 대화를 독점한다거나, 자기들끼리만 아는 얘기를 계속한다거나, 말끝마다 자기 자랑을 하는 경우가 없어서 편했다. 그냥 느슨하게 사는 이야기를 했는데 창민이 잘 모르는 이야기를 듣는 건 흥미로웠고 농담의 주파수가 잘 맞는 듯했다. 회사에 다니는 사람도 있었고, 회사에 다니면서 다른 걸 구상하고 있는 사람도 있었고, 회사에 다니지 않는 삶을 선택한 사람도 있었다. 스물일곱에서 서른여덟까지 있어서 전부 동갑내기는 아니었다. 나이를 따지거나 하지 않는 분위기가 좋은 그룹이었다. 다른 사람의 선택을 존중해서, 놀리기는 해도 깎아내리진 않았다. 목소리가 크지 않은 사람들. 이 사람들이라면 계속 만날 수도 있겠네, 싶었다. 창민은 특히 옆자리 타투이스트와 친해져서 하마터면 예약을 잡을 뻔했다.

　창민이 대화에 정신이 팔려 있을 때였다.

　"나 이 노래 좋아해!"

　소은이 자리에서 일어났다. 유명한 노래인데 편곡이 새로워서 다르게 들렸다. 소은이 센스 있게도 창민은 가만두고 친구 한명을 끌어내서 둘이 춤을 췄다. 대단한 춤은 아니고 허우적거리는 수준이어서 사람들이 웃었다. 창민은 소은이 처음으로 자리에서 일어나는 사람이어서, 좋아하는 노래가 나오면 참지 않는 사람이어서 모두 소은과 함께 있고 싶어하는구나 생각하며 바라보았다. 기포가 든 술, 알전구, 가짜 야자수, 들뜬 기분. 이번 파티는 괜찮네. 그래도 얼른 끝나서 소은을 안고 싶다고 창민은 가벼운 두

통을 느끼며 생각했다.

　창민과 소은은 키득대며 방으로 돌아왔다. 숱 많은 소은이 높이 동그랗게 감아 묶은 머리에서 실핀을 뽑았다. 창민도 도왔다. 스무개의 손가락이 바빴다.

　"실핀을 대체 몇개를 쓴 거야?"

　창민이 투덜거리자 소은이 창민에게 매달리며 얼굴 곳곳에 짧게 짧게 입을 맞추었다. 통통하고 귀여운 새처럼. 다행히 튜닉형 원피스는 쉽게 벗겨졌고 창민은 한 손으로도 브래지어 후크를 풀 줄 알았다. 20대 내내 연습한 결과였다.

　"살결이 너무 좋아."

　기분 좋으라고 하는 말이 아니었다. 창민과 소은이 연인이 된 것도 창민이 소은의 발등을 만지고 싶어했던 게 계기였다. 샌들 위로 살짝 볼록하게 올라온 하얀 발등이 탐나서 만져봐도 돼, 물어보곤 장난처럼 만진 게 첫 스킨십이었던 것이다. 소은의 다른 부분은 더 부드러웠다. 극도로 부드럽다보니 만지고 있을 때도 만지는 기분이 들지 않았고 그래서 더 만지고 싶었다.

　"오늘은 재밌었지, 응?"

　"응."

　"나랑 헤어질 거야?"

소은이 약간 그렁그렁해진 눈으로 물었다.

"아니야, 못 헤어져. 못 헤어지겠어."

두 사람은 1층에 옷을 벗어던지고 2층으로 올라갔다. 창민은 점점 두통이 심해지는 걸 느꼈다. 시야까지 뿌옜다. 웬만하면 샴페인을 마시지 말아야지 마음먹었다. 영 몸에 안 받는 술이라고 말이다. 그래도 소은의 부드러운, 열대 파도 같은 몸을 안으며 창민은 행복했다. 행복해서, 이명이 있었지만 무시했다. 움직임이 격해졌다. 다시는 섹스를 못하게 된대도 상관없을 정도로 좋았다.

그렇게 가장 좋았던 순간에 창민의 머릿속에서 핏줄이 터졌다. 정말로 터져버렸다. 그 순간에는 몰랐지만.

갑자기 눈이 보이지 않았고 몸을 가눌 수 없었다. 창민은 굽어진 팔과 함께 소은의 옆으로 떨어지며 토했다.

창민이 제때 치료를 받을 수 있었던 것은 헬기 덕분이었다. 섬이어서 대형 병원까지는 차와 배로 너무 오래 걸렸다. 사람들이 창민을 근처 초등학교까지 옮겼고 헬기가 왔다. 마비와 의식장애로 창민은 하나도 기억할 수 없는 부분인데, 나중에 소은이 이야기해주었다.

"심장마비인가요?"

"아뇨, 뇌출혈인 것 같습니다."

경험 많은 의사가 바로 뇌출혈을 의심해서 신속하게 수술을 할 수 있었다. 중증이 아니었던 것도 다행이었다. 회복 속도가 나쁘지 않았다.

"네가 나를 죽일 뻔했어."

퇴원을 앞둔 어느날, 창민이 소은에게 말했다.

"머리를 뻥 터뜨려서 죽일 뻔했어."

"내가 그런 건 아니지. 한달 내내 야근시킨 회사를 두고 왜 내 탓을 해?"

소은이 항변했다.

"이렇게 하자."

"뭘?"

"나한테 일어난 일을 두고 농담을 하지 않는 사람들만 만나기로."

"설마 그러겠어?"

"할 거야. 복상사 농담을 할 거라고. 이렇게 심각했는데도."

"알았어. 만나는 사람을 줄이자. 나쁜 농담을 하는 사람들은 만나지 말자."

"그거면 됐어."

다이어트를 하지 않는 소은이 걱정 때문에 갸름해져 있었다. 창민은 속이 상했다. 손을 뻗어 자를 때가 지난 소은의 앞머리를 넘겨주었다. 귀 뒤로 넘겨주었지만 금방 풀려 쏟아졌다. 소은의 앞머리가 자라는 정확한 속도를 알고 싶어졌다. 사랑하는 얼굴. 소은의 얼굴에 햇빛이 비쳤다가, 구름이 그림자를 드리웠다가, 다시 햇빛이 돌아올 때까지 그대로 보고 있고 싶었다. 눈을 최대한 깜빡이지 않으면서.

오늘도, 이어질 날들도.

황주리

　주리는 회식 자리에서 내내 딴생각을 했다. 왜 하는지 도무지 알 수 없는 회식이었다. 일주일에 나흘이 야근이고 출장인데, 회식은 정말이지 필요 없었다. 게다가 서로 딱히 친밀하지도 않았다. 클리니컬 리서치 회사의 특성상 CRA(Clinical Research Associate)들은 업무가 분리되어 있고 이직도 잦아서 각자도생의 분위기가 강했다. 주리도 2년만 채우면 더 좋은 회사로 옮길 생각이었다.

　"싱가포르에서 얼마나 꼼꼼하게 챙기는 줄 알아? 접대비 좀 아껴 써."

　대표는 거의 매일 잔소리를 했다. 전세계에 흩어져 있는 회사였고 그중 회계부는 싱가포르에 있어서 영수증이 누락되기라도 하면 국제전화나 메신저가 왔다. 본사는 미국이었다. 그때그때 함께 일하는 스폰서들도 세계 각지에 있었다. 주리의 경우 최근엔 이스라엘 쪽과 일했다. 이스라

엘은 주말이 토요일 일요일이 아니라 금요일 토요일이라는 걸 그전엔 몰랐다. 시차도 번거로운데 공휴일이며 명절이 제각각이라 어느 나라와 일해도 불편했다. 한국의 다국적기업이 대개 그러듯 다른 나라 휴일에도 일하고 한국 휴일에도 일했다. 주리는 이스라엘 담당자에게 전화를 걸어 그 집 예닐곱살 먹은 아이에게 엄마 좀 바꿔달라고, 얼른 좀 바꿔달라고 하소연해야 했다.

주리는 폐암 항암제 2상 담당이었다. 함께 일할 때 철저한 교수들도 있지만, 연구비만 홀랑 받은 다음 아무렇게나 데이터를 넘기는 이들도 적지 않아서 골치였다. 프로토콜을 제대로 지켰나 확인하고 분기별로 데이터 스윕을 했다. 스윕, 스윕, 말할 때마다 살이 촘촘한 빗자루를 떠올렸다. 전국의 병원을 돌아다니며 데이터를 쓸어모았다. 무거운 회사 노트북을 들고 방방곡곡을 떠도는 일은 쉽지 않았다. 위안 중 위안이라면 회사에서 KTX 특실을 지원해준다는 것 정도였다. 노트북만 가벼워도 얼마나 좋을까. 충전기까지 하면 거의 3킬로그램이었다. 데이터 유실, 반출 사고를 막기 위해 개인용 노트북은 쓸 수 없었다. 거기다 미팅이 식사시간에 잡힐 때는 고급 도시락까지 사다 날라야 하는 경우가 많았는데, 그런 날은 짐의 무게를 못 이겨 양팔과 어깨가 분리되어버릴 듯했다. 바닥까지 지치는 날엔 밥 먹을 돈을 아껴 택시를 탔다.

소현재와 마주친 날도 양손에 주렁주렁 도시락을 들고
있었다. 언젠가 은퇴하고 나면 업계 사람들을 위해 전국의
고급 도시락집을 총망라한 블로그를 만들어야지, 투덜거
리면서 병원 로비를 가로지르고 있을 때 눈에 익은 사람이
앞을 슥 지나갔다.

"현재야!"

가운을 입은 조그만 남자가 돌아보았다. 대학 때 같은
동아리를 했었다. 졸업 후에 만난 적도 없는데 아직도 알
아볼 수 있다니 신기했다.

"아, 몇 년 만이야? 못 알아볼 뻔했네."

현재가 얼른 다가와 주리의 도시락 짐을 넘겨받았다. 손
한쪽이 자유로워진 주리는 카드 지갑에서 명함을 꺼내 건
넸다. 명함을 건넬 만큼 어려운 사이라서가 아니라 이런저
런 설명을 하기가 귀찮아서였다.

"리서치 회사에 있구나?"

"응, 좀 됐어."

"오늘은 어디 온 거야?"

"암 센터에."

"가자. 나도 그쪽 방향이야."

한때는 교양수업을 시간 맞춰 함께 들을 만큼 가까운 친

구였다. 두 사람이 소원해진 것은 역시 같은 동아리의 미혜 때문이었다. 미혜는 당시 현재의 여자친구이기도 했다. 사람들은 미혜의 이름을 조금 바꾸어 '현재와 미래' 커플이라고 장난을 치곤 했었다. 미혜와 주리는 처음에는 잘 지냈지만 기본적으로 성격이 잘 맞지 않아 삐거덕거렸다. 미혜는 공동으로 무슨 일이든 할 때에 항상 뒤로 빠지는 타입이었다. 이성 친구건 동성 친구건 항상 자신을 돌봐주길 요구하는 묘한 태도로 대했다. 그런 점이 주리와 잘 맞지 않아서 같은 그룹으로 몰려다니면서도 가까워지지 않았다. 알고 보니 아들과 딸을 굉장히 다른 방식으로 대하는 부모님 아래, 오빠 셋 다음에 태어나 '너는 예쁜 인형이야' 취급을 받고 자란 모양이었다. 그런 종류의 오래된 왜곡에 대해 몇번 이야기해보려 했지만 실패한 후, 주리는 마음속에서 미혜를 슬쩍 포기하고 말았다.

결정적으로 사이가 틀어진 것은 주리와 미혜가 같은 회사 인턴 면접을 본 후였다. 두 사람 다 떨어졌지만 그때 면접 진행을 맡았던 젊은 대리와 미혜가 연락을 주고받는다는 것을 주리가 알아챈 것이 화근이었다. 주리는 알아채고 싶지 않은 것을 늘 알아채버리는 편이었다. 그때도 좋은 조사자였는지, 그 미끈한 대리에게 약혼자까지 있다는 것까지 밝혀내 현재가 없는 자리에서 미혜를 몰아붙였던 것

354

이다.

"너 현재한테 그러는 거 아냐. 다른 여자들한테도 그러면 안 돼."

왜 다른 여자가 아니라 여자들이라고 복수형으로 말했는지는 오랜 시간이 지나서야 깨달았다. 미혜의 미숙함을 너그럽게 여기지 못한 쪽은 주리였던 것이다.

결국 미혜는 동아리를 나가게 되었다. 그렇게까지 일이 커지길 바란 건 아니었기에 모르는 척할 걸 그랬다고 몇 년쯤 찝찝하게 곱씹었다. 미혜뿐만 아니라 현재까지 동아리와 친구들의 그룹에서 떨어져나가게 만든 것 같아서 더 그랬다.

"어째 이 자리 저 자리에서 한번을 못 마주쳤다. 마주칠 만도 한데, 그치?"

"사람 도리를 못하고 다녔어."

현재가 웃었다. 대학 때는 귀여운 중학생 같았는데 이제는 귀여운 고등학생 정도로 보였다. 긴 연애 끝에 만신창이로 차였다는 걸 전해 들었었다. 그때 현재가 한달쯤 울다가 폐인이 되었다고 말한 사람들도 꽤 되었다. 이만큼 좋아 보이니 다행이었다. 미혜 쪽은 재작년에 결혼했다는데 건너 건너 그 소식을 듣고는 미끈한 놈이랑이겠지, 속으로 빈정거리곤 부끄러워했던 기억이 있다. 유치함을 버리지 못했다. 미혜의 비틀린 성격은 미혜의 탓만은 아니란 걸, 이제 주리도 이해하면서도.

"병원은 잘 맞아? 일할 만해?"

"잘 안 맞아."

현재가 제 나이에 걸맞은 피로를 드러내며 대답했다. 알 것 같았다. 전국의 병원들을 돌아다니다보면 각 병원의 시스템과 인력들을 비교하게 된다. 이 병원은 인력은 뛰어나지만 시스템에 구멍이 많았다. 충분히 개선할 수 있는데 사람을 갈아넣어 무마하려는 곳은 흔했다.

"주 80시간 일해?"

"100시간 일해."

"현대사회의 노예구나."

"알아줘서 고마워. 업계가 약간만 멀어도 다들 모르더라."

"그건 그쪽 탓도 있어. 그쪽 사람들은 너무 자기 목소리를 안 내."

"병원들이 세서 그래. 좋은 사람들은 자기 일에 바빠서 오피니언 리더 같은 걸 할 생각이 없고."

"돈은 제대로 받니? 당직수당은 줘?"

"몇명이 고소했더니 수당은 주는데, 대신 기본급을 깎았어. 독하지? 병원 확장하면서 당직실은 더 줄여버리고.

어디서 자라는 건지도 모르겠어."

"쯧쯧. 난 다 왔어."

미팅 장소에 도착한 주리가 위로 삼아 현재의 등을 두드렸다. 현재가 다시 도시락이 든 묵직한 봉투를 건네주었다.

"너 하나 먹어. 나는 어차피 말도 많이 해야 하고 배가 안 고프다."

주리가 도시락 하나를 현재에게 주었다.

"나 괜찮은데……"

"아냐, 너 먹어. 진짜 맛있는 데 거야."

현재가 순순히 도시락을 받아들었다. 주리는 마음이 놓였다.

"너 몇시에 끝나?"

서성이던 현재가 물었다.

"글쎄, 한시간 좀 넘게 걸리겠지."

"이따 나 잠깐 보고 갈래? 차라도?"

"차 마실 수 있어?"

"저녁시간엔 병원 로비에서 대기 타면서 마실 수 있어."

"그래, 이따 문자 할게. 번호 좀 줘."

두 사람은 번호를 교환했다.

"꼭 오늘이 아니어도 돼. 나 너희 병원 한달에 한번은 와."

"그렇구나. 앞으로 자주 보겠네."

그 말에 주리의 가슴 안쪽이 살짝 두근거렸다. 왜 이 순간에 두근거려? 당황스러웠다. 주리의 취향은 한결같이 운동 잘하는 덩치 큰 남자였다. 야구 점퍼를 입고 농구화를 신고 다니는 그런 남자들. 옛 연인들을 쭉 세워놓으면 형제로도 보일 만큼 일관된 취향이었다.

그래서 바꿔줬던 것이다. 10년도 더 지난 그 엠티 날 밤에. 둘씩 밤 산책을 나가는 제비뽑기에서 현재를 뽑았을 때, 미혜가 바꿔달라고 해서 아무 망설임 없이 바꿔줬었다.

만약 그때 바꿔주지 않았다면 어땠을까. 주리는 무거운 가방들을 들고 어깨로 유연하게 회의실 문을 밀며 잠깐 상상해보았다. 자기도 모르게 피식 웃었다. 먼저 와서 앉아 있던 사람들이 의아하게 쳐다봐서 주리는 실없는 웃음을 얼른 자신만만한 사회인의 웃음으로 바꾸었다.

임찬복

어머니는 한국무용 전공이었다. 당시에 한국무용 전공이라니 생각해보면 대단하다 싶지만, 그 시대 여자들이 그랬듯이 이른 나이에 결혼을 하고 평범한 주부의 삶을 살았다. 평범하게 불행한 주부의 삶이라 하는 게 더 맞겠다. 찬복은 장수와 건강 유전자를 타고난 어머니의 형제들 중 유독 어머니만 치매에 걸린 것이 사실은 먼저 돌아가신 아버지 탓이라고 속으로 생각했다. 90세가 넘도록 정신이 또렷한 이모들은 동생이 치매에 걸렸다는 사실을 믿고 싶지 않아했다.

어릴 때 어머니가 춤 비슷한 발걸음, 춤 비슷한 손짓으로 찬복이나 동생들과 놀아줬던 기억은 있지만, 찬복도 이제 환갑이니 희미할 뿐이다. 막상 어머니가 다시 춤추기 시작한 것은 요양원에서였다.

"여기가 좋긴 좋으신가봐. 집에서는 전혀 안 추셨는데."

아내가 말했다. 어머니는 젊은 시절의 전공을 살리기로 했는지 자원봉사를 나온 국악패가 연주를 하면 춤판을 휘어잡았다. 그도 그럴 것이 집에서 모실 때는 모두 어머니를 감시하느라 즐거운 분위기가 나지 않았다. 어머니는 과일을 깎는 아내의 과도 위를 갑자기 손으로 덮었고, 베란다 창문을 문으로 착각하고 열고 나가려 했다. 다리미와 가스를 만진 다음 잊어버리고, 욕실에서 미끄러져 어깨가 부러지기도 했다. 노인의 뼈는 좀처럼 쉽게 붙지 않아서, 찬복은 병원에서 주사 놓는 법을 배워 와 뼈가 빨리 붙는 주사를 어머니의 배에 직접 놓아야 했다. 다른 것보다도 문과 창문을 구분하지 못하게 된 게 어머니를 요양원에 모시게 된 가장 큰 이유였다. 집에서 끝까지 모시려다 4층 아래로 추락시킬 수는 없었다. 낮에는 식구들이 지켜보니 괜찮지만 새벽에 소리 없이 일어나 배회하는 것도 치매의 병증이어서 아슬아슬한 순간이 몇번이나 있었다. 대체 왜 그 밤에 나가시려 하느냐는 찬복의 추궁에 어머니는 아파트 앞 동에서 찬복의 막내 여동생이 손을 흔든다고 했다.

"어머니, 걔는 통영에 살아요. 앞 동에 안 살아요."

"여기서 통영이 먼가?"

"보고 싶어서 그러세요? 올라오라 그럴까요?"

"몸도 약한 걸 뭘 오라 그래. 내가 가면 되지."

"길은 어떻게 찾으시려고요?"

"여기서 게까지 직선으로 길이 쭉 나 있어. 슬쩍 걸어가면 돼."

현관문을 열기 어려운 것으로 바꾸고, 창문이 많이 열리지 않도록 안전장치를 달고, 돌봄센터와 도우미의 도움을 받고, 온 가족이 돌아가며 어머니를 지켰지만 까무룩 잠들면 온 집 안의 문을 열려 애쓰고 계셨다. 인지장애가 생긴 노인들이 얼마나 쉽게 실종되는지, 헤매다가 다치고 죽는지 찬복도 들은 게 많았다. 어머니는 문을 여는 게 좌절되면 여기저기 서랍을 열며 젊은 시절 살았던 옛집의 물건들을 찾고, 한참 전에 세상을 버린 친척들과 이야기를 하고, 그러다 서럽게 서럽게 울었다. 그 울음소리에 온 가족이 다시 잠들지 못했다. 찬복은 잠을 제대로 못 자 8킬로그램이나 빠졌다. 59킬로그램까지 몸무게가 내려갔을 때, 찬복도 요양원을 생각할 수밖에 없었다.

"잘 생각했어. 고집부리다가 부모도 상태가 더 안 좋아지고 자식은 스트레스로 중병에 걸리고 그런 집들도 많아. 뭐가 진짜 효도인지 생각해보면 요양원이 답이야."

요양원 사무장인 고등학교 동창이 위로하려 하는 빈말인 줄 알았는데, 막상 요양원에 모시니 어머니의 상태가 오히려 안정되는 것이 찬복의 눈에도 보였다. 세상에, 어머니가 다시 춤추기 시작했던 것이다. 생음악. 어머니가 원하는 게 그거였다는 걸 이제야 찬복은 알았다. 찬복이 스마트폰으로 옛날 음악을 많이 들려드리긴 했지만 그걸로는 부족했던 것이다. 게다가 다른 환자들과의 교류가 어머니에게 좋은 영향을 끼친 듯했다. 어머니가 같은 말을 하고 또 할 때 가족들은 지쳤지만, 환자들끼리는 각자 중얼중얼하다가도 웃을 때 함께 웃었다. 반복을 지겨워하는 사람은 아무도 없었다. 어머니는 칼도 다리미도 주전자도 없고, 목욕 침대가 있고, 창문과 문과 엘리베이터는 전자키로만 열리는 안전하고 쾌적한 공간에서 즐겁게 지냈다. 매일 오후에 종이접기, 화단 가꾸기, 자원봉사단의 공연 등 다양한 프로그램이 있었다. 처음 어머니를 요양원에 보낸 몇주는 우울했지만, 금세 그게 잘한 일이라는 걸 깨달았다.

"너희 어머니는 아직 성품이 그대로셔. 간호사 선생님들이나 기사님들한테 험하게 하는 법이 없다니까. 하루아침에 폭력적으로 변하는 분들도 있다구. 그런 거 생각하면 얼마나 복이야."

친구의 말에 끄덕거렸지만, 찬복이 생각하기에 치매는 증상이 어떻든 결코 복이 될 수는 없었다. 찬복에게 치매와 암 중에 하나를 고르라면 생각할 시간도 필요 없이 암을 고르고 말 터였다. 많은 사람들이 치매는 주변 사람들만 힘들고 본인은 편안한 병이라고 격려 삼아 이야기해도, 찬복은 보았다. 머릿속에서 아주 간단한 생활 방식이, 이름이, 숫자가, 지도가 지워져갈 때 어머니의 눈에 떠오르던 공포를. 손주들을 알아보지 못할 때 당황해서 떨리던 손을. 아버지는 암으로 돌아가셨기에 암이 얼마나 잔혹한지 찬복이 모르는 건 아니었으나, 그래도 암을 고를 것이다. 고를 수 있다면 말이다.

4단 도시락에 간식과 과일을 싸서 요양원에 면회를 다니기 시작하자, 찬복도 몸무게를 어느 정도 회복했다. 움푹 꺼졌던 볼이 다시 차올랐다. 메르스 때문에 두달 가까이 면회가 아예 안 되었을 때는 조바심도 느꼈지만 이해할 수 있는 일이었다. 요양원에 그런 게 돌면 걷잡을 수 없을 테니까 말이다. 관리를 단호하게 잘하는 곳이구나, 한편으로는 만족했다. 다행히 어머니는 어머니대로 시간감각이 무너진 지 오래라 찬복이 방문하지 못한 것도 몰랐다.

"늬 아버지 돌아가신 지 얼마 안 되었는데 내가 재혼을 해서 부끄럽다."

"네?"

오랜만에 방문했을 때, 어머니의 폭탄선언에 찬복은 깜짝 놀랐다. 어머니가 근사한 춤사위로 요양원의 스타가 된 건 알고 있었다. 하지만 재혼이라니, 이게 무슨 말인가 싶어 면회가 끝나고 간호 데스크에 들렀다.

"아, 어머님이요, 조금 착각을 하세요. 옆자리 할머니가 남편이라고 생각하시는 것 같아요. 그 할머니는 병 진행이 더 된 분이라 말씀을 못하시거든요. 머리가 짧아서 남자분이라 생각하시는 것 같은데 어쨌든 두분이 다정하게 잘 지내세요."

간호사의 설명에 의문이 풀렸다.

"하하하. 할머니 연애가 하고 싶으셨나?"

면회를 따라온 딸이 속없이 웃었다.

찬복과 가족들은 가볍게 생각했지만, 어머니의 연애는 생각보다 길게 갔다. 아내가 가끔 목욕을 시켜드리러 가면 옆자리 할머니의 벗은 몸을 보고 어머니가 흠칫 놀라기는 하는데 옷을 입으면 또 금세 잊고 남편으로 여긴다고 했다.

"뭐 어때, 어머님만 행복하시면 됐지. 저렇게 정이 많은 분인데 아버님을 만나서 살갑게 못 지내셨구나 싶더라. 살갑게 하고 싶은 거 다 풀고 가시면 되지."

"그건 그런데……"

어머니가 행복해 보이기는 했다. 면회를 가면 찬복을 얼른 보내고 싶어했다. 새 남편이 기다린다고, 찬복 보기 면목이 없어서 다른 방에서 기다리고 있으니 얼른 가야 한다고 말이다.

면회 5분 만에 어머니에게 쫓겨난 찬복은 요양원 주차
장에 내려앉은 까마귀떼를 놀래 날려보냈다.

"재수 없게 까마귀들이."

"아빠, 그러지 마요. 효도하는 새들이래."

"까마귀가?"

"응, 부모 봉양한다잖아요."

새도 치매에 걸릴까, 찬복은 잠시 궁금했다. 딸은 가끔
제법 도움 되는 소리를 할 줄 알았다. 미국에서는 보험이
없으면 요양원 비용이 한달에 3천만원도 든다던데, 그나
마 한국이라 다행이라고 말해준 것도 딸이었다. 어머니가
새벽에 몇번이나 위험했을 때 밤새 게임을 하던 딸이 발견
하지 못했더라면…… 첫번째 직장에서 구조조정을 당하
고 다음 직장을 못 구한 채 밤새 게임을 하는 딸을 보면 안
쓰러웠다. 게다가 게임도 이상한 걸 했다. 조그만 게임 속
인물에게 내내 뭘 먹게 하고 자게 하고 직장에 보내고 집
을 꾸미고 데이트를 하게 하는, 그런 일상적인 내용이었
다. 그런 걸 왜 하는지 찬복은 잘 이해할 수가 없었다. 딸은
한층 단순한 퍼즐 게임들을 골라 찬복과 아내의 휴대폰에
설치해주기도 했다.

"게임을 하면 치매 예방에 좋대요."

찬복이 하트를 얻기 위해 동생들에게 게임 초대 메시지를 보냈을 때 돌아온 답은 찬복을 착잡하게 만들었다.

— 형님은 뭘 이런 걸 다 합니까?

동생이 의도한 바는 아니겠지만 그 말은 꼭 어머니를 요양원에 보내놓고 뭘 하고 앉아 있는 겁니까,처럼 들렸다. 동생들은 내심 찬복이 어머니를 계속 집에서 모시길 바랐는지도 모른다. 남동생은 사업이 망해서 제 앞가림하기에도 바빴고 여동생 하나는 멀리 살았으며 다른 여동생 하나는 독신이라 단출했다. 독신인 여동생은 자기가 어머니를 모시고 살겠다고 제안한 적이 있었지만 찬복이 만류할 수밖에 없었다.

"왜? 나는 혼자 살아서 괜찮아. 낮에는 사람 쓰고 내가 강의를 늦게 안 잡으면 일찍 올 수 있어."

"아이구, 찬주야. 너 못해."

"해보기나 하자. 내가 모시는 게 엄마도 편하지."

"못한다니까. 우리 식구 셋이 다 집에 있었는데도 무리였어. 너 걱정하는 거 아니야. 어머니가 다쳐. 사고 나."

쉽게 납득하지 못하는 여동생 대신 찬복이 결정을 내렸다. 맞는 결정이었다고 변함없이, 후회 없이 생각하지만 동생들은 끝내 모를 것이다. 찬복은 이해받지 못할 것이다.

그즈음 집 앞에 구립 문화센터가 들어섰다. 그 빈터가 문화센터 자리인 줄은 알고 있었는데 예산이 부족하다고 몇년이나 미뤄지던 게 드디어 들어섰다. 처음에는 헬스가 싸겠거니 하고 등록했다. 슬렁슬렁 다니면서 자세히 보니 흥미로운 수업들이 많았다. 탁구, 민요, 사군자, 영어회화, 일어회화, 중어회화, 웰빙댄스, 하모니카, 스마트폰 활용……아내가 먼저 퀼트와 벨리댄스를 배우기 시작했다. 찬복은 이 반 저 반을 한달씩 수강하다가 식물 세밀화반에 안착했다. 식물 세밀화를 그리는 일은 등과 목이 매우 아픈 작업이었지만 희한하게 마음이 굉장히 편해졌다. 찬복은 강사에게 칭찬받는 학생이 되었다. 야산에 가서 이 풀 저 풀을 떼어다가 숙제도 없는데 혼자 그려 가기까지 했다.

딸은 문화센터를 별로 애용하지 않았다. 대신 게임의 장르가 여러번 바뀌었다. 딸은 꼬물거리는 인간들을 버리고 꽤 실감 나는 총을 쏘기 시작했다. 블루투스 헤드폰을 쓰고 모르는 누군가와 이야기하며 게임을 했다. 쟤가 진짜 어쩌려고 저러나, 찬복은 이 수업 저 수업을 권했지만 딸은 들은 체 만 체했다.

"낮에 뭐 배우기는 부끄러워요."

그 마음도 알 것은 같아서 찬복은 더 권하지 않았다. 아쉽긴 했다. 좋은데. 이렇게 좋은데. 뭘 배우니까 살 것 같은데.

금요일 밤이면 아내와 함께 문화센터 강당에서 열리는 '고전영화 해설의 밤' 행사에 갔다. 좋은 옷을 입고 구두를 신고 갔다. 아내에게는 선물한 스카프나 귀고리를 하라고 종용했다. 기분을 내고 싶었다. 두 사람이 젊었을 때 봤던 오래된 영화도 틀어줬고, 그렇게 오래되진 않았지만 바쁘게 사느라 놓친 영화를 틀어줄 때도 있었다. 일찍 가야 좋은 자리를 차지했다. 영화를 보고 돌아오는 길, 바람을 가늠하며 계절 변화를 느끼곤 했다.

하루는 돌아오는 길에 아내가 말했다.

"복지가 좋긴 좋다."

"응?"

"복지잖아. 어머님 좋은 데 모시는 거 보조금 나오는 것도, 문화센터도."

찬복은 새삼 놀랐다. 굳이 말하자면 신자유주의자로 오랫동안 살아왔다. 금융계에서 내내 일했으니 말이다. 그런데 복지의 혜택을 받고 있었다니. 이게 복지구나. 겪어보기 전에는 몰랐다.

딸은 끼익끼익대는 저택을 걸어다니며 수수께끼를 푸는 추리 게임 시기를 거쳐, 찬복의 눈에도 익은 고전 게임을 지나, 빛나는 네모가 차오르면 손가락으로 정신없이 따라가는 리듬 게임에 이르렀다.

"야, 나도 그거 한번 해보자."

"아빠, 그렇게 세게 두드리면 액정 깨져요. 흥분하지 마세요."

나는 됐다. 나는 이제 됐다. 찬복은 네모를 손가락으로 따라가며 생각했다. 이제 딸을 생각해야 할 것 같다고 말이다. 만약 찬복이나 아내가 나중에 치매나 다른 중병에 걸렸을 때 저 아이 혼자 뭘 할 수 있을까. 둘이 한꺼번에 병들면 감당이 될까. 그때도 나라가 도와줄까. 세상이 그런 방향으로 흐를까. 경기도 안 좋아지고 인구도 줄어든다는데 그럴 수 있을까.

면접은 이제 안 보니, 외출을 좀 하지 그러니, 너처럼 괜찮은 애가 왜 자리가 없을까, 그래도 네가 집에 있어서 덜 힘들었다, 고마웠다, 왜 미안한지 꼭 집어 말할 수는 없지만 미안하다…… 할 말은 많았지만 입 밖으로 나오지 않았다.

"게임기 사줄까? 게임, 뭐 사줄까?"

딸이 떨떠름한 표정으로 잠시 찬복을 올려다보았다.

"괜찮아요. 이제 적당히 할 거예요."

찬복은 냉장고에서 아이스바 두개를 꺼냈다. 딸에게 하나를 까서 입에 물려주고 뒤에서 그애가 게임하는 걸 조금 더 구경했다.

김시철

열심히 하지 않은 것은 아니다. 아주 못했던 것도 아니다. 그저 시철보다 뛰어난 사람들이 많았을 뿐이다. 항상 커트라인보다 1, 2점이 모자랐다. 그 1, 2점은 1, 2년을 더하면 높일 수 있을 줄 알았는데 5년을 넘기고서야 아닐지도 모르겠다는 생각을 했다. 준비하던 시험을 그만두기로 했다. 우여곡절 끝에 가족이 내내 살아온 도시의 대형병원 인사실에 취직을 했다. 책상이 있는 보통의 사무실, 그 이상의 것을 바랐던 적은 별로 없다. 서른넷에야 드디어 갖게 되었다. 마음 졸이던 여자친구도 부모님도 드디어 안심했다.

인사실에서는 다른 회사의 인사실과 비슷한 업무를 했다. 그렇게 다르지 않았다. 다만 졸업 시즌이 되면 의학대학이나 의학전문대학원으로 병원 설명회를 다녔다. 서로 인력을 뺏고 빼앗기는 시즌이었다. 설명회를 열심히 다니고 프레젠테이션을 특별히 잘한다고 해서 인력 유치에 큰 영향을 미치는 건 아니었다. 일단은 임금 문제가 있고, 해마다 경쟁이 치열한 과들이 있고, 젊은 의사들이 선호하는 지역도 있고, 암암리에 소문이 도는 병원의 분위기와 복리후생의 문제도 있었다. 병원 설명회 따위야 극히 미미한 영향력을 끼칠 뿐이지만, 의외로 설명회의 식사 메뉴를 두고 은근 말들이 많이 나왔다. 이를테면 이런 식으로 말이다.

"S병원이 이번에 K대학에 가서 한정식을 샀다는데?"

"한정식? 그럼 중화 코스 요리로 받아칠까?"

"A병원은 패밀리 레스토랑을 샀대."

"D병원은 일식 도시락이었다는군."

"그런데 A병원이 지방의 J대학에 가서는 패스트푸드를 배달시켰대. 그게 학생들 사이에 또 소문이 난 모양이야. 학교 차별하느냐고 욕하더라고."

"거기 담당자가 왜 그랬지?"

한 끼 얻어먹는 것으로 지원자들이 병원을 결정할 리야 만무하지만, 병원의 재정과 인력 대우를 간보는 것만은 분명해서 매년 골치가 아팠다. 할 수만 있다면 다른 병원 인사실에 스파이라도 보내고 싶었다. 시철은 예산을 짜고 계획을 세우고 조사를 했다. 대중적이면서 있어 보이고 단체 주문도 되는 품목은 무엇일까…… 그 모든 걸 정하는 내내 진지했다. 평생 진지하게 할 수 있을 것 같았다. 1년에 한 번 시무식에서 만날까 말까 한 큰할아버지는 그래도 볼 때마다 어깨를 두드려주었다. 낙하산이라도 좋았다. 오래 다닐 수만 있다면. 책상 하나를 갖고 싶었고 이제 가졌으니까, 최선을 다하고 싶었다.

그런 이유로 시철의 책상은 인사실에서 가장 깨끗했다. 언젠가 한번은 과장님이 시철의 자리까지 와서 다른 직원들에게 이렇게 말한 적도 있다.

"시철씨 책상 좀 봐. 이렇게 좀 쓰란 말이야. 서랍마다 간식 까놔서 벌레 꼬이게 하지 말고."

간식을 좋아하는 맞은편 직원이 칫, 하고 소리를 냈다. 시철은 조금 미안했지만 그날 오후에도 마우스와 모니터를 닦고 키보드를 청소했다.

두번의 병원 설명회를 치르고 오래 사귄 여자친구 혜린과 결혼을 했다. 결혼을 하며 전세를 구했는데 병원 대각선의 대단지 아파트였다. 전세가 어찌나 비싼지 매매와 거의 차이가 나지 않았다. 혜린은 20대 중반부터 사회생활을 했고, 시철도 5년차였는데 모은 돈이 턱없이 부족해서 전세자금 대출을 받았다.

"그래도 서울 아닌 게 어디야. 서울이었으면 이 가격에 절대 못 구했어."

혜린은 낙천적인 성격이었다. 시철은 시험에 계속 미끄러질 때도, 팔자에 없는 해부학실 생활을 할 때도 혜린 덕분에 견딜 수 있었다. 혜린은 피아노를 잘 치게 생긴 손가락을 가지고 있었지만 피아노를 못 쳤고, 테니스를 잘 칠 것 같은 외모였지만 실력이 형편없었다. 하지만 개의치 않고 언제나 새로운 취미에 부딪혔다. 주변을 둘러보면 요즘은 웬만큼 낙천적인 성격이 아니고서야 결혼이든 다른 무엇이든 엄두를 못 내지 싶었다.

둘이서 요리를 해서 집들이를 했다. 시철네 가족도 한번 초대하고 혜린네 가족도 한번 초대했다. 혜린의 큰언니, 시철의 큰 처형은 공교롭게도 시철의 병원에 입원 중이라 집들이가 끝나고 다 같이 병문안을 갔다. 다들 지역 토박이이고 큰 병원은 몇개 되지 않아 그렇게 되었다. 골프장에서 일하는 큰 처형은 무슨 생각이었는지 나무를 기어오르다 떨어져 골반을 다쳤다고 했다. 차분해 보이는 사람인데 왜 자기 운동능력을 과신했을까 물어보고 싶었지만 아직 그렇게 가깝지 않아 묻지 않았다.

친구들 집들이까지 하고 나선 아주 조용한 생활이 계속되었기에 어느날 아랫집에서 인터폰이 왔을 때 놀라고 말았다.

"네, 여보세요?"

"아랫집인데요. 너무 시끄러워서요."

"앗, 죄송합니다."

혜린이 놀라서 TV 소리를 줄였다.

"저희 집이 평소에 많이 시끄러운가요?"

"집에 아픈 아이가 있어서요. 신경 좀 써주세요."

일찍 출근하고 밤늦게 돌아오다보니, 바로 씻고 잠드는
게 대부분의 날들이라 아랫집에서 시끄러워할 줄은 몰랐
다. 시철은 그동안 쿵쿵거리고 걸었나 반성을 했다. 두 사
람은 그날부터 조심스럽게 걸어다녔고 두꺼운 러그도 샀
으며 의자 몇개에 테니스공을 끼웠다. 이른 아침 출근 준
비를 할 때에는 샤워기를 졸졸 틀었다.

하지만 그다음 주에 또 인터폰이 왔다. 토요일 낮시간이
었다.

"지금 세탁기 돌리세요?"

"아뇨, 저희 집 아닌데요."

"세탁기 다용도실에서 베란다로 옮겼죠? 시끄러워서
살 수가 없어요."

"아뇨, 다용도실에서 쓰는데요."

그쯤 되자 지하에서 3년을 버틴 시철도 기분이 슬슬 상
하기 시작했다.

"올라와서 보실래요?"

아랫집 부부는 곧 올라왔다. 실례하겠습니다, 같은 말도 하지 않고 직진하여 베란다로 갔다. 자기들이 의심했던 자리에 가서 세탁기 뒀던 흔적이 있나 살피는 듯했다.

"여기서 쓰다가 도로 옮긴 거 아니에요?"

"아니에요."

"러닝머신은요?"

"그런 거 없는데요?"

아랫집 사람들은 그래도 못 미더운 듯 집 안을 둘러보다가 가벼운 사과도 없이 다시 내려갔다. 불쾌한 경험이었다.

그날 내내 혜린은 기분이 가라앉아 보였다. 좋지 않은 상태가 오래가는 사람이 아니라 시철은 마음이 쓰였다.

"속상해?"

"응, 우리가 아닌데."

"애가 아프다잖아. 그럼 아무래도 예민해지겠지."

"그치, 그럴 수 있지."

사실은 아랫집 사람들보다는 집 자체에 화가 났다. 10년 쯤 된 아파트였는데 층간소음 말고도 문제가 많았다. 하도 이곳저곳 문제가 많아서 아파트 시공사와 주민들 사이에 소송도 여러건 걸려 있다고 했다. 집값이 내려갈까봐 쉬쉬하는 분위기라 시철 부부도 나중에야 알았다. 아파트는 거의 극장만큼 소리가 잘 퍼졌다. 윗집 아이들이 뛰면 전등이 흔들렸고, 안방과 접한 욕실에서는 다른 집 사람들이 나누는 대화까지 알아들을 수 있을 정도였다. 위쪽인지 옆쪽인지 어딘가에서 싸우는 소리와 사랑을 나누는 소리가 들릴 때마다 아랫집에서는 몇살인지 알 수 없는 아이가 울기 시작했고, 그 아이를 달래는 소리와 아랫집 부부가 서로 날 선 말들을 주고받는 소리도 이어 들려왔다.

시철이 늦게 오고 혜린이 일찍 돌아온 날, 아랫집 남자가 몇번 올라왔었다 했다. 처음엔 혜린도 문을 열어주었지만 다짜고짜 고함을 질러대기 시작했으므로 결국 집에 없는 척하게 되었다. 없는 척해도 계속 두드렸다. 시철이 있었다면 싸움이 났을 것이다. 혜린은 어느 순간부터 늘 불안한 얼굴을 했다. 사실 혜린의 낙천성과 둥근 성격은 타인의 공격성을 적게 겪으며 자라는 동안 형성된 것이어서, 막상 공격적인 상대를 마주하니 면역 없이 쉽게 무너졌다. 혜린은 퇴근 후 집에 돌아가지 않고 병원 로비에서 시철을 기다리기 시작했다. 일부러 영어학원을 등록하고 학원이 끝나면 로비에서 영어 잡지를 읽으며 시철의 퇴근을 기다렸다. 혜린의 업무에 영어는 별로 필요하지도 않은데 말이다. 시철은 그런 혜린이 안쓰러우면서도 이해가 갔다.

"정말 우리가 아니란 걸 모르는 걸까?"

"그러게, 우리가 적이 아닌데."

난방비도 아낄 겸, 그리고 조용히 저녁을 보낼 겸 침대 위의 난방 텐트 안에 들어가 두 사람이 가만히 스마트폰을 하고 있을 때였다. 하필 위층 어딘가에서는 손님이 많이 왔는지 늦도록 웅성웅성 웃고 말하는 소리가 끊이지 않았다. 그 소리가 아래층까지 들릴까? 들리겠지? 혜린과 시철은 내내 조마조마했다.

둥, 둥, 하고 아래쪽이 울리기 시작했다. 아래층에서, 바로 시철과 혜린 아래에서 진동이 느껴졌다. 간격은 불규칙했다. 그것은 마치 천장을 향해 농구공을 튀기거나, 두툼한 무엇인가로 올려치는 소리 같았다. 그 소리에 욕설이 간간이 섞여 들었다.

혜린이 살짝 울기 시작했다. 시철이 옷을 입고 아랫집으로 내려가려 했으나 혜린이 만류했다.

"이사 가자."

"응? 6개월도 안 살았는데?"

"근데 안 되겠어. 복비고 이사비고 써버리자. 이사 가자."

"……그래. 가자."

두 사람은 가까이 누웠다. 반쯤 안고 누워, 난방 텐트 안에서도 차가운 발을 서로 포개고 스마트폰으로 예상 밖의 비용들을 계산해보았다.

"그래도 산 집이 아니라 완전 다행이다."

혜린의 말에 인상을 쓰고 있던 시철은 픽 웃고 말았다.

"다행인 것도 많다."

"산 사람들은 얼마나 속상할까? 이따위 집을."

"그러게."

시철은 공기가 답답하다고 느꼈다. 보일러를 돌려봤자 열은 바깥으로 다 흩어지고 망할 텐트나 치고 살아야 하다니, 일어나서 텐트를 확 접어버리고 싶었지만 꾹 참았다. 그보다는 설핏 잠이 들려 하는 혜린을 깨워 묻고 싶었다. 우리도 그렇게 변하면 어쩌지? 엉뚱한 대상에게 화내는 사람으로? 세상은 불공평하고 불공정하고 불합리하고 그 속에서 우리가 지쳐서 변하면 어쩌지?

"아니라고 대답해줘."

"응?"

"안 변한다고."

"응."

혜린이 대충 대답했다. 운 기색이 사라진 얼굴로. 시철은 잠이 오지 않았다. 출근까지 남은 시간을 계산해보았다. 계산을 할수록 잠이 더 깼다.

윗집의 누군가가 또 크게 웃었고, 아랫집에서 다시 둥 하고 천장을 쳤다. 시철은 텐트에서 불편하게 기어나가 침대 스탠드에서 이어폰 두개를 꺼냈다. 수면보조 앱을 틀어 잠든 혜린의 귀에 끼워주었다. 잔잔한 음악과 물소리가 나는 것이었는데 혜린이 귀찮은 듯 고개를 틀었다. 하지만 다시 깨는 것보단 나을 거야, 시철은 조심스럽게 손을 뗐다. 시철도 이어폰을 꽂고 누웠다. 물소리는 별로 마음에 들지 않았다. 화면을 열어 여러 항목 중에 '도시 백색 소음'을 골랐는데, 어쩐지 그게 좀 웃겼다. 소음 속에 살면서 소음을 고르다니.

가상의 소음은 부드러웠다. 공격성이 제거된 소음이었다.

이수경

정기검진만큼이나 자주 오는 것 같군, 이수경은 그날 거기 앉아 있는 자신에 대해 잠시 자조적으로 생각했다. 산부인과 대기실이었다. 친구는 임신중절수술을 받고 있었고 수경은 잡지를 넘기며 기다리고 있었다. 벌써 네명째, 익숙한 경험이었다.

친구들은 그럴 때 수경을 찾았다. 겁에 질렸을 때. 세상 어딘가에는 여자가 중절수술을 받아야 할 때 함께 병원에 가주는 남자도 있겠지만, 수경의 친구들은 그런 사람을 사귀지 못했다. 그래서 수경이 대신 갔다. 특별히 수경이 하는 건 없었다. 가서 기다려주고 데리고 왔다. 어려울 때 생각나는 친구라고, 믿을 수 있는 상대라고 여겨지는 게 나쁘지는 않았다. 그렇지만 네번째쯤 되니 수경 역시 착잡했다.

피임은 그렇게 어려운 일이 아니고, 수경의 주변인들은 피임보다 훨씬 어려운 일도 아무렇지 않게 해내는 이들인데 이 정도로 피임 실패가 잦다니…… 문화적인 문제가 있는 게 틀림없었다. 성교육의 부실함 때문일까? 커플 내부의 권력 문제일까? 술 때문일까? 성인 콘텐츠에서 자꾸 피임 과정을 편집하고 생략해서일까? 몇년째 고민 중이지만 정답을 찾지 못했다. 설마 다들 피임을 까먹을 만큼 열정적인 전희를 즐기고 있는 건가? 그럴 리는 없겠지. 수경은 콘돔을 선호하는데, 아직까지 콘돔이 터진다거나 하는 불운한 사태는 만난 적이 없다. 호르몬 피임약은 민감 체질이라 쓰기 어려웠다. 밤마다 구역감이 심했다. 즐거운 15분을 위해 매일밤 토할 수는 없었다. 게다가 성병 예방도 고려해야 한다. 언젠가 예전 애인이 "잘 지냈니? 그런데 나 임질이래. 너도 검사를 받아보길 바란다"는 내용의 메일을 보내온 이후로 더욱 콘돔을 신봉하게 되었다. 폴리우레탄은 멋진 소재라고, 마음 같아선 만나는 친구마다 손에 폴리우레탄 콘돔을 쥐여주고 싶었다. 콘돔 때문에 쾌감이 줄어든다고 말하는 사람들도 있지만, 폴리우레탄 콘돔은 0.01밀리미터 두께. 그렇게까지 맨살과 차이 날 리가 없다. 다음 세대의 콘돔은 설마 소수점 세자리로 내려가는 걸까, 경이로움과 함께 주시하는 중이었다. 역시 인류는 과학에 구원받을 것이다.

　수경은 콘돔을 직접 샀다. 드러그스토어에서 세일할 때

도 사고 구하기 힘든 신상품은 해외 사이트에서 주문하기도 했다. 수경이 콘돔을 그토록 사랑하기에, 콘돔을 고르는 데에도 즐거움이 있다는 걸 수경의 애인들은 함께 알아갔다. 웃지 못할 해프닝도 있었다. 최근에 이사를 하다가 수경이 좋아하는 도마뱀 모양 양철 저금통에 쟁여놓은 콘돔이 그만 쏟아졌다. 대수롭지 않게 다시 주워담는데, 남자친구가 소스라쳤다.

"나는 일본 것밖에 안 쓰는데 이 미국 콘돔은 뭐야? 누구랑 쓰던 거야?"

그 순간에 웃으면 안 되었는데, 수경은 그만 웃음이 터지고 말아서…… 끝내는 잘 달랬지만 남자친구가 너무 시무룩해지는 바람에 진땀을 빼야 했다. 미안하진 않았다. 수경은 사과할 필요 없는 일에 사과하는 타입이 아니었다. 아무도 가르쳐주지 않았지만 그런 종류의 판단을 스스로 깨쳤다. 하여간 대한민국 성교육 실태는 참담한 수준임이 분명했다. 수치심을 가져야 할 순간에 갖지 않도록, 가지지 않아야 할 순간에 갖도록 잘못 가르치고 있다. 폴리우레탄의 축복을 받지 못한 나라 같으니라고. 노래라도 만들어 불러야 할 것이다. 콘돔은 나의 친구, 콘돔 있으면 난 두렵지 않아.

병원의 잡지는 오래된 것들이었다. 수경은 애써 넘겨보

던 잡지를 내려놓았다. 잡지가 낡아서 빛나는 물건들도 구질구질해 보일 정도였다. 수경은 등을 깊이 기대고, 집에 끓여놓고 온 미역국을 떠올렸다. 친구가 회복실에서 나오면 택시에 태워 바로 데려갈 참이었다. 친구는 오늘 수경의 집에서 자고 갈 것이다. 보일러 가동시간도 예약해두었다.

회복실에서 나온 친구는 주의사항을 듣고, 약국에 들렀다가, 때맞춰 도착한 택시에 타서는 우울한 얼굴을 했다. 이 불필요한 경험을 혼자 겪어야 하는 건 우울하겠지, 수경은 속으로만 생각했다. 사람들은 일정 시점까지 일어나지 않은 일은 계속 일어나지 않을 거라고 믿는 경향이 있고, 친구도 그랬음이 분명했다.

"얼굴이 어땠을까."

"얼굴은 무슨 얼굴. 10그램도 안 돼. 조그만 물고기 같았을 거야."

"나는 계속 궁금해하겠지."

궁금함에 대해서는 친구의 몫이라고 생각했다. 수경이 가장 우선하는 것은 친구의 몸, 친구의 선택, 친구의 삶이었다. 거기에 대해 다른 소리를 하는 사람들에겐 중세 기사처럼 창을 들고 달려가 부딪칠 각오였지만 수경이 해줄 수 있는 것엔 한계가 있었다. 그저 친구의 우울감이 자라는 내내 미디어에서 주입받은 게 아니기만을 바랄 뿐이었다.

집에 도착해서 친구에게 제일 편한 의자를 내주고 주문해뒀던 요리를 픽업해 왔다. 싹이 나기 직전의 감자로 감자샐러드도 만들기로 했다. 엄마가 보내준 감자였다.

"우리 엄마 세대들 중절수술 엄청 많이 받은 거 알아?"

쿡탑 두개 중 하나에 국을 데우고, 다른 하나에 감자 삶을 물을 올리며 수경이 말했다.

"그래?"

"결혼하고 나서 많이 했대. 우리 엄마도 나 낳기 전에 한번, 낳고 나서 한번 했다더라고."

"왜?"

"사는 게 힘들어서, 아빠를 못 믿어서, 아들 낳으려고…… 물어볼 때마다 이유는 달라지던데."

"하긴."

"나도 작년에 너랑 비슷한 수술 한 적 있어. 자궁에 폴립이 생겨서. 내 폴립이 더 컸을걸. 그거랑 거의 똑같은 간단한 수술일 뿐이야."

"모르겠어. 그냥 오빠랑 결혼할 수도 있었는데. 결혼해서 낳아서 기를 수도."

"너희 상황에?"

"오빠랑 헤어지게 될까?"

"모르지."

"보통은 이런 경우 헤어지나? 천천히? 빨리?"

"그런 통계 같은 건 없을 것 같은데. 커플이 중절수술을 했습니다, 그다음은? 헤어졌나요, 백년해로했나요? 그런 걸 누가 물어보겠어. 그치만 이다음에도 피임에 불확실하게 굴면 그냥 헤어져버려. 가망 없는 관계니까."

단호하게 말했는지, 친구의 얼굴이 약간 붉어졌다.

"못 미더우면 약을 먹든가, 약을 몸에 심든가 하면 되고."

"그럴까. 심을까."

"의사 선생님 친절하던데 물어봐."

전기밥솥이 쓸데없는 말을 많이 하며 밥을 했다. 친구는 챙겨 온 수면바지를 입고도 좀 추워하는 것 같았다. 수경은 담요를 하나 더 꺼내서 덮어주었다.

"담요도 도마뱀이야? 너 애 진짜 좋아하는구나?"

"도마뱀이지만 신사 중의 신사야."

"그래? 어디 나오는 앤데?"

"동화책도 있고 애니메이션도 있어."

수경이 지글지글 소리를 내며 요리를 데울 때, 친구는 까무룩 조는 듯했다. 음식이 식게 둘까, 깨워서 밥을 먹일까 고민하다가 결국 후자를 선택했다. 미역국은 맑게 끓여 별맛이 없었고, 밥은 약간 질게 됐다. 감자샐러드는 그냥 감자샐러드였다. 차가우면 나왔을 텐데 덜 식어서 문제였다. 사온 음식만 그나마 맛이 있었다. 수경은 친구에게 한 점 더 줬다.

"넌 왜 안 먹어. 그러고 보니 너 좀 갸름해졌다?"

친구가 그제야 알아챘다.

"윤곽주사 맞았잖아."

"아, 그거 좋아?"

"5만원밖에 안 하고 얼굴은 갸름해지는데, 한달에 생리 세번 해서 죽을 뻔했어."

"그게 그래?"

"이제 안 맞으려고."

친구는 밤이 깊어갈수록 말수가 적어졌다. 수경은 음악을 틀기로 했다. 조그만 벽걸이형 블루투스 스피커를 틀었다. 얼마 안 있어 친구의 남자친구에게 전화가 걸려와서 두 사람이 통화를 하도록 자리를 피해줬다. 좁은 집에서 피해줘봤자지만.

통화를 끝낸 친구는 책장에 있던 도마뱀 틴 캔을 집어들어 식탁 위에서 춤추게 했다. 음악에 맞춰서. 도마뱀 저금통은 비어 있었다. 수경의 보물들은 다른 곳으로 옮겨진 다음이었다.

"통계 말인데……"

수경이 말을 꺼냈다.

"통계 뭐?"

"95퍼센트의 여자들이 후회하지 않는댔어. 몇년 지나서 물어봤대. 그랬더니 자기 결정을 후회하는 사람은 5퍼센트밖에 안 됐대."

"어디서 봤어?"

"인터넷에서."

"좋은 통계네, 그건."

"좋은 통계지."

"그런데 내가 그 5퍼센트면 어떡하지?"

"글쎄."

"그걸 어떻게 알지?"

"알려면 몇년 지나야지."

"그때 알게 되면 너한텐 말해줄게."

"그래."

아마도 말해주지 않을 것이다. 수경도 잊을 것이다. 묻지 않을 것이다. 몇년 후에 서로의 눈 속에서 이 저녁을 연상시키는 어떤 것을 발견한다 해도 못 본 척할 것이다. 대수롭지 않은 일은 대수롭지 않게 잊혀야 한다.

"밖에 나가고 싶어."

"추운데?"

"괜찮아."

두 사람은 잠시 걷기로 했다. 한참 공사 중이다가 막 완공된 공원에 갔다. 늦은 눈이 왔다. 걷다가 교각 아래에 들어섰다. 걸어온 길에도 걸어갈 길에도 눈이 오고 있었지만, 교각 아래 둘이 서 있는 바닥은 보송했다. 마치 그 부분만 마법처럼 눈이 그친 것 같았고 앞뒤의 눈 커튼이 너무나 아름답게 느껴졌다. 눈이 자주 오지 않은 해였다. 둘은 아이들처럼 붉어진 볼을 하고 가만 멈춰 섰다.

"여기 멋있어. 마치……"

친구는 마땅한 말을 찾아내지 못했다.

"무도회장?"

시멘트 궁륭이 정말로 그렇게 보였다. 수경의 엉뚱한 말에 친구가 웃었고 수경은 그러거나 말거나 둘이 어렸을 때 배웠던 포크댄스를 추기 시작했다. 운동회 때 억지로 췄던 춤이었는데 그 순간에는 다르게 느껴졌다. 친구도 수경을 따라 했다.

눈과 눈 사이에서 아이처럼 박수 치고 돌다가 서로를 껴안았다.

서연모

아빠가 입원했던 병원에서 아르바이트를 구했다. 있는 줄도 몰랐던 종류의 아르바이트였다. 동네 형이 추천해주었다.

"하루 종일 침대 밀고 다니는 거거든? 헬스 같은 거 필요 없어. 두달만 해봐. 팔근육이 바로 붙어."

농담이 아니었던 듯 첫날부터 마주친 이송기사마다 팔과 어깨만은 굉장했다. 근육이 발달해서인지, 아니면 거기에 더해 멋을 부리느라 살짝 줄여서인지 모두 하늘색 유니폼의 소매 부분이 꽉 끼었다. 게다가 쉬는 시간에도 푸시업 같은 운동을 쉬지 않고 해서 지켜보다 감탄하고 말았다. 연모는 공부만 하느라 하얗고 물렁해진 몸이 쑥스러웠다. 다행히 수십명이 끝없이 로테이션을 하는 시스템이라 서로 잘 모르기도 하고 연모를 눈여겨보는 이도 없어서 불편할 건 없었다. 학교에 나가야 하니 평일 야간 하루, 주말 야간 하루, 이렇게 이틀만 일했다. 하는 일은 콜을 받으면 환자를 검사실까지 데려다주고, 검사실에서 도움이 필요하다고 하면 도와주고, 검사가 끝난 환자를 다시 병실까지 데려다주는 일이었다. 콜이 끝없이 이어지는 경우도 있고, 검사가 길어질 경우에는 사이에 다른 콜도 받아야 해서 정신이 없었다. 힘만 쓰는 일은 아니었다. 베드 운전도 운전인지라 미끄러운 병원 복도를 다니고 커브를 돌고 경사에서 힘 조절을 하는 데에는 기술이 필요했다. 초반에는 기술이 부족해서 힘으로 때웠더니 며칠을 끙끙 앓았다. 과외 아르바이트도 하고는 있었다. 시간당 임금을 계산하면 그쪽이 훨씬 나았지만 일 자체는 이송기사 쪽이 더 재밌었다. 하늘색 유니폼을 입은 혈액세포 같은 게 된 기분이었다. 행진곡에 춤추며 나아가는 학습만화 속의 세포 말이다. 몸을 움직이면 머리도 자극받아서 좋았다. 밤새 병원 복도를 누비면서 연모에겐 괜찮은 아이디어들이 많이 쌓여갔다. 이제 첫 학기, 아이디어를 구현시킬 능력은 아직 없지만.

아빠는 자신 때문에 연모가 건축에 관심을 가지게 되었다고, 본 게 그것밖에 없어서 그렇다고 자책하는 듯한데 사실은 그것과 달랐다. 여러가지 작은 계기들이 있었다. 예를 들어 중학교 때 '자기가 살고 싶은 집 모형 만들기'에서 상을 탔던 경험 같은 것들 말이다. 다른 아이들이 겨우 네모 네모를 만들 때, 연모는 옥상에서 빗물을 수집하여 벽면을 정원으로 활용하는, 어딘가 어항 같기도 하고 악기 같기도 한 집을 만들어 갔었다.

"너는 건축가구나."

선생님의 말에 연모는 웃었다.

"이걸 잘한다고 진짜 집을 잘 만들진 못하죠."

선생님은 웃지 않았다.

"꼭 그런 건 아니어도 그럴 가능성이 꽤 높아 보이는데?"

연모의 모형 주택은 한 학기 내내 중앙 현관에 전시되었다. 연모는 가족들에게 그걸 자랑할 수도 있었지만 하지 않았다. 스스로에게 할 때 가장 재밌는 그런 종류의 자랑이 있다. 심지어 학기가 끝나고 모형을 돌려받았을 때 집에 들고 가지도 않았다.

"나 이거 갖고 싶어. 예뻐."

조금 좋아했던 여자애가 말했을 때 줘버렸다. 그런 것쯤은 언제든지 만들 수 있었다.

그리고 할아버지 댁의 개축 공사가 연모에게 또 큰 영향을 끼쳤다. 연모는 할머니 할아버지를 사랑했지만 시골에 가는 것은 언제나 부담스러웠다. 오래된 농가는 가을만 돼도 코가 얼 만큼 추웠고 벽지 무늬와 곰팡이를 구분하기 어려울 정도인데다 수도시설도 엉망이었다. 목욕하려면 매번 공중목욕탕에 가야 했고 용변은 삽으로 땅을 파서 본 다음 석회로 덮었다. 연모는 97년생이었다. 현대적인 위생 시설이 없는 삶을 경험해볼 기회가 적었다. 조부모를 사랑하는 것과 별개로 시골집에 도착만 하면 집에 돌아가고 싶었다.

문제는 할아버지 할머니의 건강이 악화되면서부터였다. 더이상 그런 집에 모실 수 없었다. 집을 다시 짓기 위해 엄마 형제들이 돈을 모았는데 형편이 형편이다보니 대단한 돈이 모이진 않았다. 그때 연모가 건축 잡지에서 봤던 젊은 건축가 그룹을 떠올렸다. 폐컨테이너 박스를 재활용해서 저비용이지만 아름답고 편리한 집을 만드는 이들이었다. 서점에 서서 봤던 잡지였다. 그 과월호를 찾아 엄마에게 보여줬더니 어른들이 상의랄 것도 없이 찬성했다. 연모는 부모님을 따라 매주 외가에 내려갔다. 낡은 집이 허물어지고 새집이 올라가는 데엔 그렇게 긴 시간이 필요하지 않았다. 아빠 눈을 피해 공구 쓰는 법을 배우기도 했다. 즐거웠다. 할아버지 할머니는 기대했던 것보다 훨씬 전위적인 디자인에 처음에는 좀 얼떨떨해하셨지만 이내 적응하셨다. 따뜻하고 깨끗한 집을 싫어할 사람은 없다.

그런 경험들이 중첩되고 증폭되면서 연모가 진로를 결

정하는 데 주요한 요소가 되었다.

"큰 회사에 들어가서 큰일 하며 살 생각을 안 하고!"

아빠는 시시때때 뭐라 했지만 연모가 원하는 것은 애초에 그런 삶이 아니다. 요즘은 아무도 큰 회사에서 평생 일하지 못하니 처음부터 틈새를 찾는 게 나을 것이다. 아름다운 틈새, 연모를 위한 틈새가 어딘가에는 있을 것이다. 작은 집을 짓고 싶어. 연모는 생각했다.

그래서 어느 새벽 환자를 검사실에 데려다주고 기다리고 있을 때, 대기실의 TV에 웬 유럽 석학이 나와 한국 건축에 대해 이야기하는 걸 듣고 웃고 말았던 것이다. 무슨 포럼 때문에 내한해서 한 강연을 교육방송에서 녹화해뒀다가 틀어주는 프로그램이었다. 대머리에 턱수염이 풍성하고 보풀이 일어난 스웨터를 아무렇게나 입은 석학이 말했다.

"한국 좋아해요. 사람들 친절하고 음식도 맛있고. 하지만 건축은…… 정말이지 건축은…… 푸!"

마지막 내쉬는 숨의 '푸!'가 너무 많은 감정들을 담고 있어서 공감할 수밖에 없었던 것이다. 아무도 없는 벤치에서 연모는 잘 모르는 외국 교수를 따라 했다. 푸! 그죠, 푸죠. 그의 말은 한국에 아름다운 건물이 없다는 게 아니었다. 문제는 보통 사람들이 생활하고 일하는 보통의 공간들이 아름다움에 대해서도 삶의 질에 대해서도 거의 생각하지 않고 지어졌다는 것이었다. 근사한 랜드마크가 아무리 는다 해도, 대다수의 사람들이 자본주의의 천박함과 추함을 그대로 형상화한 공간에서 지낸다면 그 병폐는 다른 영역에까지 뻗어나갈 거라고 했다. 마지막에 위로하듯이 한국은 변화가 빠른 나라고, 벌써 변화는 시작된 것 같다고 덧붙이긴 했지만…… 저 사람은 서울이나 다른 대도시만 가봤을 거 아닌가? 중앙부에서 멀어지면 또 얼마나 살풍경인지 모르겠지. 연모는 머리를 벽에 기댄 채 눈을 감고 생각했다. 차갑고 거칠한 벽에 뒤통수가 불편하게 닿았다. 끝없이 이어지는 베이지색 아파트들과 흉측하게 낡아가는 붉은 벽돌 연립주택들, 그 틈새 어딘가에 연모가 찾는 지점이 있을 것이다. 연모의 틈새가 있을 것이다. 엉망으로 증축된 병원을, 시도 때도 없이 구조가 바뀌는 미로를 속속들이 다니는 것은 일종의 학습효과가 있었다. 이곳이 나의 던전. 이 던전을 통과하면, 하고 연모는 깊은 새벽에 속으로 중얼거렸다.

해가 뜨고 연모가 퇴근할 때가 다 되어갈 때쯤, 인사를 하고 지내게 된 다른 이송기사가 말을 걸었다.

"이따 뭐 해요?"

"언제요?"

"저녁 늦게요."

"아무것도 안 하는데요?"

"아, 그럼 노는 자리 있는데 올래요?"

연모는 집에 가서 눈을 붙이고, 오후 수업을 들은 다음 저녁에 약속 장소로 갔다. 이송기사들만 모이는 자리인 줄 알았는데, 가보니 인포메이션 직원들이 와 있었다. 그러니까 병원에서 가장 젊은 남자로 이루어진 집단과 가장 젊은 여자로 이루어진 집단이 모이는 자리였던 것이다. 두 그룹이 가진 생생한 젊음은 평소에는 잘 보이지 않았다. 아무도 이송기사를 제대로 쳐다보지 않고, 인포메이션 직원은 주로 목소리로만 존재한다. 그런데도 서로를 발견했구나, 연모는 대학에 들어가서 막 배우기 시작한 몸과 몸의 발견을 다시 한번 이해했다.

연모는 가만히 앉아 있었다. 쑥스러움을 많이 타진 않지만 모르는 사람들 속에서 난감했다. 손이 심심해서 냅킨으로 백조를 만들었다.

"오, 나도 만들어줘요."

맞은편에 앉은 사람이 말했다.

"둘이 친해지면 되겠다. 지은씨도 대학생이에요. 휴학 중이래."

그 옆 사람이 거들었다.

지은도 그 자리에 와 있는 게 심심하고 낯설어 보였다. 모두가 모두와 친한 분위기에 물들 정도로 오래 다니진 않은 듯했다.

"언제부터 일했어요?"

연모가 물었다.

"아, 지난달부터요."

"저도 비슷해요. 휴학은 어때요?"

"아마 안 돌아갈지도."

"왜요? 몇학기째였는데요?"

"3학년 2학기까지 했지만……"

"더이상은 그 공부를 안 좋아해요?"

"응, 안 좋아해요. 다른 거 하고 싶어요."

"예를 들면?"

"성우 시험 보고 싶어…… 안 되겠죠?"

"아, 목소리 예쁜데요."

그러자 지은이 웃었다. 연모로서는 성인 여성을, 연상을 그렇게 웃게 한 게 거의 처음인 것 같았다. 곧 술자리 게임이 시작되었다. 술자리 게임도 성인들의 게임이었다. 연모는 이제 정말 미성년자가 아니구나, 약간 신기함을 느꼈지만 금방 적응했다. 두 사람 사이의 분위기를 읽었는지 게임을 하다가 이긴 사람이 지은에게 시켰다.

"연모 볼에 뽀뽀해줘."

지은이 그럴까, 하고 연모의 얼굴을 잡았다. 너무 동생 잡듯이 잡았기 때문에 연모는 살짝 서운했다. 지은의 건조하고 따뜻한 입술이 볼에 닿았다 떨어졌다.

"와, 피부가 아기 피부다. 모공이 없네."

지은이 연모를 놀렸다.

모임이 끝나고 흩어질 때 가야 할 방향은 달랐지만 연모는 지은을 잠깐 따라갔다.

"전화번호 주면 안 돼요?"

"응, 안 돼요."

"아쉽네요."

연모는 뭐라도 말하고 싶었다. 지은의 기억에 남을 만한 말을.

"처음 좋아하게 된 걸 계속 좋아하지 않게 되어도, 다음 걸 또 찾으면 돼요."

사실 연모는 말하면서도 잘 몰랐다. 완전히 좋아하는 일, 하고 싶은 일이 있는 사람은 자신이 얼마나 행운아인지 제대로 모르는 경향이 있으니 말이다.

"고마워요, 그렇게 말해줘서."

지은이 뒤돌아서더니 어째선지 약간 옜다, 하는 표정을 지으며 이번에는 별로 동생처럼 잡지 않고 연모의 입술에

키스해주었다. 그러더니 더이상은 따라오지 말라고 손짓하고는 똑바로 걸어갔다. 연모는 지은의 뒷모습을 보며 잠깐 서 있었다.

연모에겐 첫 키스였다. 가슴속에서 백조 백마리가 한꺼번에 수면을 박차고 날아오르는 것 같은 소리가 났다.

우리는 다시 마주칠 거예요, 연모는 반쯤 믿고 반쯤 믿지 않으면서 말했다.

이동열

　동열은 매일 자전거를 타고 출퇴근했다. 원래는 누구의 것이었는지도 모를 오래된 자전거였는데, 교정 아파트를 안내해준 직원이 타도 된다고 해서 타기 시작했다. 교정 아파트는 교도소에서 자전거로 10분 거리였다. 걸으면 25분쯤 걸렸다. 안장이 높고 낡은 짐 자전거였지만 큰 도움이 되었다. 매일 50분씩 걸어야 했다면 무료했을 것이다. 가벼운 마음으로 무거운 자전거를 몰고 다녔다.

　"교도소 무섭지 않아? 위험할 것 같아."

　동열과 마찬가지로 공중보건의를 하고 있는 동기가 전화 너머로 물었다. 동기는 강화도에서 한참 배를 타고 들어가야 하는 작은 섬의 보건소에서 근무 중인데, 외로움을 많이 타는 듯했다. 주말에는 어떻게든 뭍으로 나오려고 애썼지만 풍랑이 심하면 나오지 못할 때도 잦다고 했다.

　"생각보다 그렇게 험하지 않아. 분위기가 약간만 험악

해져도 교도관들이 바로 개입해주고, 기동순찰팀은 정말 귀신같이 빨리 나타나거든. 어디에 있다가 그렇게 빨리 오는지도 모르겠어."

"그렇구나. 나도 교도소 쪽이 나았을까? 여긴 너무 심심해."

"그래도 넌 휴대폰 쓸 수 있잖아. 나는 아예 반입이 안 돼."

"내 전화 피하는 줄 알았다, 야. 연락 어려워서 어떡해?"

"덕분에 시간 남으면 직원 헬스장에서 운동만 해. 재소자들도 그렇게 죽어라고 운동을 하더라."

"몸 좋아졌겠네."

동기에게는 대충 이야기했지만, 사실 동열은 아주 바빴다. 출근을 하면 진료실 책상에 이곳저곳이 아프다고 호소하는 내용의 보고전이 100장 가까이 쌓여 있었다. 큰 교도소가 아니라 재소자가 500명뿐인데 보고전이 100장이라니 질환 발생률이 20퍼센트나 된단 말인가, 처음에는 갈피를 못 잡았었다. 이제는 보고전만으로 정말 질환을 앓고 있는지 꾀병인지 간파할 정도가 되었다. 죽기 일보 직전처럼 구구절절한 보고전을 써놓고는 막상 진료를 보러 관구에 데려오면 멀쩡한 재소자들이 한둘이 아니었다. 다른 목적이 있어서 병명을 지어내는 경우였다. 좁은 방에서 나와 다리 좀 펴려는 단순한 이유도 있었고, 관구 직원을 만나

물품 부족 등의 애로사항을 해결하려 하기도 했다. 재판에 의료기록을 이용해보려고 하는 시도도 잦았고, 수용 환경이 좋은 의료동으로 옮기거나 외부 병원 진료를 나가 바깥바람을 쏘이려는 이도 있었다. 각자의 목적을 숨긴 채 집요하고 반복적으로 병명을 바꾸어 보고전을 올려댄 덕분에 정말로 아픈 사람이 누구인가 가려내는 데 큰 에너지가 들었지만 동열이 양치기 소년 같은 재소자들의 이름을 외우고 나서부터는 다소 수월해졌다.

진통제, 파스, 무좀약 등 일반의약품으로 해결 가능한 환자들을 먼저 해결하고 매일 30명 정도를 직접 진료했다. 기결수 순회 진료를 보고, 그다음에 미결수들을 따로 보았다. 지역에 구치소가 없다보니 미결수들은 교도소 별동에 수감되어 있었다. 500명 중에 30명 안팎이 여성 재소자였는데, 동열의 담당은 아니었다. 여성동은 과장님과 여성 간호사가 따로 진료를 보았다.

감기와 피부병이 흔했다. 여름에는 결막염이, 겨울에는 동창이 많았다. 교도소 밖에서는 흔치 않은 옴도 세번이나 돌았다. 번지는 걸 막느라 고심해야 했다. 모두 운동을 열심히 하기 때문에 정형외과 질환이 끊이질 않았고, 그렇게 키운 몸으로 치고받아서 상해도 가끔 있었다. 영화에 나오는 것처럼 매일 유혈사태가 있는 건 아니었지만 말이다.

제일 까다로운 것은 불면증과 정신건강의학과 질환이었다. 향정신성의약품 처방이 불가능했기 때문에 증상 조절이 어려웠다. 외부 봉사활동을 오는 정신건강의학과 전문의의 도움을 받지 못했더라면 더 힘들었을 것이다. 정신건강의학과, 안과, 피부과, 비뇨기과 의사들이 봉사를 왔다. 동열은 사람의 선의와 악의에 대해서 지속적으로 생각했다. 누군가는 죄를 지어서 여기 오고 누군가는 봉사를 하러 오다니, 사람이란 참 복잡한 존재가 아닐 수 없었다. 또 과장님이 여성동 문제를 상의해 올 때면, 재소자 500명 중에 470명이 남성인 것에 대해서도 의학적이거나 과학적인 설명이 가능할까 고민했다. 휴대폰이 없으니까 휴식시간엔 그런 것에 대해 생각을 이어나갔다.

동열은 일부러 사건 개요를 조회하지 않았다. 환자에게 선입견이 생길까봐서였다. 컴퓨터로 바로 볼 수 있는데도 되도록 보지 않으려 노력했다.

"아니, 지난주의 그 외이도염 환자는 왜 진료 신청을 안 했죠? 후속 치료 안 하면 또 나빠질 텐데."

만성 외이도염으로 외이도에 가피와 고름이 가득 차 있던 환자였다. 치료를 멈출 때가 아니었는데 진료 신청도 하지 않고 교도관을 통해 다시 오라고 해도 거절을 해왔다. 이해할 수 없어 투덜거리는 동열에게 간호사가 당연하다는 듯 말했다.

"사형수잖아요. 사형수들은 진료 신청도 거의 안 해요. 지난주에 한 것도 진짜 못 참을 만큼 아파서 한 걸 거예요."

정말로 그랬다. 나이가 아주 많은 사형수가 있었는데, 매년 시행하는 건강검진도 거부하고 진료 신청도 절대 하지 않았다. 그러다가 자리보전을 하게 되어 직원 중 한 사람이 동열에게 들여다봐달라고 부탁을 해왔다. 알겠다 하고 그 방까지 찾아갔지만 방 안에 들어가지도 못했다. 누워서 소리소리 지르는데 기세에 눌려버린 것이다.

"……그럼 오늘은 쉬시고 내일 와보겠습니다."

"오지 마! 꺼져! 썩 꺼져!"

사형수는 물러나는 동열의 뒤통수에 대고 욕설을 해댔다. 발작이라도 일으킬까 싶어 일단 후퇴한 것이었는데, 노인은 공교롭게도 그날밤 죽음을 맞았다. 저녁을 먹다가 갑자기 숨을 쉬지 못해 응급실로 이송되었고 새벽에 숨을 거둔 것이다. 국과수 부검 결과는 질식에 의한 사망으로 나왔다. 기도로 넘어간 음식물을 기력이 없어 뱉어내지 못했다고 했다. 음식도 못 넘길 상태에서 그런 악다구니를 쓴 거였다니 얼떨떨했다. 동열은 무리해서라도 진찰을 더 해봤어야 했나 한동안 자책했다. 언젠가 사람을 죽였던 사람, 어쩌면 한 사람 이상을 죽였던 사람일 테지만 동열에겐 그저 환자였다. 마음에 격벽을 세워야 매일을 보낼 수 있었다.

재소자의 건강을 나라가 책임진다는 것은, 극악무도한 살인자라도 감옥 안에서 아프거나 죽게 내버려두지 않는다는 것은 어딘가 동열을 안심시키는 구석이 있었다. 사람들의 눈길이 잘 닿지 않는 곳에서도 시스템이 돌아가고 있고, 인권이 적어도 어떤 하한선에서는 실체를 가진다는 점에서 말이다. 교도소 재소자들은 법적으로 의료보험이 적용되지 않기 때문에 건강보험료도 내지 않고 보험의 혜택 밖에 있는 대신 법무부 예산으로 모든 의료비가 지급되었다. 진료 일체가 비급여이지만 그 비급여 비용을 전부 나라에서 대주는 것이다. 그것을 악용하여 디스크나 치질을 고쳐보려고 엄살을 부리는 재소자들에게 시달리긴 해도 엄살의 여지가 있는 쪽이 나았다.

"저는 아무래도 둘째를 못 볼 것 같아요."

만성심부전으로 최근 가장 자주 진료를 보게 된 재소자가 말했다.

"둘째 아이요? 좀 크면 면회 오겠지요."

동열은 환자의 전신 부종이 신경 쓰여 어떻게 치료해야 하나 고민하다가 대충 대답했다.

"태어난 지 얼마 안 되었어요. 근데 많이 아프대요."

"아."

"제가 죽든 개가 죽든 못 볼 거예요."

동열이 동정을 느낀 건 아니었다. 요즘 느끼는 감정들엔 쉽게 이름이 붙지 않았다. 청소년을 잔인하게 살해한 남자가 자신의 아픈 아이를 보고 싶어할 때 배 속에서 뭔가 미끈한 게 동열의 의지와 상관없이 움직이는 것 같았다. 그 불편함은 감정이라기보단 소화불량에 더 가까웠다. 처음 몇주는 애써 소화해보려 했지만 이제 동열은 그게 불가능하다는 걸 안다. 아마 공보의 기간이 끝나고 이곳을 떠나서도 몇년 지나야 소화가 끝날 것이다. 동열은 동요에 휩싸이지 않고 그저 재소자가 형기를 끝마칠 수 있을 만한 상태를 만들기 위해 고심할 뿐이었다.

딱 한번 폭발한 적이 있긴 했다. 건설 회사 사장이 뇌물 수수로 들어왔는데, 입소 직후 신입자 진료를 할 때 자신에게 치매가 있으니 대학병원에 입원시켜달라고 요구해왔다. 가져온 진단서를 보니 검찰 조사가 시작되고 나서 어떻게든 형을 피하려고 대학병원에 입원해 별의별 검진을 다 받아보다가 겨우 '경도 인지장애 추정'을 건진 모양이었다. 경도 인지장애는 학계에서도 적극적으로 치료를 해야 할지 말아야 할지 논란이 있을 정도의 수준인데, 오자마자 대뜸 안하무인으로 요구하는 걸 보자니 기가 찼다. 동열은 피곤해질 것 같다는 예감을 느끼며 요청을 거부했다.

다음 날부터 그자는 온갖 증상을 지어내 매일 보고전을 제출했다. 직원들 이야기로는 오전에는 진료를 요청하고 오후에는 하루 종일 접견실에서 변호사와 편하게 있다고 했다. 뉴스에 나오는 소위 황제 접견이었다. 동열은 그자의 진료 요청을 계속 무시하고 싶었지만 그러면 다른 사람들이 시달리게 되어서 드문드문 요청을 받아들였다.

"선생님, 제가 환청이 들립니다."

"증세가 어떠신데요?"

"귀에서 삐 소리가 심하게 납니다. 대학병원에 좀 보내주세요."

"그건 환청이 아니라 이명입니다."

동열이 냉정하게 설명하고 관련 약을 처방해서 돌려보냈다. 그랬는데도 다음번에 또 환청으로 보고전을 올려서 순회 진료 때 가봤더니, 이명과 환청의 차이를 공부하긴 했는지 이제는 정말로 사람 목소리가 들리기 시작했다고 엄살을 부렸다.

"무슨 소리가 들리세요?"

"제가 뇌물을 줬던 공무원이 자살을 했는데, 그 사람 목소리가 들립니다."

그런데 그렇게 말하는 그자의 얼굴에 죄책감 같은 건 전혀 없었고, 미소까지 지으며 뻔뻔하게 말하는 게 너무나 징그러웠다. 동열은 평소에 악인의 얼굴이 따로 있는 건 아니라고 생각했었다. 재소자들이 얼마나 보통 사람의 얼굴을 하고 있는지를 알면 바깥사람들은 놀라고 말 거라고 말이다. 하지만 그 순간, 웃으며 죽음을 말하는 그자의 얼굴은 달랐다. 이제 동열은 악인의 얼굴이 어떤 얼굴인지 알게 되었고, 언제까지고 그 얼굴을 기억하게 될 거란 게 명료해졌다. 치가 떨렸다.

"거짓말하지 마, 이 쓰레기야!"

자리에서 일어나며 소리를 지르고 말았다. 막상 그자는 태연한데 진료를 보조해주는 교도관들이 움찔했다. 한 사람은 20대 중반의 간호사, 다른 한 사람은 50대에 막 들어선 간호조무사로 베테랑들이었다. 그간 험한 일이 없지 않았는데도, 동열이 두 사람 앞에서 소리를 높인 것은 그때가 처음이었다.

"제가 아들을 미국에 유학 보내놨는데, 걔가 저 여기 있는 걸 몰라요. 곧 있으면 한국에 돌아오는데 그 전에는 병보석으로 나가고 싶습니다."

젊은 의사 하나 정도는 얼마든지 제 맘대로 구워삶을 수 있다는 듯 그자는 빙글빙글 웃으며, 화를 내는 동열에게 말했다. 동열은 그후로 연달아 진료 신청을 거부했는데,

그자는 어떻게 했는지 변호사를 통해 다른 루트로 병보석을 얻어냈다. 그것도 몇달뿐이긴 했다. 결국 다시 잡혀들어왔으니까. 이후로 동열에게 직접 요청하는 일은 없었다. 뭐든지 변호사를 통해서, 의료과가 아닌 다른 부서에 요구해 이것저것 원하는 것들을 얻어냈다. 황제 접견도 그렇고, 영치금으로 다른 재소자들을 부리며 편하게 지내는 것도 그렇고, 교도소 안에서도 바깥세상의 권력이 그대로 반영되는 게 씁쓸했다. 마지막으로 그자를 보았을 때는 편의점에서 닭다리를 뜯으며 한 손에 책을 들고 신선놀음을 하고 있었다. 동열은 책 제목을 유심히 봤다. 왠지 그 책만은 읽고 싶지 않아서였다. 동열이 죽었다 깨어나도 보지 않을 사이비 정신수양 자기계발서라 안심이었다.

하루를 끝마치고 집으로 돌아갈 때가 가장 좋았다. 동열만큼이나 무게가 나갈 자전거는 속도가 천천히 붙었지만, 속도가 붙으면 바람이 얼굴을 씻어주었다. 그럴 때면 언젠가는 다 잊을 수 있을 것 같은 기분이 들었다. 충격적인 사건들도, 유예한 고민들도, 바닥의 바닥을 닮은 얼굴들도, 짧게 짧게 느끼는 괴로움들도.

밤새 훔쳐갈 테면 훔쳐가보라고 대충 대놓았지만 아무도 자전거를 가져가지 않았다.

지연지

간밤에는 신기한 꿈을 꾸었다. 생일이라서 그런 꿈을 꾸었겠지만, 방 안 가득 다른 나이의 자신들이 와 있었다. 지지는 다섯살의 지지를 알아보았고, 일곱살의 지지와 인사했고, 대체 몇살인지 잘 기억나지 않는 지지를 보고 갸웃했고, 4년 전의 지지, 작년의 지지를 친숙하게 바라보았다. 해마다 한명씩의 지지가 거기 있었다. 꽤 최근의 나이인 것 같은 지지가 케이크를 내밀었다.

"불어."

"어? 내가?"

"그럼, 너지."

케이크를 불고 뒤돌아서 누가 또 있나 둘러보았다. 혹시 한영이나 다른 친구들은 오지 않았나 하고. 아무도 없었다. 지지밖에 없었다.

깨어났을 때 케이크는 없었지만, 미역국은 있었다. 요리를 못하는 한영이 끓였는데, 국물은 적고 건더기는 많아서 냄비가 버거운 형태였지만 크게 미역국의 범주에서 벗어나지는 않았다. 부엌에서 움직일 때면 고장 난 로봇 같은 한영이 애써준 게 고마웠다. 두 사람의 공동생활은 지지가 요리, 한영이 청소와 벌레 잡기로 윤활하게 나뉘어 있었다.

"정식 파티는 이따가 저녁에 하자."

"내일 쪽지시험 있어. 무슨 파티?"

"그냥 가볍게 저녁이나. 이삭이도 불러도 되지?"

"불러."

사실 지지는 한영이 이삭을 부르지 않았으면 했지만 넘어갔다. 얼마 전부터 한영이 이삭의 이야기를 천천히 흘린다는 걸 알아채고 있었다. 지지가 호감을 가질 만한 이야기들을 말이다. 이삭이가 그렇게 보여도 속이 깊어, 이삭이가 센스가 참 좋지, 이삭이는 같이 있기 편해, 이삭이가 그런 걸 참 잘하더라, 이삭이가 놀러 가재, 이삭이가…… 전형적으로 한영다운 뜸 들이기라고 지지는 생각했다. 그렇게 부드럽게 에두르는 한영의 성격이 마음에 들어 친해진 것이었지만 방향이 틀렸다. 이삭은 이삭대로 자꾸 촉촉한 눈으로 쳐다보는 게 부담스러웠다. 어쩌겠니, 너희 둘이 그렇게 공을 들여도 나는 레즈비언인걸. 두 친구가 헛물켜는 것을 지지는 안타까운 마음으로 지켜보았다.

언제나 여자가 좋았다. 여자가 좋았고 여자인 것도 좋았다. 중고등학교 때도 알고 있었고, 사실 일곱살 때부터 알고 있었지만, 대학에 와서 다시 한번 확인했다. 접근해 오는 남자들에게 너무나도 아무 감흥이 없었던 것이다. 역시 그랬구나, 간단하게 결론 내리곤 학내 성소수자 커뮤니티 활동을 시작했다. 지지는 주변에 자신의 성적 지향을 일부러 밝히지는 않았지만, 그렇다 해서 숨긴 적도 없었다. 누구든 물어보면 대답하려고 했는데 아무도 묻지 않아서, 그런데 아무도 묻지 않는 조용함이 좋아서 그냥 있었다.

벗어나서 사는 것. 지지의 집안 내림이었다. 아버지 쪽의 경우 할아버지가 포목상 집안에 태어나 갑자기 유명한 동요 작곡가가 되더니, 삼촌들은 대학가요제에 나가기 위해 대학에 간 다음 공부는 내팽개치고 포크와 록을 했다. 몇년 전에는 사촌 언니가 클래식 음악을 하다가 갑자기 재즈로 전향한 게 빅 뉴스였다.

어머니 쪽의 경우 음악이 아니라 출국의 방식으로 벗어났다. 90년대 초반 해외여행이 자유로워진 이후 엄마의 형제들은 서로 어디 있는지를 아주 느슨한 방식으로만 확인했다. 선장 출신인 할아버지의 기질을 물려받았는지 잦은 여행은 종종 이민으로 끝이 났다. 공깃돌을 지나치게 흩뿌려 던진 형태로 이모와 삼촌들이 지구 곳곳으로 떠났고 조부모님은 거기에 특별히 불만을 표시하지 않았다.

지지의 엄마 아빠만이 예외로 음악을 하지 않고 국내에 거주하고 있었는데, 지지가 작년에 커밍아웃을 하자 두 사람 다 "우리 집에도 뭔가 있을 줄 알았어. 너였구나" 하고 너무 쉽게 받아들여서 살짝 싱거웠다.

"머리를 그래서 자른 거야?"

아빠는 고작 그게 궁금한지 물었었다.

"아니, 이건 고준희 때문에."

"고준희 같은 타입이 좋은 거야?"

엄마가 마저 물었다.

"뭐…… 타입 같은 게 어디 있어. 사람은 사람마다 좋은 거지."

타입이랄 게 없었지만 한영이 지지의 타입이 아닌 것만은 확실하게 말할 수 있었다. 한번도 그런 식으로 한영을 보지 않았다. 워낙 우정이 확고했다. 세상을 보는 관점이 비슷했다. 한영에겐 그런 점이 있었다. 야만에서 문명으로 탈출한 사람만이 가지는, 보편 인권에 대한 강렬한 지향 같은 것. 너무 대학생 같은 표현일는지 몰라도 말이다. 만약에 같이 살지만 않았더라면 한영에게도 훨씬 일찍 이야기했을 것이다. 같이 사는 게 모든 걸 복잡하게 만들었나 지지는 후회했지만 지지가 후회할 일이 아닌 것이, 먼저 그러자고 한 것은 한영이었다. 별생각 없이 원룸 계약기간 이 끝나간다고 말했을 때 덥석 손을 잡아 왔다. 어찌나 간절했던지, 다시 돌아간다 해도 거부할 수 없을 것이다. 그리고 지지가 망설였더라면 한영의 얼굴에 과일 포크가 만든 흉터보다 훨씬 큰 흉터가 생겼을지도 모른다. 함께 살기 시작하자 더 잘 맞는 친구였다. 평생 보고 싶은 친구였다. 그러니 늦기 전에 말해야 했다. 묻지 않아도.

수업을 듣는 내내 아무것도 귀에 들어오지 않았다. 그래도 손은 거의 자동으로 필기를 했다. 바깥쪽도 안쪽도 매끄러운 기계가 된 기분이었다. 좋을 텐데, 모두가 그런 기계면. 아무런 오해도 없이, 오해가 만드는 다른 감정들도 없이 정보를 전할 수 있다면. 동기화할 수 있다면.

마지막 수업만 한영과 함께 들었다.

"비스트로 헬핏에 예약했어."

"거기 가격이 좀 있잖아."

"괜찮아, 돈은 있어."

한영이 언제나 '돈은 있다'고 말하는 게 신기했다. 아르바이트하는 곳이 짜지 않은 모양이었다.

"하긴 거기 샥슈카 맛있지."

"날씨가 딱이야. 이삭이는 좀 늦는데."

"잘됐네."

"왜?"

"너한테만 해줄 이야기가 있어서."

비스트로 헬핏은 얼핏 귀로 듣기에는 '헬프 잇(help it)'처럼 들리지만 간판을 보면 '헬 핏(hell pit)'이라 깜짝 놀라게 되는 가게였다. 낡은 벽돌 건물의 모퉁이 한쪽을 쓰고 있고, 호두나무 가구와 빈티지 조명으로 꾸며져 분위기가 소박하고 따뜻한데, 작게 걸려 있는 액자들은 고야풍의 지옥 같은 펜화 컬렉션이었다.

"왜 지옥구덩이예요?"

늘 궁금했지만 묻지 못했던 것을 이삭이 물은 적 있었다.

"사는 건 지옥구덩이 같은데 즐거울 때는 소수의 좋은 사람들과 맛있는 걸 먹을 때뿐이란 걸 잊지 않으려고요."

특별히 살갑진 않지만 요리는 잘하는 사장님이 대답해주었다. 학생이라 자주 가지 못해도 가서는 즐겁게 먹었으므로 사장님은 세 사람을 단골 취급해주었다.

무쇠 위에서 소스가 끓는 소리가 들릴 때 한영이 선물을 내밀었다. 뜯어보니 팔찌였다. 조그만 은색 참 장식이 달려 있었는데 양서류인지 파충류인지 디테일이 약간 뭉개졌지만 귀여웠다.

"내 것도 있어. 룸메 팔찌야."

신이 나서 소매를 걷어 보여주는 한영에게 지지는 준비

했던 말들을 하기 시작했다. 내내 연습해왔던 말들을 쏟아내는데, 자신의 목소리가 낯설게 느껴졌다. 나 레즈비언이야. 아주 어릴 때부터 알고 있었는데 더 확실해졌어. 여자 좋아해. 전에 내가 성소수자 인권 커뮤니티에 들어갔다고 말했지? 근데 네가 묻지 않아서…… 나중에 이야기해야지 하고 기다리다가 너무 지나버렸어. 불편하게 할 생각은 없어. 불편하게 생각하지 않으면 좋겠다. 나는 널 정말 가까운 친구라고 생각해서…… 거기까지 말했을 때 한영을 보았다. 한영은 표정은 전혀 변하지 않았지만 몸의 중심축이 6도쯤 기울어 있었다. 놀란 모양이었다.

"그렇게 중요한 걸 나한테 말해줘서 고마워."

한영이 말했다. 여전히 몸은 조금 기운 채로.

"아, 내가 바보 같은 말을 안 해서 다행이다. 그런 중요한 사실을 듣고."

이번에는 혼잣말을 했다.

"그러고 보니 커뮤니티 활동을 한다고 했었지. 나는 그냥 네가 좋은 뜻에서 하는 줄 알았어. 그때 내가 물어봤어야 했나……? 전혀 생각을 못했네."

"아니야, 내가 먼저 말해줄 걸 그랬어."

그리고 빵과 샥슈카와 뇨키가 나왔다. 음식이 나오는 바람에 두 사람은 잠시 말을 잃었다.

"악."

짧게 한영이 비명을 질렀다. 왜지, 하고 지지는 긴장했다.

"악. 악. 이삭이 어떡하지."

"아."

"어떡해. 내가 막 부추겼는데. 너랑 어울릴 것 같아서."

다른 종류의 충격에, 지지는 별로 신경 쓰이지 않는 충격에 빠진 한영을 보며 약간 안심이 되었다. 지금 이 순간에 저게 고민이라면 괜찮은 게 아닐까.

"이삭이는 아무렇지 않을 거야."

그렇게 말하며 지지는 물어보고 싶었다. 우리도 아무렇지 않지?

"앗, 그럼 혹시 여자친구 있는 거야?"

"아니, 아직."

"다행이다. 나 때문에 집에도 못 데려오고 숨어서 만나는 줄 알았네. 나중에 생기면 데려와."

"그럼 나랑 사는 거 안 불편해? 괜찮아?"

그러자 한영이 반대 방향으로 다시 기울었다. 정말 놀란 것 같았다.

"넌데? 넌데 내가 왜 불편해? 너야말로 혹시 내가 불편하게 했던 거 있으면 말해줘."

"그런 거 없지만……"

중요한 이야기를 끝내고 나니 배가 고팠다. 급격하게 허기가 졌다. 나온 접시를 다 해치웠을 때쯤 이삭이 왔다.

"나 없을 때 무슨 얘기 했어?"

경쾌하게 자리에 앉는 이삭을 두 사람은 어쩔 수 없이 애잔하게 바라보았다. 한영이 갑자기 이삭의 어깨를 감쌌다.

"잘할게. 내가 너한테 잘할게, 진짜."

"갑자기 왜?"

"와인 마실래?"

"스파클링! 스파클링!"

세 사람은 메뉴판에서 가장 싸고 기포가 부드럽게 든 화이트 와인을 마셨다. 지옥에서 가장 먼 곳의 맛이었다.

기분 좋게 취해 가게를 나왔다. 한영과 이삭이 손을 잡고 만화에 나오는 토끼처럼 뛰었다. 지지는 약간 뒤에서 따라 걸으며 친구들이 엉망으로 골목을 가로지르는 걸 바라보았는데, 그 모습이 이상할 정도로 행복해 보였다. 엉망인 춤 같았다. 아이들이 추는 춤 같았다.

좋은 생일이었어. 쪽지시험은 아마 망하겠지만. 지지는 꿈에서 만났던 다른 나이의 지지들도 오늘을 싫어하지 않을 거라고 생각했다.

하계범

응급실에서 다섯 이상. 중환자실에서 다섯 이상.

적은 날은 열댓에서 많은 날은 스물대여섯명까지도 죽는다. 대형 병원 한곳에서 하루에 죽는 사람 수다. 안전하고 깨끗해 보이고 밤이면 하얗게 빛나는 건물에서 누군가는 지하로 내려진다. 사람들은 잘 생각하고 싶어하지 않지만 병원은 언제나 장례식장을 끌어안고 지어진다.

매일매일 죽는 사람들을 모두 한 사람이 옮긴다는 사실 역시 관계자가 아니면 모를 것이다. 그것이 계범의 직업이다. 전용 이동침대와 고인을 덮을 부직포 덮개를 챙겨 호출이 온 층으로 올라간다. 타이밍이 적절해야 한다. 지나치게 빨리 가면 유족들이 마땅히 누려야 할 시간을 방해하는 게 되고, 꾸물거리다 늦게 가도 유족들의 충격이 심해지기 때문에 몇분의 차이이지만 사려 깊게 하려고 노력한다. 그 노력을 병원 사람들이 알아주는 것 같긴 하다. 계범은 그 일을 오래 했다.

전용 엘리베이터가 있으면 좋을 텐데, 따로 없어서 환자들이나 방문객들이 잘 쓰지 않는 구석의 엘리베이터를 이용한다. 환자든 환자 보호자든 얼굴이 덮인 사람과 한 엘리베이터에 타고 싶어하지 않는다. 피하지 못하고 함께 타게 되면 짓는 표정들이 있는데 그 표정들이 언제나 계범을 안절부절못하게 만든다. 계범 생각에, 차라리 얼굴을 보인 채 옮기면 그냥 아픈 사람인가보다 할 것 같다. 꼼꼼하게 덮은 모습이 사람들에게 덮개 아래를 더 생각하게 하는 것이다. 구석의 엘리베이터를 타고 내려와 직원들이 이용하는 통로를 거쳐 장례식장으로 간다. 많은 병원들이 그렇듯이 본관을 중심으로 시간차를 두고 증축된 구조라 전부 이어지는 건 지하밖에 없다. 유족들이 병원 장례식장이 아닌 다른 곳을 선택할 경우, 그곳에서 보내올 차를 기다렸다가 인계해주기도 한다. 누워 있는 사람 곁에 서서 창밖을 내다보며 차를 기다리는 시간은 계범이 자주 누리지 못하는 휴식이었다.

원래는 두 사람이 나누어 일을 했었다. 다른 한 사람이 그만두면서 계범이 집에 돌아가지 못하고 숙직실에 머물기 시작했다. 환자가 꼭 계범의 근무시간에 맞춰 숨을 거둘 리는 없으니 담당자는 필히 두명이어야 했는데, 병원에

서는 모른 척하고 새 사람을 뽑아주지 않았다. 계범 혼자
서도 어찌저찌 해내니까 필요 없다고 판단했는지도 모른
다. 계범은 계범대로 얼른 한 사람을 더 뽑아달라고 할 형
편이 아니었다. 거슬리는 소리를 했다가 잘리면 그야말로
큰일이었다. 계범은 66세. 어디 가서 이만큼 수월한 일을
다시 찾기는 쉽지 않을 것이었다. 그래서 병원 근처에 구
했던 작은 방을 아예 빼고 숙직실로 이사를 했다. 병원과
계범 사이에는 암묵적인 합의가 이루어졌다. 공식적으로
계범의 근무시간은 변하지 않았다. 월급은 어떻게 했는지
1.2배 정도가 되었다. 그리고 숙직실 하나가 계범의 공간
으로 정해졌다. 계범이 천천히 옮겨 온 살림살이들을 두고
뭐라 하는 이는 없었다.

　가족은 없었다. 가족 비슷한 게 있었던 건 스무해 전쯤,
잠시 동거하던 여자가 있긴 했으나 그야말로 잠시였다. 좋
은 여자였다. 막일을 마치고 돌아오면, 계범의 반밖에 없
는 오른발을 주물러주던 좋은 여자였다. 계범은 태어날 때
부터 오른쪽 발가락이 두개밖에 없었다. 엄지와 두번째 발
가락이 있고, 나머지는 베여나간 듯 비스듬하게 없어 발은
뾰족한 지느러미 같았다. 작업화를 신으면 티가 나지 않
았지만 딱딱한 작업화 안에서 하루 종일 균형을 못 잡았
다. 양말 같은 걸로 신발 속을 채우긴 했어도 그렇게 피로

할 수가 없었다. 균형이 나쁜 몸을 끌고 마디마디가 끊어질 듯할 때까지 일해서 일당 3만원, 3만 5천원을 받던 시절이었다. 동거녀가 숙식이 제공되는 일자리를 구했다며 다른 도시로 가보겠다는 걸 잡지 않았다. 좋은 여자니까 좋은 기회를 얻는 걸 막지 말아야지 했던 것이다. 계범이 마지막으로 가족 비슷한 걸 가졌던 때가 그때였다.

계범은 병원 밖에 잘 나가지 않았다. 오래 자리를 비워 제때 병동으로 못 올라가면 누군가 불만을 말할지 모르고, 이어 계범을 젊은 인력으로 교체하자는 말이 나올 수도 있었다. 그게 두려워 담배도 끊었다. 담배를 끊으니 병원 건물 바깥 공기를 쐴 일이 거의 없었다.

숙소 바깥에는 폐지 수거함이 있었다. 주로 환자들이 다 읽고 버린 신문과 잡지가 많았다. 계범은 마음에 드는 읽을거리를 찾아 들고 밤 시간을 보냈다. 어린 시절 어머니가 억지로 글을 읽게 한 게 다행이었다. 너는 발이 그러니 글씨를 꼭 읽어야 한다, 학교는 끝까지 못 다녀도 글은 읽을 줄 알아야 한다, 그러면서 책상머리에 눌러 앉혔다. 어머니는 너무 일찍 돌아가셨고, 이후로 남해안의 고향을 떠나 북쪽으로 북쪽으로 왔다. 딱 한번 살던 곳을 찾아가본 적이 있었는데, 물에 발을 담그고 어린 굴을 따 먹었더니 배탈이 나고 말았다. 만 너머로 보이던 공장 탓이려니 했다. 배 아파 고생하면서 굴을 따주던 어머니를 떠올렸던 짧은 휴가의 밤, 그때도 계범은 누군가가 버스에 두고 간 신문을 읽고 있었다.

매끄럽게 줄줄 읽는 것도 아니고, 읽는다 해서 다 이해하는 것도 아니었지만 신문과 잡지마저 없었더라면 호출을 기다리는 밤 시간이 견디기 어려웠을 터였다. 나이가 들며 잠이 점점 줄었다. 계범은 병원 바깥에도 세상이 있다는 걸 자꾸 까먹어서 까먹지 않으려고 노력했다. 계범이 알지 못하는 곳에서 그토록 많은 일들이 벌어지고 있다는 게 믿기 어려울 정도였다. 주로 사진을 보았고 그 아래 짧은 설명들을 읽었다. 예전처럼 신문이 한자 범벅이 아니라 나왔다.

어느날 계범은 폐지더미에서 동화책을 발견했다. 최근에 죽은 아이를 날랐던 적이 있었던가, 잠깐 기억을 더듬었다. 없는 것 같았다. 아이들이 죽는 것에도 익숙해진 지 꽤 되었지만 기왕이면 퇴원하는 아이가 버리고 간 것이면 좋겠다고 생각했다.

표지 아래쪽이 조금 너덜너덜했을 뿐 안쪽의 그림들은 멀쩡했다. 슬쩍 펼쳐보고 그 책을 챙겼다. 나중에 방으로 돌아와 찬찬히 읽어보니 도마뱀이 주인공이었다. 사고로 발가락을 잃은 도마뱀이어서, 자기도 모르게 마음을 신게 되었다. 도마뱀은 어째선지 발가락이 다시 자라지 않는다고 점잖게 투덜거렸다.

"허, 너도 발가락이 없냐?"

한권짜리가 아니라 긴 시리즈인 모양으로, 사고에 대한 정확한 내용은 다른 권에 있는 듯했다. 한쪽 눈을 잃은 생쥐를 위로하며 발가락을 보여주려고 도마뱀은 정강이까지 오는 장화를 벗었다. 옷을 웬만한 사람보다 번듯하게 입는 도마뱀이었다. 계범은 남색 작업복을 벗어본 게 언제였던가 기억을 더듬었다. 숙직실의 간이 옷걸이엔 걸린 옷이 별로 없었다. 도마뱀은 책장을 넘길 때마다 근사한 모자를 쓰고, 식물채집 가방을 들고, 눈이 오면 나무로 엮은 눈신을 신고 친구들을 만나러 다녔다. 식물을 그리는 게 도마뱀의 직업이라 보통은 시골에서 지내지만 한번은 제가 그린 그림을 들고 잡지사가 있는 큰 도시로 나가기도 했다. 기차를 타고 간식을 사 먹는 도마뱀이 능청스럽게 그려져 있었다. 편집장은 벌새였다. 편집실을 내내 날아다니며 바닥에 발을 딛는 일이 없다고 묘사되어 있어서 웃고 말았다.

계범은 세번쯤 그 동화책을 들춰보고는 어린이 환자들이 많은 휴게실에 가져다두었다. 계범이 그 층에 내리자 병원 사람들이 잠깐 놀랐지만 호출 때문에 온 게 아니란 걸 금방 깨달은 듯했다. 책만 얼른 두고 왔다. 폐지더미에 돌려놓기엔 아깝다는 생각이 들어서였다. 누가 봐도 보겠지 싶었다. 한명이라도 더 보고 버리면 되지 않나.

여러 건물을 잇다보니 높이가 안 맞는지 지하에도 종종 경사로가 있다. 최근엔 힘이 달려서 그 경사로에서 가끔 미끄러지고 만다. 예전에는 거뜬했던 길인데 죽은 이의 체격이 크거나 하면 뒤로 줄줄 밀리는 것이다. 그러고 있다가 문득 동화책의 도마뱀이 발효된 주스를 먹고 잠들어버린 두더지를 침대에 눕히려고 고생고생하는 장면이 떠올랐다. 꼭 그 꼴이었다. 걱정 마시오, 내 눕혀드릴 테니. 데려다드릴 테니. 계범은 죽은 이의 덮인 몸, 어깨쯤을 안심하라는 듯 짚고는 잠깐 숨을 돌렸다.

"제가…… 제가 올려드릴게요. 저기까지만."

어디서 나타났는지 젊은 이송기사가 다가와 도와주었다. 젊은이에게는 아주 쉬워 보였다. 평지처럼 스윽 밀어 올려주었다. 이송기사는 계범이 고맙다고 하기도 전에 총총 빠른 걸음으로 사라졌다.

그 젊음. 기억나지 않는 젊음.

젊었을 때엔 분명 계범에게도 친구들이 있었다. 고향 친구들, 함께 일했던 이들, 동네 이웃들. 모두 어디에 있을까.

그때도 자주 만나지는 못했다. 하지만 애써 만났다. 연락하기가 지금보다 훨씬 어려웠는데 말이다. 시간이 그 친구들을 다 잡아먹었는지 이제는 어디에 있는지도 알 수 없었다. 몇몇은 세상을 떴는지도 모르겠다. 서로 매정해서가 아니었다. 친구를 만나는 것도 사치일 만큼 고되었기 때문이었다.

어딘가에 수첩이 있을 텐데…… 계범에게도 휴대폰이 있었지만 잘 울리지 않고 그걸로 뭘 읽기는 불편해서 충전하는 걸 계속 잊었다. 얼마 안 되는 짐을 뒤져 수첩을 찾았다. 거의 비어 있는 수첩의 뒤쪽에서 옛 친구들의 연락처를 짚어보았다. 심지어 전화번호도 없고 집 주소만 덜렁 있는 경우도 있었다. 개중에 가장 최근까지 연락을 주고받았던 친구를 골라 전화를 걸어보았다. 걸고 나서야 시간을 확인했다. 지하라 종종 시간을 잊는다. 다행히 아직 전화를 걸어도 폐가 안 되는 시간이었다.

"거, 잘 지내나 싶어 전화했어."

"아이고, 이게 누구야."

"어떻게 지내나?"

"다 죽어가. 병원에 있어. 병문안 한번 안 오려나?"

"어느 병원인데?"

친구가 병원 이름을 말했다. 계범으로서는 어디에 있는

병원인지도 희미했다. 세상에는 이 병원 말고도 많은 병원들이 있는 것이다. 계범은 병원과 입원실 호수를 받아적었다. 가지 못할 걸 알면서도 갈게, 하고 말했다.

며칠 병원 복도를 서성이며 외출을 생각했다. 몇시간만 누군가 대신 맡아준다면 티 나지 않게 다녀올 수 있을지도 모른다. 두달에 한번 이발을 하러 갈 때 그러듯이. 하지만 이발보다는 시간이 훨씬 걸릴 것이고, 위에서 계범의 부재를 알아챘다면 일이 커질 수 있었다. 경사로에서도 침대를 잘 미는 젊은 사람에게 일자리를 빼앗기면 어떡한단 말인가. 병원에서는 그런 일이 끝없이 있었다. 좋은 기계가 한대 들어왔다고 의사들이 줄줄이 잘리기도 했다. 병원이 어렵다고 접수계 직원들도, 주차요원도 반으로 줄였다. 계범은 위험을 감수할 수 없었다.

지상 층으로 올라갈 때마다 햇빛이 유혹적이었다. 병원 앞에 줄지어 멈추는 버스들을 바라보았다. 마지막으로 버스를 탄 게 언제였더라. 날이 참 좋지요? 하루 더 보면 좋았을 텐데. 밀고 가는 죽은 이에게 말해봐야 대답은 없었다.

─온다더니 왜 안 와?

친구에게 문자가 왔다. 계범은 바로 전화를 걸었다.

"뭐 먹고 싶은 것 없어? 사다줄까?"

"주스나 사와. 언제 올 거야?"

"……오늘이나 내일이나 출발할 때 전화할게. 그때까지 죽지 말고 있어."

"안 죽어. 재수 없는 소리 하지 마."

"목소리가 팽팽한데 왜 입원했어?"

"주스 비싼 거 사와. 유리병에 든 거."

"알았어."

계범은 외출할 때 입고 갈 셔츠를 다렸다. 들키느니 미리 말하자. 다린 옷을 걸어두고 인사실로 올라갔다.

"저……"

말을 떼었는데 아무도 쳐다보지 않았다. 다시 좀더 크게 말하자 가장 바깥쪽 책상에 앉아 있던 이가 일어났다. 직원이 목에 걸고 있는 직원증에 이름이 있었다. 김시철이었다. 계범은 곤란해질 경우를 대비해 그 이름을 외워두었다.

"무슨 일로 오셨어요?"

"외출시간이 필요해서……"

근무표를 보더니 시철이 당황했다. 2교대 근무를 한 사람이 해온 것을 이제야 안 듯했다. 24시간, 365일, 다른 사람 없이 혼자. 시철은 일하게 된 지 얼마 안 되어서 계범과 병원 간의 합의를 몰랐던 모양이었다.

"이걸 어떻게 지금까지 해오셨어요?"

"앞으로도 할 수 있는데, 가끔 외출시간이 필요할 것 같습니다."

"당연하죠. 나갔다 오셔야죠. 그보다 한 사람 더 뽑아야 겠는데요."

"아닙니다. 제가 숙직실에서 지내면서 24시간 대기하기로 다 잘 이야기되어 있습니다. 윗분께 여쭤보세요. 외출 시간만 좀 정해주시면 좋겠습니다."

"그래도 어떻게…… 제가 여쭤볼게요. 그럼 일단 임시로 요일과 시간을 알려주시면 그때는 환자 이송기사들이 잠깐 대신 해주기로 하면 어떨까요? 그쪽은 인원이 많으니까 큰 부담 안 될 겁니다."

"수요일 3시……"

계범이 말했다. 도마뱀이 항상 친구들을 만나러 가던 시간이다.

"3시에서 몇시까지요?"

"7시까지가 좋겠습니다."

"8시까지로 하지요, 넉넉하게. 이번 주엔 그렇게 하시고 제가 어떻게든 조정해서 휴일을 만들어드릴게요."

"그래 주면 정말 고마울 거예요. 근데 병원 사정 봐서…… 나는 괜찮으니까……"

혹시나 일을 나쁘게 만든 건 아닐까 걱정되었지만 그 마음을 애써 누르고 시철에게 인사를 한 뒤 내려왔다. 젊은 친구에게 얼마만큼의 재량이 있을지 몰라 큰 기대는 하지 않기로 했다.

수요일에 계범은 병원을 나와 버스 정류장으로 갔다. 미리 알아본 바로는 버스만 한시간 넘게 타야 했다. 하지만 친구도 한시간쯤은 만날 수 있을 것이었다. 날씨가 좋았다. 바깥 풍경이 많이 바뀌어 있을 거란 생각이 들었다. 창가 자리에 앉았다. 내내 창밖을 내다볼 계획이었는데, 버스가 큰길에 접어들자 기분 좋은 흔들림에 졸음이 왔다. 깊이 잠들지는 않을 것이었다. 이십분만 자기로 계범은 마음먹었다. 감은 눈꺼풀에서 빛들이 춤을 추었다.

다음 주 수요일엔 모자를 사야겠군, 계범은 마음먹었다.

방승화

엄마가 돌아가셨을 때 안도하고 말았다. 자기도 모르게, 이 혹독한 사람에게서 드디어 놓여났구나 생각해버렸고, 덕분에 장례를 치르는 내내 죄책감에 시달렸다. 방심하고 있던 마음을 잠시 장악했던 한순간의 안도감 때문에.

"나 진짜 나쁜 딸이다."

"음, 너희 엄마를 못 만나본 사람은 그렇게 생각하겠지만 난 어렸을 때부터 봤잖아. 너희 엄만 참…… 힘든 분이었지."

장례식장에 찾아와준 친한 친구들이 적당히 위로해주었다.

말 그대로 힘든 사람이었다. 성인이 되어 집을 나와서는 엄마를 네시간 이상 견딜 수 없었다. 네시간이 넘어가면 효도고 도리고 간에 도무지 버티지 못했다. 세상에서 제일 부러운 게 사이좋은 모녀였다. 엄마랑 팔짱을 끼고 다니고, 엄마랑 여행을 가고, 엄마랑 시장을 가고, 엄마랑 같이 나이 들어가고, 엄마랑 가까이 사는, 그런 모녀. 드라마에나 나오는 이야기가 아니었다. 실제로 그렇게 살고 있는 사람들을 생각보다 흔히 보았고, 매번 기분이 이상했다. 저 사람들은 어떻게 저런 게 가능하지, 하고.

아직도 꿈속에서 엄마의 거친 손길을 느낀다. 목덜미를 잡아채는, 등짝을 후려치는, 뺨을 때리는, 머리를 미는, 어느 순간이고 손톱을 전혀 사리지 않는 그 손을. 무의식중에 엄마를 그렇게 기억하고 있다는 것에 죄책감을 느끼지만 어쩔 수 없다. 하지만 사실 옛날 엄마들은 딸들을 자주 때렸다. 승화가 자란 동네에선 골목마다 아이들이 맞고 있었다.

그보다 더 사무치게 남아 있는 것은 편애의 기억이다. 엄마는 승화를 데리고 시장에 가는 걸 싫어했다. 엄마는 소문난 미인이었는데, 승화는 엄마랑 닮은 구석이 없었다. 아버지만 오롯이 닮았다. 그에 비해 여동생 둘은 엄마를 제법 닮아 데리고 다니면 사람들이 예쁘다고 한마디씩 던지곤 했다. 엄마는 그런 걸 중시하는 사람이었다.

게다가 매 계절 세 자매의 옷을 살 때 엄마는 차등을 두었다. 승화에겐 겨자색 스웨터와 코르덴바지, 실내화나 다름없는 남색 운동화를 사주곤 동생들에겐 꽃무늬 아사광

목 원피스에 에나멜가죽 단화를 사주는 식이었다. 승화 몫은 언제나 아주 실용적인 것들이었다. 몸이 자라니 어쩔수 없다는 듯 사준 것들. 엄마는 승화의 물건을 사줄 때는 숨기지 않고 아까워했다. 어린 승화는 엄마가 그렇게 모난 마음을 바깥으로 드러낼 때면 곁에서 안절부절못했다.

언젠가 엄마가 시장에서 똑딱이 리본핀을 사온 적이 있었다. 자주색 공단 리본이었다. 승화는 그것이 갖고 싶었다. 하지만 엄마는 보란 듯이 핀을 둘째 여동생에게 해주었다가 다시 셋째에게 주었다. 딸이 셋인데 리본을 하나만 사 오는 사람이었다. 마음 내키는 대로 줬다 뺏는 사람이었다. 여동생들도 같이 지내기가 쉽지 않았다. 예쁜 얼굴만큼이나 가혹한 성격도 엄마를 닮아서 매일 시끄러웠다. 승화는 여동생들의 머리 위를 나비처럼 옮겨 다니는 자줏빛 리본을 보며 저것을 가지고 싶지 않다고 생각했다. 가질 수 없는 것을 가지고 싶어하지 않는 법을, 힘겹게 마음을 방어하는 법을 배웠다.

그래 봤자 지난 세기의 이야기. 승화의 몸과 마음을 혹독하게 다뤘던 엄마는 죽고 없다. 승화는 안도하고, 안도할 때마다 스스로를 미워한다. 스스로에게 너그러워지는 법을 배우지 못했다.

엄마는 자신이 그런 사람인 것이 할아버지 때문이라고

말하곤 했다. 어쩌면 부모와 반목하는 것도 유전일지 모른다. 역시나 성격이 강했던 할아버지는 큰돈을 받고 엄마를 사랑하지 않는 남자와 억지로 결혼시켰다. 그런 결혼이 드물지 않던 시대였지만 엄마는 평생 응어리를 풀지 못했다. 아버지는 부잣집 아들이었을 뿐 별다른 매력은 없는 사람이었던 듯하다. 몸이 약했고, 잘생기지도 수완이 있지도 않았다. 딸 셋을 낳아놓고 요절했다. 사람들은 "너무 센 여자를 만나서 일찍 죽었다"고 수군거렸다. 아버지가 장남이 아니었고 딸들만 남겼기에 대단한 재산을 나눠 받지도 못했다. 시장통의 이불 가게 하나와 작은 집이 다였다. 승화는 그 집을 기억한다. 집에서 시장으로 가는 길도 기억한다. 동생들을 돌본 건 승화였다. 하루에 몇번이고 몇번이고 그 길을 오가면서 심부름을 했다. 이불 가게에 가면 유난히 남자 손님이 많았다. 엄마는 그들을 전혀 반기지 않았다. 괜한 호감을 표시하며 들러붙는 남자들에게도 혹독하기는 마찬가지였다. 그런 점에서는 일관성 있었다. 그래도 남자들은 이불을 사갔다. 이불을 몇채고 사갔다. 엄마는 예뻤다. 아이 셋을 낳고도, 나이가 들어가면서도 예뻤다. 예쁘고 끔찍한 사람. 승화가 엄마에게 가져온 온갖 복잡한 감정들은 오래된 것이었다.

승화를 때리면서, 할퀴면서, 아이가 할 수 없는 일을 시

키면서, 비아냥거리고 욕하면서, 숨기지 않고 동생들을 편
애하면서, 학교에 가져갈 준비물이라도 얻으려면 굴욕에
굴욕을 거치게 하면서, 끊임없이 공격하면서 엄마는 만약
자기가 사랑하는 남자와 결혼했더라면 이러지 않았을 거
라고 말했다. 승화는 그래서 의심했다. 정말 그랬을까? 그
랬더라면 엄마는 좋은 사람이 되었을까?

할아버지가 거절한 남자, 엄마가 사랑했다고 주장하는
남자는 가진 것 없이 시작했지만 산업화 시대에 걸맞게 성
공했다. 흔한 이야기였다. 공장을 몇개나 가지고 있다고
했다. 고향 친구에게, 손위의 삼촌에게 남자가 공장을 하
나 더 세웠다는 소식을 전해 들을 때마다 엄마가 몸을 떨
었을 거라고 승화는 생각했다. 마땅히 가졌어야 했지만 갖
지 못한 삶에 화를 내면서.

그런데 예상치 못한 일이 벌어졌다. 남자 쪽도 사별을
하자 삼촌을 통해 다시 연락이 닿았고, 엄마는 인생의 끄
트머리 몇년 동안 첫사랑과 데이트를 하게 된 것이다.

승화의 동생들은 그를 '소씨 아저씨'라고 불렀다.

"너희 할아버지가 소정방 후손이라고 못 만나게 했다.
그 소씨가 아니고 진주 소씨인데도. 뭐 그리 애국자라고
그러셨는지 몰라."

"이제라도 같이 살지 그래요?"

"귀찮아. 혼자 너무 오래 살아서."

엄마는 정말로 소씨 아저씨를 귀찮아했었다. 사랑했다면서, 그와 결혼했더라면 인생이 달랐을 거라 입버릇처럼 말했으면서 귀찮아했다. 그렇게 띄엄띄엄 데이트가 이어졌다. 계절이 바뀔 때 한두번 만나는 식이었다. 소씨 아저씨는 만날 때마다 엄마에게 극진한 선물을 했다. 보약을 들려 보냈고 금목걸이를 걸어줬고 묵직한 시계를 채워 보냈다. 엄마는 그런 선물들에 별로 관심이 없는 것 같았다. 보약은 몸이 약한 셋째가 먹고, 금붙이는 둘째가 가져다 다른 걸로 바꿨다. 승화는 종종 소씨 아저씨를 궁금해했다. 첫사랑에게도 딱히 봄바람 같지는 않은 엄마를 그렇게 사랑하는 사람. 어떤 사람일까. 바보일 게 분명한데, 그런 사람이 사기도 안 당하고 사업을 했다니 희한했다. 엄마는 자식들에게 아저씨를 소개하지 않았다.

그러다 엄마가 입원을 했다. 엄마를 한동안 괴롭혀왔던 여러 지병들이 갑자기 성급하게 회오리바람을 일으키며 서로 얽힌 것이나 다름없었다. 수치는 매일 나빠졌다. 뒤늦게 찾아온 좋은 시절을 누릴 새도 없이 하강곡선을 그리는 엄마를, 승화와 승화의 자매들은 안타깝게 지켜보았다. 엄마는 한사코 소씨 아저씨의 병문안을 거부했다. 어느 병원인지 가르쳐주지 않았고 자매들에게도 알려주지 못하게 했다. 엄마는 승화의 집에서 가까운 병원에 입원했다. 이제 와서야 가까이라니, 승화는 그것 참 편리하네, 하고 쓰디쓰게 생각했다. 애정은 주지 않으면서 고된 일은 첫째에게 떠넘기는 엄마였다. 아니나 다를까, 엄마는 병실에 들어서는 승화만 보면 공격을 했다.

"너는 머리가 그게 뭐니?"

"그 거적때기는 옷이라고 걸친 거야?"

"살이 또 쪘어?"

"네 남편이 너랑 살아주는 거 고마운 줄 알아라."

승화는 참고 또 참았지만 엄마가 어느 선을 넘어 승화가 아닌 승화의 딸, 승화의 아들에게까지 독한 혀를 내두르면 참지 않았다. 서른, 스물여덟, 다 큰 아이들이 바쁜 와중에 할머니 뵙겠다고 왔는데 악담을 퍼붓는 건 두고 볼 수 없었다.

"애들한테 그러면 병문안 안 데려올 거예요."

애초에 자식들을 낳았을 때부터 가족들과 멀리 떨어뜨려 키웠다. 그럴 수밖에 없었다. 첫째인 딸애를 보고 바로 아래 여동생이 "조카라면 다 이쁠 줄 알았더니, 그냥 보통 한국 애 얼굴이네" 하고 말했을 때 한대 후려치고 싶었다. 둘째가 아들이었을 때는 아들이라서가 아니라 그나마 덜 공격당하지 않을까 싶어 기뻤다. 승화는 아이들의 외모에 대해서는 한마디도 하지 않았다. 칭찬이든 그 반대든 독이 된다고 여겼기 때문이다. 아이들에게도 혹시 엄마의 피가 흐를까 걱정했는데 비껴갔는지 친절한 성격으로 잘 커주었다.

기도 삽관으로 엄마가 말을 하지 못하게 되었을 때, 엄마가 기력을 잃어 악다구니를 쓰지 못하게 되었을 때 승화는 차라리 엄마를 대하기가 편해졌다.

"소씨 아저씨 한번 안 볼 거예요?"

엄마는 할 수 있는 한 강력하게 거부 의사를 밝혔다. 그로부터 얼마 안 있어 의식조차 찾지 못했다. 엄마의 코에서, 귀에서 진물이 흐르고 있었다. 안쪽부터 부패하고 있었다. 셋째는 엄마를 찾을 때마다 제발 이제 그만 돌아가시라고 울었다.

그토록 포악했던 사람이 싱겁게 죽고 나서 염을 할 때 둘째가 했던 말이 잊히지 않는다.

"사람이 참 살던 대로 죽는구나."

너는 그렇게 말하면 안 되지, 승화는 속으로만 나무랐다. 물론 동생들도 승화보다 다소간 나았을 뿐 엄마와의 관계가 힘들긴 힘들었을 것이다.

장례식장에 소씨 아저씨가 들어섰을 때, 승화는 한눈에

알아볼 수 있었다. 삼촌이 인사를 하러 일어섰기 때문만은 아니었다. 설명할 수 없는 방식으로 그냥 알아볼 수 있었다. 저 사람이다, 하고.

몸이 약한 셋째는 집에 자러 간 참이었고, 둘째도 뒷방에서 눈을 붙이고 있었다. 승화는 하필 엄마를 가장 닮지 않은 자신이 소씨 아저씨와 마주 앉아야 하는 게 부담스러웠다. 둘째를 깨울까 망설이고 있는데 삼촌이 손짓을 했다. 조문을 마친 소씨 아저씨가 상에 앉아 기다리고 있었다.

"더 일찍 오지 못해 미안합니다. 좋은 옷 한벌 못해줘서 좋은 관이라도 입혀주고 싶었는데 오늘도 겨우 왔습니다."

소씨 아저씨가 말했다. 승화는 무슨 말을 해야 하나 망설이다 음료수를 하나 따서 종이컵에 따랐다.

"소식 듣고 바로 오려 했는데…… 폐렴에 걸려서 누워 있었습니다."

"이제 건강은 좀 괜찮으세요?"

소씨 아저씨는 그저 웃었다. 여든을 넘긴 사람에게 건강이란 이래도 좋고 저래도 좋은 것인지도 모른다. 미남은 아니었다. 몸집도 자그마했다. 엄마가 하얗고 기름한 북방계 미인이었다면 아저씨는 젊었을 적에 해맑은 인상의 남방계 소년 같았으리라는 추측이 가능했다.

"많이 괴로워하다 갔습니까?"

"편안하게 가셨어요."

승화는 거짓말을 했고 소씨 아저씨도 그 거짓말을 꿰뚫어 본 듯했지만 토를 달지 않았다.

"남긴 말은 없습니까? 나에 대해서 뭐라고 하진 않았나요?"

어떻게 지어내야 하나 승화는 아득해졌다.

"아저씨에 대해서는 혼자 간직하고 싶어하셨어요. 아저씨를 마지막으로 만나시는 게 어떻겠느냐고 저희가 묻긴 했는데 아름다운 모습으로만 기억되고 싶으셨던 것 같아요. 아저씨 재회하셔서 즐거워하셨어요. 원래 즐거움을 바깥으로 드러내는 성격은 아니셨지만······"

말하면서 따져보니 거짓이 그리 많이 섞여 있지는 않았다.

"그런 사람이었죠, 원래도. 어린 시절 같은 동네에 살았던 것 들었습니까?"

"네."

"잔치에서 다른 사람들은 다 춤을 추는데 그 사람만 춤을 추지 않았습니다. 조그맣게 까닥까닥은 할 때가 있었지만 밉살스러울 정도로 춤을 추지 않았습니다. 예쁜 얼굴로 누가 잡아끌든 손길을 탁, 탁 내던지는 게 그렇게 좋았습니다."

엄마에겐 일관적인 면이 있었지, 승화는 그 풍경을 보지 않아도 그릴 수 있었다.

소씨 아저씨가 흰 봉투를 내밀었을 때 승화는 감사를 표하고 조의금 함에 갈무리했지만, 다시 작은 상자를 내밀었을 때는 어찌해야 할지 몰랐다.

"이걸 제가 받기에는……"

상자 안에는 부드러운 자줏빛의 옥가락지 한쌍이 들어 있었다.

"한번 더 만나서 주고 싶었던 물건이었는데 못 줬습니다. 대신 받아주세요."

그렇게 말하는 소씨 아저씨의 눈길이 승화의 머리에 눈썹에 눈에 코에 입에 턱에 손에 손톱에, 하여간 어디든 엄마를 닮았을 만한 곳을 찾아 흔들렸으므로 승화는 미안해졌다. 어디 한군데라도 닮았더라면 좋았을걸.

소씨 아저씨를 배웅하러 장례식장을 나서, 로비 바깥까지 따라 걸었다. 밤바람이 차고 맑았다.

"눈이 닮았네요."

"안 닮았는데요."

"닮았어요. 눈 안에 심지가 있어요. 가장 의지했던 딸인 거 알지요?"

듣기 좋은 말을 잘하는 할아버지네, 승화는 웃었다. 오래된 상처를 그 말들이 연고처럼 덮었다. 승화는 한마디도 믿지 않고 동의하지 않으면서도 고마웠다.

천천히 언덕을 내려가는 소씨 아저씨의 뒷모습을 보다가 승화는 반대 방향으로 잠시 걷기로 했다. 빌려 입은 상복만 입고 나서기엔 쌀쌀했지만 산책이 하고 싶었다. 폐 속 공기, 지하의 공기를 토해냈다.

가뿐해졌다, 승화는 아무도 없는 정원에서 자기도 모르게 혼잣말을 했다. 어디서 왔는지 모를 가뿐함이었다. 무심결에 들고 나온 반지 한쌍이 말아 쥔 손안에서 춤추었다.

정다운

 아기를 보러 두번인가 갔었다. 아기는 아기치고도 너무 작아 보였고 아파 보였다. 다운의 여동생. 엄마는 아직 이름을 짓지 않고 '아기'라 불렀고, 그래서 다운도 그렇게 불렀다. 아기는 어쩐지 동생이라는 느낌이 잘 들지 않았다. 같이 살지 않으니까, 병원에 있으니까 더 그랬다. 다운은 언젠가 엄마가 동생을 집에 데리고 올 거란 걸 알았지만 그게 언제일지는 몰랐었다.

 아빠가 누군가를 다치게 한 건 알고 있었다. 그래서 감옥에 갔다는 것도. 엄마가 그 일 때문에 놀라서 동생을 지나치게 빨리 낳아버렸고, 동생이 병원에서 더 자란 다음에 와야 한다는 것도 알았다. 엄마는 아빠가 다른 곳에 있다고 믿게 하려고 갖은 애를 썼지만, 다운은 어른들의 대화 토막토막에서 그런 정보들을 모았다. 다운의 작은 머릿속에는 '내가 알고 있는 것' 목록이 있었다. 다운은 그 목록을 꽉 채우고 싶었다. 똑똑해지고 싶었다.

엄마가 멀리 있는 직장에 다니기 시작한 뒤로 옆집 할아버지 할머니가 다운을 돌봐주었다. 사실 다운은 혼자서도 잘 있을 수 있었다. 옆집에는 그저 때 되면 넘어가 같이 밥을 먹었다. 옆집 할머니가 만든 오래된 반찬들을 최대한 맛있게 먹으려고 노력했다. 라면을 더 좋아하지만. 엄마는 사흘에 한번꼴로 집에 왔다. 다운은 혼자 자는 데 익숙해져야 했다. 사실 엄마랑 아빠랑 셋이 살 때에도 혼자 자는 날은 종종 있었다. 아빠는 집에 잘 들어오는 사람이 아니었다. 엄마와 아빠는 사이가 아주 좋거나 아주 나쁘거나 해서 중간이 없었다.

어제 학교에 다녀오니 엄마가 집에 있었다. 그렇게 이른 오후에 엄마가 집에 있는 것은 오래간만이었다.

"엄마랑 동생 데리러 갈래?"

"응. 엄마 일하러 안 가도 돼?"

"이제 안 갈 거야."

다운은 엄마와 손을 잡고 집을 나섰다. 오랜만이었다. 햇빛 속에서 보는 엄마는 조금 나이 들어 보였다. 아빠는 옷도 젊게 입고 머리도 예쁘게 하고 잘 꾸미는 편이었다. 언젠가 엄마는 아빠가 돈만 생기면 아빠 물건을 사고 술을 마시고 집에 들어오지 않는다면서 화를 냈었다. 엄마는 돈을 더 많이 주는 곳에 갔댔는데 왜 옷을 사 입지 않을까. 우리는 왜 얼른 이사를 가지 않을까. 이사 가야 한댔는데. 다운은 묻고 싶은 게 많았지만 엄마를 귀찮게 하고 싶지는 않았다. 언젠가 알아낼 수 있을 것이다. 어른들이 하는 이야기들을 듣고 있으면.

병원 편의점에서 과자를 샀다. 그리고 엄마는 다운을 로비에 앉아 있게 하고 혼자 동생을 데리러 올라갔다. 엄마가 빨리 내려올 줄 알았는데 한참 오지 않아서 다운은 로비의 TV를 오래 봤다. 다리를 대롱대롱하며 앉아 있었다. 조금만 더 자라면 다리가 바닥에 닿을 텐데. 조금만 더 키가 크면.

엄마에게 안겨 내려온 동생은 전보다 자란 듯도 했다. 예전엔 가까이에서 본 게 아니라서 정확히 비교할 수는 없었다. 여전히 아기치고도 너무 작았지만 그래도 약간은 컸겠지? 다운은 눈으로 재보았다. 만져보고 싶었는데 그 마음을 꾹 참고 입김조차 닿지 않도록 조심했다. 아픈 아기들에게는 그래야 한다고 어디선가 들은 적이 있었다. 동생은 착한 아기인지, 버스를 타고 돌아오는 내내 울지 않았다. 저녁에도 밤에도 잠만 잤다. 엄마가 병원에서 준 분유를 먹였지만 별로 먹는 것 같지 않았다.

"내가 안아봐도 돼?"

엄마가 동생을 넘겨주었다. 다운은 숨을 참았다. 아기는 아주 작게 숨을 쉬었다. 얼굴을 아무리 들여다봐도 어떻게 생긴 건지 아직 잘 모르겠어서 다운은 억지로 예쁘다고 말했다. 예쁘지 않아도 예쁘다고 말해줄 거야. 계속계속 말해줄 거야.

"이름이 뭐야? 이제 이름 있어?"

"네가 지어봐."

"내가 어떻게 지어? 엄마가 지어야지."

"지어봐."

"음…… 다인이."

"왜 다인이야?"

"나랑 비슷하잖아. 내 동생이니까."

엄마가 다운을 꽉 안아주었다. 다운은 더워서 몸을 뺐다. 오랜만에 전기 온열기를 틀어서 방은 덥고 건조했다. 수도와 전기는 아직 쓸 수 있었지만 가스는 끊긴 지 좀 되었다. 다운은 다인이 계속 신경 쓰였다. 이불에 싸여 있는데 더 덥지는 않을까? 더워도 덥다고 표현 못하는 게 아닐까? 그렇게 신경을 쓰다가 그만 까무룩 잠들었다. 땀을 흘리면서 잤다.

아침에 일어났을 때 엄마가 물었다.

"오늘 학교 가지 말래?"

"왜?"

"엄마랑 있을래?"

"학교는 가야지."

엄마가 차려준 아침을 먹고 나왔다. 엄마가 있으니 좋았다. 학교에서도 신이 났고, 급식은 맛있었고, 피구를 할 때 거의 마지막까지 살아남았다. 못 가져간 미술 준비물이 있었지만 정빈이 빌려주었다. 정빈이 더 놀다 가자고 했는데 오늘은 일찍 돌아가겠다고 했다. 집까지 걸어가는 시간이 평소보다 짧게 느껴졌다.

집에 와서 문을 열었을 때, 열쇠는 잘 돌아갔는데 문이 열리지 않았다. 다운이 온 힘을 다해 잡아당겼더니 문틈에서 뭔가 뜯어지는 소리가 났다. 끈적했다. 청테이프가 보였다. 엄마가 왜 문에 테이프를 붙여놓았는지 다운은 이해할 수 없었다. 이상한 일이었다.

"엄마? 엄마? 왜 문을 이렇게 해놨어?"

몇번이나 매달려서, 동물원에서 봤던 화가 난 원숭이처럼 몸을 흔들어야 했다. 그제야 문이 열렸다. 엄마는 자고 있었다.

가까이 가니 엄마가 누운 채로 토한 게 보였다. 아무래도 아픈 것 같았다. 다운은 엄마를 흔들어보았지만 반응이 없었다. 손목에 맥박이 뛰는지 잡아보았다. 엄마의 손목이 부어 있어서 잘 알 수 없었다. 가슴에 귀를 대어보니 약하게 소리가 들렸다. 다운은 엄마의 가방을 뒤져 휴대폰을 찾았다. 119를 눌렀다.

"119 상황실입니다."

"여보세요?"

"네, 무슨 일로 전화하셨어요?"

"엄마가 아픈 것 같아요."

안내원은 다운의 말을 다 듣고 나서 혹시 집에서 연탄을 쓰느냐고 물었다. 다운은 연탄이 뭔지도 빨리 떠올리지 못했지만, 싱크대 안에 안내원이 설명한 것과 비슷한 게 있었다. 타고 남은 것이 말이다. 안내원은 문과 창문을 얼른 열라고 했다. 문은 이미 들어올 때 제대로 안 닫아서 열린 채였다.

"주변에 어른 없어요?"

다운은 얼른 옆집 할머니네로 가서 초인종을 눌렀지만 할머니도 할아버지도 외출을 한 듯했다. 교류가 없었던 다른 집들 문도 두드려는 보았지만 그 집에 살던 사람들이 이미 이사를 갔다는 건 다운도 알고 있었다. 그때까지 잘 버티던 다운은 울음이 터져나올 것만 같았다.

"다운이도 할 수 있어요. 엄마 입안에 혹시 엄마 숨을 막고 있는 게 있는지 확인해요. 없어요? 없다고요? 그럼 엄마가 숨 쉬기 편하게 옆으로 눕혀요."

거기까지 하고 나서 다운은 동생을 떠올렸다. 놀란 나머지 동생을 잊고 있었다. 이제는 더 참지 못하고 울었다. 이불에 싸인 동생의 얼굴은 회색빛이었다.

"구급차가 가고 있으니까······"

다운은 무서웠다. 엄마가 깨어나지 못하면 어떡하지? 동생이 더 아프면 어떡하지? 전화를 끊고 나서 다운은 태어나서 가장 크게 울었다. 잘 우는 아이였던 적은 한번도 없는데, 우느라 벌어진 입에서 아기처럼 침이 흘러서 소매로 닦아야 했다. 119 안내원은 괜찮을 거라고 했지만 괜찮을 것 같지 않았다. 어떻게 해야 할지 몰랐다.

문득 구석에 세워둔, 정빈이 준 그림이 보였다. 뒤집어서 번호를 찾았다.

"여보세요?"

"······정빈이네 아니에요?"

"정빈이 친구니?"

"정빈이 할머니예요?"

"아니, 나는 정빈이 엄만데. 정빈이는 집에 있을 텐데."

"아줌마, 도와주세요."

만난 적이 없었다. 하지만 정빈의 엄마라면 도와줄 것 같았다. 어른이 필요했다.

엄마에게 산소치료가 필요하다고 했다. 다운은 잘 이해하지 못했지만 산소라면 좋을 것 같았다. 할아버지 의사 선생님과 다운의 동네에 봉사활동을 왔던 누나, 형들이 다운을 찾아왔다. 응급실의 한 사람이 다운의 얼굴을 알아보았던 것이다. 할아버지 의사 선생님이 엄마에게 무슨 일이 일어났는지 다운이 알아들을 수 있게 다시 설명해주었다. 일산화탄소에 대해 들었고, 엄마가 왜 고압산소치료를 받아야 하는지 들었고, 치료가 성공하더라도 엄마가 몇달 넘게 계속 아플 수 있다는 이야기도 들었다. 할아버지 선생님은 다운의 손을 잡고 동생에게 마지막 인사를 하러 가자고 했다. 쇠로 된 책상 비슷한 것 위에 누운 동생이 너무 작고 차가워서 다운은 또 울었다. 가장 덩치가 큰 의사가 우는 다운을 안고 병원 로비의 커피숍에 데려가 코코아를 사주었다. 그러고 있을 때 정빈과 정빈의 할머니가 도착했고, 조금 있다가 정빈의 엄마도 왔다.

"걱정되지?"

정빈이 책과 빵이 든 봉투를 건네며 말했다. 정빈이 직접 챙겨 온 모양이었다. 다운은 정빈에게 뭐라고든 말하고 싶었지만, '걱정'보다 훨씬 크고 무겁고 끔찍한 그 감정의 이름을 몰랐다. 아직 다운이 배우지 않은 단어들 중에 그 감정의 이름이 있을까? 다운은 봉투를 건네받고 정빈의 빈손을 잡았다.

"우리 집에서 잘까, 오늘? 정빈이가 그러고 싶다는데."

정빈의 엄마가 말했다. 다운은 고개를 저었다.

"여기 있을래요."

"하지만 다운이가 여기 있으면 다들 걱정할 거야. 오늘만 아줌마네서 잘까?"

다들이라니, 누구를 말하는 걸까. 다운에겐 엄마밖에 없는데. 다운은 자신에게 선택지가 없다는 걸 깨달았다. 그제야 고개를 끄덕였다.

"옷도 없고 학교 갈 것도 하나도 안 가지고 왔어요."

네 사람은 다운의 집에 들렀다 정빈의 집으로 가기로 했다. 다운은 어쩐지 부끄러워졌다. 다운의 동네는 스프레이로 알 수 없는 기호들이 쓰여 있어 보기 싫었고, 빈집이 더 많았고, 집 안은 옆집 할머니가 가끔 청소해주긴 했지만 할머니 눈이 안 좋아서 그런지 썩 깨끗한 편이 아니었다. 정빈이 더러운 집에 산다고 다운을 꺼려 하게 될까봐 걱정이었다. 그때였다.

"너는 할머니랑 여기 있어. 엄마랑 다운이랑 금방 들어갔다 올게."

"왜?"

"어른도 안 계신 집에 초대도 안 받고 들어가게?"

"알았어."

정빈의 엄마는 정빈이 생각하는 만큼 차가운 사람이 아닌 것 같았다. 다운은 고마워졌다. 정빈의 엄마는 집 안에 들어가서도 뭘 자세히 보지 않으려 애를 썼다. 다운은 얼른 옷가지와 칫솔, 책가방을 들고 나왔다.

"빠뜨린 건 없니? 천천히 챙겨도 돼."

다운은 고개를 저었고 정빈의 엄마는 다운의 신발 끈을 다시 묶어주었다. 계속 풀리던 쪽이었다.

할머니는 집에 돌아가고, 세 사람은 저녁으로 배달 음식을 먹었다. 정빈이 장난감도 꺼내주고 게임기도 빌려주었지만 뭘 해도 집중이 안 되었다. 긴장 때문에 평소에 자던 시간이 한참 지나서도 잠이 오지 않았고 말이다.

"나가자. 둘 다 잠바 입어."

정빈의 엄마가 갑자기 말했다.

"우리 어디 가는데?"

정빈이 물었다.

"영화 보러 가자. 친구 자러 온 밤에는 그래도 돼."

정빈의 엄마가 예매한 영화는 애니메이션이었지만 자막이 나왔다. 다운은 자막이 나오는 영화를 처음 보았다. 다행히 다운이 따라 읽을 만큼 주인공 도마뱀은 말을 천천히 했다. 게다가 클레이메이션이었는데, 다운은 클레이메이션도 처음이었다. 엄마가 깨어나면 색깔 찰흙을 사달라고 해야지, 그런 다음 엄마 휴대폰으로 나도 이런 영화 찍어 봐야지. 조금씩 조금씩 움직여서. 영화가 끝나면 다시 울고 싶어질지 모르지만 보고 있는 동안은 기분이 나아졌다.

중간에 정빈을 돌아보자 정빈은 졸고 있었다. 오늘은 다운의 길지 않은 인생에서 최악의 날이었다. 하지만 친구가 옆에 있었다. 옆에 있다는 걸 확인하고 싶어서 다운은 정빈의 어깨에 살짝 몸을 기댔다.

고백희

　사람들은 왜 팝콘을 바닥에 흩뿌리는 걸까.

　실수로 그런 거라 믿고 싶지만 상영이 끝나고 들어가보면 온 바닥이 팝콘에 포장지에 그냥 두고 간 음료수에⋯⋯ 어두운 곳이라서다. 어두우니 아무렇게나 해도 된다고 여기는 것이다. 밝은 곳이라면 이렇게까지 하지 않겠지. 백희는 그래도 영화관에서 아르바이트하길 잘했다고 생각한다. 이 아르바이트를 함으로써 어두운 곳에서도 좋은 사람이 될 수 있을 거란 확신이 생겼다. 할머니가 될 때까지 서비스직을 함부로 대하는 사람만은 되지 않을 것이다.

　반년 정도 다른 지점에 있다가 새로 연 이곳이 집에서 더 가까워서 이관 신청을 했다. 처음엔 겨우 묶이던 머리가 이제 머리망에 꽉 찬다. 머리망이라니. 어릴 때도 해보지 않았던 물건을 이제 와서 쓴다. 일 시작하기 10분 전에 머리망과 화장, 복장 전반을 매니저에게 검사받아야 해서 벌점을 받지 않기 위해 몇번이고 먼저 체크한다. 지정 립스틱 색깔은 빨강. 빨간 입술은 자주 빈틈이 생기거나 번져서 고쳐야 하는데, 거울 볼 시간을 만들기가 쉽지 않다. 그래도 지난번 극장보다는 숨 돌릴 틈이 있다. 지난번에 일했던 곳은 특히 주말 이용객이 엄청나서, 매점 담당이던 백희는 화장실 갈 시간도 없었다. 콜라를 수천잔 뽑고 팝콘과 오징어를 끝없이 만들었다. 집에 가면 매점 음식 냄새가 모공마다 스며 있어서 씻어도 씻어도 지워지지 않는 느낌이었다. 이곳에 옮겨 와서는 검표와 청소, 시설 점검으로 포지션이 바뀌었다. 평일에는 사람이 많지 않아 심심하게 오래 서 있는다. 어느 쪽이 고된지 명확하게 말할 수 없다.

"베키?"

백희를 그렇게 나쁜 발음으로 부르는 건 같은 고등학교를 나온 이삭밖에 없다.

"여기서 알바해? 좋겠다. 영화 매일 보겠네."

"매일은 아니고."

"나 이거 볼 건데, 재밌어?"

"응, 난 좋던데. 귀여워."

"너 세훈이랑 같은 학교 갔었지?"

이삭이 착각한 모양이었다. 백희는 대학을 가지 않았다.

고3 때 집안 상황이 복잡했고, 스트레스에 약해서 몸도 내내 아팠다. 수능에서 모의고사 때 받던 것보다 한참 못한 점수를 받았는데 뭔가 김이 빠져버려서 제대로 지원도 하지 않았다. 처음에는 재수를 할 계획이었지만 점점 미루게 되었다. 백희는 자신이 뭘 원하는지 뭐가 되고 싶은지 아직 몰랐다. 지금에야 서비스직은 아니란 걸 깨달았지만 그걸 제해도 너무 많은 게 남는다. 하지만 그중 무엇도 정말 될 수 있을 것 같지는 않다. 사람들은 어떻게 확신을 가지고 살아갈까? 확신을 가지고 대학생이 된 다음, 확신을 가지고 직업을 가지나? 확신 없는 백희에게, 모두 백희가 당연히 대학생일 거라 확신하고들 말을 걸어왔다. 대학 진학률이 어마어마하게 높은 나라니까.

"다음에는 이걸로 보러 와."

백희는 대답을 슬쩍 피하려고 아껴두었던 초대권을 이삭에게 주었다. 이삭과 너무 오래 이야기하는 게 눈에 띄어 벌점을 받을까봐 살짝 두리번거렸다.

"와, 고마워. 나 세훈이나 한영이랑은 자주 만나는데 언제 같이 만나자. 전화번호 안 바뀌었지?"

"응, 그대로야."

정말로 이삭이 연락해 온다면 바쁘다는 핑계를 대고 피할 거면서 백희는 반가운 척했다. 화장실 쪽에서 이삭의 어머니로 보이는 분이 걸어와 합류했고 이삭은 극장 안으로 들어갔다.

뒤늦게 볼에 남아 있는 여드름 흉터들이 신경 쓰였다. 매점에서 일할 때 기름이 묻어선지 트러블이 심했는데 아직까지도 흔적이 남아 있었다. 전문대에 진학해서 피부관리사가 된 친구가 자기가 있는 병원에 오라고 했지만 아무리 싼 치료라도 시급 생각하면 선뜻 받을 수가 없었다. 친구가 졸업을 할 때까지 아무것도 하지 않은 자신이 믿기지 않았다.

여섯시간 동안 서 있으면 앉을 수 있는 휴식시간이 주어진다. 큰 소비를 거의 하지 않는 편인데 쿠션이 두툼하게 들어간 구두만큼은 재지 않고 샀다. 중굽의 검은 구두였다. 아마 영화관을 그만두면 다시는 신지 않겠지만 그때까지는 목숨처럼 여길 것이다. 홀이 텅 비어갈 때에 좋아하는 노래가 나왔다. 희미하게. 크게 듣고 싶다는 생각을 했다. 국적도 인종도 나이대도 다르지만 오래 좋아해온 가수의 노래였다. 혼자 '여왕님'이라고 불렀다.

"응? 그 가수 좋아해?"

"노래 좋잖아."

"우와, 허벅지가 네 허리만 할걸?"

"여왕님의 허벅지에 대해 함부로 말하지 마!"

"여왕님이라니, 하하. 백희 넌 취향이 이상해."

주변의 친구들은 전혀 이해를 못했다. 가끔은 한국에서 백희만 그 가수를 좋아하는 것 같은, 사랑하는 것 같은 기분이 들 때가 있었다. 백희는 구두 굽을 살짝 바닥에 부딪히며 리듬을 탔다. 같이 일하는 사람들이 보면 스트레칭을 한다고 여길 것이다. 가사가 좋았다. 아파도 괜찮아. 한심해도 괜찮아. 너의 엉망인 부분들까지 사랑해. 영어를 잘하는 편도 아닌데 언제나 완벽하게 이해가 갔다. 얼마 전 늦게 퇴근한 새벽, TV에서 웬 유럽의 유명한 학자라는 사람이 강의하는 걸 잠깐 본 적이 있다. '한 작품의 창작자와 그 소비자는 전세계적으로 흩어져 있지만 각별히 맺어진 사이이며 사실은 결이 비슷한 사람들'이라는 내용이었다. 그 학자가 쓰는 언어는 낯설었고 '결'은 대체 어떻게 번역된 결과인지 알 수 없었지만, 갸웃하면서도 문득 여왕님을 떠올렸던 것이다. 여왕님과 나는 결이 비슷한 거야, 하고.

마지막으로 탕, 하고 발을 굴렀을 때였다. 바닥이 우르릉거렸다. 잘못 느꼈나? 백희는 방금 느꼈던 진동 비슷한 것이 진짜였나 싶어 가만히 바닥에 두 발을 붙였다. 곧 다시 한번 진동이 느껴졌다. 백희는 지정된 자리를 뜰 수 없었기 때문에 무전기로 부매니저에게 말을 걸었다.

"아래층에 무슨 일이 있는 것 같은데요? 바닥이 자꾸 흔들려요."

"어, 이 밤에 공사 중인가? 내가 전화해볼게요."

그러고 나서 몇분 뒤 사무실에서 부매니저가 다급하게 나왔다. 굳은 얼굴로 남아 있던 직원들을 모이게 했다. 아홉명이 남아 있었다. 11시 40분이 막 지난 참이었다.

"우리 지난달에 비상대피훈련 받았죠? 다들 기억해요?"

"네?"

웅성거릴 틈도 없었다.

"지하 슈퍼마켓 공사장에서 뭐가 잘못된 것 같아요. 합선 같은 거겠지. 불이 번지고 있대요. 소방서에도 신고했으니까 곧…… 우리는 각자 담당 관에 가서 관객들을 비상대피시킵니다. 담당 관 기억합니까?"

비상 손전등을 나눠 받았다. 아르바이트를 막 시작해서 훈련을 받은 적 없는 직원들도 있었지만 다행히 상영 중인 관은 몇개 되지 않았다. 영화관은 4층에서 6층까지였다. 지하는 머니까 괜찮지 않을까? 얼떨떨한 표정을 지우지 못하고 직원들이 여기저기로 흩어졌다. 백희는 4관으로 달려갔다. 이삭이 있는 곳이었다. 만약에 누가 다치게 되면 어쩌지? 하필이면 매니저가 일찍 퇴근한 날이었다. 부매니저부터 모두 계약직이었다. 괜찮을까?

상영을 중지시키고 상황을 설명한 뒤에 관객들을 비상

구로 안내했다. 사람들은 당황해했지만 화내거나 뛰거나
서로를 밀치지 않고 줄을 서서 따라왔다. 비상구를 보자
마음이 놓였다. 이제 됐어. 끝났어. 아무 일도 없을 거야.
아직 켤 필요가 없던 손전등이 식은땀 때문에 백희의 손에
서 미끈거렸다.

　유니폼에 손바닥을 닦고 비상구를 열었다. 연기가 가득
했다. 그냥 연기가 아니었다. 백희도, 뒤에 서 있던 사람들
도 심하게 기침을 했다. 눈을 뜰 수 없었다. 백희는 문손잡
이를 금방 찾지 못했는데, 뒤에 있던 이삭이 얼른 문을 대
신 닫아주었다. 두 사람은 서로의 얼굴이 얼마나 하얗게
질렸는지를 확인했다.

　"비상구 이용 불가능합니다. 이제 어디로 가죠?"

　무전기에 대고 외쳤지만 바로 대답이 오지 않았다.

　"어떻게 하면 되죠?"

　백희는 자기 목소리에서 불안이 느껴지는 게 싫었다.

　"어디로 가면 되죠?"

소현재

공기의 질에 민감했다. 좁은데 불을 많이 쓰는 음식점에 가거나, 환기가 잘 안 되는 지하에 가거나, 독한 방향제를 쓰는 공간에 가면 심한 어지럼증을 느꼈다. 어릴 때는 기절하기까지 했다. 구토도 자주 했다. 아버지가 일하는 공장에 놀러 가서도 토하고, 어머니가 옷장에 넣어둔 구슬 포푸리 때문에도 토했다.

"너 요즘은 안 토하냐?"

친지들이 오랜만에 현재를 보면 하는 인사였다.

"요즘도 토해요."

현재는 멋쩍어하며 대답하곤 했다. 최근에도 친구의 집들이에 가서 갑자기 두통과 구역감을 느껴 곤란했던 적이 있다. 친구가 당황해서 집 안에 있던 방향제를 모조리 찾아 베란다로 치워주었다. 그런 일이 여전히 잦았다. 그때마다 캔들, 디퓨저, 석고, 타이머 분사기, 젤리, 종이……

어느 것이 범인인지 알 수 없었다. 하여간 공기에 심각하게 민감했다. 공기가 유난히 나쁜 날에는 눈이 가렵거나 코피가 날 때도 있었다.

"다 큰 남자가 그렇게 예민해서 어디다 쓰냐?"

그게 남녀노소에 무슨 상관이 있다고, 사람들은 현재에게 핀잔을 주곤 했다. 현재가 즐겨 입는 노란 후드 때문에 더더욱 '카나리아'라고 놀림받았다. 잘 울고 잘 토하는 카나리아.

그래서 공장에서 일하지 못했다. 공장의 공기를 이겨낼 자신이 없었다. 할아버지도 아버지도 큰아버지도 작은아버지도 고모부도 이모부도 모두 공장에 연을 두고 있는데, 현재만 다른 길을 갔다. 어느 공장이나 독한 가스가 없는 곳은 없었고 현재는 견디지 못했을 게 틀림없었다. 그 사실이 현재의 어딘가를 주눅 들게 했다. 어린 시절 퇴근해서 돌아온 아버지의 몸에서 나던 쇠 냄새, 기름 냄새가 어른 냄새인 줄 알았다. 머리카락에서 떨어지는 쇳가루, 아버지의 신발 밑창에 박혀 걸을 때마다 요란한 소리를 내는 금속조각들이 상징하는 어떤 강인함을 물려받지 못한 게 속상했다. 그리고 그것은 위압적인 강인함은 또 아니었다. 공장은 늘 즐거웠다. 양가 할아버지가 워낙 성품이 좋은 분들이었기에 남자들의 연대로 이루어진 집단이지만 공격적인 분위기가 감돌았던 적은 거의 없었다. 좋은 어른. 좋은 어른에게서 보고 배운 그다음 세대의 남자들. 거기에 합류하고 싶었지만 현재는 약했다. 다른 길을 가야 했다.

"공부 그거 해서 뭐 해? 공장이 돈 더 많이 벌어."

부모님은 공부를 이어 하고 싶어하는 현재를 이해하지 못했다. 이해하지 못했지만 현재의 체질을 제일 잘 알기도 알아서 속상해하며 길고 긴 공부를 지원해주었다.

병원에서 멀지 않은 곳에 공단이 있었다. 학생 실습기간에도 인턴을 할 때에도 공장에서 다치거나 병든 사람들이 매주 왔다. 그럴 때마다 현재는 가족들 생각을 했다. 손가락 한마디를 잃은 작은아버지, 사시사철 기침이 심한 큰외삼촌을 말이다. 현재는 그래도 상황이 많이 나아졌을 줄 알았다. 어른들이 요즘은 기계가 참 좋아졌어, 안전해졌어, 우리 때는 안 그랬지, 자주 말했기 때문에 자연스레 그렇게 추측했던 것이다. 그런데 그게 그렇지 않았다. 포크리프트에 깔려 발이 뭉개진 사람이 실려 왔고, 알루미늄 부품 공장에서 메틸알코올을 들이마신 사람이 실명을 당했다. 신체 절단 사고와 화상은 끊이지 않았다. 숙련도가 낮은 초보자는 물론 숙련도가 높은 베테랑이, 언뜻 덜 위험해 보이는 공장에서 일하는 내국인과 척 듣기에도 아주 위험할 것 같은 공장에서 일하는 외국인이 번갈아 바쁘게 실려 왔다.

한번은 사고를 당한 이주 노동자 환자의 손가락 접합수술에 들어갔는데, 예상보다 손상 정도가 심해서 바로 이을 수가 없었다. 교수님들은 고심하다가 손가락을 복부의 혈관에 붙였다. 배 한가운데 손가락을 심은 셈이었다. 환자가 깨어나서 당황하지 않도록 현재가 머리맡을 지켰다. 현재는 영어를 잘하는 편이 아니었다. 환자도 마찬가지였다.

"세이브 핑거."

환자의 눈이 동그래졌다.

"세이브 유어 핑거."

한참이나 배를, 손가락을 내려다보더니 고개를 끄덕였다.

그리고 두건의 가스 누출 사고가 있었다. 한번은 사염화규소 누출이었고, 한번은 황화수소와 일산화탄소 누출이었다. 노동자들뿐 아니라 지역 주민들도 함께 대피했고 특히 두번째 경우는 대량 누출이어서 200여명이 한꺼번에 증상을 호소해 왔기 때문에, 대다수의 환자를 떠안은 병원이 정신없이 돌아갔다. 그 혼란의 한가운데에서 현재는 진로를 결정했다. 진두지휘를 하는 직업환경의학과 의사들이 멋져 보였던 것이다. 깨닫지 못했지만 늘 하고 싶었던 공부였다. 병원뿐 아니라 병원을 포함하고 있는 커뮤니티 전체를 보고 싶었던, 신체의 특정 부위가 아니라 전체를 공부하고 싶었던 현재의 욕구를 충족시킬 수 있을 것 같았다. 성장 배경과 관심사를 생각하면 자연스러운 선택이었는데 주변에서는 다들 놀라워했다.

"아니, 굳이 학교를 다시 가더니…… 예전의 산업의학과라고?"

"거기 돈 못 버는 데 아니야?"

명절에 집안 어른들의 혀 차는 소리를 들어야 했지만 현재는 흔들리지 않았다.

작업환경을 측정하고 임시 건강진단을 하러 나가보니, 제대로 된 보호구도 없이 면 마스크만 덜렁 주어진 작업장이 적지 않았다. 배기장치가 고장 난 채 방치된 곳도 많았다. 잠깐 방문한 현재가 어지러워서 어디든 짚으려고 했는데 난간이 없었다. 옆에 있던 사람이 잡아주지 않았다면 다칠 뻔했다. 하지만 매번 잡아주는 사람이 있을 리 없다. 그곳은 몇사람이나 반복해서 추락 사고를 겪었던 공장이었다. 누구도 그런 환경에서 일해서는 안 되었다. 설령 아주 강하고 건강한 사람이라도. 아주 잠깐 일하는 비정규직이라도. 현재는 산업재해 업무 연관성 소견서를 성심성의껏 썼다. 눈에 보이는 인과관계가 있는 케이스는 쉬웠다. 어려운 건 복잡하게 발생하는 질병들이었다. 거기다가 사업주가 은폐 의도를 가지고 끼어들기 시작하면 어떻게 풀어야 할지 모를 문제가 되어버리곤 했다.

"몇달 일했다고 너구리가 됐어? 빡세?"

직원식당에서 마주친 기윤이 물어왔다.

"어렵네요."

현재가 되도록 피곤해 보이지 않게 신경 쓰며 웃었다.

"그러니까 응급의학과 오라니까 왜 거기 갔어? 이제라도 올래?"

"크게 말하지 마세요. 교수님 저기 계세요."

이번엔 기윤이 웃었다. 현재가 혜정을 기윤에게 소개해준 이후로, 기윤은 현재를 특별히 살갑게 여겼다. 현재는 현재대로 기윤이 대하기 편한 사람이라고 생각했다. 머릿속의 회로가 단순하고 순간적인 판단력이 강하다. 옛날이었으면 장수감이겠거니 싶은 사람이었다.

"이따가 밤에 영화 보러 갈래? 요 앞에?"

"무슨 영화요?"

"「도마뱀 조프와 친구들」."

"그게 대체 무슨 영화예요?"

현재가 스마트폰으로 얼른 찾아보았다. 어디서 많이 본 도마뱀이었다.

"혜정 누나는 어쩌고요?"

"애들 보는 애니메이션 싫대. 애들용 아닌데."

"저랑 봐요. 저도 머리 좀 식히고 싶네요."

만족스러운 얼굴로 기윤이 먼저 일어나 성큼성큼 걸어 갔다. 식당을 나서기 전에 다시 현재에게 손을 흔들었다. 기윤은 격무 속에서도 건강해 보였다. 모두가 기윤처럼 건강하면 좋으련만.

현재가 보기에 현재의 동료들도 산업재해의 위험에 노출되어 있었다. 현재의 동기들은 40명, 그중 벌써 3명이 심각한 질병을 앓았다. 뇌출혈, 심근경색, 갑상샘암이었다. 다른 이들도 30대 중반에 벌써 성인병 초입에서 서성거렸다. 자지 않고 쉬지 않으면 당연히 병이 든다. 주 100시간을 일하니 심혈관계가 망가지고 암세포가 생기는 게 놀랍지 않다. 우울증으로 인한 자살 시도도, 쉬쉬해서 그렇지 격년으로 있었다. 전공의 특별법이 병원협회의 끈질긴 반대를 이기고 겨우 통과되었지만 그 법이 제한하는 것도 주 88시간이다. 유럽에서 주 48시간을 일할 때, 한국에서 88시간을 일하면 의료사고가 날 수밖에 없다. 의사들이 먼저 쓰러질 수밖에 없다. 그렇게 해서 의료 서비스를 싸게 제공할 수 있는 거겠지만 정말 사람을 갈아넣는 방법뿐인가, 현재는 고민했다.

"어디 가서 그런 빨갱이 같은 소리 하지 마라."

본가에 갔을 때, 아버지가 말했다.

"그래, 버티면 지나가는 시절인데 투덜거리지 마. 다들 힘든 세상이야."

어머니가 보탰다.

틀어둔 텔레비전에선 조선소에서 일어난 사망 사고를 다루고 있었다. 아버지가 텔레비전을 향해 턱짓을 했다.

"저 봐, 저런 데서 일하는 사람도 있어. 훨씬 힘든 사람이 많은데 의사가 되어가지고 약한 소리를 하면 어째?"

"아버지, 알고 계세요? 저기서 사람이 한달에 한명꼴로 죽어요."

"조선소는 원래 그런 데야."

"원래 그런 데가 어디 있어요? 사람이 죽어나가는 게 당연한 직업 같은 건 없어야 해요. 조선소에서 일하려면 죽을 각오를 해야 하나요? 공장이든 병원이든 모조리 다 사람을 갈아넣고 있어요."

현재는 어쩌다보니 정색하고 말았다.

"요즘 애들은 나약해서……"

"믹서기에 들어가기 싫어하는 건 나약한 게 아니에요."

돌아올 때까지 내내 냉랭한 침묵이 흘렀다. 현재는 그냥 넘어갈 걸, 하고 후회했다. 그냥 넘어가는 걸 잘 못했다. 그러니까 인턴 때 고막을 터뜨린 교수를 고소하기까지 했고 말이다. 문제를 일으키려던 건 아니었다. 넘어갈 수 없었을 뿐. 덕분에 아직까지도 그 사건에 대한 소문이 늘 현재를 따라다닌다.

　오후에 집중을 하지 못한 채 진료와 다른 서류 업무를 본 다음, 저녁에는 지역 봉사회의 정기회의에 참석했다. 시간을 맞추어 갔더니 슈크림 교수와 현재뿐이었다.

　"이렇게들 늦다니. 나를 안 어려워하는 건 반갑지만 너무하는군."

　노교수가 가볍게 투덜거렸다. 현재는 웃었다.

　"소 선생도 힘들지요? 바쁘지요?"

　"아뇨, 그것보다는……"

　현재는 자기도 모르게 진심을 말하려다가 삼켰다. 이호 교수에게는 사람에게서 진심을 끌어내는 힘 같은 게 있어서 휘말렸던 것이다.

　"왜, 말해봐요."

　"그것보다는 늘 지고 있다는 느낌이 어렵습니다."

　모든 곳이 어찌나 엉망인지, 엉망진창인지, 그 진창 속에서 변화를 만들려는 시도는 또 얼마나 잦게 좌절되는지, 노력은 닿지 않는지, 한계를 마주치는지, 실망하는지, 느리고 느리게 나아지다가 다시 퇴보하는 걸 참아내면서 어떻게 하면 지치지 않을 수 있을지 현재는 토로하며 물었다. 압축이 쉽지 않았다.

"나한테 충고 같은 걸 바라는 건 아니지요?"

바라면 안 되는 건가, 현재는 희미하게 웃었다.

"젊은 사람들은 착각을 해요. 노인들이 해답을 가지고 있다고 믿지. 별거 없어요. 나는 그냥 쉽게 늙었어요."

"다른 분들은 몰라도 선생님은 다르지 않나요?"

"아부 듣기 좋군요. 나는 충고 같은 거 하기 정말 싫어하지만 소 선생이 원하는 것 같으니까 말해주는 거예요. 충고가 제일 싫어. 나는 자격도 없고. 그냥…… 우리가 하는 일이 돌을 멀리 던지는 거라고 생각합시다. 어떻게든 한껏 멀리. 개개인은 착각을 하지요. 같은 위치에서 던지고 사람의 능력이란 고만고만하기 때문에 돌이 멀리 나가지 않는다고요. 그런데 사실은 같은 위치에서 던지고 있는 게 아닙니다. 시대란 게, 세대란 게 있기 때문입니다. 소 선생은 시작선에서 던지고 있는 게 아니에요. 내 세대와 우리의 중간 세대가 던지고 던져서 그 돌이 떨어진 지점에서 다시 주워 던지고 있는 겁니다. 내 말 이해합니까?"

"릴레이 같은 거란 말씀이죠?"

"그겁니다. 여전히 훌륭한 학생이군요. 물론 자꾸 잊을 겁니다. 가끔 끔찍한 자가 나타나 그 돌을 반대 방향으로 던지기도 하겠죠. 그럼 화가 날 거야. 하지만 조금만 멀리 떨어져서 조금만 긴 시간을 가지고 볼 기회가 운 좋게 소 선생에게 주어진다면, 이를테면 40년쯤 후에 내 나이가 되어 돌아본다면 돌은 멀리 갔을 겁니다. 그리고 그 돌이 떨어진 풀숲을 소 선생 다음 사람이 뒤져 또 던질 겁니다. 소 선생이 던질 수 없던 거리까지."

"선생님이 말씀하시니까 정말 그럴 것 같습니다."

"모르겠어요. 내 견해일 뿐이지만, 나이 들어 물렁해진 건지도 모르지만 지금의 나는 그렇게 믿고 있습니다. 젊은 사람들은 당연히 스트레스를 받지요. 당사자니까, 끄트머리에 서 있으니까. 그래도 오만해지지 맙시다. 아무리 젊어도 그다음 세대는 옵니다. 어차피 우리는 다 징검다리일 뿐이에요. 그러니까 하는 데까지만 하면 돼요. 후회 없이."

현재는 거기까지 듣고 생각했다. 직업환경의학과 교수님들이 섭섭해해도 어쩔 수 없다. 주리와 결혼하게 된다면 주례는 꼭 슈크림 교수님께 부탁드려야지. 주리에게 애틋한 스승이 특별히 없다면 말이다. 그때 다른 사람들이 오기 시작했고, 회의는 짧고 효율적으로 진행됐다.

다소 개운해진 기분으로 현재는 기윤과 만나 극장에 갔다. 기윤이 팝콘과 음료수도 자기가 사겠다고 우겼지만 현재가 재빠르게 먼저 카드를 냈다. 늦은 시간이었고 상영관은 반쯤 차 있었다. 현재는 곧 영화에 빨려들어갔다. 굉장히 아름다운 클레이메이션이었다. 매우 사람 같은, 사람보다 나은 도마뱀과 도마뱀의 친구들이 나왔다.

그러나 30분이 채 지나지 않았을 때 기침이 시작되었다. 어떻게든 참아보려 했지만 불가능했다. 두통과 구역감이 몰려왔다.

현재는 잠깐 나갔다 오겠다는 표시로 기윤의 팔을 가볍게 두드렸다. 문을 열고 나갔을 때였다. 직원들이 손전등을 들고 뛰어오고 있었다.

그리고 사람들

A열과 B열은 비어 있었다.

C열에는 늦게 도착한 장유라, 오정빈, 정다운이 앉아 있었다. 장유라는 극장 직원의 설명을 듣다가 두 아이의 손을 잡았다. 더는 안 돼. 더는 이런 일을 당할 수 없어.

D열의 왼쪽 분리된 좌석에는 이수경과 수경의 친구가, 가운데 자리에는 정지선과 정지은이, 네자리 건너뛰어서 오른쪽에는 하계범이 앉아 있었다. 계범은 수요일을 휴일로 지정받아서 오랜만에 영화관에 온 것이었는데 무슨 일이 일어난 건지 상황을 파악하기 어려웠다. 아내가 여행을 가서 아예 늦게 들어가기로 마음먹은 이호도 두자리 옆에 앉아 있었다.

E열에는 김혁현과 유채원이 데이트를 위해 와 있었다. 홍우섭과 김의진, 이민희네 부부는 저녁을 함께 먹고 즉흥적으로 영화까지 보기로 한 것이었다.

F열에는 이기윤과 소현재, 박이삭과 박이삭의 어머니가 가운데 열의 양쪽 끝을 차지하고 있었다. 소현재는 이미 일어선 상태였다.

G열에는 배윤나와 이환의, 공운영과 운영의 자녀들, 조금 떨어져 이설아의 자리가 있었다.

H열에는 문영린, 문우남, 진선미, 김시철, 양혜린, 한승조, 한승국이 연달아 앉아 있었다.

I열에는 각자 혼자 온 김한나, 조양선, 서연모가 흩어져 있었고 임찬복과 아내가 오른쪽 열 두자리를 차지하고 있었다. 양선은 그 일이 있고 처음 영화관에 왔다. 딸의 필통이었던 도마뱀을 우연히 보고는 충동적으로 들어온 것이었다. 상영이 중단되고 비상등이 켜지자 연모는 앞쪽의 정지은을 알아보았다. 연모뿐 아니라 몇사람이 눈에 익은 사람들을 알아보고 있었다.

J열에는 김성진이 왼쪽 열에, 가운데 열에는 조희락과 지현을 포함한 밴드의 네 사람이, 오른쪽 열에는 김인지, 오수지, 박현지 세 사람이 있었다.

함께 줄을 서서 나가려고 할 때 이기윤이 외쳤다.

"혹시 모르니까 음료수로 손수건이나 옷, 휴지를 적셔서 나갑시다."

그 말을 듣고 몇사람이 두고 나온 생수와 콜라를 가지러 자리로 돌아갔다가 왔다.

사람들은 차분하게 비상구 앞에 줄을 섰지만, 계단 아래에서 심각한 연기가 올라오는 걸 확인하고는 망연하게 대기할 수밖에 없었다. 고백희가 무전 답신을 받았는데 다른 쪽 비상구도 비슷한 상황이었고 심지어는 아예 사용할 수 없다는 판단 아래 이쪽으로 오고 있는 팀도 있었다.

"아래로는 못 내려가요."

김시철이 누구에게랄 것도 없이 말했다.

"옥상은 열려 있어요?"

유채원이 고백희에게 물었고, 백희가 다시 부매니저에게 무전을 보냈다. 부매니저는 모르겠다는 대답을 해왔다. 그가 알 수 있을 리 없었다. 옥상은 극장에서 두층 더 올라가서였다.

김혁현과 이기윤이 열려 있는지 확인하고 전화를 걸어주기로 했다. 소현재가 같이 가려 했지만 기윤이 아래에 있다가 전화를 받으면 다른 사람들을 올려 보내고 마지막에 올라와달라고 만류했다. 채원이 혁현의 손을 잠깐 잡았다가 놓았다. 혁현과 기윤은 젖은 티셔츠로 입을 막고 계단을 뛰어올라갔다.

배윤나가 잠시 주저앉아서 무릎 사이에 머리를 넣었다.

한동안 문제없이 지내왔었다. 이설아가 그런 윤나를 발견하고 그쪽으로 가서 도와주었다. 천천히 숨 쉬세요, 하고 설아가 말했고 윤나뿐 아니라 주변 사람들도 그 말에 따랐다. 이미 공기가 따가웠다. 문 너머는 더할 것이었다.

"열려 있어. 올라와."

기윤의 전화를 받고 현재가 사람들을 올려 보냈다. 현재와 백희가 끝에 섰다. 현재는 심하게 기침을 했지만, 토하지는 않았다.

옥상에 올라가니 다른 비상계단으로 올라온 이들까지 꽤 많은 수가 서성이고 있었다. 소방차가 인명 구조 사다리를 대려고 노력하고 있었지만 외벽이 활활 불타오르고 있었다. 방화띠도 없이 가연성 소재의 외벽을 썼기 때문에 건물 안쪽보다도 상황이 나빴다. 상대적으로 덜한 면은 좁은 골목에 불법주차까지 겹쳐 소방차가 진입하는 데 애를 먹는 중인 듯했다.

"헬기가 오기로 했습니다."

소방관이 확성기에 대고 외쳤다.

"하지만 한대로 될까?"

이민희가 자신의 일행들에게만 들리게 작게 속삭였다. 사람들을 불안하게 하긴 싫었다.

"병원에 닥터 헬기를 요청하면…… 물론 그 헬기가 이

런 상황의 구조 작업에 적합할는지는⋯⋯"

홍우섭이 확신 없이 의견을 말했다.

"그래도 전화나 해보죠. 한대로는 이 많은 사람들을 다 제시간에 못 내보내요."

가까이 온 김시철이 휴대폰을 꺼냈다.

두대의 헬기가 사람들을 옮겼다. 소방 헬기에서 구조대원 두명이 내려서 구조 작업을 시작했다. 여분의 구조망이 닥터 헬기에 부착되었다. 착륙을 할 여건이 되지 않고 시간도 부족해, 구조자를 매달고 그대로 날아 병원 옥상에 내려놓는 방식을 택했다. 더딘 작업이었다.

가장 먼저 오정빈과 정다운이 옥상을 벗어났다.

그다음은 공운영의 자녀들 차례였다.

하계범은 슬슬 뒤로 물러섰다. 살날이 많이 남은 사람들이 먼저 벗어나야 한다고 생각했던 것이다. 입 밖에 꺼내어 말하진 않았지만 이호와 하계범의 눈이 마주쳤을 때 두 사람은 같은 생각을 하고 있다는 걸 알았다. 하계범은 이호를 알아봤지만 이호는 양복을 입은 하계범을 알아보지 못했다. 그보다도 이호는 옥상에 한꺼번에 이렇게 많은 사람이 올라와 있어도 되는 걸까 우려하고 있었다. 적어도 200명은 되어 보였다. 발밑에서 계속 진동이 느껴졌다.

"언니, 기울고 있대."

"뭐가?"

"건물이."

"누가 그래?"

정지은이 정지선에게 인터넷 뉴스를 보여주었다. 짧은 속보였다. 보도사진으로 보니 아래층의 화재가 생각보다 심각했다. 불길이 냉매 가스를 건드린 모양이었다.

"몇도나 기울었대요?"

서연모가 정지은에게 다가섰다.

"6도."

"아주 많이 기운 건 아니네요."

"누구야?"

지선이 지은에게 작게 물었다.

"알바에서 만난 애야."

지은이 대답했다.

"지금 응급실 장난 아니겠는데?"

오수지가 김인지와 박현지에게 말했다.

"먼저 나간 사람들만으로도 벅차겠어요."

인지가 약간 울먹거리는 현지의 어깨를 감싸며 대답했다.

"우리, 제때 나갈 수 있을까?"

"걱정하지 마. 막 지은 건물인데. 불은 지하에서 났다니까, 거기서 여기까지 방화문이고 뭐고 다 있겠지."

수지도 현지를 달래며 말했지만 마음 한구석이 꺼림칙했다.

"이럴 때 악기라도 있으면 좋을 텐데 빈손이네."

지현이 조희락에게 말했다.

"무슨 소리야, 큰 짐은 버리고 탈출하는 건데."

"그런가. 하지만 사람들이 굳어 있잖아."

"너도 참."

최대환은 영화관 옥상에서 병원 옥상으로 끝없이 반복하며 두 사람씩 옮기고 있었는데, 집중력을 잃지 않으려 노력했다. 멀리 나는 것보다 훨씬 정교한 작업이었다. 소방 헬기와 순번을 지키며 날았다. 한쪽이 구조하고 있을 때 상공에 작은 원을 그리면서 대기하다가 다시 내려갔다. 대기하는 동안 자꾸 사람 수를 셌다. 차라리 세지 않는 게 나을 것 같다고 생각하면서도 그랬다. 입안이 바짝 탔지만 물을 마실 틈이 없었다.

"만약에 적당한 공구만 있으면……"

하계범이 옥상의 하늘색 물탱크를 두드리며 혼잣말을 했다. 계범은 자신이 없었다.

"그럼요?"

우연히 계범의 말을 들은 현재가 물었다.

"그럼 여기 물을 외벽으로 흘릴 수 있지 않을까 해
서……"

현재가 계범 옆에 서서 통, 통 하고 물탱크를 두드렸다.
얼마나 물이 차 있는지 그런 식으로는 알 수 없었다. 공구
를 어디서 구할 수 있을지도. 이제 와 아래층으로 내려가
는 것은 무리였다. 어쨌든 기윤에게 그 이야기를 전했고,
기윤이 다시 혁현과 채원에게 전했다. 그러자 채원이 성큼
성큼 계단실 옆, 잠겨 있는 문을 흔들어보았다.

"창고겠죠?"

"그럴 수도요."

"창고에는 공구가 있을 확률이 높고요."

채원이 머리에서 실핀을 두개 뽑았다. 머리를 기르는 중
에 잔머리 정리를 위해 꽂아두었던 핀들이었다. 채원이 핀
을 편 다음, 자물쇠에 넣어 애쓰고 있을 때였다.

"그거, 내가 해볼게요."

임찬복의 아내가 나섰다. 채원이 조심스레 도구를 넘겼
다. 찬복의 아내는 몇번 안쪽을 건드리고 찌르는가 싶더니
손쉽게 문을 열었다.

"어디서 그런 걸 배웠어?"

찬복이 놀라서 물었다.

"어머님이 실수로 문을 몇번 잠그신 적이 있어. 열쇠가 없더라고."

계범이 마땅한 공구를 찾는 동안 고백희가 손전등을 비춰주었다.

그다음은 수월했다. 계범은 파이프를 분리하고 방향을 틀어 호스로 연장했다. 사실 사이즈가 꼭 맞지는 않아서 좀 새긴 했지만 그래도 물줄기가 꽤 셌다. 불길을 잡는 데 크게 도움이 되었다기보다는 사람들을 안정시키는 데 더 효과적이었다. 물줄기와 물줄기가 만나길 바라며, 작업에 참여한 사람들도 둘러싸고 구경하는 사람들도 경직된 어깨를 풀었다. 그사이에도 헬기는 부지런히 사람들을 날랐다.

진화 작업의 효과인지, 탈 만큼 타고 나서인지 어쨌든 한쪽 벽에 사다리를 댈 수 있을 만큼 불길이 잡혔다. 사다리도 한꺼번에 많은 사람을 구조할 수 있는 물건은 아니지만 헬기보다 빠르긴 했다. 기침을 심하게 하던 현재가 내려가고, 그때까지 말없이 옥상에 있었던 조양선이 내려가고, 거동이 불편한 사람들을 돕던 한승국과 한승조가 내려갔다. 이수경과 이수경의 친구가 무사히 땅을 디디고 서로를 껴안았다. 조마조마한 마음으로 아래에 있던 이들은 미끄럼틀을 타고 내려오는 아이를 반기듯 한 사람 한 사람을 반겼다.

안심할 시간은 짧게 주어졌다. 옷깃에 탄내를 풍기면서,
사람들은 바로 응급실로 옮겨졌다.

소방관 두명이 연기를 많이 마셔서 치료를 받았다. 처음
화재를 발견하고 어떻게 해보려 했던 야간 경비원이 좁은
부위에 화상을 입었다.

아무도 죽지 않았다. 유가족을 만들지 않았다. 건물은
기울었을 뿐, 무너지지 않았다. 화재가 완전히 진압되고
반나절만 지나면 잊히고 말 뉴스였다. 이를테면 자기 나라
로 돌아간 스티브 코티앙이나 브리타 홀센에겐 결코 가닿
지 않을 뉴스. 매해 건조한 계절이면 반복되고 반복되어
아무에게도 큰 인상을 남기지 않을 뉴스.

병원은 밤마다 하얗게 서 있었고, 그 곁의 타버린 건물
은 한동안 검게 서 있었다. 그날밤 그곳에 있던 사람들은
근처를 지날 때마다 검고 앙상하고 흉물스럽게 남은 것들
에서 시선을 돌리지 못했다. 그러면 동행자들이 살짝 어깨
를 건드렸다.

"저기 그만 봐. 무사했잖아."

건물은 그로부터 8개월이나 방치되었다. 안전검사가 있
었고, 보강 작업에 대한 논의도 있었지만, 결국 철거가 결

정되었다. 한꺼번에 무너뜨리지 않았다. 방진막이 설치되고 크레인으로 굴삭기를 올려 한층씩 무너뜨리며 내려왔다. 천천히 해체되었다. 건축 폐기물이 옮겨지는 데까지도 또 한참이었다. 가림막도 없고 아무것도 없이 빈 땅만 남았을 때는 해가 바뀌어 있었다.

적은 수의 사람들만이 빈 땅을 보고도 그날밤을 기억했다. 평범한 붉은 흙으로 메워지고 다져진 부지에 이제 존재하지 않는 건물의 그림자가 드리워졌다. 가끔 믿을 수 없다는 듯 그 가장자리를 밟아보는 사람들이 있었다. 버스 정류장 근처였다. 버스를 타러 갈 때마다 비어 있는 그곳에서 눈을 떼지 못했다. 8층짜리 기억에 호흡이 흐트러졌다.

그곳에 새로운 건물이 들어서는 데는 몇년이 채 걸리지 않았다. 약국과 체인 음식점, 학원과 렌털 회사들, 헬스 클럽과 요가 강습소, 치과와 보험 회사가 입주했다. 지하에는 그전 계획처럼 슈퍼마켓이 들어왔다. 중소도시에 흔하디흔한 정글 같은 대형 상가였다. 1층 엘리베이터 옆의 층별 안내도가 복잡하기 그지없었다.

그 앞에 서서 이 건물에 극장이 있었던가, 헷갈려 하는 이들이 종종 있었다. 극장은 그들의 착각 속에서 몇초간 존재했다가 다시 사라졌다.

참고도서

• 대형 화물차 사고 위험에 대한 내용은 박상은 『대형사고는 어떻게 반복되는가: 세월호 참사 이후 돌아본 대형사고의 역사와 교훈』(증보판), 사회운동 2015, 132~139면을 참고했습니다.

• 이호가 말하는 파스퇴르와 마이스터의 일화는 샘 킨 『사라진 스푼』, 이충호 옮김, 해나무 2011, 455면에서 참고했습니다.

『피프티 피플』을 쓰기 전해에, 제가 살던 곳에서 몇십 미터 떨어지지 않은 지점에 싱크홀이 발생한 적이 있습니다. 다행히 아무도 다치지 않았지만 연이어 일어난 다른 싱크홀 사고에서는 사망자가 발생했고 이후 관련 기사를 볼 때마다 불안감과 우려를 느끼곤 했습니다. 지역공동체의 사고 피해자에 대한 애도가 이 소설의 시작점이었던 게 아닌가 싶습니다. 이제 6년이 훌쩍 지났고 다른 도시로 이사를 왔지만 가끔 싱크홀이 더 생기지는 않았나 찾아볼 때가 있고, 그런 일이 없었다는 걸 확인하고 나면 안도하게 됩니다.

길지 않은 시간이 지났을 뿐인데, 만약 2021년에 이 소설을 썼다면 절반에 가까운 사람들이 다른 사람이 되었을 수도 있었을 것 같습니다. 이야기가 그렇게 흐르는 형태로 존재하고, 흐르는 길이 완만히 방향을 틀며 변화해간다는 것이 신기합니다. 저 한 사람 안에서 이토록 물길이 바뀐다면, 더 많은 사람들의 안쪽에서 일어나는 일들이 모여 어떤 지형 변동을 일으키게 될까요? 언제나 오지 않은 날 쪽으로 고개가 기웁니다.

어디에 계시거나 마땅히 누려야 할 안전 속에 계시길 바랍니다. 단단한 곳에 함께 서서야 그다음이 있다는 걸 이 이야기를 처음 썼을 때처럼 믿고 있습니다.

2021년 여름
정세랑 드림

　아무것도 놓이지 않은 낮고 넓은 테이블에, 조각 수가
많은 퍼즐을 쏟아두고 오래오래 맞추고 싶습니다. 가을도
겨울도 그러기에 좋은 계절인 것 같아요. 그렇게 맞추다
보면 거의 백색에 가까운 하늘색 조각들만 끝에 남을 때
가 잦습니다. 사람의 얼굴이 들어 있거나, 물체의 명확한
윤곽선이 보이거나, 강렬한 색이 있는 조각은 제자리를
찾기 쉬운데 희미한 하늘색 조각들은 어렵습니다. 그런
조각들을 쥐었을 때 문득 주인공이 없는 소설을 쓰고 싶
다는 생각이 들었습니다. 아니면 모두가 주인공이라 주인
공이 50명쯤 되는 소설, 한 사람 한 사람은 미색밖에 띠지
않는다 해도 나란히 나란히 자리를 찾아가는 그런 이야기
를요. 쓰다보니 몇년 후라면 더 잘 쓸 수 있을 것 같다는
아쉬움이 들었고, 쓰고 나니 그래도 이 이야기는 2016년
에 써야 했구나 받아들이게 되었습니다.

1월부터 5월까지 창비 블로그에 연재했을 때, 존재하지 않는 사람들의 안녕을 바라며 함께 읽어주신 분들께 가장 감사드립니다. 연재를 하는 동안 처음에는 보이지 않았던 50명의 얼굴이 아는 사람의 얼굴처럼 선명해졌습니다. 얼굴들은 어디에서 왔을까요? 길거리에서 왔을 것도 같고 꿈에서 왔을 것도 같습니다. 세상이 무너져내리지 않도록 잡아매는 것은 무심히 스치는 사람들을 잇는 느슨하고 투명한 망(網)이라고 생각하고 있습니다.

62.5매를 쓰고 힘에 부친다고 그만 쓰겠다 말했을 때, 계속 써야 한다고 설득해주신 김선영 편집자님께 큰 빚을 졌습니다. 1,330여매에서 완성되었으니 62.5매를 제외한 나머지 분량은 김선영 편집자님의 것입니다.

이름과 삶, 일과 생활의 조각들을 빌려준 분들께도 감사합니다. 이 소설의 많은 부분은 대화와 인터뷰에서 비롯되었습니다.

마지막으로 작은 비밀들을 고백해봅니다.

1. 어쩌다보니 51명입니다. 혹 세어보시다가 한명이 더 있어 놀라실까 말씀드립니다. 제가 넘치게 썼는데 제목을 '피프티 원 피플'이라 하기는 어려웠습니다. 그보다 자기 장(章)을 가지지 않으면서 드나드는 인물

도 있어서 사실은 52명, 53명…… 세는 방식에 따라 달라질 것 같습니다.

2. 초기에 구상할 때 염두에 뒀던 제목은 '모두가 춤을 춘다'였기 때문에, 인물들이 춤추거나 몸을 움직이는 장면들이 반복해서 등장합니다. 전원을 춤추게 하는 데는 실패하는 바람에 제목을 바꾸었습니다. 여기까지 읽으신 분들이 혹 책을 다시 들춰보신다면, 누가 어디서 어떻게 춤추는지 찾아보시는 것도 좋겠습니다.

3. 인물들을 연결시키는 또다른 장치인 도마뱀 캐릭터는 실제로는 존재하지 않습니다.

한 사람이라도 당신을 닮았기를, 당신의 목소리로 말하기를 바랍니다. 바로 옆자리의 퍼즐처럼 가까이 생각하고 있습니다.

2016년 가을
정세랑